Jocelyne Bernier

D1341019

Jocelyne Porcher

INCA

LA LUMIÈRE DU MACHU PICCHU

INCA

Antoine B. Daniel

INCA

LA LUMIÈRE DU MACHU PICCHU

roman

EDITIONS

© XO Éditions, 2001
ISBN : 2-84563-011-5

Tropique
du Cancer

OCÉAN
ATLANTIQUE

Panamá

Orénoque

Équateur

Quito
Tumebamba
Tumbez
Amazone
Cajamarca

Madeira

Caral
Vilcabamba
Lima
Cuzco
Titicaca

OCÉAN
PACIFIQUE

Paraguay

Tupiza

Tropique
du Capricorne

0   1000 km

━ ━ ━ extension maximale
de l'empire inca

Cartographie : Noël Meunier

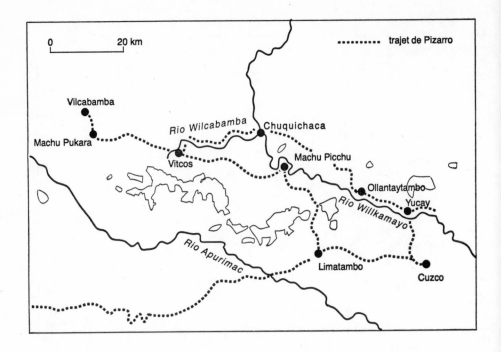

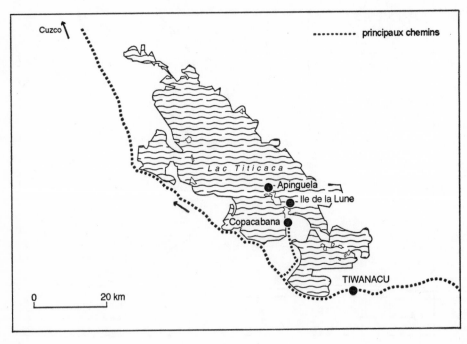

PREMIÈRE PARTIE

1

Cuzco, 1ᵉʳ mai 1536

Nul ne prend garde à Gabriel lorsqu'il vient s'accroupir, un peu avant midi, à l'angle de la *cancha* où réside Gonzalo Pizarro.

La tunique qu'il porte depuis des semaines est assez sale pour éloigner les regards. Il a frotté ses joues avec de la glaise afin de masquer les poils blonds de sa barbe qui repousse. Les Espagnols ne voient en lui qu'un bougre d'Indien en haillons, un de ces miséreux qui peuplent désormais les ruelles de Cuzco. À son bonnet carré, bizarrement pointu aux angles et qu'il a tiré bas sur son front, les Indiens, eux, croient deviner un paysan du Titicaca. Cependant, sous son *unku*, retenu à sa taille par une lanière de cuir, pèse un petit casse-tête de bronze qui contient tous ses espoirs.

Il est entré dans la ville aux premières lueurs de l'aube. Profitant de la nuit pour éviter le flot incessant des guerriers rassemblés par Manco et Villa Oma, il a marché d'une traite depuis Calca. Deux ou trois fois il s'est égaré dans l'obscurité, rallongeant sa route d'autant. Cependant, sa rage et sa douleur ont poussé ses pas, lui interdisant tout repos.

Maintenant seulement, alors qu'il se replie au pied du grand mur chauffé de soleil, Gabriel ressent la faim et la fatigue qui raidissent ses membres. Pourtant, pas un instant il ne songe à s'éloigner pour trouver un peu de nourriture. Son regard demeure rivé sur la porte de la *cancha* et n'en dévie pas. Il aura tout le temps, *après*, de manger et de dormir, si cela a encore un sens.

Il est ici pour tuer Gonzalo. Il n'a plus d'autre devoir.

*

Deux heures durant, il ne sort et n'entre dans la maison du frère du Gouverneur que des serviteurs et une poignée de courtisans. Pour la plupart, ce sont des visages nouveaux, des hommes dont les manières et les tenues sentent encore l'Espagne. Il y a, dans leur façon d'enfoncer le talon de leur botte dans la poussière, toute l'arrogance des nouveaux maîtres.

La fatigue ferme les paupières de Gabriel. La soif et la faim le font par moments trembler des pieds à la tête. Cependant, pour rien au monde il ne quitterait sa surveillance afin de quérir un peu d'eau et de nourriture. Il imagine l'instant où il va frapper Gonzalo, où enfin le monde sera purgé de cette malfaisance ! Dans la bourse de tissu qui lui pend au cou sous sa tunique, à même la peau, il saisit quelques feuilles de coca et les mâche consciencieusement jusqu'à ce que sa faim disparaisse.

Le récit terrible du Nain lui fait encore battre les tempes : « Gonzalo est entré dans la chambre d'Anamaya. Elle dormait. Elle s'est réveillée alors qu'il avait déjà les mains sur elle. Elle a crié et ils se sont battus. Manco voulait le tuer sur-le-champ, mais Anamaya craignait trop que les Étrangers ne se vengent sur l'Unique Seigneur. Alors, nous avons fui Cuzco avant le matin... »

Ressassés depuis des jours, ces mots terribles sont devenus des images entretenant une haine de feu et de glace qui aiguise ses nerfs plus encore que la faim et la soif. À chaque goulée d'air, il respire la vengeance comme il boirait un nectar. Alors, ses yeux demeurent grands ouverts et ses doigts engourdis se resserrent sur le manche du casse-tête.

*

Le chaud soleil de l'après-midi pèse sur lui et achève de l'étourdir sans que Gonzalo Pizarro sorte de sa maison. Gabriel finit par s'endormir, la bouche pleine de poussière, sombrant dans un cauchemar où il découvre une Anamaya lointaine, le visage durci par la détermination. Elle enlace son époux d'or et déclare :

« Nous devons mener la guerre contre vous, les Étrangers, car les Montagnes et nos Ancêtres ont besoin de notre amour et de notre courage pour ne pas être emportés par le néant. Et moi, je serai auprès de mon époux en or lorsqu'il combattra, car c'est ma place. Toi, il te faut t'éloigner de moi... »

Il veut protester, lui expliquer qu'ils ne peuvent s'affronter comme s'ils étaient des ennemis. Mais la bouche de Gabriel s'agite en silence. Il fait un effort surhumain pour se faire entendre. Il implore Anamaya, la supplie d'abandonner la dureté de son regard. Rien n'y fait. Aucun son, pas même un cri, ne sort de sa gorge. Il se réveille si brutalement qu'il perçoit son propre gémissement. L'esprit hanté par la présence d'Anamaya, il ne reconnaît pas immédiatement ce qui l'entoure.

L'impuissance de son cauchemar semble le poursuivre encore pendant quelques secondes. Puis, comme s'il agitait le manche d'un poignard fiché dans sa propre poitrine, il se souvient avec netteté de la réponse qu'il lui a faite à Calca, après leur nuit d'amour :

« Alors, nous allons devoir nous battre l'un contre l'autre. Si pendant la bataille tu dois être près de Manco et loin de moi, Anamaya, c'est que je suis devenu à tes yeux un "Étranger" comme les autres. En ce cas, ma place sera parmi les Étrangers. »

La douleur avait fait trembler les lèvres d'Anamaya. Effleurant sa joue du bout des doigts, elle avait murmuré :

« Tu es le puma, mon bien-aimé ! Tu es l'unique homme qui peut me toucher en ce Monde comme dans l'Autre. Tu es le seul et l'unique qui atteint mon cœur et peut m'emporter dans le bonheur du monde. »

Sans s'en rendre compte, Gabriel sourit, en même temps que deux larmes se perdent sur ses joues recouvertes de glaise craquelée.

Oui. Il ne doute pas qu'Anamaya l'aime autant qu'il l'aime.

Pourtant, plus rien n'est possible entre eux. Trop de distance et trop de drames se dressent désormais entre l'épouse magique d'un Seigneur inca mort depuis des années et lui, l'Étranger qui n'est plus rien, même parmi ses anciens compagnons.

Oui, il ne lui reste plus qu'à assassiner Gonzalo.

Et ce serait un bienfait du destin s'il pouvait mourir lui aussi !

*

Un peu avant que l'ombre du soir s'abatte sur Cuzco, ce qu'il attend se produit enfin.

Un vacarme du diable le tire de ses songeries. Des vociférations d'enfer et des cris emplissent la ruelle. Gabriel se redresse, les genoux craquants et les cuisses dures. Un cochon surgit, la gueule grande ouverte. Un énorme porc aux poils aussi noirs que la nuit ! Un vrai « cerrano » d'Andalousie, pesant ses cinquante livres et découvrant des canines de sanglier capables de déchirer un ventre de cheval.

Et puis, d'un coup, il en arrive d'autres. Une trentaine peut-être, courant le front baissé, braillant comme si déjà on les égorgeait. Les mâles foncent droit, cognent leurs hures de fauve aux murs de la *cancha*, tandis que des truies au ventre lourd traînent leurs pis dans la poussière. Une dizaine de porcelets affolés couinent à leur suite, zigzaguent entre les jambes de quelques Indiens maladroits et braillards, qui tentent comme ils le peuvent de diriger cette horde à l'odeur puissante.

Fraîchement élus au rang de porchers, les paysans en tunique maculée se démènent avec de longs bâtons. Ils n'osent guère s'en servir pour frapper le cul des cochons. Bien plutôt, ils sont prêts à la fuite dès qu'un goret les bouscule. En retrait, à une distance prudente, une foule de Cuzquéniens s'est amassée. Hommes, femmes et enfants, le rire à la bouche, écarquillent les yeux en grand pour voir ce bizarre cortège.

Gueulant à son tour, Gabriel bondit au centre de la ruelle. Il botte quelques culs rondelets et, capturant un jeune mâle par les oreilles, bloque la débandade. Soudain immobiles, les porcs semblent s'en trouver bien. Le groin levé, l'œil bizarrement attentif, ils cessent leurs cris déchirants.

Tout aussi stupéfaits, les porchers considèrent l'intrus avec méfiance. Gabriel les salue en quechua pour les rassurer. Mais, lorsqu'il demande où vont ces bêtes, le silence lui répond d'abord. Il prend conscience que son accent doit tout autant étonner que sa tenue, son visage où la boue séchée se décolle et où le jus vert de la coca suinte à la commissure des lèvres. Finalement, l'un des hommes lève la main en direction de la maison de Gonzalo :

— Chez cet Étranger. Ce sont des bêtes à lui. Il les a fait venir de Cajamarca rien que pour les manger !

Il y a autant d'incrédulité que de respect dans la voix de l'homme. En un éclair, Gabriel comprend que la chance est enfin avec lui.

— Je vais vous aider, annonce-t-il. Je sais comment les manier, ces bestiaux.

*

Il leur faut quand même batailler un moment pour que le troupeau en entier franchisse l'étroite porte en trapèze de la *cancha*.

La pagaille reprend de plus belle, car les jeunes servantes indiennes fuient devant les bêtes excitées qui galopent d'un bout à l'autre du patio, renversant et brisant quelques jarres, agaçant des chevaux que l'on était en train de panser.

La maison de Gonzalo n'a guère changé depuis deux années que Gabriel ne l'a vue. Tout au plus des portes solides en belle menuiserie espagnole referment les pièces, et une rambarde a été dressée dans la cour pour attacher les chevaux.

Sans plus s'occuper des cochons, Gabriel vient se placer au centre du patio. Il ne lui faut pas attendre longtemps pour percevoir, dans la cour suivante, des appels et des rires, reconnaître une voix détestée.

En chemise à jabot, chausses de velours et bottes brillantes, Gonzalo apparaît, accompagné de deux de ses courtisans. Sans un regard pour l'Indien qu'il semble être, ils ignorent Gabriel et s'amusent du remue-ménage. L'un d'eux attrape une jeune servante et la retient de force pour jouer avec elle en la présentant au goret le plus violent. Avant que le porc ne charge, Gabriel brandit son casse-tête étoilé et, d'un coup sec sur le bras, bouscule l'imbécile, contraint de lâcher la jeune fille.

— Crénom ! gémit le bellâtre. Il a failli me casser le poignet, ce singe !

Furieux, Gonzalo et son compagnon s'apprêtent déjà à le frapper, mais se figent lorsqu'il ôte son bonnet et dévoile son visage. Du revers de la main, Gabriel se frotte les joues pour être encore plus reconnaissable.

Gonzalo est le premier à retrouver son aisance et ses sarcasmes :

— En voilà une surprise ! Mes amis, je vous présente don

Gabriel Montelucar y Flores qui nous est livré avec les cochons ! Eh bien, mon cher, vous voilà enfin à une place digne de vous !

À ses côtés, les autres ont déjà l'épée hors du fourreau. Gabriel les ignore.

— On vous disait disparu, enfui et peut-être même mort, s'amuse encore Gonzalo. Mais non, vous voilà bien vivant et bien merdeux, à ce qu'il semble ! Dois-je comprendre que mon cher frère Francisco s'est enfin décidé à vous botter le cul ?

La violence inonde le regard de Gabriel. Gonzalo et ses compagnons reculent de deux pas.

— L'enfer t'ouvre ses portes, Gonzalo, grince Gabriel en agitant son casse-tête. Le jour est venu que tu ailles prendre la place qui t'y est réservée !

— Holà, c'est que tu me ferais peur avec cet engin ! s'esclaffe Gonzalo.

— Avec cet engin, Gonzalo, je vais t'écraser les couilles ! Tu n'as pas de chance. Je ne suis pas de ceux qui espèrent en Dieu pour punir les crapules de ton acabit. Je vais avoir du plaisir à m'en charger moi-même.

La peur un instant crispe la bouche des compagnons de Gonzalo. C'est le moment que Gabriel choisit pour se jeter en avant. Les épées se croisent, il les écarte d'un violent revers du bras. Le bronze du casse-tête sonne contre les lames. Gonzalo recule d'un petit bond et tire une dague de ses chausses. D'un coup bref, il tente d'atteindre le bras de Gabriel. Sa lame ne tranche que le vide et la brutalité de son geste le déséquilibre. Se pliant pour échapper au fouet des épées des deux autres, Gabriel lui assène un violent coup sur la cuisse.

Gonzalo s'affale au centre de la cour dans un cri de douleur. Gabriel veut redoubler son attaque, mais la pointe d'une épée tranche son *unku* et frôle ses côtes. Il boule sur le sol, tandis que les deux Espagnols fouettent l'air de droite et de gauche. Il retient les lames avec sa masse, hélas le manche rudement entaillé par leur tranchant s'affaiblit vite.

L'espace d'une seconde, il songe à cette terrible impuissance qu'il a vue bien des fois chez les guerriers incas alors que, de son épée, il détruisait leurs armes. Comme eux, il n'aura bientôt plus rien d'autre que sa chair à offrir au fer. C'est alors que l'idée lui vient.

Avec un hurlement de haine, il mouline plus large et, telle une pierre de fronde, il catapulte sa masse dans le visage le plus proche. L'Espagnol n'a pas le temps d'une esquive, le bronze s'incruste dans sa joue, broyant les os avec un craquement sec tandis qu'il s'abat, déjà inconscient. Profitant de l'effroi de l'autre combattant, Gabriel plonge pour saisir l'un des porcelets dérangés par le combat et le brandit à bout de bras, étrange bouclier gigotant, alors que son assaillant se fend pour l'embrocher. L'épée transperce l'animal comme du beurre et si profondément qu'elle s'y englue. D'un mouvement tournant et de toutes ses forces, Gabriel balance le porcelet à l'autre bout de la cour. Sous le choc, l'épée déchire les entrailles de la pauvre bête et lui tire des glapissements d'agonie, tandis que, d'un coup de pied dans le ventre, Gabriel écarte le courtisan désarmé.

Il ne lui faut que deux bonds pour être sur Gonzalo. Avec une énergie de dément, il se couche sur lui et referme ses mains sur sa gorge.

— C'est fini, Gonzalo, marmonne-t-il. C'est fini, le monde ne veut plus de toi !

Hypnotisé par le regard asphyxié de Gonzalo, Gabriel n'entend ni les cris ni les bruits de bottes dans son dos. Lorsque la pointe ferrée d'une semelle lui entre dans les côtes, la surprise lui coupe le souffle autant que la douleur.

Il lâche prise et bascule sur les jambes de Gonzalo. Avant qu'il puisse se redresser, un nouveau coup à la tempe l'assomme à demi. On l'empoigne. Aveuglé, la tête bourdonnante, il ne se débat plus. C'est à peine s'il a conscience qu'on lui lie les mains dans le dos. La fureur de la frustration lui donne une ultime énergie. Bandant le reste de ses forces, il fait mine de vouloir se lever afin qu'on l'achève pour de bon.

Et c'est bien ce qui semble arriver. Sa nuque explose et il n'y a plus que du noir.

*

L'obscurité rougit, devient liquide et confuse avant de se muer en une douleur lumineuse. Un martèlement bourdonne en lui comme si on le frappait des pieds à la tête. Avec étonnement, Gabriel se rend compte que ses mains lui obéissent et bougent. Il se passe les doigts sur le visage. La moiteur tiède de son sang les englue.

Il ouvre les paupières. Le temps d'ajuster son regard, il comprend.

Il est allongé sur la terre battue d'une pièce. Il la reconnaît : c'est ici même qu'il logeait il y a bien longtemps, avant qu'il ne quitte Cuzco sur l'ordre de don Francisco.

Encore ahuri, il se redresse sur son séant.

À coups de maillet, un homme haut et rond comme une barrique referme avec précaution sur sa cheville droite le collier d'une chaîne scellée dans le mur. Malgré son volume, il y a une étonnante précision dans ses gestes. Gabriel note que ses yeux noirs n'expriment ni cruauté ni plaisir tandis qu'il accomplit sa tâche : plutôt de l'ennui. Quatre hommes l'entourent et le toisent, la mine torve et indifférente.

— Comment t'appelles-tu ? demande Gabriel.

— Enrique Hermoso, don Gabriel, mais mes amis m'appellent Kike.

— Fais ton travail, Kike, et ne t'inquiète de rien d'autre.

Dans un soupir, Kike poursuit et Gabriel serre les dents. Il tente de s'absorber dans l'examen des nouveaux arrivants dont il ne connaît pas la tête. Nouveaux également leurs gilets de cuir bien épais, incrustés du blason des Pizarro : pin et pommes, entourés de deux ours marchant sur de l'ardoise. Nouvelles encore les hallebardes aux lames en croissant qu'ils tiennent négligemment contre leurs épaules. Aussi, c'est presque sans vraie surprise qu'il les voit soudain s'écarter pour livrer place à un homme grand, la barbe finement taillée, la collerette de dentelle impeccable et amidonnée : don Hernando Pizarro.

— J'en finis à l'instant, Monseigneur, dit le gros homme.

Il abat un dernier coup de maillet qui dérape juste ce qu'il faut pour meurtrir la cheville de Gabriel, lui tirant un gémissement. Le geôlier part dans un rire gêné :

— Avec cette chaîne à la patte, il n'est pas près d'aller danser, don Hernando !

— Parfait, Enrique, s'amuse Hernando. Nous allons offrir un bal à notre manière à Messire Montelucar y Flores.

Alors que le gros homme se redresse en soufflant, Gabriel serre les dents pour se mettre debout sans rien montrer du vertige qui lui met le cœur au bord des lèvres. Sa jambe est si endolorie qu'elle le soutient à peine.

Hernando secoue la tête :

— Le temps passe sur vous sans effectuer de grands changements, don Gabriel. Je vous quitte la bile aux lèvres, et vous retrouve tout pareil trente mois plus tard ! Encore que, si l'on considère votre tenue, tout pareil n'est pas exact. Vous voilà juste un peu plus bas et tout près de la fosse à purin !

Gabriel crache une salive rouge.

— Fort bien, dit Hernando. Voilà expliquée l'odeur qui flotte ici depuis votre arrivée.

L'un des hommes en gilet de cuir fait mine de s'avancer, Hernando le retient d'un geste de la main :

— Montelucar, cette fois, vous ne pourrez pas compter sur

don Francisco pour vous sauver la mise. Ici, désormais, c'est moi le maître. Mon bon frère le Gouverneur a été si heureux de me voir de retour d'Espagne qu'il m'a nommé très officiellement Lieutenant-Gouverneur. Et, par bonheur, ses yeux se sont enfin dessillés à votre endroit. Il a appris comment vous aviez abandonné la mission qu'il vous avait confiée !

— Grand bien vous fasse ! grince Gabriel en s'adossant au mur. Le titre, si grand qu'il soit, ne suffit pas à cacher la médiocrité de celui qui le porte. Fiente vous êtes, fiente vous restez, don Hernando.

D'une puissante gifle, la main gantée d'Hernando éclate la lèvre supérieure de Gabriel, qui se retrouve à quatre pattes.

— Tu n'es plus en état de faire le malin, chien galeux ! siffle Hernando. Je pourrais à l'instant t'écrabouiller comme la merde que tu es. Je pourrais te laisser entre les mains de Gonzalo, qui ne rêve que de te vider les entrailles à la cuiller ! Mais ce serait trop d'honneur à te faire. À Tolède, on m'a expliqué avec soin que l'on aimait les procès. Eh bien, je vais t'en faire un, de procès ! En bonne et due forme. Ainsi, toute l'Espagne saura pourquoi nous avons pendu la déjection bâtarde des Montelucar y Flores. Toute l'Espagne, mon ami, se souviendra du nom du premier des traîtres à la Couronne sur les terres du Pérou !

C'est un drôle de ricanement qui passe la bouche ensanglantée de Gabriel :

— Il va te falloir le faire vite, ce procès, Hernando ! Tes chers frères ont si bien traité Manco et les siens que les Incas sont désormais comme des fauves assoiffés de sang. Manco et ses généraux ont réuni des dizaines de milliers d'hommes dans les vallées au nord de Cuzco. Je les ai vus de mes yeux. Ils sont plus de cent mille ! Demain ou après-demain, il y en aura le double et ils seront ici...

Ses paroles produisent sur les hommes qui entourent Hernando l'effet escompté. Les regards se croisent, durs et sérieux. Le rire d'Hernando sent le mépris à l'excès :

— En voilà une nouvelle ! Si ces drôles s'imaginent reprendre la ville avec leurs cailloux et leurs bouts de bois, il en ira comme d'habitude, ils se feront tailler en pièces. À votre place, don Gabriel, je ne prendrais pas des vessies pour des lanternes. Et la prière vous sauvera plus sûrement de ce qui vous attend que les sauvages !

2

Cuzco, 3 mai 1536

On ne lui a pas fait l'aumône d'une paillasse. Dans un coin, le geôlier a abandonné une cruche d'eau et trois épis de maïs bouillis. Durant deux jours, il n'y touche qu'à peine. Il ouvre vaguement les paupières lorsque le gros homme vient s'assurer qu'il est encore en vie.

— Don Gabriel ?

— Je suis là, Kike. Enfin, ce qui reste de moi…

— Je suis désolé pour…

Kike mime le mouvement du maillet qui a dérapé sur sa cheville. Gabriel lève une main indifférente et un rire qui ressemble à une toux lui déchire la gorge.

— C'est que je te croyais plus habile. Tu n'as pas fait exprès, alors ?

— Mais non, don Gabriel, je vous le promets ! J'ai même désobéi aux ordres de don Hernando en vous laissant votre…

D'une main, le geôlier lui désigne sa *chuspa*. Pour oublier les douleurs qui irradient ses muscles, Gabriel a mâché toutes les feuilles de coca contenues à l'intérieur de son seul bagage. En vérité, il en a tant mastiqué que la pâte fade des feuilles est devenue aussi grosse qu'un œuf entre ses joues.

— Merci, Kike, articule-t-il paisiblement. Tu veux bien me laisser maintenant.

Le gros homme lui donne à boire en lui soutenant la nuque. Gabriel sent sa sueur, son odeur aigre, mais curieusement cette présence humaine intime, dans son état de faiblesse extrême, lui paraît si miraculeuse que des larmes lui montent aux yeux.

Il se retrouve seul.

La fatigue s'est estompée, fondue en une nausée qui ne l'abandonne plus, même lorsqu'il s'allonge sur le sol de la pièce. Des poussées subites de fièvre le laissent grelottant et recroquevillé au pied d'un mur, les doigts agrippés à sa chaîne comme si elle pouvait l'empêcher de sombrer dans le néant.

Il a peur du sommeil. Pourtant, il y bascule comme une pierre pour être chaque fois saisi par un étrange délire. Des images le poursuivent, si bizarrement véridiques, aussi palpables que la réalité, qu'il ne peut croire à un rêve.

Il voit distinctement les jambes de son cheval bai s'enfoncer brutalement dans la croûte de sel d'un désert plus blanc qu'un linge et dont il ne se souvient plus du nom. L'eau gargouille entre les sabots et les jambes brisées. Les grands yeux ronds du bai le fixent, implorants. Il se voit lui-même, longtemps immobile, les bras noués autour de la tête de l'animal tandis que le soleil le calcine. Et puis, d'un coup, sa dague s'enfonce dans la gorge du cheval.

Des flots de sang, beaucoup plus qu'aucune bête ne pourrait en contenir, s'échappent sans que le soleil puisse le coaguler. Un sang qui bouillonne et semble vouloir tout engloutir.

Le soleil est maintenant immense. Si grand qu'il paraît se poser sur l'horizon de la terre et qu'il n'y a plus aucune ombre. Gabriel veut s'en protéger en s'enfouissant dans la carcasse de son cheval. Mais, alors qu'il ouvre le ventre du bai comme on ouvre un fruit, il devient lui-même un animal, une manière de fauve capable de bondir et d'échapper à ce lieu de mort.

La folie du rêve l'emporte dans un plaisir intense. Ce qu'il vit et voit n'a plus guère de lien avec la raison. Le soleil est de nouveau lointain et paisible. Le désert a disparu.

Chaque fois qu'il bondit, ses sauts prodigieux le comblent d'une jouissance enfantine et violente. L'ombre de sa silhouette de félin puissant et fabuleux glisse sur les replis des champs et la poussière des chemins. Ses flancs aux poils courts et drus repoussent les feuillages des arbres les plus hauts. Les rochers accueillent avec douceur ses griffes lorsqu'il y prend appui. Comme s'il était un oiseau, la brise est son amie et le porte.

Sa course le conduit au-dessus de l'immensité bleue du Titi-caca. Là, couché sur le flanc, il écoute la leçon du Maître des Pierres. Il le voit jouer avec un caillou de fronde qu'il lance dans le haut du ciel. Gabriel, étonné, voit la pierre s'y maintenir comme si elle s'était faite aussi légère qu'une plume. Le Maître des Pierres lui sourit. Un sourire accueillant et triste, dans lequel Gabriel devine un souhait sans qu'un mot soit prononcé.

Alors il entend un rire.

Toute vêtue de blanc, Anamaya apparaît, enlaçant une sta-tue d'or, une statue aussi vivante qu'un homme. Elle tend la main vers lui et l'appelle.

— Gabriel !

Un appel doux et chantant auquel il ne peut résister. Tout fauve féroce qu'il soit à présent, il vient la rejoindre.

Lorsqu'il s'allonge près d'elle, il se rend compte que l'homme d'or n'est plus là. Mais Anamaya est nue, aussi belle que fra-gile. Aussi désirable qu'offerte. Elle ne montre pas le moindre signe de peur. Elle enlace son cou de fauve, baise son mufle et sa mâchoire qui pourrait la broyer. Elle ne sent pas ses griffes lorsqu'il pose ses pattes sur elle.

Un long moment, ils ne sont que bonheur et apaisement, et puis, par-dessus l'épaule d'Anamaya, Gabriel découvre l'homme d'or qui les surveille depuis l'ombre. Il luit comme une étoile dans la nuit.

Sans même un mouvement des lèvres, il s'adresse à Anamaya. Elle abandonne Gabriel sans hésiter. Elle ne se retourne pas, n'entend pas le feulement rauque, ce cri de fauve furieux et blessé à mort qui résonne entre les montagnes.

La violence de sa propre plainte lui déchire la gorge et il ouvre les paupières.

La sueur colle ses loques contre sa poitrine. Une salive aigre empâte sa bouche. La douleur qui lui vrille le crâne depuis les coups de botte dans la cour de Gonzalo l'assaille de plus belle.

Un instant plus tard, transi, il ne sait plus s'il a rêvé ou si la folie le prend. Il en aurait la force, il prierait Dieu pour dormir d'un vrai sommeil jusqu'à la fin des temps.

*

C'est le froid d'une aube, porté par un vent violent, qui le réveille pour de bon. De l'étroite lucarne ouvrant sur la pièce tombe un gel qui annonce l'hiver.

Dans la faible lueur précédant le grand jour, Gabriel découvre l'état épouvantable dans lequel il s'est mis. Sa tunique, d'une saleté repoussante, est déchirée. Elle ne le recouvre plus qu'à peine. Tout son corps, de la tête aux pieds, est douloureux. Du bout de ses doigts, il palpe son visage encore gonflé des coups reçus. Sous le collier de la chaîne, la chair de sa cheville est à vif. La nausée s'est estompée, mais sa tête demeure bourdonnante comme si son cœur, tel un tambour, y battait la chamade.

Avec précaution, il trempe ses lèvres tuméfiées dans l'eau de la cruche et se désaltère enfin. Les épis de maïs apportés par le geôlier deux jours plus tôt sont racornis. La faim qui le tenaille est trop violente pour qu'il se retienne de les dévorer.

Alors seulement il se rend compte que les battements entendus jusque-là ne proviennent pas de sa cervelle folle ou de son corps blessé. Ce sont de vrais roulements de tambour, de plus en plus violents et proches.

Retrouvant toute sa lucidité, il tend l'oreille, empoigne sa chaîne pour atteindre la lucarne à l'instant où jaillissent les premiers cris des Espagnols autour de sa geôle :

— Incas ! Incas !

L'étroitesse de la lucarne contraint son regard. D'abord, il ne voit rien. Les appels affolés proviennent maintenant de partout dans la pénombre dense qui pèse encore sur la ville.

— Incas ! Incas !

Mais c'est un énorme vacarme de trompes, de hurlements et de cris qui attire son attention sur les collines de l'est, en surplomb de la ville. Ce qu'il y découvre le glace plus encore que le vent gelé qui fouette son visage.

On pourrait croire à des haies ou à des arbustes secoués par les bourrasques mais, de la masse touffue, surgissent des bras, des lances et des oriflammes. Des milliers de silhouettes se découpent dans la blancheur du ciel !

L'immense armée inca entoure Cuzco, recouvrant la crête des collines comme le corps d'un serpent monstrueux. Durant la nuit, le vent a balayé le vert des plus hautes terrasses, y déposant cette foule bariolée qui hurle maintenant à gorge déployée.

Le battement des tambours, le son grave des trompes de coquillage redoublent. La panique jette les Espagnols dans les rues.

Passé le premier frisson d'effroi, Gabriel ne peut qu'admirer ce spectacle extraordinaire. Anamaya et Manco ont mis leur plan à exécution ! Le plaisir de la vengeance lui réchauffe le cœur. Il oublie ce qu'il contient de menace pour lui et les quelques centaines d'Espagnols de Cuzco.

Au vrai, que lui importe désormais de périr dans un massacre si bien mérité! Mieux vaut mourir de la main des guerriers conduits par Anamaya que sous les coups vicieux d'Hernando et de Gonzalo!

Des heures durant, il ne quitte pas la lucarne. À chaque instant, il s'attend à l'attaque qui ne saurait tarder. Il ne doute ni de sa puissance ni de son extrême violence.

*

La surprise, c'est qu'à midi l'immense armée inca n'a toujours pas attaqué la ville.

Les rangs des guerriers semblent s'être multipliés au point que l'on ne discerne plus les couleurs vives des tuniques, mais une seule masse sombre et compacte. Le vacarme assourdissant n'a pas cessé. À l'inverse, Gabriel ne perçoit plus d'appels autour de sa geôle, pas un mouvement. Cuzco semble abandonnée.

Aussi, lorsqu'il entend que l'on tire sur la ferrure qui barricade sa porte, il se fige, la chaîne dans les poings.

C'est son geôlier ventru qui apparaît, une grosse gourde de peau dans une main et dans l'autre une *manta* contenant des galettes de maïs et des pommes de terre bouillies.

— Kike!

— Ne m'accueillez pas si gentiment, don Gabriel, je ne mérite pas votre reconnaissance.

— Je ferais bon accueil au diable en personne, mon bon Kike. Jamais je ne me suis rendu compte à quel point c'est le visage des autres qui nous confirme notre propre existence.

— Ne me faites pas de philosophie, don Gabriel, je n'y comprends rien dans des moments comme ça. Ni jamais, d'ailleurs.

C'est à cet instant que Gabriel remarque la peur qui ruisselle sur son visage. Kike examine chaque recoin de la pièce comme

s'il pouvait dissimuler une armée d'Indiens. Il jette son charge-
ment aux pieds de Gabriel.

— Il va falloir vous satisfaire de ça pour un bout de temps !
grommelle-t-il. Je suis désolé, c'est tout ce que j'ai pu trouver.

— Hé là, proteste Gabriel, on doit me juger, pas me faire
mourir de faim !

Le rire du bonhomme est sans joie :

— Vous avez entendu comme nous. Les sauvages sont là.
Vous devriez être content que j'aie pensé à vous avant de ficher
le camp !

— Vous fuyez ? Les Espagnols abandonnent la ville ?

— Oh que non ! Personne ne fuit, c'est déjà bien trop tard.
Mais moi, je connais un trou où disparaître avant de me faire
raccourcir par les Indiens !

L'homme s'approche de la lucarne et jette un regard vers les
collines.

— Ce que l'on voit d'ici, c'est rien. Il y en a partout, la plaine
au sud en est recouverte. Ils ont déjà attrapé deux cavaliers qui
tentaient de passer. Ils ont coupé les pattes des chevaux et la
tête des cavaliers.

Ainsi donc, songe Gabriel, Hernando s'est fait surprendre par
son orgueil et son mépris des Incas.

— Le bizarre, soupire le gros homme en se détournant, c'est
qu'ils n'ont pas encore attaqué. À mon avis, ils ont une idée derrière la tête. Vaudra mieux pas être sur leur chemin quand ils
voudront nous la montrer.

— Il m'arrive une chose étrange, Kike.

— Et quoi donc ?

— Je n'ai plus tellement envie de mourir.

Le geôlier le considère avec un étonnement sans bornes.

— Qu'est-ce que j'y peux, moi ? Je vous ai donné tout ce que
j'avais. Vous en faites pas. Vous en avez assez jusqu'à ce qu'ils

nous tombent dessus ! À ce moment-là, m'est avis que c'est pas la faim qui vous tourmentera le plus.

— Alors je te remercie, Kike.

Le calme et la résignation de Gabriel surprennent une fois de plus le gros homme, dont les petits yeux noirs s'arrondissent.

— Ne me remerciez pas tout le temps, ça me gêne plus que si vous m'engueuliez. Tenez.

Des profondeurs de son pourpoint crasseux, il tire un paquet qu'il met dans la main de Gabriel.

C'est une tranche de jambon épaisse, enveloppée dans de la couenne de porc. La graisse sur ses mains fait saliver Gabriel. Il a un mouvement vers le geôlier qui recule vers la porte et lui tourne le dos.

— Vous allez encore me remercier, grommelle-t-il.

— Simplement prier pour que tu restes en vie.

Le dos de l'homme ne bouge pas.

— On m'a dit que vous ne croyiez même pas en Dieu, don Gabriel.

— J'y crois assez pour prier pour toi, mon ami.

Quand la porte se referme, Gabriel reste seul et transi.

Même si la peur monte par ses membres, il garde la tranche de jambon entre les mains et il murmure entre ses lèvres.

C'est peut-être une prière.

3

Cuzco, 6 mai 1536

Le geôlier s'est trompé.

Les guerriers incas n'attaquent pas. Ni ce jour, ni le lendemain, ni le jour suivant.

Ils demeurent sur les pentes et les crêtes des collines. Du
matin au soir leur nombre s'accroît, encore et encore, occupant
toute la largeur de la plaine au sud de la ville. La nuit, des milliers de feux s'allument et dessinent un hallucinant cordon de
lumière autour de Cuzco, comme si elle était ceinte d'un dia-
dème de brasiers. Pourtant, les cris, les hurlements et les roulements de tambour se sont tus. Et ce silence, cette attente
pèsent si lourdement sur les Espagnols que, de temps à autre,
Gabriel entend les braillements déments de ceux qui ne peuvent
plus supporter la menace.

Lui aussi, après deux jours de ce régime, se sent gagner par
l'impatience du combat. Au moins l'attente et l'immobilité forcée lui permettent-elles de reprendre des forces et d'apaiser ses
douleurs malgré le peu de nourriture qu'il s'octroie par précaution chaque jour.

Craignant que les sbires de Gonzalo ne profitent de ces
heures étranges pour venir l'égorger en catimini, il se contraint

à de brefs moments de sommeil. Il use son ennui en se confectionnant une arme de circonstance. Avec soin, il brise la cruche d'eau abandonnée par le geôlier afin d'obtenir un éclat long et épais dans le prolongement de l'anse. Des heures durant, d'un geste machinal, il en polit la tranche sur les pierres du mur. Mais ce mouvement répétitif lui laisse l'esprit vide et il ne peut s'empêcher de songer à Anamaya.

Ses rêves lancinants et fous l'ont quitté mais pas le visage ni le parfum si particulier de la peau de sa bien-aimée. Le tintement du rire ou du plaisir d'Anamaya danse dans sa cervelle comme une chanson. De temps à autre, alors qu'il palpe le poli de plus en plus parfait de la poterie, il ferme les paupières. Sous la pulpe de ses doigts, il s'imagine effleurant encore la nuque et les reins de son impossible amour.

Oh! comme ils pourraient être heureux en cet instant si elle l'avait suivi et avait fui ce chaos avec lui jusqu'au lac Titicaca!

Hélas, il lui suffit de rouvrir les paupières pour mesurer l'aveuglement de ses espoirs et la réalité qui l'entoure, la chaîne qui meurtrit sa jambe, la paillasse pourrie et ce rai de lumière froide, négligente, qui traverse comme une dague le mur épais de sa prison.

Anamaya est loin dans la montagne. Elle est l'espoir vivant d'un peuple auquel il n'appartiendra jamais, lui, Gabriel Montelucar y Flores, l'Étranger venu de si loin voler leur paix et leur destin. Leur survie l'exige : les Incas doivent prendre Cuzco, en redevenir les maîtres puissants et détruire tous les Espagnols, sans exception! Lui comme les autres. Bientôt, il ne sera plus pour elle qu'un souvenir, que Manco et le puissant prêtre Villa Oma s'efforceront d'effacer de sa mémoire.

Comment a-t-il pu croire un instant seulement qu'il puisse en aller autrement, qu'il pourrait lui tenir la main comme on le ferait d'une femme ordinaire et, enlacé à elle, marcher vers le bonheur?

Si Dieu existe, Dieu le punit de cet aveuglement... Et, s'il n'existe pas, il paie simplement sa naïveté.

Bah! Il se gratte la peau jusqu'au sang pour s'empêcher de se perdre dans le tourbillon inutile des questions.

Le tesson de poterie qu'il polit avec soin depuis deux jours lui apparaît soudain comme le plus grotesque ouvrage qu'il ait accompli. L'absolu oubli où on le maintient est bien pire qu'un égorgement! Quel besoin a-t-il d'une arme? Les Pizarro ne se donneront même pas le mal de lui plonger une lame dans le corps. Il leur suffit de l'oublier, de laisser faire la soif et la faim, de l'abandonner à la fureur des guerriers indiens, et voilà.

Alors, avec colère, il lance contre le mur le tesson de poterie qui y explose et redevient poussière.

Après un instant de stupeur devant son propre geste, Gabriel se roule en boule, s'entoure de sa chaîne comme d'un licol et cherche le sommeil comme on entre dans le néant.

*

C'est un bruit léger qui le réveille. Un grincement qu'il reconnaît. On est en train de soulever discrètement le lourd rondin qui barre la porte de sa cellule.

D'instinct il se dresse sur ses bras. En silence, il ramasse les anneaux de sa chaîne et les serre dans son poing comme un fléau. Sa résignation s'est noyée dans son sommeil. Le désir du combat lui irradie les reins. Son orgueil réclame qu'il se défende avec assez de haine pour massacrer ses agresseurs!

Il fait si noir qu'il ne peut voir l'huis s'ouvrir, mais perçoit un bref mouvement d'air. Impossible aussi de savoir combien ils sont. Aussi discrètement qu'il le peut, il se tasse contre le mur et demeure accroupi. Il s'oblige à respirer doucement et tente de ne pas songer que sa dernière heure est venue.

Brusquement, le volet d'une lanterne sourde grince. L'éclat

jaune d'une chandelle parcourt les murs avant de se poser sur lui. Lorsqu'elle le capte, la lampe est agitée par un soubresaut.

— Gabriel !

Même basse et voilée, il reconnaît la voix bien avant de distinguer la longue robe de bure.

— Gabriel, n'aie crainte, ce n'est que moi.

— Bartolomé ! Frère Bartolomé !

— Oui, mon ami, chuchote Bartolomé avec un sourire dans la voix.

Comme s'il voulait que nul doute ne demeure, le moine glisse dans la chiche lumière sa main dont le majeur et l'annulaire sont étrangement collés.

— Bon sang, s'exclame Gabriel, vous êtes bien le dernier que je m'attendais à voir ici cette nuit !

— C'est bien pourquoi j'ai pris la précaution de m'éclairer avant que tu ne me sautes dessus...

Gabriel rit en laissant choir sa chaîne.

— Bien jugé !

Et comme le moine s'approche pour l'enlacer avec fraternité, Gabriel le repousse d'un geste.

— C'est avec plaisir que je vous serrerais contre moi, mais je crois qu'il vaut mieux s'abstenir !

D'un mouvement lent de sa lampe, Bartolomé le scrute de la tête aux pieds :

— Mon pauvre ami ! Dans quel état on te laisse !

— Le fait est que je dois empester à vingt lieues.

— Prends cette lampe et éclaire-moi, chuchote Bartolomé. J'ai dehors de quoi te rendre figure humaine.

Un instant plus tard, il revient, un gros panier dans les bras.

— De quoi manger à ta faim, annonce-t-il en déposant sa charge aux pieds de Gabriel. De l'eau en quantité, assez pour que tu puisses te laver aussi bien que boire, et quelques onguents pour les plaies et bosses.

— De quoi soutenir un siège…

— Tu ne crois pas si bien dire ! Mais nous parlerons de cela tout à l'heure. Mange d'abord à ta faim.

Gabriel secoue la tête avec émotion :

— Hier soir, je m'étais résigné à mourir seul comme un chien, sans que quiconque se soucie d'empêcher la vermine de nettoyer mon cadavre. Je pensais que la dernière face humaine que j'aurais vue en ce bas monde était celle d'un geôlier pansu — pas le pire des hommes d'ailleurs, mais tout de même assez éloigné d'Érasme et de Socrate. Mais vous voilà et je me sens capable de desceller cette chaîne du mur avec mes deux mains !

— Dieu sait exprimer sa mansuétude à sa manière, Gabriel, même si tu préfères ne pas t'en apercevoir, s'amuse Bartolomé en lui tendant une outre bien pleine. Il me semble qu'il serait bon pour nous deux que tu commences par faire un peu de toilette. Hélas, je me soucie si peu des vêtements que je n'ai même pas songé à t'apporter de quoi quitter ces loques !

*

— Don Hernando est venu me voir pour m'annoncer ton retour et ton arrestation, explique Bartolomé tandis que Gabriel arrache à pleines dents la chair rôtie d'un cuissot de lama. « Mon frère, m'a-t-il dit de sa voix la plus suave, cet homme ne mérite que la mort. Je ne doute pas qu'il l'aura. Mais nous savons que la charité chrétienne s'offusque des jugements hâtifs. Aussi nous allons offrir à ce bâtard un procès. En cette condition, je ne vois personne d'autre que vous qui soit ici capable de mener cette tâche de manière irréprochable… » Et voilà comment il a fait de moi ton juge.

Un petit rire interrompt Bartolomé, qui laisse le temps à Gabriel de se désaltérer un peu avant d'ajouter :

— Don Hernando est revenu d'Espagne plus rusé que

jamais. Il s'est retrouvé en fort mauvaise posture à Tolède. Les méthodes des Pizarro ont choqué bien des gens à la cour. Jusque dans l'entourage de la reine, on s'est ému de la fin d'Atahuallpa.

— Quand même !

— Oh ! ce n'est pas allé bien loin ! Il a reçu l'habit de Santiago quand on l'aurait bien vu croupir dans la prison où nous nous sommes rencontrés, toi et moi.

Un sourire les relie à ce souvenir.

— J'ai demandé à t'interroger sur-le-champ, reprend Bartolomé. On m'en a dissuadé au prétexte qu'il fallait te laisser te repentir tout seul quelque temps. J'en ai conclu qu'ils t'avaient mis dans un bien mauvais état !

— De quoi suis-je accusé, au juste ?

— De tentative d'assassinat sur la personne de Gonzalo… Mais, avant cela, de trahison pour avoir abandonné la mission que t'avait confiée le Gouverneur : suivre don Almagro dans son expédition au Sud…

— La belle mission ! Elle consistait surtout à assister aux horreurs que répandait Almagro tout le long de son chemin. Vous ne pouvez imaginer ce que j'ai vu là-bas, Bartolomé. La cour d'Espagne s'est émue de la fin d'Atahuallpa ? Elle vomirait tripes et boyaux si je pouvais lui montrer ce que mes yeux ont vu pendant des semaines ! Les gibiers de potence qui accompagnent Almagro violentent et tuent les Indiens comme si ce n'était rien de plus que des rats. Les enfants, les vieillards, les femmes, les malades… Pour eux, aucun ne mérite la vie et le respect. Je les ai même vus décapiter des morts ! Sur des centaines de lieues, il n'est pas resté un village qui ne soit brûlé, pillé, volé !

— J'ai entendu parler de cela.

— Moi, j'y étais. Et j'y étais impuissant. Quand j'ai voulu protester, Almagro a tout bonnement pointé une arbalète sur moi. Imaginez ce que c'est que d'être au milieu de cette souffrance, jour après jour, sans pouvoir la combattre ni même la soulager.

Imaginez-vous la honte que cela représente d'être un assassin comme cette lie d'humanité qui déferle là-bas en bavant de sa folie de l'or !

— Pourquoi dis-tu cela ? Toi, tu n'as rien fait.

— Je n'ai pas répandu la souffrance, mais je ne l'ai pas empêchée non plus, ce qui revient au même. Désormais, dans le regard des gens de ce pays, tous les Espagnols se ressemblent...

Avec véhémence, Gabriel désigne la lucarne où rougeoient les feux des Incas :

— Pour les milliers de guerriers qui nous entourent et hurlent là-haut, il n'y a plus de bons ou de mauvais « Étrangers ». Pour eux, nous méritons tous d'être exterminés. Voilà le résultat de la politique d'Hernando, d'Almagro et des suppôts de l'enfer comme Gonzalo à qui ils permettent tout !

— Tu épargnes au moins le Gouverneur de cette liste, constate Bartolomé avec un geste d'apaisement.

Avec un bougonnement amer, Gabriel se lève et tire sur sa chaîne pour aller respirer un peu d'air frais à la lucarne.

— Don Francisco n'est pas une brute, convient-il. Mais il sait trop bien fermer les yeux quand cela l'arrange. Et cela l'arrange souvent.

Dans le ciel d'est, l'aube est à peine perceptible tant le firmament est illuminé par les feux des Incas. Comme chaque nuit, les collines sont embrasées de milliers de foyers dont les reflets atteignent les murs de Cuzco. Çà et là, on peut entrevoir des silhouettes qui se déplacent.

— Je crois que l'on va oublier ton procès, remarque Bartolomé qui s'est approché. Je vais faire en sorte de te libérer, Gabriel. Je vais trouver un outil pour briser ta chaîne. Cela passera aisément inaperçu tant la ville est pleine de confusion.

— Merci, frère Bartolomé. Ne vous faites cependant pas trop

d'illusions. Ici dedans ou là dehors, nous sommes désormais tous pareils. L'heure de notre jugement semble bien arrivée.

Un instant, ils demeurent tous deux silencieux, fascinés par le fleuve de feu unissant les collines.

— Ils sont peut-être deux cent mille, murmure soudain Bartolomé. On se demande ce qu'ils attendent pour fondre sur nous.

— Ils attendent seulement que nous n'ayons plus aucune chance de leur résister.

— Ou que nous crevions de faim ! Il y a de moins en moins de nourriture. Ce que je t'ai apporté ce soir, il m'a fallu le voler et tu ne reverras pas de sitôt un panier aussi rempli. Aujourd'hui, un cavalier du nom de Mejia a voulu absolument se tailler un passage vers la plaine. En un rien de temps il a été désarçonné. Ils l'ont décapité avant de trancher net les jarrets de son cheval !

— Qu'ordonne Hernando comme défense ?

— Il pense réunir les cavaliers pour mener une charge afin d'ouvrir une brèche dans ce mur humain et d'aller quérir des renforts.

— Cela signifie combien de chevaux ?

— Il y en a une soixantaine tout au plus dans la ville.

— Quelle stupidité !

Bartolomé lui jette un regard perçant. Comme Gabriel ne dit rien de plus, il demande :

— Pourquoi ?

— Oh, il suffit de réfléchir ! Mais Monseigneur Hernando Pizarro est trop persuadé qu'il n'a que des sauvages en face de lui pour le faire. Je connais un peu ceux qui sont leurs chefs de guerre. Ils savent fort bien comment nous combattons et où sont nos faiblesses. Ils n'attendent que cela : une charge groupée. Voilà notre unique tactique militaire jusqu'à ce jour !

— Parce qu'elle a toujours été victorieuse.

— Cette fois, elle ne pourra l'être. Les Incas laisseront filer les cavaliers sans vraiment chercher à les retenir. Ou ils les occuperont dans une sorte de faux combat. Pendant ce temps, que se passera-t-il ? Il restera deux cents, trois cents Espagnols dans Cuzco face à cent mille Indiens et sans autre défense qu'une paire de jambes et une épée ! Le combat ne durera pas une journée, Bartolomé. Au corps à corps, les soldats de Manco sont redoutables. Leurs pierres de fronde percent les meilleures cuirasses et brisent les lames de nos épées. Je vous le dis : le miracle de Cajamarca ne se reproduira pas une seconde fois !

— Quelle autre solution ?

— La paix ! Réintroduire Manco dans tous ses droits royaux, lui rendre l'or volé... Mais cela ne sera pas et il est bien trop tard de toute façon : les Incas n'en voudraient plus ; pourquoi faire la paix alors qu'ils peuvent nous écraser comme des mouches ?

Bartolomé approuve d'un hochement de tête. Mais sa voix est légèrement différente lorsqu'il remarque :

— Don Hernando fait mine de croire que tu es désormais devenu un espion de Manco, que tu as participé à sa fuite, à l'organisation de ce siège...

— Et que je dissimule une grande statue d'or ainsi qu'une certaine princesse inca que l'on nous présente comme l'épouse de cet homme d'or ! achève Gabriel avec un rire amer.

— Les bruits les plus étranges commencent à courir sur ton compte, il est vrai, soupire Bartolomé. Mais après tout, à te voir revenir ici, déguisé en paysan indien... Sans compter tes violences. Gonzalo boite bas en un mauvais moment et tu as bel et bien fracassé le crâne de l'un de ses meilleurs amis. Pourquoi tant de sauvagerie ?

Il y a soudain chez Bartolomé cette distance, cette curiosité froide que Gabriel a si souvent suspecté par le passé de cacher de noirs desseins.

— Est-ce l'interrogatoire du juge qui débute ?

— Gabriel !

— À l'heure qu'il est, je peux vous l'avouer sans détour, Bartolomé : mon plus grand regret est d'avoir manqué mon coup. Mon casse-tête aurait dû s'enfoncer dans la cervelle de Gonzalo et non dans celle de son compagnon. De cela, oui, je veux bien être puni !

— Je crains de ne toujours pas comprendre les raisons de tant de haine, mon ami.

Gabriel hésite quelques secondes. Le ciel pâlit de plus en plus au-dessus des collines. Il semble que les guerriers incas s'agitent plus que d'ordinaire.

— Il y a plus d'un an, tandis que j'étais loin, Gonzalo a voulu violer Anamaya, dit-il d'une voix sourde. C'est ce forfait qui a précipité la fuite de Manco. Ni elle ni lui n'étaient plus en sécurité dans Cuzco. Bien sûr, Gonzalo n'a pas dû se vanter de ce haut fait et vous ne pouvez le savoir.

— Doux Jésus !

— Malheureusement, Gonzalo a rattrapé Manco et l'a emprisonné. Anamaya, elle, a pu s'échapper avec ce nain qui est son ami. Elle s'est cachée dans la montagne pour organiser la rébellion. Son but était d'abord de libérer Manco, qui subissait ici même les pires humiliations. Moi, je ne le savais pas. J'ai seulement appris que Manco était prisonnier de ce fou de Gonzalo et imaginé qu'Anamaya devait aussi être entre ses pattes. Cette seule pensée était insupportable. J'ai quitté aussitôt l'expédition d'Almagro où j'avais de toute façon mon content d'horreurs...

— Je comprends, je comprends...

Bartolomé pose sa main sur l'épaule de Gabriel ; sa voix est de nouveau chaude et amicale.

Gabriel s'écarte de la lucarne et, en quelques phrases, raconte comment il a voulu traverser l'étrange désert de sel pour rejoindre au plus vite Cuzco, menant son cheval à la mort et n'étant sauvé lui-même que par Katari, le « Maître des Pierres ».

— J'étais comme mort et il m'a littéralement ressuscité.

— Katari... murmure avec émotion Bartolomé. J'ai toujours pensé que cet homme-là serait chez nous une espèce de saint. Il a comme une prescience de nos mystères. C'est lui qui m'a appris mes premiers mots de quechua et moi ses premiers mots d'espagnol. Mais j'ai su rien qu'en le regardant que c'était une âme pure, une âme rare. Si Dieu le veut, je le reverrai avec plaisir.

— Ah ! s'exclame Gabriel avec enthousiasme, presque sans écouter le moine, je me suis réveillé dans le plus bel endroit du monde ! Un lac immense, presque une mer, les gens du lieu l'appellent Titicaca. Les montagnes qui l'entourent sont les plus hautes que l'on puisse imaginer, la neige y demeure en permanence et les pointes, certains jours, se reflètent à la surface du lac comme dans un miroir. Pourtant, le climat semble y être aussi doux qu'à Cadix ! Les habitants y sont paisibles, aimables. J'ai rêvé d'y retourner vivre avec Anamaya. Fuir là-bas avec elle...

Il suspend sa phrase. Les cauchemars fous des jours précédents lui reviennent d'un coup à l'esprit. Il voudrait pouvoir en parler à Bartolomé, mais quelque chose l'en retient. La honte peut-être d'avouer qu'il se prend en rêve pour un animal. Alors il se contente de lui expliquer son arrivée à Calca alors que déjà les guerriers de Manco affluaient de tout l'Empire des Quatre Directions.

— Là, elle m'a déclaré tout à la fois qu'elle m'aimait mais qu'il nous était impossible de rester ensemble, car la guerre allait éclater ! En vérité, ce qu'elle m'a avoué ainsi, Bartolomé, avec la douceur de ses paroles et de ses baisers, c'est que je n'étais plus pour elle qu'un Étranger comme les autres et que...

— Gabriel ! Par le Christ, Gabriel, regarde... Seigneur tout-puissant !

L'exclamation de Bartolomé glace Gabriel. Dans un cliquet-

tement de chaîne, il bondit jusqu'à la lucarne. Un cri de stupéfaction s'échappe de sa gorge sans même qu'il s'en aperçoive.

Dans la demi-lumière du jour naissant, les foyers semblent
avoir descendu les collines, comme si le fleuve de feux entrete-
nus par les guerriers indiens débordait. Le son lancinant des
trompes éclate brusquement, faisant trembler l'air, et aussitôt,
partout autour du ciel, des vociférations épouvantables le recouvrent.

— Ils attaquent, murmure Bartolomé d'une voix blanche.

— Regardez, dit Gabriel, regardez le ciel !

C'est une nuée de flèches qui s'élancent, si serrées et si
denses que cela ressemble à un rideau que l'on lèverait du sol.
Elles montent avec force et une étrange lenteur. Des cris en
espagnol jaillissent tout près dans les ruelles tandis que les milliers de flèches soudain basculent et fondent à toute vitesse vers
le sol. D'instinct, Bartolomé se recule. Mais le tir ne porte pas
assez loin encore pour atteindre la *cancha* où se trouve la prison. Gabriel n'entend plus les hurlements. Il regarde le rideau
de mort s'abattre, faisant disparaître les toits. Malgré le
vacarme, le bruit des impacts est comme un long déchirement
sourd. C'est alors que les tambours roulent et prennent le relais
des trompes.

— Je dois partir et rejoindre Hernando, annonce Bartolomé.

Gabriel le retient par le bras :

— Attendez un instant, c'est trop dangereux, il va se passer
quelque chose d'autre…

À peine achève-t-il sa phrase qu'un bizarre bourdonnement
résonne contre leurs poitrines, comme s'il se frayait un chemin
à travers les appels et les gémissements de douleur. Mais rien
n'est visible encore.

— Les pierres de fronde.

Oui, à la pluie de flèches succède un orage de pierres. Et
celui-ci ne vient pas des collines, mais de la grande forteresse

de Sacsayhuaman qui domine Cuzco, à proximité même des habitations et des ruelles. Les pierres vont beaucoup plus loin que les flèches. Gabriel et Bartolomé entendent ce clapotis mat qu'elles font partout sur les toits et contre les murs. Il y en a de plus en plus, elles sifflent et grondent, parfois s'entrechoquent en l'air tant les tirs sont nourris. Cela dure et dure. Les appels terrifiés des Espagnols redoublent, les vociférations des collines leur répondent. Une salve nouvelle de flèches s'élève et se couche sur la ville, se mêlant aux pierres de fronde dans un déluge meurtrier. Il semble, littéralement, que le ciel s'abat sur Cuzco pour en exterminer la vie, l'engloutir dans une vengeance qui ne cessera que sur des monceaux de cadavres.

— Il faut que je parte ! crie Bartolomé.

— Alors, placez cela sur vous, s'exclame Gabriel en vidant le contenu du panier pour le retourner sur la tête du moine. Cela vous protégera un peu !

Mais, à l'instant où Bartolomé ouvre la porte, il s'immobilise.

— Oh, Seigneur, murmure-t-il en esquissant le signe de croix sur sa poitrine.

En une dizaine d'endroits déjà les toits de chaume de Cuzco fument. Des flammes jaillissent d'un coup ici et là, comme si l'on venait de souffler dessus.

— Les pierres de fronde, explique Gabriel. C'était pour cela ! Ce sont les pierres de fronde qui enflamment la paille des toitures.

— Ils vont brûler la ville entière, gémit Bartolomé.

Gabriel tire sur sa chaîne, rageur.

— Si vous le pouvez, trouvez quelqu'un qui saura me délivrer de cette foutue saloperie de chaîne !

— Je ne te laisserai pas rôtir ici.

Le moine l'étreint brièvement.

— Vous me le promettez ?

Malgré son hochement de tête, lorsque Bartolomé disparaît dans l'atmosphère saturée de fumée, Gabriel doute fort de le revoir.

*

Le vent attise les flammes jusqu'au cœur de la nuit. La ville entière n'est qu'un bûcher. Seules quelques maisons autour de la grande place sont épargnées, hors d'atteinte ou sauvées par le courage des Indiens alliés, auxiliaires fidèles des Espagnols, qui en arrosent les toits au risque de leur vie.

Au crépuscule, la fumée est devenue si dense que par moments il est à peine possible de voir devant soi les murs des ruelles. Âcre, elle pénètre dans les poumons comme un poison et déchire les poitrines. Des hommes tombent à genoux et ne peuvent plus même gémir tant le souffle leur manque. Les chevaux sont effrayés. Ils renâclent, l'échine frémissante, roulent des yeux irrités jusqu'au sang, les naseaux palpitants, les babines tremblantes. Quelques-uns mordent leurs maîtres avec des grognements plaintifs.

Sans cesser, des flèches et des pierres de fronde traversent la fumée en sifflant. Au hasard, elles se brisent contre les murs ou s'enfoncent dans les chairs des blessés abandonnés. Mais ceux-là ne souffrent guère longtemps.

Profitant de l'opacité de la fumée, la bouche recouverte d'un masque de coton, les guerriers incas se précipitent dans les rues étroites du pourtour de la ville. Ils dressent des barricades, basculent des troncs, installent des palissades préparées à l'avance. Une à une, ils obstruent les issues avec assez de hauteur pour que les chevaux ne puissent les franchir.

Obéissant à un ordre de Villa Oma, des groupes furtifs s'enfoncent plus avant dans Cuzco. Munis de longs casse-tête de pierre ou de bronze, ils achèvent les blessés abandonnés puis sautent sur les murs des premières *canchas* calcinées. Parfois, le blanc de leurs yeux terrifiés trouant leurs visages noircis, cloqués de brûlures, des femmes et des enfants cañaris les supplient. Mais aucune plainte ne retient les guerriers de Manco.

Pour la première fois, ils se battent avec le goût de la victoire à la bouche.

*

— Il y a si longtemps que j'espérais voir cela, jubile Villa Oma en adressant à Anamaya et à Manco un très rare et très orgueilleux sourire. Unique Seigneur, c'est vraiment une très grande joie pour moi de t'offrir enfin cette bataille. J'espère que ton Père le Soleil et tous tes Ancêtres se réjouissent comme nous !

Ils sont sur la plus haute tour de la forteresse du soleil, Sacsayhuaman. Dans la lumière grandissante du jour, Cuzco n'est plus qu'un gigantesque brasier. Inlassablement, les guerriers ont fait tournoyer leurs frondes, propulsant des pierres conservées depuis la veille dans les foyers et que l'on a enveloppées dans du coton. La durée du jet suffit à enflammer le coton et, lorsque les projectiles atteignent les toits, l'*ichu* bien sec qui les recouvre ne met qu'un instant pour s'embraser à son tour.

Aujourd'hui, les Puissants de l'Autre Monde soutiennent l'Unique Seigneur Manco. Avant la fin de la nuit, le vent s'est remis à souffler, il a vite attisé les premières flammes. Elles ont grandi, s'allongeant et se tortillant pour glisser de toit en toit. Toutes les *canchas* de Cuzco le Haut se sont embrasées au même instant, comme si le feu était devenu liquide.

Les guerriers ont lancé de nouveau des milliers de galets. Les frondes ont sifflé et maintenant ce sont les toits de Cuzco le Bas qui s'enflamment comme des champs de maïs à la fin de l'été. Le feu y fait des bonds, franchit les ruelles, saute les jardins et les patios.

Les mains posées sur le mur de pierre aussi large qu'un chemin, Manco rit joyeusement :

— Regarde, Anamaya ! Regarde-les courir, nos puissants Étrangers ! Ne dirait-on pas des insectes qui sentent la mort leur griller les pattes ?

Anamaya approuve d'une inclination de la tête. La comparaison de Manco est très juste. Les Espagnols et les quelques centaines d'Indiens cañaris, huancas et d'autres nations encore qui s'obstinent à leur demeurer fidèles courent en tous sens mais sans autre but que d'échapper aux toitures et aux charpentes en flammes. Dès qu'ils parviennent à découvert, à l'abri des flammes, ce sont alors les pierres de fronde et les nuées de flèches qui s'abattent sur eux. Déjà on voit des cadavres et des blessés par dizaines que nul n'ose venir secourir.

Depuis un instant, les cavaliers espagnols se sont retirés sur la grande place, qui est seule à l'abri des flammes et des projectiles car trop éloignée des tours de Sacsayhuaman. Anamaya tente de discerner parmi les silhouettes nerveuses et mouvantes les cheveux blonds de Gabriel. Mais les Étrangers sont trop serrés les uns aux autres, leur visage dissimulé par le morion. D'autres arrivent encore sur la place en hurlant, se protégeant comme ils le peuvent de leur bouclier.

— Qu'en penses-tu, *Coya Camaquen* ? demande Manco qui la scrute d'un regard amusé, devinant aisément ce qu'elle ressent.

— Je pense que c'est une belle bataille et qu'elle est terrible comme toutes les batailles.

— Nous allons vaincre, s'indigne Villa Oma, et cela ne semble pas te réjouir.

— Nous n'avons pas encore vaincu, répond doucement Anamaya. Pour l'instant, c'est notre Cuzco seulement qui est détruite, pas les Étrangers.

La remarque pique au vif Villa Oma. D'un geste brutal, il montre l'énormité des troupes qui entourent Cuzco.

— Regarde dans la plaine, *Coya Camaquen*. Regarde nos guerriers, ils recouvrent les collines, ils recouvrent la plaine. Pas une fourmi ne leur échapperait. Imagines-tu qu'ils puissent être vaincus ?

— Pour l'instant, nos guerriers sont hors de la ville et les Étrangers dedans.

— Cela ne va pas durer. Dans un moment, je vais donner l'ordre. Toutes les troupes vont déferler dans les rues de Cuzco. Observe bien ces Étrangers, là-bas sur la place ! Ce soir, plus un ne sera vivant !

Villa Oma a presque crié. Anamaya ne répond pas, elle sait à quoi pense le vieux Sage que la guerre rend ivre de violence. Elle serre les lèvres pour ne pas poser la question qui la hante depuis que Gabriel et elle se sont séparés à Calca. Si Gabriel est le puma, que se passera-t-il s'il meurt ?

— Anamaya a raison, déclare sèchement Manco en la tirant de ses pensées. J'aime ce que tu me montres, Villa Oma, mais il est trop tôt pour se réjouir.

— Alors, attends ce soir ! grogne Villa Oma avec une pointe de mépris. Regarde là-bas…

Du doigt, il désigne les premiers guerriers qui bondissent dans les rues pour dresser des palissades qui empêcheront les Étrangers de fuir à cheval.

— Non, ordonne fermement Manco. Non, nous n'entrons pas dans la ville aujourd'hui. C'est trop tôt. Des guerriers arriveront bientôt de Quito, alors nous attaquerons et nous les vaincrons.

— Unique Seigneur ! Nous sommes déjà plus de cent mille et eux deux cents !

— Je dis non, Villa Oma. Nous devons encore les affaiblir. Il faut briser les canalisations qui conduisent l'eau jusqu'à la grande place. Il faut les affamer, leur rendre la moindre minute insupportable, jusqu'à ce qu'ils désirent se réfugier dans la plaine… Tu l'as inondée, leurs chevaux ne leur serviront à rien. Ils tomberont entre nos mains et nous sacrifierons leurs cavaliers à Inti. La peur, Villa Oma ! Ils doivent mourir de peur !

Le visage de Villa Oma est déformé par la fureur. Mais il se tait. Il se contente de regarder la ville qui flambe, les hommes qui courent et hurlent. Anamaya voit ses lèvres trembler et ses poings se serrer convulsivement. Il doit se retenir d'étendre le bras et de frapper Manco.

— Villa Oma… commence-t-elle d'une voix apaisante.

— Tu ne devrais pas être ici, *Coya Camaquen* ! grince le Sage avec une ironie méchante. Si les Étrangers sont aussi dangereux que le prétend Manco, tu cours un grand danger à t'exposer sur cette tour. Tu dois retourner à Calca immédiatement.

En lui tournant le dos, en laissant ses yeux bleus se perdre dans le ciel où les flammes et les fumées montent, Anamaya peut enfin laisser aller son cœur à l'inquiétude.

Oui, elle tremble pour Gabriel !

Oui, de toutes ses forces et de toute son âme elle souhaite que lui au moins survive. Et pas seulement parce qu'il est le puma annoncé par le grand Huayna Capac : parce qu'il est l'homme qu'elle aime et que vivre sans lui, c'est ne pas vivre.

4

Cuzco, mai 1536

Aussi impuissant qu'un chien au bout de sa chaîne, Gabriel entend les hurlements des mourants et assiste à l'embrasement de la ville. La fumée parvient jusqu'à sa lucarne et le repousse. Plié par les quintes de toux, il déchire les restes de sa tunique crasseuse pour les nouer sur son visage. Depuis longtemps, il a cessé d'espérer le retour du geôlier, celui de frère Bartolomé.

Depuis longtemps, l'espoir s'est retiré de lui et il ne songe plus qu'à respirer une fois de plus, et à survivre.

La moitié de Cuzco est en flammes lorsqu'il entend les chocs tant redoutés : les pierres atteignent maintenant le toit de sa prison. Dix fois peut-être, le bruit sourd se répète. Puis une première pierre traverse l'*ichu* du chaume et tombe tout près de lui.

Presque aussitôt une fumée brune forme d'agiles volutes autour des rondins de la charpente. Une petite flamme grésille, sautillante. Elle trace un serpentin doré, gagne le faîte du toit, zigzague, hésitante, redescend sous la pente opposée pour courir le long des murs. Ensuite, il faut une minute à peine pour que d'autres flammes naissent et se rejoignent.

Alors, d'un coup, c'est tout le chaume qui s'enflamme.

Avant que Gabriel ne puisse réagir, le feu se balance au-dessus de lui comme s'il cherchait à caresser le sol et l'oblige à s'agenouiller. En quelques secondes, la chaleur devient insoutenable.

Gabriel maudit sa chaîne, maudit Hernando et tous les Pizarro. Il se couche à plat ventre pour épargner son visage. Mais son dos devient si brûlant que c'en est insupportable.

Avec de petits feulements de fauve, des pans entiers d'*ichu* s'effondrent, pulvérisant des flammèches en tous sens. Le souffle des flammes redouble, mais elles sont aspirées vers l'extérieur, attirant la fumée avec elles. C'est alors que Gabriel songe aux gourdes apportées par Bartolomé.

Bravant la chaleur qui lui calcine les poils des mains, il rampe pour les attraper. Déchirant avec ses dents le lien de cuir qui en retient le bouchon de bois, il s'asperge le visage et les épaules, vide jusqu'à la dernière goutte l'outre sur tout son corps incendié. Le choc de la fraîcheur est si violent, si bref, qu'il le laisse tremblant et claquant des dents. Il a tout juste assez de conscience pour entrevoir le chaume s'affaisser au-dessus de lui. Piégé par sa chaîne qui limite ses mouvements, il évite comme il le peut ces paquets embrasés en se recroquevillant au pied d'un mur.

Et puis soudain, avec autant de brutalité qu'il s'est répandu, le feu cesse.

Il ne reste que quelques langues de feu autour des poutres de la charpente, agitées par un vent qui repousse la fumée en paquets tournoyants. Un air frais, froid même, se glisse entre les murs brûlants.

Les bras et les mains douloureux, Gabriel attrape l'unique gourde restante et ne résiste pas à la tentation de boire et de s'asperger encore. Il n'aura bientôt plus d'eau mais tant pis.

Épuisé par la peur, il s'allonge sur le sol et bénit le peu de fraîcheur que le vent lui octroie.

La fumée glisse maintenant au-dessus des murs de Cuzco,

masquant le ciel comme un orage de crépuscule. Il semble que ce soit elle qui contienne toutes ces plaintes, ces appels, tout ce vacarme de mort et de destruction qui bourdonne dans la ville.

Gabriel ferme ses paupières douloureuses et passe une langue pareille à un vieux cuir sur ses lèvres éclatées.

Il se demande combien d'Espagnols sont encore vivants.

Quant à lui, c'est comme s'il faisait face déjà au royaume des morts.

*

Cette nuit-là, comme celles qui ont précédé, les plaintes des trompes et les chants, les appels, les insultes des cent mille guerriers incas ne cessent pas. L'effroyable bruit vibre dans le ciel incandescent, roulant des fumées aussi épaisses que des nuages d'orage, comme si le diable lui-même avait tendu le dais de l'enfer sur Cuzco.

Épuisé, douloureux des pieds aux paupières, Gabriel somnole un long moment, cherchant le silence dans l'abrutissement de la fatigue.

C'est un cri différent des autres qui l'oblige à ouvrir les yeux.

Il n'est pas certain de ce qu'il voit. Trois silhouettes se tiennent raides sur le mur au-dessus de lui. Des silhouettes sans visage, il n'entrevoit que des corps et des membres. Avec des armes : lances et casse-tête.

D'abord, rien ne bouge et il se croit encore dans un mauvais rêve. Puis un nouveau cri jaillit de l'ombre. Un bras se lève et projette quelque chose. Une pierre, une grosse pierre attachée à une corde ! Elle ricoche sur le sol à quatre pouces de la jambe de Gabriel déjà debout et qui hurle sans réfléchir :

— Je ne suis pas contre vous !

D'avoir entendu leur langue, les trois hommes hésitent.

— Je ne suis pas contre vous, je suis avec la *Coya Cama-quen*! crie encore Gabriel.

En un éclair, il devine l'hésitation des guerriers incas. L'un d'eux dit quelque chose d'incompréhensible, puis agite les bras dans sa direction. Gabriel répète :

— Je ne suis pas contre vous!

Il tire sur sa chaîne pour montrer ce qui l'entrave, l'un des hommes gesticule en murmurant des phrases que Gabriel ne parvient toujours pas à comprendre. L'autre Indien secoue nerveusement la corde et la pierre attachée à son extrémité roule entre les pieds de l'Espagnol, manquant de le déséquilibrer.

D'instinct, Gabriel attrape la pierre et la corde, les attirant à lui. Cependant, au même instant, l'un des assaillants pousse un gémissement tandis que les deux autres s'écartent. La corde devient toute molle dans les mains de Gabriel. Sur le mur, l'un des guerriers s'affaisse et ses compagnons glapissent, faisant déjà tournoyer leurs frondes. L'homme s'affale avec un bruit de sac sur le sol de la prison.

Lorsque Gabriel relève les yeux, les deux guerriers s'enfuient, s'évanouissent dans la nuit ocre. L'homme tombé près de lui est déjà mort, un trait d'arbalète enfoncé si loin dans la poitrine qu'il y disparaît presque!

Gabriel n'a pas le temps de s'étonner. La porte de sa prison grince et une forme totalement obscure, pareille à un fantôme devenu noir, se glisse souplement dans la pièce sans toiture. Au bout d'un bras pend une petite arbalète à cranequin.

Gabriel recule, la chaîne cliquetant entre ses jambes. Un rire moqueur fuse.

— Eh bien, l'ami, on ne me reconnaît pas? chuchote une voix familière entre toutes.

La surprise de Gabriel est si grande qu'il ne peut répondre d'abord que par un silence. Alors la silhouette avance de deux pas prudents.

— Holà, Gabriel ! On t'a déjà arraché la langue ?

— Sebastian… Sebastian !

— Votre Grâce, pour vous servir.

Le grand et fier compagnon noir, l'ancien esclave, s'approche, posant prudemment son arbalète sur le sol, et embrasse Gabriel sans hésiter. À dire vrai, pas plus que Gabriel il ne peut craindre de se salir. Pour tout vêtement, il n'a qu'une sorte de jupe en cuir qui contient sa réserve de flèches et un long poignard. Pour le reste il est nu, sa peau noire maculée de suie grise.

— Sebastian déguisé en diable ! s'exclame Gabriel avec soulagement.

Un sourire d'une blancheur scintillante troue l'obscurité.

— Par les temps qui courent, je ne connais pas de meilleure tenue. Pour une fois que le noir m'est un atout, pas question de s'en priver !

Le rire vient dans la gorge de Gabriel comme s'il buvait de l'eau fraîche. Du bout du pied, Sebastian tâte le corps du guerrier inca :

— Bien mort, à ce qu'il semble. On dirait que je suis arrivé juste à temps, pas vrai ?

— Comment as-tu su que j'étais ici ?

— Le frère Bartolomé, bien sûr. C'est lui qui m'a dit dans quel piège tu te retrouvais. J'ai un peu tardé parce qu'il me fallait obtenir ça…

Sebastian tire de sa jupe en cuir un poinçon d'acier et un petit marteau :

— Ton gros ami le geôlier a été un peu difficile à dénicher. Sympathique, cet homme-là, et du tempérament comme je les aime : en veine de confidences, il m'a raconté qu'il avait dû faire six enfants à six Indiennes différentes pour être sûr d'avoir un garçon. Enfin… c'est lui qui détenait ce foutu poinçon qui permet d'ouvrir tes fers. Sans ça, il faudrait desceller la chaîne pour qu'ensuite tu te promènes avec !

En même temps qu'il parle, Sebastian se met à l'ouvrage, piquant la tige refermant les colliers de la chaîne avec son poinçon et la frappant à petits coups précis.

— Ne bouge pas, j'en ai pour un instant ! Surveille les murs, que nos amis incas ne reviennent pas nous chatouiller les côtes par surprise !

Pour Gabriel, le tintement des fers qui s'ouvrent est plus précieux qu'un bruit d'or. Sur-le-champ, il a la sensation de mieux respirer.

— Te voilà libre, fait Sebastian en attrapant affectueusement le poignet de Gabriel.

— Doux Jésus, j'ai bien cru que j'allais griller comme un poulet entre ces murs, gronde Gabriel en massant ses mollets, qui semblent soudain piquetés de mille aiguilles. Je te dois une fière chandelle, Sebastian !

— Le fait est que tu sens furieusement le roussi ! grimace Sebastian comiquement. Il faut filer d'ici maintenant, mais d'abord...

Il tire son poignard et s'agenouille près du guerrier mort. Sans hésiter, il plonge la lame dans la poitrine du cadavre.

— ... je récupère le carrelet, explique-t-il. C'est trop précieux et nous avons trop peu de munitions pour les gaspiller.

— Où sont Hernando et les autres ? demande Gabriel en évitant de regarder les mains de Sebastian.

— Dans la *cancha* du haut de la grande place. Celle-ci n'a pas brûlé : don Hernando a posté des esclaves sur le toit pour éteindre les départs de feu. Une douzaine y sont morts mais, désormais, hommes comme chevaux, nous y sommes tous entassés à l'abri... Voilà qui est fait !

Sans la moindre émotion, Sebastian essuie la courte flèche sur la tunique du mort.

— Je t'y conduis, reprend-il dans un gloussement. Je crois que cela va leur faire une petite surprise de te revoir bien vivant !

— Dans cette tenue ?

Le rire de Sebastian surmonte le vacarme qui pèse toujours sur la ville.

— Mais non, Monseigneur ! J'ai beaucoup mieux que ça !

*

À l'étonnement de Gabriel, Sebastian ne prend pas par le plus court chemin en direction de la grande place. Au contraire, agile et silencieux comme un chat, il la contourne par le levant où quelques toits fument encore. D'un coup d'œil, Gabriel se rend compte qu'ils ont débouché dans la rue même où se trouve le palais d'Hatun Cancha. Soudain, Sebastian pousse une portière en peau de guanaco, assez fraîche pour avoir résisté à l'incendie.

— Un instant, souffle-t-il après avoir refermé l'huis avec précaution. Ne bouge pas d'ici, je reviens.

En quelques bonds il s'écarte, si peu visible dans l'obscurité que Gabriel le perd de vue. Il ne reconnaît rien de la *cancha* où ils se trouvent. Comme partout dans la ville, la toiture a disparu ; cependant, les bâtisses semblent en bon état et même luxueusement décorées à « l'espagnole ». De nouvelles constructions recouvertes d'un crépi clair relient les longues pièces incas, formant une seule bâtisse autour du patio. De vraies portes et de vraies fenêtres leur donnent un air familier.

— Tout va bien ! chuchote Sebastian revenu près de lui. Je voulais m'assurer que nous n'avions pas de visiteurs indésirables.

— Où sommes-nous ? demande Gabriel.

Le rire de Sebastian est aussi clair que celui d'un enfant :

— Hé ! Où crois-tu que nous sommes ? Chez moi, pardi !

— Chez toi ?

— Aurais-tu oublié que je suis riche ? Un vrai Crésus !

Gabriel secoue la tête, esquisse un petit rire narquois. À le voir ainsi, presque nu et l'arbalète à la main, il a beaucoup de mal à l'imaginer propriétaire.

— Le fait est ! Je l'avais oublié. Et même oublié que tu l'étais à ce point... Quelle maison !

— Elle était beaucoup plus jolie avec son toit et ses meubles, grogne Sebastian en le poussant en avant. Viens, ne restons pas ici !

La pièce où ils entrent sent la fumée froide, la suie et la cendre. Des meubles de bois, il ne subsiste que le cuir craquelé des fauteuils, les cornières métalliques d'une table ou le pied cabossé d'un chandelier.

— Quel gâchis ! râle encore Sebastian.

Il repousse les débris d'un lit ainsi qu'un tapis fait de *mantas* cousues ensemble. Les larges dalles de pierre, dessous, n'ont rien de bien exceptionnel. Mais, avant même que Gabriel exprime son étonnement, à l'aide d'une tige de fer Sebastian dissocie l'une des dalles, puis en soulève deux autres. Dans la faible lueur des étoiles et d'un croissant de lune qui commencent enfin à percer entre les bancs de fumée, apparaît une solide trappe de bois.

— Aide-moi, demande Sebastian. Elle est lourde comme trois baudets.

La trappe semble n'ouvrir que sur un puits d'obscurité. Mais Sebastian s'avance. À tâtons, il trouve les barreaux d'une échelle de meunier. Sa main disparaît, palpe et déniche un bout de chandelle et un briquet.

— Mieux vaut faire vite. Inutile que l'on nous voie !

Un instant plus tard, Gabriel n'en croit pas ses yeux et sa stupéfaction muette ravit Sebastian. Ils sont dans une cave qui tient autant de la pièce confortable que de l'entrepôt de vêtements et d'armes.

— Riche je suis, s'amuse Sebastian. Dans une ville comme

Cuzco, c'est un état quelque peu instable. Demain peut-être serai-je pauvre par la faute des Indiens ou de l'humeur des Pizarro ou d'Almagro. S'il est bien une chose que j'ai apprise de l'existence, c'est que noir je suis et le serai toujours. Autant dire que je serai toujours un peu esclave ! Cette saine prudence m'a conseillé de ne pas exposer tous mes trésors au grand jour. Tu es bien le premier à pénétrer ici et disons que tu as devant toi ma poire pour la soif. Cette cave et son contenu, pour ainsi dire, ne sont qu'un mirage !

Tandis qu'il remonte à l'échelle pour contrôler la fermeture de la trappe, Gabriel détaille avec ébahissement les trésors accumulés autour de lui. Des vêtements neufs remplissent quelques malles : chemises fines, pourpoints, chausses à crevés, et même des rouleaux de velours, de batiste ou de lin attendant le tailleur. Sur de bizarres portiques pendent des cottes de mailles doublées de cuir et de coton. Des morions sont jetés dans des paniers. Quatre selles de cheval richement rehaussées d'argent reposent sur des chevalets, une large caisse contient des épées, des dagues, deux arbalètes à manivelle... Nulle part on ne voit d'or, mais Gabriel se doute que, dans une cache encore plus discrète, quelques lingots doivent être entassés !

— Je n'en crois pas mes yeux, avoue-t-il incrédule.

— Viens, j'ai encore quelque chose à te montrer, réplique Sebastian.

S'aidant de la chandelle, ils se dirigent vers le fond de la cave. Un étroit passage donne dans une pièce fraîche. Gabriel entend le bruit de l'eau courante avant même de la voir.

— Regarde, montre Sebastian en levant son faible lumignon et en dévoilant une sorte de bassin naturel creusé dans la pierre. Elle est glacée, mais nous allons pouvoir nous laver, puis prendre du repos jusqu'à l'aube. Au moins, ici, on n'entend plus le vacarme des Incas. Demain, tu te choisiras une belle tenue, une épée digne de toi. Je te veux splendide !

— Sebastian...

— Ta, ta, ta! Pas de protestation, Gabriel! C'est pour moi un plaisir sans bornes de pouvoir t'offrir ces peccadilles, et un plaisir encore décuplé par la surprise de quelques-uns de nos amis qui te découvriront bien vivant demain!

*

À l'aube, c'est vêtu de propre, des bottes neuves aux pieds, une solide tunique de cuir et de mailles de fer recouvrant sa chemise, une épée de Tolède ornée d'une coquille incrustée d'argent fouettant des chausses de velours pourpre, que Gabriel quitte la maison de Sebastian. La ville fume encore. Pour une bonne moitié, elle est aux mains des guerriers de Manco.

Par deux fois, ils doivent rebrousser chemin et courir sous les pierres de fronde avant de parvenir à rejoindre les Espagnols, retranchés dans l'unique *cancha* intacte de la grande place. Des draps épais, pareils à d'énormes voiles, ont été tendus avec quantité de cordages au-dessus des patios afin de prévenir les jets de fronde et les flèches. Des gardes, protégés par des portes ou des volets dégondés, en tiennent les issues, mais c'est sans hésiter qu'on les laisse entrer. Pour Gabriel, tous les visages sont nouveaux et, dans l'enceinte bondée, nul ne fait attention à lui.

Après avoir déambulé un moment entre des soldats au regard miné par l'angoisse, Gabriel perçoit soudain la voix d'Hernando. Entouré de Juan et de Gonzalo, debout face à une petite dizaine de cavaliers, il frappe de l'index sur une carte de la ville hâtivement dessinée et que l'on a étalée sur une grande table :

— Selon les Cañaris, toutes les ruelles du nord de la ville sont désormais refermées par des barricades de branchages hautes de quatre, cinq ou même six toises. Trop hautes pour les chevaux, quoi qu'il en soit. Et il en va de même ici, dans la partie est, et là au sud. Ils n'ont pas perdu de temps...

— Le piège se referme, je vous le dis ! Ils vont nous garrotter comme des lapins ! gémit un homme dont le dos calciné du pourpoint laisse entrevoir la chemise.

— Ce n'est pas de s'être fait lécher le cul par les flammes qui nous transforme déjà en lapins, Diego ! proteste Hernando.

— Les plus ennuyeuses des barricades sont celles du nord, intervient Juan Pizarro. Elles interdisent toute charge contre la forteresse de Sacsayhuaman. Et c'est de là-haut, malheureusement, que les Incas nous tiennent jour et nuit sous les tirs de frondes et de flèches. Je déteste cette sensation ! À croire que nous sommes des fourmis sous le regard de géants !

Agacé par le ton désabusé de Juan, Hernando l'interrompt d'un geste.

— Mon frère, l'heure n'est pas à faire de jolies phrases ! Désormais, nous devons être prudents dans chacun de nos mouvements : il n'est plus question de sortir de cette *cancha* par petits groupes ou nous croulerons sous une grêle de pierres au risque de blesser nos chevaux. Mieux vaut prendre notre rage en patience et se mettre en état de mener une charge massive en direction de la plaine dans deux ou trois jours. Rusons un peu et usons leurs nerfs. Laissons-les croire que nous sommes faibles et terrifiés, et alors nous briserons leur encerclement comme si c'était un anneau de verre.

— Faibles et terrifiés ! À entendre les cris et les gémissements qui s'échappent de cette ville depuis plusieurs jours, je puis vous assurer qu'ils n'ont pas à croire quoi que ce soit : faibles, nous le sommes et ils le savent. Et puis êtes-vous si sûr de votre tactique, don Hernando ? Ils sont deux cent mille et nous ne sommes que deux cents, avec à peine cinquante ou soixante chevaux encore en état !

— C'est cinquante de plus que nous n'étions à Cajamarca avec mon frère le Gouverneur, Messire del Barco ! Nous avons vaincu les cent mille guerriers d'Atahuallpa en quelques heures.

Dieu le voulait et il nous en a donné la volonté. N'oubliez jamais que votre bras armé d'une bonne épée peut fendre dix Indiens d'un coup là où il leur faut cinquante flèches pour traverser vos plastrons de cuir et de coton ! Contrairement à ce que suggérait tout à l'heure mon bon frère Juan, nous ne sommes pas des fourmis, Messieurs. Nous avons peur ? C'est bien : cela donne des grosses couilles.

Alors qu'il pénètre un peu plus avant dans la pièce qui pue la suie, la sueur et la peur, Gabriel rencontre le regard étonné et attentif de Bartolomé. Avec un sourire amusé, posant un doigt sur sa bouche, Gabriel lui recommande le silence, tandis qu'un homme jeune mais les yeux déjà creusés par l'insomnie proteste avec véhémence :

— Don Hernando, je ne comprends pas ! Pourquoi attendre demain ou après-demain pour mener cette charge et ne pas tenter dans l'heure de sortir de ce guêpier ?

— Parce qu'il nous faudra réussir du premier coup, Rojas. Au vu du nombre, nous n'aurons qu'une chance. Ces dernières heures ont été rudes pour nous tous. Regardez autour de vous, cavaliers ou fantassins, nous avons besoin d'un peu de repos. Et vous le tout premier, mon bon Rodrigo : vous tenez à peine debout.

— Se terrer ici, don Hernando, c'est leur livrer la ville ! Leur livrer la ville, c'est mourir comme des rats, et vous nous suggérez de perdre notre temps à dormir !

— Non, Rojas, ce temps ne sera pas inutile. Notre immobilité va agacer les Indiens. Ils vont eux-mêmes se fatiguer de hurler et de lancer leurs pierres !

— Et qui les empêchera de venir nous rôtir ici même la nuit prochaine ? Ils sont des dizaines de milliers, don Hernando. Il leur suffit de le vouloir et ils sauteront dans cet enclos comme des puces dans une soutane de curé !

— Mais ils ne le veulent pas, Messire del Barco ! grince Hernando, que l'agacement fait blêmir. Ne voyez-vous pas qu'ils se contentent de nous jeter des pierres depuis l'autre bout de la place ? S'ils n'avaient pas peur de nous, de nos épées et de nos chevaux, nous serions déjà morts. Ils ont peur de nous, del Barco ! Ils sont des milliers peut-être, mais ils sont des milliers à avoir *peur* ! Je vous le dis : une charge, une seule, unissant toutes nos forces, et nous jetterons la panique dans leurs rangs.

— Ne vous bercez pas d'illusions, don Hernando, intervient Gabriel d'une voix paisible. Nous ne sommes pas à Cajamarca. Vous y étiez, mais moi aussi. Je viens du dehors et je peux vous assurer que cette peur censée terrasser les guerriers incas leur donne au contraire bien de l'allant. À voir vos visages, Messeigneurs, et sans vouloir vous offenser, il me semble au contraire que la terreur est plutôt dans ce camp-ci !

Bien campé, il affronte les regards stupéfaits qui se tournent vers lui.

— Foutre Dieu ! siffle Gonzalo le premier. Qui donc l'a libéré ?

Il fait deux pas à l'encontre de Gabriel. Encore mal remis de leur affrontement, il boite. Juan lui attrape le coude pour le soutenir et le retenir tout à la fois.

— Je me contente d'être toujours vivant, puisque vous l'êtes aussi, s'amuse Gabriel en le toisant avant de saluer bas, aussi plein d'ironie que de cérémonie. Don Hernando, ayant recouvré ma liberté par mes propres moyens, je vous pardonne de m'en avoir privé et me mets à votre service pour les beaux moments de bataille qui nous attendent !

Gonzalo repousse Juan et referme sa main sur son épée. Mais celle de Gabriel est déjà hors du fourreau.

— Je peux m'étriper avec Monsieur votre frère, don Hernando. Je doute cependant que l'instant soit bien choisi. Vous avez besoin de bras solides et ce ne sont pas les occasions de mourir qui vont manquer dans les jours à venir. Don Gonzalo pourra lui-même s'y exercer à loisir !

— Mon frère ! proteste Gonzalo d'une voix éraillée, vous ne pouvez accepter un foutu corniaud d'espion, menteur et assassin, parmi nous ! Il vous trahira dès demain !

— Ferme donc ton clapet à sottises, Gonzalo ! réplique Gabriel. Il n'y a rien à trahir ici, sinon l'honneur. T'en reste-t-il assez pour que tu t'en rendes compte ?

— Il suffit ! le coupe froidement Hernando. Nous réglerons nos comptes plus tard. Ne croyez pas échapper à la justice, Montelucar !

— Il n'est pas dans ma nature de fuir la justice quand je la rencontre, don Hernando, ce qui n'est pas souvent en cette région. Il me semble vous l'avoir déjà prouvé en quelques occasions.

— Messeigneurs ! Don Hernando ! Don Gonzalo ! intervient Bartolomé en levant son étrange main. L'heure n'est plus à ces bavardages. Quels que soient vos griefs contre don Gabriel, il a affronté les Indiens autant sinon plus qu'aucun d'entre vous ici. Il peut être de bon conseil. Pourquoi ne pas l'écouter ?

— C'est juste, approuve Juan Pizarro en s'adressant à Gonzalo. Fray Bartolomé parle avec la raison. Laissons de côté nos rancœurs pour unir nos forces ! Une fois cette bataille gagnée, si elle l'est jamais, il sera toujours temps de se souvenir des fautes de don Gabriel.

D'un geste et d'un soupir, Hernando coupe la réponse de Gonzalo et demande :

— Puisque vous êtes si érudit, éclairez-nous de votre science : comment comptent s'y prendre vos amis indiens selon vous ?

— Ils nous observent depuis des années, déclare Gabriel sans relever la raillerie et en s'adressant à tous. Ils connaissent désormais nos points faibles et savent comment immobiliser nos chevaux. C'en est fini des charges qui les terrifient et où ils se laissent couper en deux comme des portemanteaux. Ils savent manier leurs pierres de fronde pour nous briser un bras ou les jambes des chevaux. Quant à se battre à pied, c'est depuis long-temps leur point fort : ils sont plus agiles et plus efficaces que nous...

— La belle nouvelle ! crache Gonzalo. Je ne vois là rien que nous ne sachions déjà.

— Ils espèrent justement notre impatience et notre arro-gance, poursuit Gabriel comme s'il n'avait pas entendu. Ils espè-rent que la faim et la soif vont nous jeter contre leurs forces dans la plaine. Ils espèrent qu'une fois de plus, comme vous le sug-gérez, don Hernando, nous allons lancer toute notre cavalerie contre leurs rangs pour tenter de desserrer le licol avec lequel ils nous étouffent et fuir. Sauf que cette fois ils y sont prêts, Mes-seigneurs ! Sur tous les chemins que nous pourrions emprunter un peu aisément, je vous en fais la promesse, des fossés, des pieux, des chausse-trappes, toute une quantité d'obstacles sont déjà dissimulés. Faites cette charge, don Hernando, et nos mon-tures s'y briseront les jarrets avant même que nous puissions effleurer la nuque d'un ennemi de la pointe de nos lames !

Le discours de Gabriel fait aisément son effet, car il dit tout haut ce que quelques-uns pensent depuis un moment. Le silence qui le suit est pesant comme le découragement.

— Que proposez-vous, don Gabriel ? demande enfin Juan Pizarro.

— De prendre la forteresse !

— Vous déraisonnez ! se récrie Gonzalo avec un rire de mépris. C'est bien la dernière chose possible !

— C'est la seule chose utile et nécessaire. Vous le savez bien, dit-il en se tournant vers Hernando comme si Gonzalo n'existait pas, sans la forteresse, il n'y a plus de siège.

— Ah oui ! Et comment comptez-vous y parvenir ? se moque

Gonzalo. D'un petit bond, je suppose ? La tour et les murs ne font jamais que quinze ou vingt toises de haut. Sans compter les palissades qui empêchent de les atteindre.

— Nous pouvons les détruire dès cette nuit.

Un murmure parcourt les hommes. Gabriel voit des yeux se détourner, des fronts se baisser. Même Bartolomé esquisse une grimace peu convaincue. Gabriel lève une main et la pose avec emphase sur son cœur.

— Messeigneurs, je n'ai pas perdu la raison ni ne veux vous entraîner dans une folie. Je comprends vos craintes. Mais la vérité est devant vous, plus nue que jamais. Soit vous mourrez avec prudence, soit vous mourrez en combattant. Ce n'est pas seulement que la prudence est la honte et le combat la gloire...

— Voilà qu'il parle comme mon frère Francisco, ironise Gonzalo dans le vide.

— ... c'est que la prudence, poursuit Gabriel toujours sans regarder Gonzalo, c'est la mort assurée pour tous, alors que le combat peut nous donner la victoire. Et en ce cas, peut-être, quelques-uns en réchapperont.

Profitant du silence et de l'attention qu'il a captée de nouveau, Gabriel toise Gonzalo.

— Pour moi, et grâce à don Gonzalo, mourir aujourd'hui m'indiffère. Aussi, voilà ce que je suggère. Cette prochaine nuit, j'irai incendier les barricades, seul s'il le faut. Et nous verrons bien ce qu'il en adviendra.

— Mon frère, rugit aussitôt Gonzalo, c'est une ruse ! Il veut tout bonnement fuir et rejoindre les sauvages.

— Don Gonzalo, riposte Bartolomé avec humeur, faites preuve d'un peu de jugement ! Si don Gabriel avait l'intention de fuir, il n'était pas vraiment utile qu'après s'être échappé de votre prison, il vienne lui-même vous en prévenir !

Avant même que Bartolomé achève sa remontrance, un drôle

de sourire naît sur le visage d'Hernando, qui pose sa main sur le bras de Gonzalo.

— Voilà qui me convient parfaitement, don Gabriel ! Si quelqu'un ici veut bien vous offrir un cheval, je suis curieux de voir vos exploits. Et s'il en est parmi ces messieurs qui souhaitent vous accompagner, nous limiterons seulement leur nombre à cinq afin d'éviter un trop gros désastre.

— Je suis heureux, don Hernando, que l'intelligence vienne éclairer votre féroce désir de me voir quitter cette terre, lui répond Gabriel avec aménité.

— Cher don Gabriel, si vous comptez vous rendre enfin utile à votre Roi et honorer la gloire de Notre-Seigneur, qui serais-je pour vous en empêcher ?

*

— Je viens avec toi, assure Sebastian un instant plus tard.

— Non, sourit Gabriel. Cela m'a plu d'aiguiser la mauvaise humeur des Pizarro, mais je suis bien loin d'être aussi assuré de mon coup que j'en ai l'air.

— En revanche, eux sont assurés du leur — cet horrible Hernando en tête. Quand il te regarde, c'est comme s'il tenait déjà entre ses mains ta dépouille.

— Laisse-le rêver !

— Je viens avec toi, répète Sebastian avec une moue sévère. Sinon tu n'auras pas de cheval, et qui d'autre que moi osera t'en proposer un ?

Et comme Gabriel veut encore protester, Sebastian ajoute :

— Il n'y a pas que toi qui as envie de montrer à ces messieurs où se trouvent le courage et la loyauté !

Les deux amis s'observent en silence quelques secondes, puis Gabriel, avec émotion, saisit les mains de Sebastian.

— Je vais te devoir beaucoup !

— Ta dette est remboursée d'avance et depuis bien longtemps, ami Gabriel. À ma connaissance, je n'ai pas eu de plus
grand plaisir jusqu'à ce jour que de titiller le cul du diable en
ta compagnie ! Viens maintenant, que je te montre mes chevaux.

Le second patio de la *cancha*, soigneusement protégé par des
bâches de toile, a été transformé en une manière d'écurie.
L'odeur d'urine et de crottin prend à la gorge, les mouches zon-
zonnent par paquets. Dès que Sebastian et Gabriel y pénètrent,
quelques chevaux s'écartent craintivement, et aussitôt tous gro-
gnent, frappent le sol en roulant leurs gros yeux inquiets et se
bousculent avec brutalité. Entassés là sans véritable espace,
encore effrayés par l'incendie de la ville et les hurlements venus
des collines, il semble que la peur caresse encore leurs échines
vibrantes et mal entretenues.

Au faible coup de sifflet de Sebastian, une superbe jument
au poil aussi blanc que neige se rapproche, un peu hésitante,
l'encolure ployée et le front en avant, comme si elle cherchait
une main réconfortante.

— Je te présente Itza, fait Sebastian en lui flattant la joue.
Tu vois, je ne suis pas comme toi, moi, je nomme mes chevaux.

— Et que signifie Itza ?

— Je ne le sais même pas. Mais dans les heures où je n'étais
qu'un esclave qui ose à peine lever les yeux vers les Blancs, j'ai
connu à Panamá un vieux conquistador qui me parlait comme à
un homme et non un animal. Il disait tout le temps ce nom-là :
Itza, Itza, comme une formule magique. Je crois qu'il convient
parfaitement à cette dame : vive, franche comme l'éclair et
cependant douce. Tiens, et celui-ci s'appelle Pongo.

— Je ne te demande pas pourquoi.

Un hongre pommelé est passé devant les autres montures,
mais sans plus s'approcher, observant avec suspicion les
caresses octroyées par Sebastian à la jument.

— Monsieur a perdu ses couilles mais gardé son mauvais

caractère ; pourtant, nous nous entendons bien. Tu monteras Itza, je suis certain qu'elle te trouvera à son goût.

Et cela semble vrai, car sans crier gare, la jument abandonne la main caressante de Sebastian pour venir frapper des naseaux contre la poitrine de Gabriel.

— Qu'est-ce que je te disais ? s'amuse Sebastian.

— Crois-tu que d'autres cavaliers viendront avec nous ? demande Gabriel avec sérieux après avoir répondu aux flatteries d'Itza.

— Le plus important n'est pas d'avoir des cavaliers mais quelques Indiens alliés. Ce sont eux qui nous aideront le plus.

— Ce n'est pas cela le plus important, dit Gabriel avec un sourire.

— Je me demande bien ce que c'est, alors, Monseigneur...

— C'est d'avoir un nègre comme toi pour ami.

*

À la nuit, après d'intenses palabres, une cinquantaine d'Indiens cañaris et trois cavaliers se sont portés volontaires pour accompagner Gabriel et Sebastian. Devant la porte de la *cancha* qui s'ouvre, tous les Espagnols forment une haie silencieuse. L'on entend seulement le frappement des sabots et le murmure de la prière de Bartolomé, tandis qu'au-dehors le vacarme des collines ne cesse toujours pas.

Don Hernando est tout près de la porte. Avec un demi-sourire, il incline le front.

— Bonne nuit, don Gabriel.

— Soyez sans crainte, réplique Gabriel sur le même ton. Elle sera bonne. Et si vous n'avez pas trop sommeil, je vous conseille de jeter un coup d'œil par-dessus les murs. Le spectacle pourrait vous plaire.

Profitant de l'ombre et de la surprise de leur sortie, ils atteignent sans trop de difficulté une première palissade. Elle clôture la plus large des ruelles menant à la forteresse de Sacsayhuaman. Serrés sur une charpente de rondins, des fagots d'épineux constituent une barrière où se déchireraient aisément hommes et chevaux.

Les clameurs des guerriers sur les collines masquent le cliquetis des fers et des harnais. L'encolure et la tête des chevaux ont été soigneusement enveloppées de tissus afin de les protéger des pierres, tandis que des bandes de cuir recouvrent les poitrails, entourent jarrets et canons. Ce harnachement pèse sur les bêtes et les ralentit.

Alors qu'ils sont tout proches, l'appel lugubre d'un *pututu* résonne soudain. Un veilleur a surpris leur progression et donne l'alerte. En un instant, des guerriers incas surgissent sur les murs calcinés des *canchas* voisines. Gabriel a tout juste le temps de lever son bouclier pour s'abriter de la première salve de pierres. Gueulant à son tour, la tête enfoncée dans les épaules, il pousse sa jument dans un trot irrégulier, rasant les murs, l'épée levée haut pour trancher les jambes et les pieds des combattants incas.

Dans son dos, les Cañaris, avec une agilité redoutable, bondissent sur les murs, le casse-tête ou la hache de bronze levés. Aussitôt la pluie de pierres cesse et un effroyable combat au corps à corps commence sur les murs, plein de jappements et de plaintes douloureuses.

— L'huile, l'huile! hurle Gabriel à l'adresse de Sebastian.

Tandis qu'il fait tournoyer Itza près de la palissade, son épée fouettant l'air comme une faux, Sebastian et deux des Espagnols brisent une grosse cruche d'huile contre les branchages de la barricade. Une étincelle de briquet suffit alors à l'enflammer. Une lumière jaune fuse, aveuglante, en même temps qu'un cri de joie jaillit :

— Santiago! Santiago!...

Dans la lumière du bûcher, le corps à corps sans merci qui se livre sur les murs ressemble brusquement à une danse démoniaque. Avec une jubilation démente, à grands coups de hache, les guerriers cañaris tranchent dans les corps des soldats incas comme s'ils dépeçaient de simples épouvantails. Les pierres noircies deviennent gluantes de sang et d'entrailles, des morts basculent les uns sur les autres.

Détournant les yeux de l'horreur, Gabriel hurle l'ordre du repli.

— Une autre barricade! vocifère-t-il. Il faut en brûler une autre immédiatement avant que l'on nous y attende!

D'une simple pression des genoux, il pousse la belle Itza au galop, entraînant cavaliers et Cañaris derrière lui.

Et ainsi de toute la nuit. Les barricades flambent dans une ruelle, puis dans une autre. Quatre fois, cinq fois, la même tuerie épuisante se reproduit. De palissade en palissade, la tâche est plus dure. Mais ils se sont approchés assez près de la forteresse pour distinguer ses hauts murs sombres au-dessus d'eux. Malgré la fatigue des hommes et la troupe des Cañaris qui s'est amoindrie de moitié, Gabriel veut détruire une ultime barricade. En l'anéantissant, dès le lendemain, le sentier menant droit à la forteresse sera libre!

Mais là, rien ne se passe comme avant. Les guerriers incas se sont donné le mot et attendent l'attaque. La pluie de pierres et de flèches est plus dense, plus difficile à repousser. Les Cañaris, ralentis par la fatigue et ne bénéficiant plus de l'effet de surprise, peinent à bondir sur les murs. Les pierres les atteignent au visage et aux jambes, brisant leurs os et leur élan.

Poussant sa jument agile, Gabriel saute miraculeusement une tranchée creusée tout devant la palissade et dissimulée sous un artifice de branches et de terre. Mais les deux cavaliers qui le suivent n'ont pas cette chance. Leurs chevaux s'y brisent les jambes. Gabriel entend leurs cris et fait pivoter Itza juste à temps pour voir ses compagnons lapidés.

— Sebastian ! braille-t-il.

— Je suis là ! gueule le géant noir en bataillant pour repousser une meute de guerriers incas. Ils sont trop nombreux, Gabriel, il faut se retirer...

Mais il est déjà trop tard. Les Incas affluent par dizaines en hurlant. Abandonnant toute volonté d'atteindre la barricade d'assez près pour y porter la flamme, Gabriel charge à son tour pour dégager les deux cavaliers blessés que les Cañaris n'arrivent plus à protéger. Alors que sa lame se rougit de sang, un nouveau cri de Sebastian le surprend :

— Gare ! Gare ! Gare au feu d'en haut, Gabriel !

Du haut de la forteresse, des flèches enflammées tombent sur eux comme des étoiles s'écrasant au sol. Les Cañaris, soudain pétrifiés, s'immobilisent, et puis ce sont déjà des gémissements de douleur. Des hommes gesticulent, la poitrine ou les épaules en feu. Du coin de l'œil, Gabriel voit les Incas reculer, alors que se prépare une autre salve sur la forteresse.

— Que le diable s'encorne, ils nous ont pris au piège ! braille Sebastian. Nous sommes coincés entre la barricade et...

Il n'achève pas sa phrase, car une flèche de feu vient de se ficher sur son plastron de coton qui s'enflamme aussitôt. Du plat de la main mais gêné par sa rondache, Sebastian tente d'étouffer les flammes. Son cheval, effrayé, se lance dans un galop tournoyant, attisant la brûlure du plastron tandis que d'autres flèches rebondissent contre ses flancs. Gabriel enfin parvient près de lui et, à coups de stylet, déchire le plastron et en jette les parties embrasées.

C'est alors que l'étrange se produit. Chacun le voit, Espagnols, Cañaris et Incas.

Une nouvelle volée de flèches enflammées touche le sol. Pourtant, aucune ne touche Gabriel et Sebastian. Ils n'ont pas même besoin de lever leur bouclier pour s'en protéger. Comme si elles étaient repoussées par une force invisible, les flèches tombent à quelques pas d'eux, rebondissent sur les dalles ou se brisent contre les murs.

Relançant au galop sa jument blanche aussi infatigable que lui, Gabriel fond sur la ligne des guerriers ennemis. Beaucoup reculent, les plus courageux font claquer leurs frondes. Mais comme les flèches, les pierres se perdent dans la nuit sans atteindre Gabriel et Itza. Au centre du cercle où ils sont repliés, Espagnols et Cañaris voient Gabriel galoper en pointant sa lame sur les lignes incas sans même toucher les guerriers. Comme un ange salvateur, porté par la puissance immaculée de sa jument, il s'ouvre un passage cette fois sans qu'aucune goutte de sang coule. Pétrifié de stupeur ou craintif, nul ne s'oppose à lui et bientôt le passage dans la ruelle est libre.

— Suivez-moi ! crie-t-il à ses compagnons. Suivez-moi, vous ne risquez rien !

Et de fait, lorsque, s'extirpant de leur étonnement, ils courent derrière lui en hurlant « Santiago ! Santiago ! », pas un Inca ne tente de les retenir, pas une flèche ou une pierre de fronde ne les frappe.

Tout ce temps, et la nuit durant, ce ne sont plus la peur, la haine ou la violence qui s'agitent dans le ventre de Gabriel : c'est une étrange, une intense, une irrésistible envie de rire.

*

L'héroïsme de cette nuit désespérée est effacé par le jour suivant.

Vers midi, alors qu'épuisé il s'est assoupi malgré le bruit incessant des tambours et la faim qui le ronge, Gabriel est réveillé par des cris et une grande agitation. Maugréant, il s'apprête à quitter le recoin d'ombre près des chevaux où il a trouvé refuge lorsque Sebastian, le bras et l'épaule enveloppés d'un pansement, lui fait face en compagnie de Bartolomé, la mine grave.

— Comment te sens-tu ? s'inquiète aussitôt Gabriel.

— Comme une jeune épousée au lendemain de sa nuit de noces ! grogne Sebastian.

— Sa brûlure est-elle grave ? demande encore Gabriel à Bartolomé.

— Assez pour le faire souffrir longtemps, soupire Bartolomé avec résignation. Je crains surtout que les plaies ne s'infectent. Il me faudrait un onguent d'huile d'olive, mais ici...

— Je ne suis pas une fillette et ma blessure patientera comme moi jusqu'à des temps meilleurs, proteste avec humeur Sebastian en repoussant Gabriel dans son coin d'ombre. Mais toi, mon ami, il est inutile de trop te montrer...

— Et pourquoi ? Que se passe-t-il ?

— Nous n'avons plus d'eau, annonce Bartolomé, sinon quelques barriques d'avance. Les Incas ont détruit ce matin les conduites de pierre qui desservaient les bassins de la grande place.

— En quoi cela m'empêche-t-il de me montrer ? s'étonne Gabriel.

Le yeux de Sebastian cherchent ceux de Bartolomé. Chez eux aussi, la faim et la peur creusent les traits. La fièvre ternit le regard de Sebastian, d'habitude si vif. Un tic nerveux agite son bras blessé. Quant à Bartolomé, la peau de son visage est aussi grise que sa robe de bure délavée. Sur ses tempes comme sur ses mains, elle est si tendue que l'on croit discerner dessous les irrégularités des os ! Et l'un comme l'autre semblent si embarrassés que Gabriel demande encore :

— Eh bien, quoi ?

— Certains considèrent que notre expédition de la nuit dernière contre les barricades a mis les Incas en colère, marmonne

Sebastian, et que, sans elle, ils n'auraient pas songé à briser les conduites.

— Qui peut croire une chose pareille ? grommelle Gabriel.

— Tous ceux que Gonzalo persuade. D'autant plus aisément que les Cañaris ont fait une reconnaissance tout à l'heure : les barricades sont déjà reconstruites. Tout l'effort de la nuit a été inutile : il n'est pas plus possible d'atteindre la forteresse aujourd'hui qu'hier...

— Et alors ? Bien sûr qu'ils reconstruisent les barricades, le coupe brutalement Gabriel. Mais nous les brûlerons encore et encore ! Ne sommes-nous pas les assiégés ? Que faire sinon se battre ? Ou alors, faisons la paix avec les Incas. Ce n'est pas moi que cela attristera...

— Il ne s'agit pas seulement des barricades.

— Ah ?

— Il y a aussi... ce qui s'est passé.

— Et que s'est-il passé ?

Un petit silence lui répond. Gabriel prend enfin conscience de la gêne de ses amis.

— Foutre Dieu, allez-vous parler !

— Tu le sais bien, marmonne Sebastian en se détournant vers les chevaux.

— Je ne sais rien.

— On raconte beaucoup de choses étranges sur cette nuit, dit doucement Bartolomé.

— J'ai vu ce que j'ai vu, ajoute Sebastian.

— Et quoi donc ?

— Toi sur Itza, sans que les flèches ou les pierres t'atteignent, alors qu'elles nous massacraient.

— Un grand coup de chance, voilà tout !

— Non, il y avait autre chose !

— Sebastian, tu étais blessé ! Tu as eu peur et laissé voguer ton imagination. C'est bien naturel.

— Proteste autant que tu le voudras, ami Gabriel, je sais ce que j'ai vu. Ça n'avait rien de naturel. On aurait dit que quelque chose te protégeait. Itza est revenue sans une égratignure, alors que je viens de passer une heure à soigner les plaies de Pongo !

— Veux-tu connaître la rumeur qui court ce matin ? intervient Bartolomé. Gonzalo raconte que le diable et les Incas sont avec toi. Ceux qui étaient avec vous cette nuit jurent qu'ils ont vu saint Jacques lui-même ressusciter en toi ! Certains vont jusqu'à prétendre que la Vierge Marie t'ouvrait la voie.

— En tout cas je n'ai remarqué personne, dit Gabriel avec humeur. Et maintenant j'entends ces sornettes... Des combats et trop de morts, voilà tout ce qu'il y a eu.

— Non. Même les guerriers incas ont vu, proteste Sebastian. C'est pour ça qu'ils nous ont laissés partir. D'ailleurs, tu le sais bien : tu les as repoussés avec ton épée sans même les toucher.

— Sebastian n'est pas le seul à avoir vu, Gabriel, insiste encore Bartolomé. J'ai parlé avec les cavaliers que tu as sauvés et avec les Cañaris. Tous le disent : les flèches enflammées et les pierres t'épargnaient comme par miracle ! Est-ce Dieu qui te protège ? Est-ce... ceux dont tu es l'ami chez les Incas ?

— Frère Bartolomé, avec tout le respect que je vous dois, vous divaguez ! Je sais combien les guerriers incas sont sensibles à la magie pendant leurs combats. J'en ai joué, c'est tout ! J'ai fait comme si je ne craignais ni leurs pierres ni leur feu. Et cela les a impressionnés. Et puis...

Le ton de Gabriel manque de naturel. Dans les yeux de ses amis, il lit le doute autant que l'incompréhension.

— Et puis, j'ai eu de la chance. De la chance, voilà...

En vérité, il n'est pas certain de se convaincre lui-même. Sebastian a raison : il a senti que quelque chose d'étrange lui arrivait pendant les combats. Comme si sa force soudain n'avait pas de limites. Mais comment avouer une chose pareille sans être fou ?

— Il faut me croire, répète-t-il d'une voix sourde. Il est vrai aussi que cela m'importe peu de mourir. Mais il n'y a là rien de miraculeux ou de magique.

— Pour toi peut-être, mais pour ceux qui sont ici et souffrent en craignant la mort, il n'en va pas aussi simplement, riposte Bartolomé. Eux n'ont pas l'orgueil de penser que la rencontre avec la mort soit un si beau moment, Gabriel Montelucar.

— Que voulez-vous que je fasse pour vous convaincre, frère Bartolomé ? Que je sorte dans les ruelles sans une arme pour vous montrer que les Incas peuvent m'occire comme n'importe qui ?

À peine se tait-il que Bartolomé lève jusqu'à son visage sa main droite aux doigts joints. D'un geste provocant, il trace le signe de croix en grondant :

— On ne t'en demande pas tant. Laisse donc Dieu choisir le chemin qu'il te sait nécessaire ! D'ici là, aie l'humilité de vivre comme n'importe lequel d'entre nous et demeure tranquille. Don Hernando a interdit toute nouvelle sortie et cela vaut aussi pour toi.

Livré à lui-même, Gabriel reste prostré. Son regard a volé au-dessus des pierres massives de la forteresse imprenable et jusque dans les montagnes. Il se moque bien de sa chance ou de la protection des dieux. « Où est-elle ? murmure-t-il sans se lasser. Où est-elle ? »

Mais les dieux qui lui ont laissé la vie refusent de lui faire entendre la réponse qui lui rendrait la vie.

*

Durant les cinq jours et les cinq nuits suivantes, Cuzco n'est que vacarme, mort et souffrance.

Instruits par les attaques de la première nuit, les guerriers incas n'ont pas seulement reconstruit les palissades empêchant les charges de cavalerie, mais ils les ont fortifiées de fossés dissimulés, et des gardes en surveillent l'approche à chaque heure du jour et de la nuit. Afin aussi de mieux terrifier les Espagnols et de leur empêcher tout repos, il ne se passe pas une heure sans que les clameurs des guerriers succèdent aux roulements des tambours et aux sinistres plaintes des trompes. De jour comme de nuit, des archers et des lanceurs de pierres se relaient sur les hauts murs de la forteresse de Sacsayhuaman dans un permanent bombardement de la grande place et de la dernière *cancha* où se terrent les assiégés.

La faim et la soif, ajoutées à l'impossible repos, au sommeil constamment brisé par le tintamarre, rendent les hommes fous. Les uns hurlent en fermant les paupières, les autres pleurent comme des enfants. Certains prient sans plus cesser et avec tant de violence que Bartolomé n'ose accompagner leur piété. Quelques-uns se souviennent des très anciennes campagnes avec le Gouverneur don Francisco Pizarro et font rôtir des vers de terre ou boivent leur urine, quand ils ne vont pas quémander celle des autres !

Au quatrième jour, mesurant qu'il ne contiendra plus longtemps la démence de ces hommes privés de combats, don Hernando Pizarro accorde à ses frères Juan et Gonzalo ainsi qu'à une vingtaine de fantassins le droit d'engager une charge pour reprendre la maison de Gonzalo située de l'autre côté de la grande place, où l'on espère encore trouver quelques-uns des cochons arrivés de Cajamarca, des fèves et même un peu de farine de maïs. Comme Gonzalo fait interdire la présence de Gabriel à ses côtés, avec quelques autres il forme des pelotons pour surveiller les arrières des combattants et les protéger d'une manœuvre tournante.

Les combats durent quatre heures avant que les chevaux de Juan et de Gonzalo, piétinant les corps des guerriers incas, ne pénètrent enfin dans l'enclos. Des cochons, il ne reste que des cadavres pourrissants et infestés d'asticots. Dans les caves, un seul baril de farine a été oublié par les assiégeants. Cependant, comme dans celle de Sebastian, un bassin d'eau fraîche découvert bien rempli par une source invisible déclenche des cris de joie.

Au soir, cette maigre victoire ramène un peu d'espoir chez les Espagnols. Désormais, la grande place Aucaypata n'est plus tout entière soumise aux bombardements de pierres des Incas. Ordre est donné de prendre dans la maison de Gonzalo tous les tissus, draps, nappes et tapis. Elle en regorge comme un magasin de Cadix.

Toute la nuit, une activité fébrile fait oublier le vacarme des collines, la faim et la peur. Tandis que les cavaliers se relaient pour conserver la grande place hors d'atteinte des troupes de Manco, des fantassins aux gros doigts mieux habitués à l'épée ou à la lance assemblent ces tissus hétéroclites, cependant que d'autres tressent des cordages, dressent des pieux et descellent des poutres encore en état parmi les toitures calcinées.

À l'aube, une gigantesque toile bariolée recouvre la grande place, depuis la maison d'Hernando jusqu'à celle de Gonzalo, protégeant enfin les assiégés de la grêle de pierres lancée depuis Sacsayhuaman.

Enhardi par ce succès, Hernando tente de desserrer l'étau qui les asphyxie. Il lance ses cavaliers dans des escarmouches de plus en plus loin autour de la place. Mais, bien vite, ces combats se révèlent plus dangereux qu'efficaces, menaçant même d'affaiblir le peu de force qu'il leur reste.

À chaque escarmouche, l'aventure est la même. Les chevaux chutent et se blessent dans les tranchées creusées jusque sur les terrasses entourant l'ouest de la place. Les cavaliers sont projetés au sol et aussitôt assaillis par des dizaines de guerriers incas ou littéralement ensevelis sous un déluge de pierres.

C'est ainsi qu'au soir du cinquième jour, Juan Pizarro est déposé sur l'un des grabats arrangés par Bartolomé pour soigner tant bien que mal les blessés. Une pierre de fronde lui a brisé la mâchoire et, malgré tout son courage, il gémit de douleur tandis qu'on le panse.

Bartolomé a requis l'aide de Gabriel pour le maintenir immobile lorsqu'il tire sur le menton du blessé afin que les os rompus ne se chevauchent pas. En hâte, on confectionne éclisses et bandages. Lorsque don Hernando et Gonzalo accourent, Juan s'est évanoui. Avec étonnement, Gabriel voit Gonzalo s'agenouiller près du blessé, caresser son front comme on le ferait pour un enfant. Ses yeux brillent de larmes et des mots balbutiants de réconfort meurent sur ses lèvres tremblantes.

— Ne vous inquiétez pas trop, don Gonzalo, marmonne Bartolomé, la blessure est douloureuse mais pas mortelle. Votre frère est aussi robuste que courageux. Demain, il aura un peu de fièvre, mais il sera debout.

— Et debout pour quoi faire, ventre Dieu ! s'exclame Hernando en serrant le poing.

Son regard croise celui de Gabriel. Pour une fois, il semble quêter une aide.

Ensemble, ils se détournent vers l'interstice laissé par la toile au-dessus du mur de la *cancha*. La forteresse de Sacsayhuaman est déjà prête pour la nuit et illuminée par des centaines de torches. Dans la lumière incertaine du crépuscule, ses tours dessinent la tête d'un dragon à la peau de feu.

— C'est là-haut qu'il nous faut aller, murmure Gabriel.

— Là-haut ! Vous savez que c'est impossible.

— Il faut attaquer et prendre la forteresse, répète Gabriel. Le reste ne sert à rien.

— Comme vous y allez ! Rien n'est mieux protégé que ces tours. Les chemins sont en pente si raide que les chevaux y glissent ou sont trop lents. On n'y fera pas cent pas sans être massacrés ! Les murs des tours sont si hauts qu'une longueur d'échelle n'y suffira pas. Il faudrait prendre la forteresse à revers, mais pour cela, faut-il encore réussir à s'extirper entiers de la ville !

— Don Hernando, vous le savez comme moi : il n'est pas d'autre solution. Nous devons devenir les maîtres de Sacsay-huaman, quoi qu'il en coûte.

— C'est encore une de vos folies, comme de détruire les palissades !

— Si nous parvenons là-haut, poursuit Gabriel sans l'écouter, nous retournerons le gant avec lequel ils nous serrent la gorge ! Regardez votre frère, don Hernando : à quoi sa blessure nous est-elle utile ? Nous ne sommes plus que cinquante cavaliers. C'est notre dernière chance.

Le regard d'Hernando s'est fait aigu. Le doute, la défiance y combattent l'espérance.

— Soignons d'abord mon frère, grommelle-t-il. Nous y songerons ensuite.

— Soignez votre frère, dit Gabriel. Nous avons besoin de chaque homme valeureux.

Pour la première fois, Gabriel devine dans le coup d'œil que lui jette Hernando autre chose que de la haine et de la méfiance : une sorte de début de respect.

Puis il distingue les yeux rouges et pleins de larmes de Gonzalo et c'est une autre surprise, avant que le jeune frère au visage d'ange ne lui crache en pleine figure :

— C'est toi qui devrais crever, toi !

Mais Gabriel sent tellement de souffrance chez le plus jeune des Pizarro qu'il garde les lèvres closes.

5

Ollantaytambo, mai 1536

Le disque du soleil est immense.

Il est posé sur l'air qui le sépare encore des montagnes de l'ouest comme une bulle d'or magnifique et qui pourrait s'ouvrir pour accueillir en lui le Monde d'Ici comme un père serre son enfant au retour d'un voyage.

Debout sur les marches pentues de la cité royale d'Ollantaytambo, Anamaya lui fait face, les yeux grands ouverts. Elle sent sa chaleur vibrer contre son visage, sa poitrine et son ventre. Elle sent le souffle du soleil qui vient jusqu'à elle.

— Ô Inti ! Inti, éclaire notre nuit.

Plus il s'approche des montagnes de l'autre côté de la vallée, plus le soleil grossit. Dans son dos, Anamaya entend les prêtres, debout sur les terrasses étroites et si escarpées qu'elles semblent fixées à l'aplomb les unes des autres. Parmi les tiges des grands maïs de cérémonie encore verts et que parsèment des pointes de maïs d'or, ils font face au soleil en psalmodiant :

Ô Inti,
Ô Puissant Père,
Tu as parcouru l'Univers en brûlant le jour,

Ô Inti,
Ô Père compatissant,
Tu deviens rouge, tu deviens sang,
Ô Inti
Puisse Quilla régénérer ton sang,
T'enlacer et te soulager de ta fatigue
Dans l'obscurité de l'Autre Monde !
Et nous qui allons fermer nos paupières,
Nous tremblerons comme les étoiles jusqu'au matin,
Ô Inti,
Dans le noir nous tremblerons et gémirons
Pour que s'achève ton repos,
Afin que l'aube revienne dans le feu de ton or.
Ô Inti !

Comme eux, Anamaya répète la prière tandis que le soleil, plus lourd, s'appuie sur les montagnes, s'enfonce au-delà du visible, cramoisi comme un cœur tranché par le *tumi*.

La chaleur qui vibrait contre la poitrine d'Anamaya s'éteint brutalement. Un vent faible mais froid descend des montagnes. Les pierres des bâtiments rougissent à leur tour, un instant semblent devenir aussi souples et légères qu'une peau d'enfant.

Et puis une ombre énorme creuse le fond de la grande Vallée Sacrée. Le fleuve cesse d'y miroiter entre les terrasses de vert tendre. Il devient noir comme le corps d'un serpent. Il devient froid comme le ciel de l'est déjà obscur entre les pointes des hautes montagnes. La vallée qui en vient, étroite et déchiquetée, s'ouvre à la manière d'une bouche sur l'ombre sourde qui progresse jusqu'aux rues régulières de la cité, aussi rigidement dessinée qu'un dessin de *manta*.

Déjà les toits des *canchas* sont gris. Les fumées des patios grimpent plus droit, grises aussi. Le silence des ruelles est gris, les terrasses qui conduisent aux fleuves, les flancs des montagnes s'effacent dans le gris. Il ne reste plus que l'à-pic de l'enceinte sacrée à conserver encore un dernier rayon d'or, et sur les pierres polit finement la lumière rouge d'Inti.

Quelques secondes, Anamaya se sent soulevée comme si des ailes la soutenaient au-dessus de tous. Ses yeux voient tels des yeux d'oiseaux la vallée obscure, le versant des montagnes pâle et rapetissé, les maisons d'Ollantaytambo comme des jouets de bois taillés pour les enfants.

Et d'un coup, le soleil n'est plus visible et même le ciel devient gris et plat.

— Ô Inti, murmure-t-elle, ne nous abandonne pas.

Le silence dure encore un bref instant, comme si chaque chose du monde entrait dans la tristesse du soir. Un bruit de voix en bas des escaliers résonne enfin et attire son attention. Au premier regard, elle reconnaît l'homme qui parlemente avec les gardes de l'enceinte pour obtenir le passage. Son cœur se met à battre la chamade.

Elle hésite à descendre les marches abruptes pour les rejoindre, puis elle se reprend. Raidie pour masquer ses frissons, tirant un peu trop fort sur la *manta* qui recouvre ses épaules, elle attend que l'homme la rejoigne. C'est le jeune officier qui autrefois déjà l'avait accompagnée auprès de Manco à Rimac Tambo et lui était venu en aide avant la bataille de Vilcaconga en permettant de sauver Gabriel.

Il a pris de l'assurance, ses traits comme son corps se sont alourdis dans les combats. Mais avant même qu'il soit proche, à le voir seulement grimper les marches aussi raides qu'un sentier de falaise, la bouche un peu entrouverte et les épaules lasses, elle comprend qu'il est porteur d'une mauvaise nouvelle.

Alors qu'il est encore à cinq degrés d'elle, il plie les genoux sur une marche et incline la nuque.

— *Coya Camaquen*, je suis à ton service, souffle-t-il.

— Relève-toi, Titu Cuyuchi, répond-elle avec un peu de nervosité.

Ce qu'elle lit sur son visage confirme ses craintes.

— Alors ? interroge-t-elle.

— Puisses-tu me pardonner cet échec, *Coya Camaquen*, mais nous n'avons pas pu.

Elle s'oblige à respirer pour calmer les battements de son cœur et interroge encore :

— Sais-tu au moins s'il est vivant ?

— Il l'était quand nous l'avons vu. Mais cela s'est passé il y a cinq jours.

— Pourquoi n'as-tu pas réussi, Titu Cuyuchi ?

L'officier esquisse un geste d'abattement.

— J'avais deux hommes avec moi. Dès que les toits de Cuzco ont cessé de brûler, j'ai attendu que la nuit soit très noire et j'ai couru avec eux sur les murs jusqu'à la *cancha* que tu m'avais indiquée. Tu avais raison, l'Étranger était là. Nous l'avons reconnu à sa tunique de paysan du Titicaca. Une chaîne le retenait au mur...

— Une chaîne ?

— Oui. C'est cela qui nous a fait fauter. Nous nous sommes demandé un instant comment le libérer. L'un des soldats a reçu une flèche, il est mort. Nous n'avons vu qu'une ombre noire. L'instant était plein de confusion...

— Lui, a-t-il dit quelque chose ?

— Il a dit qu'il était ton ami, *Coya Camaquen*, que nous ne devions pas le tuer. Il n'a pas compris que nous venions le délivrer !

Anamaya se tait, détourne le visage de l'horizon à peine rougeoyant de l'ouest.

— Nous étions bien obligés de fuir, reprend Titu Cuyuchi. Nous ne discernions même pas la présence de ceux qui nous attaquaient.

— Tu n'as pas essayé une autre fois ?

— Non, *Coya Camaquen*...

Il y a une réticence dans la voix de Titu Cuyuchi. Anamaya l'observe avec attention.

— Parle, parle sans crainte, ordonne-t-elle d'une voix blanche.

— Dès la nuit suivante, les Étrangers ont mis le feu à nos barricades avec l'aide des Cañaris. Ils ont tué beaucoup des nôtres. J'ai combattu sur la dernière, où nous avons pu repousser leur attaque. Je l'ai reconnu. Il était sur un cheval, vêtu comme les Étrangers, et...

— Et ?

Mais Titu Cuyuchi hésite encore avant de répondre. Son regard glisse sur l'épaule d'Anamaya et remonte un peu plus haut. Elle se retourne en même temps qu'elle perçoit le pas léger du Maître des Pierres qui les rejoint. Elle est presque soulagée qu'il soit là. Elle répète, durement et la voix haute afin que Katari puisse l'entendre :

— Parle, Titu Cuyuchi.

— Il se battait sur une bête blanche comme un puissant du Monde d'En dessous ! Il tranchait nos soldats comme si plus rien ne comptait pour lui, ni les morts de son camp ni la sienne. Et puis il s'est passé une drôle de chose : nous avons encerclé les Étrangers devant la barricade, tandis que ceux de la grande tour de Sacsayhuaman leur envoyaient des flèches enflammées. Les flèches se détournaient de lui et aussi les pierres de fronde. Je l'ai vu de mes yeux, *Coya Camaquen* ! Cela a tant impressionné nos soldats qu'ils ont cessé de combattre et l'ont laissé aller.

Anamaya frissonne en fermant les paupières.

— Tu es certain que c'était lui ?

— Oui, *Coya Camaquen*. Je l'ai vu comme je te vois et il a tenté de planter son fer dans mon ventre ! Il était libre et vivant.

L'officier hésite, puis un sourire naît sur son visage sévère. Regardant Anamaya bien en face, il ajoute :

— Mais il a brûlé inutilement les palissades, *Coya Camaquen*. Nous les avons reconstruites. Les Étrangers n'osent plus sortir de leurs enclos. Ils seront bientôt vaincus et l'Unique Seigneur pourra de nouveau rentrer dans Cuzco.

— Je te remercie, Titu Cuyuchi. Je sais que tu as fait tout ce qui était en ton pouvoir. Va prendre du repos et te nourrir…

Alors que l'officier descend l'escalier, il semble que la nuit déjà atteint les ruelles d'Ollantaytambo. Anamaya est glacée. Elle n'ose regarder Katari, car il verrait les larmes dans ses yeux. C'est lui qui s'approche à la toucher et dit doucement :

— Ton puma est libre, *Coya Camaquen*.

— Libre ou mort, qui sait ? Ai-je eu tort, Katari ? Quand j'ai su que les Étrangers le tenaient enfermé, j'ai voulu que Titu Cuyuchi le libère.

— Mais le puma se libère seul, réplique Katari dans un sourire.

— Crois-tu comme moi qu'il est le puma que l'Unique Seigneur Huayna Capac m'a annoncé ?

— Quand je l'ai soigné au bord du Titicaca, j'ai vu la marque sur son épaule. J'y ai posé la main, *Coya Camaquen*, et comme toi j'ai senti.

De nouveau, Anamaya frissonne. La nuit a déjà grandi au-dessus des montagnes.

— Je me suis trompée, Katari. Je ne sais plus prendre une bonne décision parce que mon cœur me brouille l'esprit. Je souffre d'être loin de lui et je crains d'être trop près ! J'ai accepté de m'éloigner de Gabriel parce que Villa Oma me le demandait : il le hait… Mais plus les jours passent, plus j'ai peur de le perdre. Oh, Katari, ai-je peur parce qu'il est le puma ou seulement parce que j'aime un Étranger ?

— Je ne peux pas te répondre, *Coya Camaquen*.

— Tu penses comme Villa Oma, n'est-ce pas?

— Non. Villa Oma n'est plus le Sage qui t'a formée, c'est un fou de la guerre désormais. Il ne voit plus que la violence qui est devant lui.

— Aide-moi, Katari. Comment puis-je savoir où est le juste, où est le faux?

— Tu dois écouter les Ancêtres de l'Autre Monde.

— Je n'entends que du silence.

L'ultime lumière disparaît du plus haut bâtiment de l'enceinte sacrée et des pointes rocheuses qui la surplombent. Les premières étoiles brillent, tandis que les torches éclairent les ruelles d'Ollantaytambo. Anamaya sent la paume chaude de Katari se poser sur son épaule.

— Si tu me fais confiance, je connais peut-être un moyen pour que ton époux le Frère-Double te permette un voyage vers l'Unique Seigneur Huayna Capac, chuchote-t-il.

Dans la nuit, Anamaya n'arrive plus à distinguer ce qui brille au fond des prunelles du Maître des Pierres. Mais l'écho de sa voix résonne longtemps en elle (même plus tard, lorsque le sommeil s'est emparé d'elle et qu'elle plonge dans une nuit agitée par les rêves), et pour la première fois depuis des lunes il lui vient un espoir qui n'est pas détruit par l'angoisse.

— Je t'attends, murmure-t-elle à la nuit.

Et il lui semble qu'elle est entendue.

6

Cuzco, mai 1536

L'homme qu'il voit approcher au soir du dixième jour de siège, Gabriel d'abord ne le reconnaît pas.

Dans la pénombre qu'accentuent les toiles de protection tendues au-dessus du patio, ce n'est qu'une silhouette pourvue d'une tête de grosseur anormale. Elle avance avec précaution, se tenant au large des esclaves de Panamá somnolant à même le sol jonché de détritus. Tout ici est sale et puant, jusqu'aux haleines des jeûneurs qui exhalent déjà un relent de mort. C'est que, désormais, la faim durcit les ventres et les cœurs. Gabriel, comme les autres, maudit la brûlure lancinante de ses entrailles, qui lui rappelle à chaque instant qu'il n'a mangé depuis cinq jours qu'un bout de viande tiré d'un cheval crevé.

Lorsque l'homme est assez proche, il distingue le plumet écarlate du morion qu'il tient sous son bras ainsi que les grandes taches de sang maculant son pourpoint. Quant à l'étrange volume de sa tête, il est dû au bandage qui la lui enveloppe, ne laissant entrevoir de son visage que des yeux de fièvre, un nez busqué et des lèvres qui bougent péniblement :

— Don Gabriel !

La voix est si basse, les mots si mal prononcés qu'ils sont tout juste compréhensibles. Sans même descendre de la barrique vide qui lui sert de fauteuil, Gabriel salue d'une inclinaison du front à peine polie :

— Don Juan ! Eh bien, vous revoilà debout. Le frère Bartolomé vous a assez joliment matelassé la tête pour supporter d'autres jets de fronde.

La moquerie raidit Juan Pizarro, et l'incendie des yeux redouble. Un instant ils se jaugent, Gabriel ne cille pas d'une paupière. C'est la main droite de Juan qui se lève en signe d'apaisement.

— Don Gabriel, je suis venu faire la paix avec vous, marmonne-t-il de son étrange voix de gorge.

Comme Gabriel le considère sans répondre, il ajoute, reprenant son souffle entre chaque phrase :

— Je sais les raisons qui vous ont poussé à agresser Gonzalo... Je ne peux vous blâmer... L'amour d'une femme ne m'est pas étranger, don Gabriel... Mon épouse m'est échue curieusement, vous le savez... Pourtant, je l'aime comme si Dieu lui-même me l'avait désignée... Ma douce Inguill m'a souvent parlé de son amie... de votre... de celle que mon frère a brutalisée... Gonzalo parfois se conduit sans grande réflexion.

Gabriel brise l'embarras de Juan d'un petit geste :

— Ne vous méprenez pas, Monseigneur, dit-il avec une forme de tristesse, je ne suis pas guéri de votre frère. Si l'occasion m'en est donnée, j'ai bien peur que mon cœur et mon honneur ne me dictent la même tentative...

— Dans ce cas, vous me trouverez sur votre chemin et pour les mêmes raisons, puisque je crois moi aussi avoir de l'honneur et du cœur. Quelles que soient ses fautes, Gonzalo est mon frère et je l'aime... Et même si cela doit vous surprendre, lui aussi m'aime d'un sentiment absolu et dévorant, qui m'inquiète parfois — comme si j'étais le seul à le retenir de sombrer vers ses démons.

— Heureusement qu'il est aujourd'hui guidé par les anges !

Juan va pour répondre, mais une souffrance soudaine déforme son visage, et c'est avec une ironie amère qu'il articule :

— Eh bien, soit, don Gabriel : vous le tuerez et moi je le défendrai. Y a-t-il mieux à faire en attendant ?

Gabriel se contente de répondre d'un signe désabusé. Et cette fois, la grimace qui s'esquisse sur la bouche comprimée de Juan semble bien vouloir être un sourire.

— Songeons au présent, reprend-il en s'approchant pour mieux faire comprendre son élocution difficile. Je suis venu faire la paix avec vous afin que nous fassions la guerre ensemble… Don Hernando nous a réunis, la décision est prise d'attaquer la forteresse. C'est votre idée… Bien que je sois blessé, Hernando m'a aussi nommé commandant de tous les capitaines… Cette bataille, c'est moi qui vais la conduire !

— Fort bien, approuve Gabriel avec sérieux. Mais n'allez pas faire la même erreur que notre Lieutenant-Gouverneur : ne sous-estimez pas les Incas. Je connais leur chef, il s'appelle Villa Oma. Il est intelligent et tenace. Surtout, il ne rêve que de nous détruire jusqu'au dernier, cela lui donne une très grande force. N'espérez de lui aucune faiblesse, don Juan. Tranchez-lui les bras, il se battra avec ses moignons !

Autant que le lui permettent sa mâchoire et son bandage, Juan opine. Malgré la fraîcheur du soir, Gabriel remarque la sueur qui emperle son front.

— Je ne l'ignore pas, don Gabriel… C'est pourquoi je vous veux près de moi. Vous aurez l'énergie qui me fera défaut… Si je viens à faiblir, vous saurez prendre ma place.

Comme pour matérialiser ces mots, d'un geste brutal il pousse son morion entre les mains de Gabriel.

— Je veux qu'il soit sur votre tête… Je ne peux le porter à cause de ma blessure. Avec vous sous cette plume, chacun saura où il doit aller.

— C'est beaucoup d'honneur que vous me faites, don Juan ! Et je n'y suis guère accoutumé. Vos frères sont-ils de la même opinion que vous ?

Juan redresse sa tête douloureuse, soutenant le regard narquois de Gabriel. Les phrases qui sortent de sa bouche sont à peine audibles :

— Je vous l'ai dit, je suis venu faire la paix... Et c'est à moi de désigner mes capitaines...

Il laisse passer un petit temps, puis ajoute :

— Nos compagnons veulent vous avoir parmi nous, don Gabriel ! Certains soutiennent que le doigt de Dieu est pointé sur vous, que la Vierge Marie est votre compagne... D'autres que Dieu n'y est pour rien, mais que c'est une magie qui vous vient de vos relations avec les Indiens... Votre exploit de l'autre nuit a marqué les esprits...

— Par tous les saints, comment pouvez-vous prêter foi à ces superstitions ?

— Moi aussi, j'ai vu des choses de mes yeux... Et pas d'hier, comme ceux d'ici... Cela a commencé sur la plage de Tumbez, lors même de notre arrivée... Vous auriez dû mourir, ce jour-là.

Le ricanement de Gabriel sonne comme une plainte :

— Je suis bien trop indifférent à Dieu pour qu'il pointe ne serait-ce qu'un cil dans ma direction... Quant à celle à laquelle vous pensez, elle ne m'a rien enseigné de très particulier, sinon que les Incas sont des hommes comme vous et moi, grands et petits, souffrant du corps comme de l'âme à cause de nous.

— Que nous importe si Dieu ou le démon vous porte ? s'agace Juan en respirant fort et vite. La vérité, c'est que nos compagnons tout à la fois vous craignent et vous accordent la valeur d'un talisman... Ils pensent maintenant que sans vous nous n'aurons aucune chance de réussite !

— Ils pensaient hier qu'à cause de moi tout était perdu !

— Acceptez-vous ma proposition, don Gabriel ?

— Si je refuse, la prison m'attend à nouveau, n'est-ce pas ?

— Je suis venu faire la paix et non vous menacer.

Gabriel repose avec soin le morion sur la barrique. Il en caresse négligemment le plumet écarlate et demande :

— Comment comptez-vous vous y prendre pour entrer dans la forteresse ?

Un drôle de grognement sort de la gorge de Juan et ses yeux se plissent. Gabriel comprend avec un peu de retard qu'il s'agit d'un rire.

— De la manière qui vous semblera la meilleure !

Gabriel sourit, presque complice, et trace de la pointe de sa botte un vague dessin dans la poussière.

— À mon sens, nous devons ruser. Faire croire à Villa Oma et à ses capitaines que nous nous enfuyons...

Sa botte décrit un cercle autour de la masse qui représente la forteresse :

— Voici le col de Carmenga. Il nous éloigne de la ville par le nord-ouest en s'écartant de la forteresse. Ce sera une rude affaire de l'atteindre puis de le gravir, car c'est un véritable ravin. Les Incas feront pleuvoir la mort sur nous. Mais si nous y parvenons, nous échapperons à leur surveillance en faisant un long détour pour revenir sur l'arrière de la forteresse. Là, il y a plusieurs portes et elles peuvent s'avérer accessibles.

— Ainsi nous ferons...

— Don Juan, pas d'illusions ! Aucun miracle ne sort de mes mains. Nos chances de réussir sont aussi maigres que nos ventres !

— Le fait est qu'aucun banquet n'est prévu pour cette nuit... Cela nous laissera tout le temps de prier !

En regardant Juan Pizarro s'éloigner de son pas lourd et irrégulier, Gabriel est gagné par un trouble profond. Il vient d'accepter sans un mot de vraie discussion (car, dans le fond de son cœur, il est aussi effrayé que les autres par son invulnérabilité au combat) de servir loyalement ses pires ennemis.

Il ne le regrette pas.

Et même, il se sent assez joyeux.

*

Dans l'aube naissante, alors que, comme chaque nuit, les guerriers incas n'ont pas cessé leur charivari d'horreur, cinquante cavaliers sont à genoux, sous les regards impressionnés d'une centaine de guerriers chachapoyas et cañaris. Bartolomé passe entre leurs rangs serrés et, de sa main aux doigts collés, bénit chaque front.

La tête ceinte de linges propres, une vraie cuirasse lui caparaçonnant le buste et les cuisses, Juan reçoit la bénédiction avec ferveur. À son côté, sa chevelure superbe retombant sur ses épaulières d'acier rehaussé de fines ciselures d'or, don Gonzalo arbore une mine renfrognée. Ses lèvres bougent à peine pour laisser passer les mots de la prière.

Un peu en retrait, debout devant les fantassins qui bientôt soutiendront seuls le siège, Hernando suit des yeux la cérémonie, marmonnant machinalement. Il est le premier à découvrir Gabriel à l'entrée du patio, sa jument blanche arrivant doucement derrière lui. Son bras gauche est déjà glissé dans un bouclier rond tandis que, de l'autre, il serre contre sa longue cotte de mailles doublée de cuir le casque au plumet écarlate.

Si le visage d'Hernando ne cille pas, celui de Gonzalo, qui interrompt aussitôt sa prière, blêmit. Ses prunelles s'agrandissent et sa bouche se clôt sur le Pater. Gabriel croit qu'il va se lever. Mais le regard impérieux d'Hernando pèse sur son jeune frère. C'est alors que cesse la prière et que l'on amène les chevaux. Les cavaliers jettent des regards en direction de Gabriel. Des têtes s'inclinent en salut, d'autres se signent une fois de plus, mais nul n'ose s'approcher, attrapant déjà la bride de leurs bêtes pour se mettre en selle.

Pris dans le mouvement, Gonzalo est comme effacé, pendant qu'Hernando aide Juan à grimper sur son hongre.

À son tour, Gabriel se coiffe du morion, tirant fort la jugulaire sous son menton.

— Tu étais dans ma prière, mon ami ! Et moi-même je t'ai vu prier tout à l'heure, quand tu pensais que personne ne t'observait.

— J'espère que vous ne me dénoncerez pas. Cela nuirait à ma réputation ! Enfin, frère Bartolomé, vous devriez être content de moi. Ne m'avez-vous pas expliqué qu'il n'était pas nécessaire de croire pour s'agenouiller ?

— Tu crois plus que tu ne crois.

Bartolomé pose sa croix de bois sur la poitrine de Gabriel. Les yeux loin enfoncés dans le visage, l'épuisement vieillit son maigre visage de dix ans.

— Sois prudent, devant toi et dans ton dos, ajoute-t-il plus bas. Gonzalo est fou de rage que Juan ait imposé ta présence. Évite de le provoquer.

— Soyez sans crainte, il est désormais officiel que je suis protégé de tout, et par Dieu lui-même.

— Ne blasphème pas ! C'est inutile.

— Frère Bartolomé, si Dieu existe, fait Gabriel avec un grand sérieux et en le regardant bien droit, c'est aujourd'hui qu'il peut me convaincre de Sa présence. Non pas en me laissant la vie sauve, je n'en ai que faire, et vous savez pourquoi...

— ... mais en purgeant la Terre de tout le mal d'un coup, de préférence en commençant par la personne de Gonzalo Pizarro, n'est-ce pas ?

— Ma foi, mon frère, je me demande parfois si vous n'êtes pas inspiré par Dieu en personne.

— Mon Dieu, dit Bartolomé sérieusement, n'est pas le Dieu

de vengeance qui châtie par le glaive, mais le Dieu d'amour et de charité. Et si tu veux m'en croire, tu ferais bien de l'écouter aussi. Sans oublier de manier ton épée quand il faut !

Gabriel ouvre déjà la bouche pour répliquer d'un sarcasme, mais Juan Pizarro vient vers eux. Gabriel lit sur ses lèvres sèches plus qu'il n'entend :

— Il est temps, don Gabriel... J'ai divisé notre cavalerie en deux groupes. Mon frère Gonzalo conduit le second.

Ses yeux quêtent une approbation, que Gabriel lui accorde d'un hochement de tête.

— Alors, à la grâce de Dieu !

C'est dans un curieux silence, comme pour mieux percevoir le vacarme des collines et les hululements des trompes de la forteresse, qu'ils approchent de la porte de la *cancha* barricadée avec des poutres. Même les Cañaris d'ordinaire si bruyants se taisent.

Parmi les hommes qui s'affairent pour dégager le passage, Gabriel sourit à Sebastian, l'épaule et le bras toujours pansés. Pour une fois, le grand Noir ne sourit pas en retour. Sa mine grave possède la tristesse d'un véritable adieu. Il s'avance pour caresser l'encolure de la jument, qui lui répond d'un petit coup de tête.

— Prends soin d'elle comme de toi, ami.

— Je te rapporterai de la pommade pour que tu puisses venir avec moi la prochaine fois, plaisante Gabriel.

Un maigre sourire étire les lèvres de Sebastian.

— Bonne idée.

Alors, Gabriel se dresse sur ses étriers et gueule de toutes ses forces :

— Par saint Jacques, ce soir nous mangerons dans la forteresse !

Et, dans son dos, cinquante gorges entonnent à leur tour : « Santiago ! Santiago ! »

Ils crient encore tandis que les chevaux bondissent dans la grande place, soulevant une poussière que les Cañaris traversent en hurlant ainsi qu'une meute de fauves.

*

À peine ont-ils dépassé les derniers murs des *canchas* et les premières terrasses qui dessinent le pied du col qu'une salve de flèches siffle au-dessus d'eux. Tirées de trop loin pour être efficaces, elles rebondissent dans un clapotis sec sur les rondaches et les côtes matelassées des chevaux sans même s'y ficher.

Devant eux, cependant, sur le chemin qui traverse les terrasses entourant l'ouest de la ville, la triple ou quadruple ligne de guerriers incas leur barre déjà le passage. Juan se tourne vers Gabriel. Ses yeux disent clairement ce que sa bouche ne peut ordonner.

L'épée déjà dressée, Gabriel hurle l'ordre du galop. Itza bondit et allonge son allure comme si elle n'avait attendu que cela. La crinière flottante, elle semble danser vers l'obstacle sans toucher terre et entraîne d'un même mouvement la masse compacte de chair et de fer des cavaliers, et encore derrière, haches tendues et boucliers levés, les Cañaris qui braillent à gorge déployée et courent avec une agilité prodigieuse.

Une seconde, deux peut-être, les guerriers incas se serrent les uns contre les autres, la lance en avant, le casse-tête dans le poing. Mais tout va trop vite. Plus vite que les pierres de fronde qui ricochent sur les cottes de mailles et les cuirasses. Les yeux exorbités, ils voient les chevaux fondre sur eux. Le sol tremble, le martèlement des sabots pénètre dans leur poitrine comme une fumée de peur. Le soleil paraît tranché en éclats durs par les lames virevoltantes des épées. Des bouches s'ouvrent sous la douleur, le fer s'abat et tranche dans les chairs, les sabots broient les ventres, défoncent les poitrines, les visages n'ont plus de forme et de cris, les bêtes piétinent un tapis de chair et d'os en tournoyant sur elles-mêmes. Et puis les Cañaris rejoignent la bataille, agrandissant sa confusion. La férocité croît, les morts ouvrent le passage tandis qu'encore les épées déchirent.

Les lignes incas cèdent, des guerriers lancent leur casse-tête sur les cavaliers avant de déguerpir, d'autres se suicident en cherchant à piquer le ventre des chevaux ou les jambes des Espagnols. Mais rien n'y fait.

Le poitrail et les jarrets maculés de sang, les chevaux s'extirpent de cette bouillie de mort en galopant vers le premier lacet du col, hors d'atteinte des tirs de frondes.

Le visage couvert de sueur et de sang, le corps endolori à force de frapper, son souffle dans sa poitrine comme un feu grondant, Gabriel n'en finit pas d'appeler les combattants à le suivre.

Son exaltation est profonde et, par-dessus son indifférence, son dégoût de vivre, il flotte le sentiment d'une puissance qui n'a pas de limites.

— Santiago! crie-t-il une fois de plus de sa voix éraillée.

Et dans les cris des Espagnols qui lui répondent, dans les sifflements et les chocs, les gémissements d'agonie ou de triomphe, le fracas et le piétinement, il lui semble que toutes les pentes des montagnes, les pierres et la terre elle-même acceptent qu'il porte le fer de la victoire.

*

Mais seul le plus facile a été accompli. Comme le craignait Gabriel, la côte de Carmenga est une épreuve qui épuise une grande partie de leurs forces.

Deux heures durant, ils grimpent de lacet en lacet. Vingt fois, le sentier friable, à peine assez large pour le passage d'un cheval, n'est plus qu'éboulis ou crevasses. Alors, le temps que les Cañaris, accroupis sous leurs petits boucliers carrés et finissant par ressembler à une étrange fourmilière, comblent les failles ou déblaient le sentier, il faut patienter sous le déluge de pierres jetées depuis le haut de la pente.

Gabriel sent la mauvaise odeur de la peur monter de nouveau chez les Espagnols. L'impatience et l'angoisse avivées par la faim minent la bravoure des plus endurcis. Un cheval, blessé par une pierre tombée droit sur ses naseaux, se dresse de douleur. Il jette ses antérieurs contre celui qui le précède, tandis que son cavalier bascule en arrière, ne devant qu'à deux guerriers cañaris de ne pas rouler au fond du ravin. La panique saisit les bêtes les plus proches, la bousculade à son tour manque d'entraîner une demi-douzaine de cavaliers et de montures dans le précipice.

— Pied à terre ! hurle Gabriel. Pied à terre et tenez vos bêtes par le mors. Obligez-les à baisser le nez !

Mais comme les protestations montent, il change de ton et affirme avec assurance :

— Nous passerons, nous passerons parce qu'il le faut !

Néanmoins, le doute demeure jusque dans le regard de Juan. En vérité, la même pensée les hante : que ce col de Carmenga ne devienne pas comme celui de Vilcaconga, où des années plus tôt et pour la première fois les Espagnols s'étaient trouvés en si mauvaise posture que Gabriel, à l'agonie, n'avait dû la vie qu'à l'obstination et à l'amour d'Anamaya.

— C'est la même situation ! marmonne Juan en refermant ses paupières comme sur un cauchemar. Eux en haut et nous en bas... encombrés par nos montures.

— Non, dit Gabriel à mi-voix afin que seul Juan entende, il n'y a personne là-haut. Le gros des troupes de Villa Oma est derrière nous.

— Puisse Dieu vous entendre !

— Je me souviens d'un replat, avant le sommet du col. Nous pourrons nous y remettre en selle et suivre les terrasses en direction du nord-ouest. Nous donnerons l'impression de nous éloigner de la forteresse. Ils croiront que nous cherchons seulement à fuir.

Pour toute réponse, Juan trace un signe de croix sur son front bandé.

— Gare aux pierres ! rugit une voix. Gare aux pierres !

D'instinct, Gabriel lève haut son bouclier au-dessus de Juan qu'aucun casque ne protège et que sa blessure empêche de bien tenir le sien.

— Gardez-vous, don Gabriel ! ordonne Juan dans un murmure.

Cette fois, la grêle de pierres est si drue qu'il semble que la montagne entière se mue en avalanche sur eux. Les bras plient sous les boucliers qui se brisent, les hommes crient, les chevaux hennissent plaintivement. Cependant, au cœur de l'effroi, les uns et les autres, et même Gonzalo, voient la même chose : Gabriel comme sa jument blanche sont épargnés par ce déluge de caillasses, là où eux-mêmes ont les cuisses, les reins et les épaules meurtris malgré la protection des rondaches et des cottes matelassées ! Et sous son bouclier, Juan est aussi bien abrité que sous une toiture.

Mais nul n'ose rien dire, serrant les lèvres et priant du fond du cœur.

Lorsque enfin, comme l'a promis Gabriel, la pluie de pierres cesse et qu'ils parviennent au replat, les guerriers incas qui les ont harcelés jusque-là s'avèrent n'être à peine qu'une cinquantaine ! Ils n'osent guère s'approcher plus près qu'à un jet de fronde et il suffit d'un court galop des bêtes harassées pour prendre du champ.

Gabriel entend les cris qui accompagnent leur fuite.

— Ils croient que nous rentrons en Castille ! annonce-t-il en riant.

Aussi violent que la terreur un peu plus tôt, le soulagement gonfle les poitrines d'un grand éclat de rire, et pour le moment la fatigue disparaît.

— Santiago! Santiago! s'écrient les cavaliers en se signant les yeux baissés, comme s'ils ne préféraient pas connaître la raison de ce succès.

Gabriel, en cet instant, a le cœur froid.

Il pense à ce qui vient après et chaque image l'imprègne comme s'il l'avait déjà vécue.

*

Ce n'est que vers le milieu de l'après-midi, après quantité de détours, qu'ils atteignent enfin une sorte de plateau irrégulier, parsemé d'énormes roches noires, et qui descend en pente douce vers l'arrière de la forteresse de Sacsayhuaman. Là se dressent des murailles, des blocs si énormes et cependant si finement ajustés que l'on peut douter que des humains aient pu les placer les uns sur les autres. Mais étrangement, aucun guerrier ne semble les surveiller.

Juan ordonne un repos près d'une source vive. Comble de plaisir, plusieurs guerriers cañaris durant le chemin ont pris le temps de chasser des rats sauvages et même deux lamas égarés d'un troupeau que la guerre a dispersé. Comme il est interdit de faire des feux, les bêtes sont dépecées et mangées crues.

Un long moment, il règne un silence étrange sur l'espèce de camp. Mais les quelques bouchées de viande, la fadeur du sang bu, redonnent bien vite nervosité et énergie aux plus éreintés. Gonzalo est le premier à réclamer l'assaut :

— Il est temps, mon frère, nous ne devons pas attendre la nuit. Les Cañaris ont fait une reconnaissance. Les passages entre les murs de défense de la forteresse sont barricadés mais, comme nous le pensions, les Incas prévoient si peu notre attaque que nul ne garde cette partie de la forteresse. Je suggère que notre ami don Gabriel profite de ses moyens peu communs pour accompagner les Cañaris et ouvrir une voie. Il nous fera signe lorsque nous pourrons mener à bien la charge. Et comme vous n'êtes pas en état d'en mener une, mon frère, je suggère que vous demeuriez ici avec une dizaine de cavaliers pour nous soutenir si besoin était.

L'ironie de Gonzalo ne tire qu'un sourire de Gabriel. Son regard croise celui de Juan et il opine en se recoiffant du morion à plume rouge :

— Ce n'est pas une si mauvaise idée.

Puis il attrape au vol les yeux de Gonzalo et ce qu'il y voit l'emplit d'une satisfaction qui vaut commencement de vengeance : le beau, le cruel Gonzalo a peur de lui.

*

C'est à pied et au milieu des soldats cañaris qu'il approche de la première barricade. Il ne leur faut guère de temps pour y ménager une brèche, car nul ne les attend là.

Lorsque les Cañaris, sans un bruit, sans un mot, achèvent de démembrer les murs de pierre, Gabriel saute en selle. En silence toujours, il pousse Itza dans le labyrinthe de roches naturelles et de puissants murs qui protègent les grandes murailles et les tours de la forteresse.

À chaque seconde, il guette les cris d'alerte des Incas.

Mais non.

Personne ne le voit ni n'entend le trot de sa jument. Il longe la petite colline qui lui masque encore la formidable muraille. Déjà, il devine l'esplanade et c'est au pas qu'il atteint la limite du vaste espace d'herbe rase qui lèche la base de la forteresse. Les blocs cyclopéens sont là.

Le cœur de Gabriel bondit. Nul guerrier inca ne le repère. Nulle pierre, nul dard ne le menace. Un peu plus loin sur la gauche, dans une sorte de zigzag de la muraille principale, il distingue une grande porte en trapèze sommairement close par des pierres et des rondins. L'atteindre, c'est pénétrer au cœur de Sacsayhuaman !

Sans plus attendre et sûr de la proche victoire, il tire sur la bride de sa jument et revient au grand galop ameuter ses compagnons.

— Tous en selle ! ordonne-t-il lorsqu'il est à portée de voix de Gonzalo. La voie est libre ! Don Hernando occupe son monde du côté de la ville et on nous ignore magnifiquement.

Comme il a été convenu, il n'est que don Juan Pizarro à demeurer en réserve avec une poignée de cavaliers. Au galop et dans le plus grand silence possible, Gonzalo et ses cavaliers suivent la jument blanche de Gabriel. Ils bondissent par-dessus la barricade, dépassent les guerriers cañaris et chargent sur la grande porte en trapèze. C'est alors que tout bascule.

Le son d'une trompe de coquillage tombe de la haute tour ronde. Une clameur furieuse retentit en haut de la muraille. Avec stupeur, alors qu'il s'apprête à pénétrer sur les terrasses, vides un instant plus tôt, Gabriel découvre devant lui cent, deux cents, peut-être un millier de soldats incas.

Avant même qu'il puisse retenir le galop aérien d'Itza, le claquement des frondes vibre dans l'air avec la puissance d'une batterie de bombardes. Une pluie de pierres déchire l'air et vrombit au-dessus de lui. Dans son dos, encore à découvert, les cavaliers hurlent de douleur sous les impacts. Les chevaux butent des sabots contre la pierraille qui rebondit, culbutent leurs cavaliers cul par-dessus tête, alors que déjà les guerriers incas sont là pour les saisir.

Avec un hurlement de fureur, l'épée tournoyant, Gabriel lance sa jument à leur rescousse. Son irruption terrifie assez les défenseurs de Sacsayhuaman pour qu'ils s'écartent, tandis que les cavaliers démontés tentent de relever leurs chevaux ou sautent en croupe de compagnons qui déjà tournent bride et s'enfuient.

Mais la confusion reste grande. Les guerriers cañaris, surpris par la soudaine apparition des Incas, se défendent mal et leur corps à corps gêne le repli des cavaliers. Le sol est si bien jonché de pierres que les chevaux n'y peuvent avancer qu'avec précaution. Il n'y a bientôt plus que la jument de Gabriel à maintenir son galop dans des charges inutiles.

Combien de temps dure cette folie, nul ne le sait…

Pitoyablement, la frustration grondant dans leur ventre creux, les Espagnols se replient en deçà de la première barricade où Gabriel, cinq fois, six fois, vient les haranguer pour repartir à l'assaut.

Mais toujours la pluie de pierres brise leur élan bien avant qu'ils n'atteignent la muraille monstrueuse. Incapables de suivre la jument blanche, chaque fois ils retiennent leurs propres chevaux avant qu'ils ne s'y brisent les jambes.

Plus d'une heure a passé, épuisant leur courage et déjà assombrissant le ciel, lorsque Gabriel vient les encourager à un ultime effort. Mais à peine s'est-il immobilisé qu'un braillement éclate à ses oreilles. Dans un réflexe salvateur, il dresse son bouclier devant l'épée de Gonzalo, qui cherche à lui fracasser la poitrine.

— Traître ! Rat puant ! gueule Gonzalo, les yeux fous. Enfin on voit ta vraie face ! Maudit sois-tu de nous avoir conduits dans ce piège !

— Don Gonzalo !

— Tais-toi, étron de bouc ! Je l'ai vu, nous l'avons tous vu : les Incas t'épargnent. Tu as appris à éviter leurs pierres et tu veux nous entraîner tout près d'eux afin qu'ils nous massacrent à leur convenance !

Gabriel n'a pas le temps d'une réplique que Gonzalo est debout sur ses étriers et hurle encore en agitant son épée :

— Compagnons ! Compagnons ! Cet homme n'est pas notre saint Jacques mais un traître et un démon ! Ne le suivez plus ! Ne l'écoutez plus, il vous mène à la mort !

Hagards de fatigue après tant d'efforts et tant de déconvenues, les cavaliers considèrent les deux hommes sans parvenir à départager la vérité de la folie. Quelques-uns se signent, d'autres pansent leurs mollets déchirés par les pierres, d'autres encore se dépouillent mutuellement des flèches brisées dans leurs cottes de mailles ou sur les plastrons des chevaux. Mais à cet instant, le roulement d'un galop les surprend et leur épargne de prendre une décision. Juan et ses cavaliers de réserve les rejoignent à bride abattue.

— Juan ! apostrophe Gonzalo sans rabattre sa fureur, mon frère, tu as tendu la main à un serpent et il te mord ! Montelucar nous assassine. C'est le démon en personne ! Les Incas nous attendaient, peut-être les a-t-il prévenus… Jamais nous ne forcerons le passage jusqu'au cœur de la forteresse. Il est plus sage de redescendre dans Cuzco avant le plus noir de la nuit !

— Don Juan, s'écrie Gabriel, ne croyez pas ces balivernes ! Il nous reste encore une chance : les guerriers incas sont aussi fatigués de lancer des pierres que nous de les recevoir, et bientôt ils n'en auront plus ! Même si je dois le mener seul, accordez-moi un dernier assaut.

Juan ne marque même pas le temps d'une hésitation. De la pointe de son épée, il désigne la forteresse avant de claquer la croupe de son cheval. Avec un temps de retard, c'est toute la troupe qui le suit malgré les protestations de Gonzalo.

Cette fois, la première barricade franchie, Gabriel lance Itza sur le côté de la colline, où il a repéré quelques roches formant des marches sur lesquelles la jument bondit avec adresse. Prenant à revers la première ligne des guerriers incas, il les contraint à refluer avant qu'ils ne fassent claquer leurs frondes.

En contrebas, cette seule victoire tire des cris d'enthousiasme des cavaliers qui se reprennent à espérer.

Un moment encore, Itza la blanche et le plumet rouge de Gabriel semblent être partout au-dessus de la mêlée et progresser toujours loin vers la muraille que c'en est merveille. Les Espagnols retrouvent leurs cris de victoire.

Mais du haut de la muraille, une salve épouvantable de pierres et de flèches s'abat sur eux tous. Gabriel, comme les autres, lève son bouclier pour se protéger et entend le crépitement meurtrier qui accable les cuirasses et les cottes matelassées.

Un bref et curieux silence s'ensuit. Puis une plainte atroce déchire l'air :

— Juan ! Oh, Juan ! Oh, mon frère...

À cent pas de Gabriel, Juan Pizarro a basculé de sa selle, s'effondrant sur le lit de pierres qui recouvre l'herbe. Son large pansement a sauté et tout le haut de son crâne n'est qu'un mélange de sang, d'os et de cervelle. Pris par la bataille, il a abaissé son bouclier, offrant sa tête nue et blessée à la violence d'une pierre.

Déjà, Gonzalo est à genoux devant lui, la bouche ouverte sur des pleurs stridents. Il l'attire contre sa poitrine comme un enfant et le berce inutilement.

Gabriel sent une lame glacée fouiller dans sa poitrine et bloquer sa respiration. Machinalement, il encourage Itza à s'approcher tandis que des cavaliers se pressent autour des frères Pizarro pour les protéger. Alors qu'en courant ils emportent le corps de Juan, Gonzalo lui fait face, son beau visage déformé par la douleur et la haine.

— Tu l'as tué, Gabriel Montelucar, tu as tué mon frère bien-aimé !

Gabriel se tait, toute haine et tout sarcasme enfuis de lui. Et bientôt Gonzalo, gorgé de douleur, se détourne de son ennemi et sanglote comme un enfant.

*

— Je n'ai pas lancé la pierre qui a fracassé le crâne de votre frère, don Hernando, mais c'est bien moi qui ai insisté pour mener une charge de plus, et tout aussi inutile que les précédentes. Don Gonzalo a le droit de m'accuser de sa mort.

Hernando ne répond pas. Son visage émacié et dur n'est qu'à peine éclairé par un lumignon. De la pièce à côté viennent les pleurs et les plaintes où l'on reconnaît la voix de Gonzalo et le murmure de prière de Bartolomé.

Ils ont mis quatre heures pour redescendre de l'esplanade de la forteresse et rejoindre le refuge de la grande place d'Aucaypata, transportant le corps de Juan sous le harcèlement des Incas. Gabriel est si fatigué qu'il ne sent plus ni bras ni jambes. Il n'a même plus faim. Ses doigts sont gourds et sa main gonflée à force d'avoir trop longtemps serré l'épée. Ses yeux discernent mal ce qui l'entoure.

— Mais il est faux de dire que j'ai souhaité et œuvré pour notre échec, dit-il encore.

De nouveau, Hernando ne répond pas. Il semble écouter les plaintes, le chant funèbre des femmes qui accompagne les prières. Soudain, il remarque tout bas :

— Juan était la seule personne au monde que Gonzalo ait jamais aimée. Depuis toujours et avec passion. C'est étrange, n'est-ce pas ?

C'est au tour de Gabriel de ne rien répondre. Il se souvient pourtant des paroles de Juan, le matin même.

— Jamais Gonzalo n'a aimé ni respecté quiconque que Juan, reprend Hernando. Ni femme ni homme. Il ne supporte qu'à peine mon autorité. Et maintenant, la mort de Juan va le rendre encore plus fou qu'avant.

— Les démons seront libres, murmure Gabriel.

Hernando le considère un instant avec surprise et il murmure à son tour :

— Les démons, oui...

À côté, la prière mortuaire a cessé, mais les chants continuent. Hernando a un petit geste las de la main, comme s'il repoussait les pensées qui viennent de l'occuper. Un mince sourire affleure à ses lèvres.

— Il y a des morts dans les batailles, don Gabriel, reprend-il sur un ton plus ironique. Elles sont même faites pour cela. Surtout lorsqu'on les perd. Je suis bon chrétien et la mort de mon frère m'afflige. Mais ce qui m'afflige plus encore, c'est que, malgré toutes vos assurances et votre magie, nous ne sommes toujours pas dans cette forteresse du diable ! Il paraît que les pierres et les flèches vous ont épargné une fois encore, mais jamais miracle ne m'a semblé aussi inutile !

— Nous allons bien le savoir, s'il y a de la magie ou pas ! marmonne Gabriel en se passant la main sur le visage.

— Ah oui ?

— Notre attaque aura au moins eu un effet positif, don Hernando. Tandis que nous occupions les troupes incas sur l'arrière de la forteresse, vous avez enfin pu atteindre la muraille de ce côté-ci. J'ai vu tout à l'heure que nos compagnons y bivouaquaient...

— Demain les Incas feront tout pour nous déloger de là. Et ils y parviendront, car nous sommes trop fatigués pour leur résister longtemps.

— Non. Dès l'aube, je monterai seul jusqu'au sommet de la tour et vous y ouvrirai un passage.

— C'est de la folie, Gabriel !

Hernando et Gabriel se retournent pour voir qui s'est exclamé ainsi. Bartolomé franchit le seuil de la pièce et s'écrie encore :

— Tu n'y arriveras jamais !

— À mi-hauteur de la première muraille, il y a une fenêtre. Elle est accessible avec une bonne échelle. Ensuite, je le sais, un escalier va jusqu'au pied de la tour. Les Incas possèdent bien un moyen d'y monter, je le trouverai !

— Tu délires ! Par tous les saints, cette journée t'a rendu fou.

— Don Hernando, faites construire cette échelle. J'ai besoin d'un peu de sommeil. Mais qu'elle soit prête à la première lueur du jour.

— Don Gabriel, vous serez mort sous une avalanche de pierres avant même d'être au milieu de l'échelle, remarque Hernando avec une froide circonspection.

— Ma mort ne vous embarrassera guère et, si je réussis, vous n'en serez pas mécontent. J'ai connu marché moins avantageux, don Hernando.

Hernando a un petit mouvement de surprise, puis un drôle de rire file entre ses lèvres sèches.

— Que vous êtes un bizarre personnage, don Gabriel. Toujours à vouloir mourir et ressusciter ! Toujours à vouloir vous montrer meilleur que nous autres. On en finirait par partager l'opinion de mon frère le Gouverneur et vous reconnaître quelques qualités.

Gabriel ignore sa remarque et son regard narquois. Il prend la main difforme de Bartolomé et la serre avec force.

— Il est temps de savoir, ami Bartolomé. Il me faut savoir ! Et, cette fois, nul n'aura à me suivre.

Dans la nuit, Gabriel ne ferme pas les yeux. S'il dort par bribes, c'est malgré lui, dans un rêve éveillé.

Et toujours, sans relâche, les images qui se sont emparées de son esprit le poursuivent et ne le laissent pas en paix.

Flottant doucement sous la brise, il voit une corde accrochée aux remparts crénelés de la tour ronde, la plus imposante. Et à l'instant où ses mains abîmées se referment sur elle, plus rien ne peut l'empêcher d'aller jusqu'au sommet.

*

L'aube est froide. Le sol presque gelé, le ciel blanc comme un dais de lin. Torse nu, Gabriel est enroulé dans une couverture crasseuse.

C'est la caresse légère d'une main sur son front et son épaule qui le réveille. Une paume lisse, des doigts fins. Une main de femme, une douceur oubliée.

Quand il ouvre les paupières et surgit d'un sommeil sans fond, le corps douloureux, il regarde le visage de la jeune femme sans le reconnaître. Des larmes brillent dans ses yeux et ses joues sont barbouillées de poussière.

— Tu ne te souviens pas de moi, chuchote-t-elle avec l'ombre d'un sourire. Je m'appelle Inguill. Nous nous sommes vus il y a très longtemps, avant la mort de l'Unique Seigneur Atahuallpa. J'étais une toute jeune fille au service de la *Coya Camaquen*. Elle m'a très souvent parlé de toi.

Gabriel se redresse sur les coudes, tout à fait réveillé.

— C'est elle qui t'envoie? demande-t-il. Anamaya t'envoie?

Elle secoue la tête, presque souriante :

— Non. Je suis l'épouse du Seigneur don Juan.

Sa voix se brise et elle se reprend :

— Je l'étais encore hier.

— Je le sais. Je regrette. Il m'a parlé de toi…

Dans le regard d'Inguill se mêlent la douleur et la fierté.

— Il m'avait choisie comme une esclave et pourtant il m'a aimée comme une épouse. Moi aussi je l'ai aimé. Il était doux avec moi. Ses Ancêtres de l'Autre Monde n'ont pas voulu qu'il souffre trop. C'est bien.

D'un mouvement vif, elle sort une petite jarre de son *unku* et la tend à Gabriel.

— Nous avons un peu de lait de vos chèvres pour nos enfants et je t'en ai apporté. Tu dois le boire avant de monter à la tour. Il te faut des forces.

Gabriel lui saisit le poignet.

— Pourquoi fais-tu cela ?

Inguill le considère un instant. De sa main libre, elle esquisse une caresse sur l'épaule de Gabriel. Ses doigts glissent sur son omoplate et effleurent la tache sombre qui s'y dessine.

— La *Coya Camaquen* te protège, les Puissants Ancêtres aussi, chuchote-t-elle. Tu vas nous sauver, nous le savons tous.

Les doigts de Gabriel se serrent plus fort autour du bras d'Inguill.

— Que sais-tu ? Pourquoi me défendre contre ton peuple ? Ça n'a pas de sens !

Inguill se dégage et se redresse avec brusquerie.

— Bois le lait, cela te fera du bien, dit-elle simplement avant de s'enfuir.

C'est seulement alors qu'il découvre Sebastian, quelques pas en arrière, qui le contemple avec un regard dur.

— Cette femme dit n'importe quoi ! gronde-t-il. Grimper à leur foutue échelle et leur foutue tour est la pire idée que tu aies jamais eue, Gabriel.

Gabriel se lève avec un sourire.

— Tu ne crois plus toi-même m'avoir vu en saint Jacques ?

— Oh que si ! Assez pour savoir que l'un de vous deux est un imposteur ! Et tu vois, je parierais volontiers sur saint Jacques !

— Blasphémateur !

Riant franchement, Gabriel vient enlacer son ami.

— Prends bien soin d'Itza. C'est une belle jument et j'aimerais que tu me l'offres pour de bon, plus tard, quand cette bataille sera finie.

— Je t'offrirai ta jument et encore plus, Votre Grâce, mais tu dois me promettre une chose, par saint Jacques et la Vierge, par le Soleil et la Lune, et mes dents et ma barbe et la tienne...

— Quoi donc ?

— Vis, crétin.

*

L'échelle est longue d'au moins quatre toises, mais elle parvient juste à l'affleurement de l'étroit fenestron percé dans la muraille. Vingt hommes sont nécessaires pour la dresser et l'établir au bon emplacement. Elle est faite de poutres de toit et de rondins de barricade assemblés du mieux possible. Les cordes ont manqué pour les barreaux qui ne sont parfois que des hampes de lances brisées, si bien qu'ils sont très espacés et que Gabriel doit tirer fort sur ses bras pour les franchir.

Dès qu'il a passé la première toise, le ballant commence et Gabriel s'applique à faire des mouvements moins brusques. Il grimpe de deux barreaux supplémentaires lorsqu'il entend des appels. Quand il baisse les yeux, c'est pour voir Sebastian, Bartolomé, Hernando et tous les autres s'écarter précipitamment des longerons qu'ils retenaient. Avant même de regarder, Gabriel a compris. Tassant la tête dans les épaules et bloquant ses pieds contre les montants, il dresse son bouclier au-dessus de lui.

C'est presque avec plaisir qu'il entend le choc naturel des pierres sur le cuir de sa rondache. Certaines, assez lourdes, frappent aussi l'échelle et la font vibrer sous lui. Il ne doit pas trop tarder.

Avec des ahans de bûcheron, ignorant les projectiles, il se

lance à l'assaut des barreaux supérieurs. L'échelle plie et grince horriblement. Elle ploie comme un ventre qui respirerait trop fort. Gabriel garde les yeux rivés sur la muraille. Il oublie le haut et le bas, les pierres qui sifflent et le frôlent, ricochent quelquefois contre sa hanche, sur le bois, tout près de ses doigts qu'elles pourraient écraser. Des pieds et des genoux, il grimpe. Des cris et des clameurs, il y en a partout autour de lui, mais il ne les entend plus.

Il passe le milieu de l'échelle. Là, le ballant est si fort qu'il la sent bouger et se déplacer malgré son poids. Il pense aux hommes qui là-haut pourraient l'attraper et le repousser, puis il oublie.

Ses compagnons ont songé à sa fatigue, car les derniers barreaux sont plus proches et plus aisés à franchir. Il lui semble qu'il pourrait y courir, et c'est sans même regarder à l'intérieur qu'il bascule sur le large linteau du fenestron.

La lumière encore pâle du matin éclaire peu l'intérieur, mais il devine un escalier, et des visages habituellement impassibles qui sont déformés par la stupéfaction.

Le seul bruit de son épée sortant du fourreau fait reculer la dizaine de guerriers qui lui font face, fronde et massue à la main. Bêtement, pris de stupeur autant que de curiosité, ils se contemplent les uns les autres sans un geste. Puis Gabriel crie en quechua :

— Reculez, reculez ! Je ne veux pas vous faire de mal !

Agitant son épée comme si elle était de bois, il avance de trois marches tandis que les autres grimpent d'autant. Et ainsi encore une fois. Puis l'un des Incas dit :

— C'est l'Étranger à la bête blanche !

De nouveau, ils s'observent, incrédules, Gabriel ne sachant pas plus qu'eux ce qu'il doit décider. Puis, sans un mot, les soldats se détournent et gravissent avec une agilité stupéfiante le raide escalier.

Souffle fort, Gabriel les suit, prudent et la lame en avant. Lorsqu'il parvient enfin au jour, c'est pour découvrir que le rempart au bas de la tour est vide. Les guerriers se sont enfuis et courent en ameutant les officiers.

Depuis les tours voisines, on le voit. Des cris jaillissent et des pierres, encore. Pourtant, aucune n'est dirigée vers lui, seulement sur les Espagnols demeurés au pied de la muraille.

Exalté par tant de facilité, Gabriel contourne la tour.

En levant les yeux, pris d'un frisson, il sait qu'Inguill a eu raison. Que tous ont eu raison.

Alors qu'aucune porte ni fenêtre n'ouvre sur l'intérieur de la tour et ne permet d'en atteindre le haut, une corde en fil d'agave et d'*ichu*, pareille à celle utilisée pour les ponts, aussi grosse qu'un bras d'homme, pend tout le long de la construction comme la plus merveilleuse invitation.

Il *voit* avec une extraordinaire certitude ce qu'il a vu en rêve.

C'en est fini de la fatigue, des muscles durs et des prudences. Ne pouvant plus se contenir, Gabriel s'approche de la muraille, agite son bouclier et son épée en hurlant :

— Santiago ! Santiago !

En bas, sous leurs boucliers serrés les uns contre les autres, ses compagnons semblent réduits à la taille de petits animaux aux carapaces sales. Gabriel rit comme un dément et braille encore :

— Santiago !

Puis, d'un même mouvement, il balance sa rondache, remise son épée dans son baudrier et retire sa lourde cotte de mailles. Sans même se soucier si là-haut on pourrait trancher cette corde aussi miraculeuse que l'échelle de Jacob, il l'agrippe à pleines mains et commence son ascension.

À dire vrai, il lui suffit de s'élever de deux toises, jambes et buste à l'équerre, les semelles de ses bottes ripant sur les pierres et ses bras peinant à le retenir au-dessus du vide, pour que s'apaise sa frénésie.

Deux fois, les jambes alourdies, son pied glisse sur un mauvais appui. Aussitôt, il est projeté de tout son poids contre la muraille. Il se cogne durement genoux et poitrine, manquant de lâcher la corde sous la douleur. Le souffle court de nouveau, les muscles raidis, il remonte. Une toise, deux toises. Il en reste six, peut-être plus. Il songe aux paroles de Sebastian : « D'ici peu, tu vas voler du ciel à la terre comme un ange véritable et tout lesté de cailloux ! » Un mauvais rire l'arrête, mais le poids de son corps devient si lourd qu'il préfère reprendre son effort.

À peine est-il parvenu à mi-hauteur qu'un choc lui fait lever la tête. Juste au-dessus de lui, une pierre de la taille d'un tabouret rebondit contre le mur avec un choc sourd. Il n'a pas même le temps de s'abriter, seulement de fermer les yeux.

Rien ne vient. Sinon le souffle de la roche tout près de son épaule.

Il rouvre les paupières à l'instant où elle s'écrase en mille éclats sur les pavés des remparts.

— Je suis protégé, murmure-t-il, la poitrine en feu. Anamaya me protège ! Elle m'aime et me protège !

Alors, l'étrange folie le reprend. Il ne voit plus la muraille de la tour devant lui, mais le regard bleu d'Anamaya. Il ne sent plus ses poumons brûlants, ses bras qui n'en peuvent plus, ses cuisses qui ne veulent plus se plier. Il grimpe comme si on le portait. Il grimpe comme un démon ou un singe. Et d'en bas c'est ainsi que tous le voient escalader les derniers mètres, et crient, lorsqu'il agrippe les rebords du muret qui entoure le haut de la tour :

— Santiago ! Il a réussi, Santiago !

Il reste un instant allongé de tout son long, peinant à respirer. Il n'a pas la force de se relever. Il cherche à entendre les soldats incas qui vont le capturer.

Mais les bruits sont loin.

Il se redresse pour découvrir qu'il est seul. Le haut de la tour est vide. Une sorte de tourelle est construite en son centre et ouvre sur un escalier à plusieurs volées aux marches si étroites qu'il faut les franchir de biais. Nul ne s'y tient mais, dans le bas, Gabriel entend des voix et des appels.

Alors, il revient jusqu'à la murette ; à son tour, il crie, il hurle victoire, et gueule que la première tour est prise et que tous peuvent monter !

*

À midi, les combats n'ont pas cessé et une seconde tour est prise. Gabriel n'a pas quitté la sienne et nul ne l'y a rejoint. Avec horreur et sans jamais se lasser, il a assisté au grand spectacle de la guerre. Les cadavres maintenant jonchent les remparts de la forteresse de Sacsayhuaman. Mille, deux mille cadavres peut-être.

Gabriel a posé ses mains endolories sur le muret de pierre et les voit qui tremblent. Il ne sent plus rien. Il se demande quelle folie l'habite, il est comme un homme ivre qui se réveille.

Il n'ose plus même songer à Anamaya, ni croire, sans obscénité, qu'elle ait pu le protéger pour que s'accomplisse un si grand carnage.

L'odeur pestilentielle de la mort lui dévore les narines.

Les paroles affectueuses de Sebastian lui paraissent s'adresser à un autre que lui.

Oui, il espère de nouveau que la mort pourra l'emporter et qu'il n'aura pas à sauter de la tour pour oublier le plaisir qu'il a eu à en être l'instrument.

« Je me suis cru maître, ricane-t-il pour lui-même, et je n'étais qu'un misérable esclave ! »

Mais ses yeux ne quittent pas — pas un instant — le mouvement inlassable des hommes qui meurent.

*

Au soir, l'assaut est donné par Hernando Pizarro à la dernière des tours de la forteresse, la plus large mais construite en maçonnerie hâtive.

Quand les hommes sont à mi-hauteur des échelles, le général inca qui a conduit la défense de Sacsayhuaman jusque-là se dresse, seul, sur la murette. De gros bouchons d'or brillent à ses oreilles et disent son importance.

Avec stupeur, Gabriel le voit qui se frictionne les joues avec de la terre jusqu'à ce que sa peau se déchire. Puis, encore, l'Inca ramasse de la terre entre les pierres de la tour et s'en frictionne les plaies jusqu'à n'avoir plus de figure.

Plus aucun Espagnol ne bouge, tous ont les yeux rivés sur lui.

Les soldats incas eux aussi font silence et un vent glacé semble saisir tout le monde.

Alors, le général s'emplit la bouche de terre, s'enveloppe jusqu'à la tête de sa longue cape, et se lance dans le vide.

On n'entend aucun bruit jusqu'à celui de son corps qui s'écrase sur un amas de pierres de fronde.

À ce moment seulement, Gabriel perçoit une exclamation dans son dos. Lorsqu'il se retourne, dix guerriers incas lui font face. Il lit l'hésitation dans leurs yeux et voit les cordelettes dans leurs mains. L'un d'eux lève une longue masse de bronze, prêt déjà à frapper.

Gabriel secoue la tête.

— Non, dit-il en quechua. Ce n'est pas la peine.

Avec lenteur, il tire son épée du fourreau et la lance par-dessus la murette.

— Je ne me battrai plus, dit-il. C'est fini.

Et tandis que, ligoté, les guerriers l'entraînent dans la nuit, il entend se perdre avec le vent les cris d'ivresse et de victoire de ses compagnons espagnols.

Il a voulu mourir.

Il a voulu vivre.

Il ne veut plus rien.

DEUXIÈME PARTIE

7

Ollantaytambo, juin 1536

Dans les *canchas* de la plaine, entre les deux rivières, sur les pentes où s'étagent les terrasses et les temples, des centaines de feux sont allumés. Mais on n'entend ni chants ni tambours ni trompes, ni cris de joie et d'ivresse. On n'entend que le grondement de l'eau. Anamaya s'en laisse emplir les oreilles : c'est une lancinante rumeur de deuil, chargée de tristesse.

Les combattants passent le pont à l'allure de la défaite. Ils vont un par un, sans un mot, le visage impassible mais la tête baissée. Sous la lumière blanche de la pleine lune, leurs visages sont d'argent terni. Les rides de fatigue traversent leurs fronts et leurs joues comme autant de blessures. Leurs *unkus* sont déchirés, couverts de boue et de sang. La lassitude alourdit leurs membres et leurs armes pendent au bout de leurs bras à la manière d'inutiles jouets d'enfant. Même ceux qui portent des épées prises aux Espagnols, même ceux qui guident de rares chevaux sont travaillés par la honte. Ils ont perdu.

Quand ils aperçoivent Manco et Villa Oma de l'autre côté du pont, leurs épaules se courbent un peu plus, comme si le poids devenait impossible à porter. Mais quand ils passent devant lui, Manco les redresse d'un geste ou d'un mot de fierté. Ils disparaissent dans la nuit : l'épuisement ne leur apportera pas le repos.

Anamaya observe Villa Oma. Le regard perçant de celui qu'elle appelait le Sage est perdu au loin, le long de la Vallée Sacrée, il fuit vers les collines au-dessus de Cuzco et refait le chemin de cette bataille qui devait être gagnée mais ne l'a pas été. Son visage est crispé d'une rage silencieuse.

Pas une fois Manco ne lui fait face. Son fier profil n'est que tendresse et encouragement pour ses combattants. Anamaya s'étonne et s'émeut de cette douceur qui se cache chez lui en plein cœur de la violence qui le ronge — depuis les humiliations qu'il a subies, depuis toujours peut-être.

Du jour où Titu Cuyuchi est revenu avec la nouvelle de la disparition de Gabriel, Anamaya a perdu le sommeil. Lorsqu'elle croit dormir, le puma passe au-dessus de son visage ; à chaque instant de la journée, elle croit voir son ombre. En apparence et en paroles, elle continue de jouer le rôle de la *Coya Camaquen* vers qui chacun se tourne, que même les devins et les prêtres ont appris à respecter ; mais dans le secret de son cœur, elle est une femme torturée d'inquiétude pour l'homme qu'elle aime.

À l'heure de la défaite — défaite si cruelle parce que la victoire a semblé si proche, ce sentiment est plus fort en elle que tous les autres et elle en a presque honte.

— Viens.

La voix de Katari est presque un chuchotement, un battement d'ailes de chauve-souris dans la nuit, et elle n'est même pas sûre de l'avoir entendu. Elle pivote vers lui ; le jeune homme, d'un mouvement imperceptible de la tête, fait voler les longs cheveux qui lui descendent jusqu'aux épaules.

Sans ouvrir les lèvres, il lui indique de la suivre. Elle ne se préoccupe plus de Manco ni de Villa Oma.

Les deux jeunes gens longent la rivière qui gronde et bouillonne en contrebas du petit mur, dont les pierres soigneusement jointes marquent le caractère sacré. La lumière de la lune éclaire le chemin qui monte maintenant vers la ville. Les feux des maisons, ceux des temples luisent, pareils à des étoiles lointaines, venues d'un autre monde.

Les battements de son cœur se calment.

À travers les pentes des montagnes, comme si des musiques aux notes plus aiguës se posaient sur le bourdonnement de tambour de la Willkamayo, elle perçoit le ruissellement des eaux qui se déversent par les canaux dans les fontaines aménagées.

Soudain, Katari s'immobilise. Elle reste un instant les yeux fixés sur ses larges épaules avant de tourner le regard comme lui vers les Montagnes de l'Ouest, au-dessus desquelles Quilla a posé son disque parfaitement rond.

L'ombre noire du condor se détache dans la nuit.

C'est un oiseau gigantesque, un oiseau-montagne qui observe. Le rocher découpe à une extrémité son bec et sa tête où l'œil est ouvert, la collerette rentrée entre ses deux ailes puissantes. Immobile, on le dirait tendu vers la Vallée Sacrée, la protégeant, menaçant ceux qui seraient tentés de la violer.

Katari se retourne enfin vers Anamaya.

— Le temps est venu, dit-il simplement.

Anamaya admire une fois de plus le calme du jeune homme et la sagesse lumineuse qui émane de lui — de son corps large et musclé, de ses deux yeux étirés comme d'interminables failles dans une *huaca*.

Elle ne s'en est pas aperçue tout de suite, mais le rocher est travaillé de part en part : des rigoles y font le chemin pour l'eau, des entailles rythment sa base, montrant que, depuis un millier de lunes, les hommes y ont reconnu la présence des dieux.

Ils pénètrent dans l'ombre du condor et la lune se cache. Malgré l'obscurité, Anamaya suit Katari avec confiance, mettant ses pas dans les siens avec sûreté.

Ils ont contourné une énorme lause fichée dans le sol, dont

la forme lui semble familière. Il y a là un petit espace au centre duquel les braises d'un feu sont encore rougeoyantes, et Katari n'a pas de peine à le ranimer. De nouveau, en levant les yeux, en scrutant les quatre petites niches creusées à même la roche, elle a cette impression de reconnaître un autre lieu.

Tandis qu'elle reprend son souffle, Anamaya est gagnée d'un sentiment étrange. Sans qu'il parle, Katari lui transmet ce qu'il veut. Elle est presque effrayée de cet abandon qui lui vient instinctivement.

— Il n'y a rien à craindre, dit-il doucement.

— Tu m'écoutais ?

Le rire léger de Katari résonne dans la nuit.

— Tu devrais savoir que je t'écoute même quand je ne suis pas avec toi...

Le souvenir de Gabriel perdu dans le désert du Salar la traverse. Son malaise disparaît et elle sourit à son tour.

— Tu as dit que tu pouvais m'aider...

— C'est vrai. Mais j'ai besoin que la peur te quitte entièrement. Et aussi...

Katari a déjà déplié sa *manta* devant lui.

— Et aussi ?

— Dans le voyage que nous allons faire, il faut n'être qu'un...

— Et cependant j'ai besoin de toi pour partir. Qu'est-ce que cela signifie, Katari ? Je ne comprends pas.

— Il y a l'eau et la pierre, dit Katari. Ce Monde-ci et le Monde d'En dessous, la Willkamayo et la Voie des étoiles, Inti et Quilla, l'or et l'argent... Tout dans notre univers est double... Mais l'un se cache au cœur des choses si nous savons le chercher...

Le cœur d'Anamaya a bondi quand il a commencé à parler. Silencieusement, elle a complété ses paroles : il y a les Incas et les Étrangers. Mais elle n'ose pas.

— Je ne comprends toujours pas, murmure-t-elle.

Katari lui jette un bref coup d'œil.

— Tu comprends mieux que tu ne le dis... Je ne peux pas te l'expliquer maintenant. Mais tu dois savoir que rien de ce que tu découvriras ne me sera caché. Me fais-tu assez confiance pour cela ?

Elle le regarde sortir de sa *manta* une branche de feuilles. C'est une plante de la forêt et non des montagnes. Sans hésiter, il la jette dans le brasier. Presque aussitôt, une fumée âcre et odorante s'en échappe.

— Tu me fais assez confiance, à moi, pour m'emmener, dit Anamaya. Laisse-moi te donner ce que j'ai...

— Je te guiderai, Anamaya, et pourtant c'est toi qui vas m'emmener.

Elle fixe les quatre niches et la découpe si particulière du rocher qui les enchâsse. Elle sourit : elle sait le voyage dont il parle.

Katari ne la regarde déjà plus. Balançant la tête d'un côté et de l'autre, il se sert de sa lourde chevelure comme d'un éventail pour rabattre la fumée vers le visage d'Anamaya. En même temps, les yeux fermés, il chante une mélopée lancinante dans une langue qu'Anamaya ne reconnaît pas. L'odeur de la fumée monte dans ses narines et lui envahit la tête et le corps entier, la musique fait son effet. Elle se sent tout à la fois lourde de sommeil et éveillée, presque incapable de bouger et d'une légèreté totale. Elle le voit se lever.

Quand il revient s'asseoir près d'elle, il tient entre les mains un splendide *kéro*, un vase en bois incisé de mille dessins géométriques dont elle discerne avec une netteté surnaturelle la précision inouïe. Au fond, un liquide vert foncé repose.

Puis Katari fait apparaître deux autres *kéros* plus petits, sans aucune décoration. C'est le bois à l'état brut, qui a conservé la forme de la branche. Seule la cavité révèle le passage de la main de l'homme.

Il remplit les deux gobelets de bois et en tend un à Anamaya. Ils le boivent lentement, se laissant imprégner le palais et la gorge par la saveur douce, semblable à celle du maïs encore jeune.

Le chant de Katari a commencé comme la rumeur éloignée d'un torrent de montagne ; il a enflé maintenant et il couvre presque le bruit de l'eau des fontaines. Le bourdonnement dans les oreilles, les battements sourds de son cœur — tout le corps d'Anamaya accompagne le rythme de ce chant, dont la source lui paraît être non plus dans la poitrine de Katari, mais dans les pierres, dans l'eau, dans la montagne entière.

Par-dessus sa lancinante mélodie vient une voix plus aiguë. Elle se rend à peine compte que c'est un sifflement, un gémissement qui passe à travers ses lèvres. Sa tête balance dans le même mouvement que celui de Katari et elle s'abandonne peu à peu.

Sa conscience du temps s'efface, sa perception de l'espace...

Soudain, un spasme la secoue entièrement. C'est une décharge violente comme l'éclair, qui semble naître de sa nuque et se propage en ruisseau de frissons le long de son dos pour aller irriguer chacun de ses membres. Elle est ainsi remuée, ébranlée plusieurs fois : chaque fois, elle s'offre pour recevoir la sensation, ainsi qu'en une étreinte amoureuse. Le plaisir est une explosion délicieuse et le flot des sensations s'écoule en elle et bouillonne. Son ventre est chaud, brûlant. C'est un bonheur si complet, si intense, qu'elle n'a même pas le temps d'en mesurer la brièveté.

Le silence est revenu.

Des taches de couleurs intenses, lumineuses, brillantes, dansent devant ses paupières.

Le chant a cessé. Il ne reste que le bruit de l'eau : celui de la fontaine, celui du canal le long de la *huaca* du Condor, celui de la rivière qui s'écoule en contrebas. Mais, dans cette fraction de calme où la nature se suspend, sa perception s'aiguise brusquement et si nettement qu'au creux de la nuit elle devient capable de tout voir et tout entendre, tout sentir et tout goûter... Elle devine les ondulations du vent dont chaque variation, de la brise à la bourrasque, parvient à ses oreilles ; elle en sent la caresse sur sa peau et ouvre grandes les narines et la bouche pour s'en enivrer. Soudain, c'est le cri d'un oiseau qui remplit l'horizon — l'oiseau qu'elle n'a pas entendu depuis les années où elle vivait, petite fille, au milieu de la forêt. Elle respire les senteurs cachées de la terre, l'humus, les lourdes frondaisons chargées de l'humidité nocturne...

Un frottement sur la pierre lui fait ouvrir les yeux et elle aperçoit Katari. Il regarde fixement les quatre niches situées devant eux et dont elle ne peut percevoir le fond. Il lui prend la main et elle la lui abandonne sans peur.

Comme ils s'approchent de la paroi, une des niches semble s'animer d'une faible lueur couleur de lait, provenant de la pierre elle-même. Leur mouvement commencé à genoux se transforme en une reptation imperceptible où ils épousent le corps du rocher, se confondant avec la pierre. À l'entrée de la niche, la lumière blanche les enveloppe entièrement et, dans la vibration de toute la masse rocheuse, elle est incapable de savoir si c'est la niche qui s'est dilatée pour les recevoir, ou si leur taille a soudainement réduit. Et cela n'a aucune importance.

À un moment, sans qu'elle puisse savoir lequel, le contact avec la pierre de frottement s'est fait douce caresse et tous les frottements de peau, toute la crainte et le poids du corps ont cédé dans une sorte d'enveloppement très doux, comme si la matière et la chair entraient en contact et aussitôt en fusion. Une voix a résonné en elle, avec des paroles indistinctes qui lui disaient qu'ainsi, autrefois, les hommes étaient nés. Mais elle n'a pas le temps de l'écouter, tant elle est prise : membre après membre, son corps est aspiré par la montagne et sa dernière sensation humaine est celle de la paume de Katari dans laquelle sa main était logée. Tout au loin elle voit sa frayeur, boule de feu dans la nuit, boule de souffrance dans sa tête, tandis que son corps devient léger à force de lourdeur extrême, comme une masse énorme arrêtée par une masse plus grande encore et qui l'absorberait, morceau par morceau, fibre par fibre.

Elle est la pierre. Elle est la montagne elle-même.

Le plus étrange est qu'elle garde une conscience absolue d'elle-même. Elle est Anamaya, mais une Anamaya qui se serait d'un coup enrichie d'un univers entier de sensations où toutes les formes, toutes les substances, tous les aspects de la nature se mélangent. Elle n'a pas le temps d'en jouir de nouveau que tout se met à enfler dans son être à la manière de mille tambours, mille trompes, mille fleuves et mille étoiles jusqu'à l'explosion. Au milieu de cette sensation faite de l'excès de toute la sensation, tout son être se rétracte en une boule minuscule dont l'effort unique, intense, est de s'extirper de la pierre — comme si, dans l'immobilité absolue, elle voulait à toute force éviter de se dissoudre et de se perdre.

Venant de l'intérieur d'elle, très basse et pourtant très nette au milieu du chaos, elle perçoit la voix de Katari : « Viens, Anamaya, c'est le moment. »

Elle est de l'autre côté.

*

L'air.

Il n'y a plus que cette vibration qui la parcourt et la soutient, ce glissement, cette légèreté.

Elle vole.

Pour l'instant, il n'y a rien d'autre que ce délice qui mêle une impression de puissance avec une liberté absolue, infinie. Il lui semble n'avoir plus de regard pour voir, plus d'oreilles pour entendre, et son corps est devenu un frêle assemblage, comme une *balsa* dérivant sous la rivière du vent.

Tu es le condor.

Pendant un bref instant, quand cette pensée lui vient, son étrangeté lui donne le frisson. Puis elle comprend que Katari ne lui tient plus la main, à côté d'elle, mais qu'il est avec elle dans ce vol — qu'il est devenu condor avec elle et pour elle.

Elle se laisse aller dans sa transformation sans crainte ni retenue.

Alors elle comprend qu'elle a traversé la nuit et elle voit le soleil se lever ; aussitôt, les courants la portent haut dans le ciel. Sous ses ailes, la splendeur se déploie : le ruban du fleuve, au fond de la vallée, a les écailles d'argent du serpent Amaru, le symbole de la sagesse, qui s'est souvent tenu près d'elle. Il entoure le site, se love autour de lui, lui offrant l'écrin d'émeraude de la forêt.

Son regard balaie les chaînes des montagnes lointaines à la hauteur desquelles elle est située ; le sommet neigeux du Salcantay, toute la majesté des Apus des Andes s'offre à elle sous les premiers rayons de l'astre solaire. En elle, la voix de Katari résonne et chante en des incantations joyeuses : « *Hamp'u ! Hamp'u !* » et il lui semble que les montagnes répondent, une à une, en étincelant.

Et puis, bien sûr, elle les reconnaît : le jeune sommet et le vieux, veillant sur la Ville-dont-on-ne-dit-pas-le-nom, celle où la jeune fille qu'elle était a été admise bien des années plus tôt. Elle plane au-dessus de l'étagement des terrasses où le maïs est en fruits, plane au-dessus des bâtiments d'où les silhouettes minuscules des prêtres et des astronomes, des devins et des architectes commencent à sortir pour saluer la venue d'Inti.

Elle sent les yeux des hommes tournés vers le condor situé haut dans le ciel, elle aime leur crainte et leur respect.

« C'est ici, dit-elle à Katari, que se cache le plus secret des secrets de l'Empire — c'est ici le lieu qui doit exister par-delà le temps. »

Katari reste silencieux, mais elle perçoit sa joie qui l'emplit et l'emmène, à grands coups d'ailes, toujours plus haut dans le ciel.

« Villa Oma m'y a conduite lorsqu'on l'appelait encore le Sage et qu'il parlait aux Dieux ; mais il en a perdu le chemin et il ne le retrouvera jamais. »

« Regarde le triomphe du Soleil », dit Katari.

Au cœur de la ville secrète, ils survolent une pierre sur laquelle les rayons du soleil s'attachent et d'où ils repartent pour illuminer le monde, découper le temps. C'est une pierre qui a été taillée — aux temps anciens — pour répondre à l'élan éternel du Jeune Sommet, le Huayna Picchu.

Ils planent longtemps au-dessus d'elle, pris par l'harmonie qui s'en dégage. Ils sont émus de l'unité qui règne ici entre la sagesse des hommes et l'ordre de la nature. La pierre semble avoir été découpée pour recevoir la lumière ; le partage qu'elle en fait avec l'ombre est une prière qui résonne silencieusement à travers les montagnes. Sa fragilité est hors d'atteinte. Sa beauté est la mémoire elle-même.

Anamaya sent que Katari s'emplit de toutes les sensations en même temps, qu'il s'en gorge comme d'un liquide enivrant — chaque temple, chaque terrasse, chaque pierre fait vibrer en lui une légende qui embrasse les origines du monde, l'eau, la pierre et les hommes.

L'air gorgé d'humidité se charge peu à peu de la chaleur du soleil ; les bruits parfaits de la vie, les pilons dans le fond des mortiers, le crépitement des feux ranimés par les femmes, la course folle des écureuils, les fleurs de sang des orchidées — tout concourt à cette perfection.

Anamaya remonte le long des terrasses et elle devine la veine invisible qui traverse le Vieux Sommet : le chemin qu'elle a parcouru bien des années plus tôt, lorsqu'un condor a interrompu le geste des prêtres qui allaient sacrifier une jeune fille. Une pitié infinie la fait frissonner de part en part. Elle se souvient de son regard, de sa petite main logée dans la sienne avec la confiance et l'abandon absolu de l'enfance.

Au fur et à mesure qu'elle approche du sommet, le vol ralentit, s'alourdit. Ses ailes ne la portent plus aussi bien, comme si une fatigue soudaine s'emparait d'elle.

Elle se pose juste au-dessus de la *huaca*.

Elle n'entend rien que des souffles : le sien, celui de Katari, celui du vent.

« Regarde, dit Katari, regarde du plus profond de ton cœur. »

Sans réfléchir, elle se porte sur le Huayna Picchu, dont la silhouette élancée se dresse juste en face d'elle. Son regard plonge dans le vide et se trouve comme suspendu face à la montagne, devinant chaque aspérité, chaque affleurement. Et, dans la montagne, surgit une figure terrible et familière : le puma.

La montagne s'est faite puma ou le puma montagne, de la même façon qu'elle et Katari sont devenus condor. Le spectacle l'enfièvre dans sa magie et fait couler en elle un fleuve de sentiments et d'émotions très humaines : « Gabriel, pense-t-elle d'abord timidement, puis avec une force croissante, Gabriel ! »

« C'est bien lui, il est face à toi et il t'attend », dit la voix paisible de Katari.

Sans qu'elle se donne le temps de comprendre et de réfléchir, elle est emportée par la joie : il est ici, devant elle, et toutes ses peurs s'évanouissent dans le matin !

Longtemps elle reste devant la montagne-puma, se sentant

protégée par sa puissance. Elle comprend maintenant le sens profond de l'intuition de Katari : il ne peut rien arriver à Gabriel, il est protégé par les Apus.

Quand le soleil est à midi, elle reprend son vol.

*

Ils descendent en un seul coup d'aile vers l'esplanade des temples et restent au-dessus du vide, évaluant le vertige qui saisit les hommes perdus entre le lit de la Willkamayo, qui gronde en contrebas, et les neiges de la Cordillère de Vilcabamba, au loin.

Un petit rocher unique se dresse dans un angle de l'esplanade. Il a été taillé avec précision et il indique les Quatre Directions.

Et ce rocher parle.

*

L'esplanade est entièrement vide et celui qui s'en approcherait verrait le spectacle étrange d'un condor posé face au rocher, se chauffant au soleil. Cela serait pour ceux qui ne savent pas voir.

Katari seul sait qu'Anamaya est redevenue la jeune fille innocente, pure et blessée qui s'est trouvée aux côtés du grand roi Huayna Capac, au soir de sa vie. Il la voit, revêtue d'un *añaco* blanc tenu par une simple ceinture rouge, agenouillée auprès du vieux roi-rocher, sa peau grise parcourue de tremblements, son profil de montagne tourné vers les neiges, vers le Monde d'En dessous. Il la voit penchée vers lui, parfaitement silencieuse, écoutant ses paroles.

Lui aussi entend.

Tu es avec moi, jeune fille aux yeux de lac,
Et je ne te quitterai plus tant que tu protégeras mon Frère-
Double,
Puis tout disparaîtra et il disparaîtra également.
Le puma est celui que tu verras bondir par-dessus l'Océan.
C'est quand il partira qu'il te reviendra.
Bien que séparés vous serez unis,
Et lorsque tous seront partis, tu demeureras et à tes côtés
demeurera le puma.
Ensemble, comme vos ancêtres Manco Capac et Mama Occlo,
Vous engendrerez la vie nouvelle de cette terre.
Il y aura des guerres comme il y eut des guerres,
Des séparations comme il y eut des séparations,
Les Étrangers connaîtront la misère dans leur triomphe,
Et nous, les Incas, il nous faudra être humiliés, esclaves de la
honte, pour comprendre le long chemin que nous avons fait et que
nos panacas, animées de l'esprit de guerre seul et non inspirées
par Inti, ont oublié dans leur folie de destruction.
Mais nous ne mourrons pas.

Anamaya est dans le souffle du vieux Roi. Elle l'écoute raconter de nouveau les temps anciens, la création du monde, la confiance des Incas née dans le berceau des montagnes de Cuzco; elle l'entend glorifier ses conquêtes et pleurer la guerre entre ses fils. Il parle de la boule de feu qui désigne Atahuallpa et elle se souvient; il évoque Manco, *le premier nœud des temps futurs*, et elle se souvient.

J'ai voulu devenir pierre, comme les Anciens de ma race, posée
sur l'herbe souple et tendre d'une montagne de Cuzco.
La guerre m'a chassé et j'ai trouvé refuge dans la Ville Secrète.
Ma pierre s'ouvre aux Quatre Directions comme j'ai étendu
l'Empire des Quatre Directions; c'est pourtant une simple pierre

131

car à la fin c'est cela seul qui restera de l'Empire : une pierre à laquelle le Soleil s'attachera.

Les Quatre directions seront dans le cœur d'un homme pur.

Aujourd'hui, ils ne le savent pas, mais il y a déjà guerre entre les frères,

Et guerre il y aura de nouveau,

Guerre chez les Fils du Soleil et guerre chez les Étrangers : c'est le signe.

Le sang du frère, le sang de l'ami sont versés plus généreusement que celui de l'ennemi : c'est le signe.

La pierre et l'eau s'évanouissent dans la forêt : c'est le signe.

L'Étranger qui prie une femme et non son Puissant Ancêtre est tué : c'est le signe.

Aucun devin ne le voit, les prêtres sont bouleversés, le Soleil s'obscurcit pour les astronomes, la trahison est amie du peuple, l'Océan vomit des Étrangers en nombre toujours plus grand, bientôt il est temps pour toi de fuir pour sauver ce qui fut toujours et toujours sera.

Mais tu attendras les signes et tu te tiendras aux côtés des nôtres jusqu'à ce qu'Inti ait consumé la haine entre nous et qu'il ne reste que des femmes pleurant le sang versé.

Tu ne feras pas d'erreur.

Tu rencontreras celui dont la pierre arrête le temps et il sera face à moi comme toi, mais il ira vers le lieu des origines tandis que tu prendras le chemin de la Ville-dont-on-ne-dit pas-le-nom.

Vous saurez ce qui doit être gardé silencieux et vous le tairez.

Tu diras seulement ce qui doit être et ce sera, et quand cela aura été deux doigts d'une main, deux doigts d'une main vous uniront.

Tu seras libre.

Tu conduiras mon Frère-Double au bout de son chemin et lui, de même, sera libre.

Un seul secret te restera caché et il te faudra vivre avec.

Et tout ce temps, ne doute pas de moi. Demeure dans mon souffle et fais confiance au puma.

Le silence revient, à peine troublé par le dialogue éternel du vent et de la rivière. Le soleil s'est voilé et l'air se charge de nuages noirs et humides.

La silhouette d'Anamaya est aussi immobile que celle de Huayna Capac. Seule sa main est posée sur le corps du vieux souverain qui meurt. La peine ancienne est jeune à nouveau, et la solitude abolie revient lui étreindre le cœur. Elle garde les yeux fermés. Elle frissonne. Elle sent la présence qui s'enfuit sans bouger, comme vers une autre rive, et elle souffre de ne pas pouvoir la rejoindre et vivre avec elle.

Katari vient lui poser la main sur l'épaule et retient sa souffrance.

Toute la vallée s'est emplie de brume et les sommets disparaissent devant eux, l'or du maïs sur les terrasses s'éteint, la *quinua* en fleur devient grise et les temples semblent faits d'une pierre d'eau. Des filaments de nuages les entourent, dansant autour d'eux.

Anamaya relève sa main du corps de Huayna Capac.

Elle ne voit que la pierre mais ne s'étonne pas.

Sur son épaule, la large paume de Katari pèse encore. Elle est toujours triste, mais elle sent que son ami l'a empêchée de se donner à un voyage dangereux.

Tous deux regardent à l'ouest, là où dans l'horizon toujours noir un halo de lumière filtre encore à travers les nuages.

Ils ne perçoivent pas la pluie qui leur transperce les os, restent indifférents au froid qui monte de la terre.

Et puis, aussi brutalement qu'il s'est bouché, le ciel se déchire. Là-haut, dans l'ouverture centrale du temple aux trois niches, un arc-en-ciel a posé son pilier.

« Viens », dit Katari.

Et tous deux s'élancent vers le ciel.

*

C'est la nuit sur Ollantaytambo.

Anamaya et Katari sont allongés sur le muret qui longe la Willkamayo et ils n'osent pas parler.

Le ciel est clair et le rocher du condor, sous la pleine lune, se découpe toujours aussi nettement.

— J'ai fait un rêve où tu étais présent, dit finalement Anamaya en se redressant.

Katari ne bouge pas, ses yeux grands ouverts vers l'immensité du ciel et des étoiles.

— J'ai fait le même rêve, dit-il sans la regarder.

— Comment le sais-tu ?

Katari ne répond pas, mais Anamaya entend l'écho de sa voix en elle et, en un éclair, sent la réalité de ce voyage qu'ils ont accompli ensemble. Katari a raison. Elle voudrait lui demander s'ils sont revenus à leur point de départ ou bien s'ils ont franchi une journée… Regardant la lune, presque parfaitement pleine, elle ne trouve pas la réponse.

« *Vous saurez ce qui doit être gardé silencieux et vous le tairez.* »

Anamaya a laissé les mots exploser en elle et toute la puissance des paroles de Huayna Capac l'envahit soudain. Non, réellement, elle n'est plus la jeune fille terrifiée qui oubliait le passé, le présent et l'avenir ; elle n'est plus la *Coya Camaquen* qui devait se battre sans cesse pour comprendre le mystère. Le monde est en place : ce qui est révélé demeure, ce qui est secret demeure également.

Un grondement sourd se fait entendre depuis le Nord.

Katari se redresse.

D'abord, ils se demandent si ce n'est pas une convulsion qui agite la terre et va soulever la rivière, la faire sortir hors de son lit. Mais le grondement augmente et ils aperçoivent en même temps sa provenance : c'est la montagne située en face d'eux, celle qui est à l'aplomb des deux rivières, celle qui garde la Vallée Sacrée.

Elle rugit comme un homme en proie à une violente douleur. On la sent trembler, tendue à craquer dans l'effort, avant qu'un énorme bloc ne s'en détache dans le fracas, laissant dans la falaise une orbite béante.

Peu à peu, un épais nuage de poussière noire s'élève et envahit la nuit, tandis que la montagne est encore, sporadiquement, parcourue de tremblements. Puis c'est un autre craquement et l'effondrement d'un pan entier, qu'ils devinent derrière la nuée opaque. Deux fois encore, la montagne se plaint sous les meurtrissures qu'elle s'inflige elle-même.

Ils vivent le spectacle, fascinés, oubliant toute frayeur. Ce soulèvement de la nature n'est pas une colère dirigée contre les hommes. Cela vient de plus loin ; y assister seulement fait partie du secret.

La poussière vient jusque dans leurs yeux et les aveugle à moitié. Ils doivent aller jusqu'à la fontaine pour les laver de la brûlure. Ils attendent.

Quand le bruit cesse tout à fait, ils se retournent. Le nuage retombe doucement et ils distinguent à nouveau la forme familière de la montagne.

Anamaya pousse un cri.

Ce qu'elle voit, nettement délimité par la lumière de la lune, c'est le visage même de Huayna Capac, son profil tel qu'elle l'a eu face à elle dans les heures de sa mort, il y a bien des années, et dans son rêve encore — dans son voyage — quand elle était condor.

Il a été tracé dans le flanc même de la montagne, comme si

un sculpteur prodigieux l'avait taillé à grands coups de ciseau : il est homme-pierre, d'une taille cent fois, mille fois plus grande que les hommes de chair.

Son œil est enfoncé dans son orbite et son nez puissant prolonge son front dans une ligne droite qui marque sa volonté. Une faille ouvre sa bouche et son menton est couvert d'une longue barbe de rochers. Il est tourné vers le nord, au cœur de la vallée, au-dessus de la forêt, vers la Ville Secrète.

Alors, Anamaya sait que la connaissance est en elle.

8

Ollantaytambo, verrou de Choquana, 16 juin 1536

Les mains attachées dans le dos, les pieds entravés par d'épaisses cordes d'agave qui limitent l'ampleur de son pas, entouré d'une dizaine de combattants qui se relaient jour et nuit pour le garder, Gabriel marche depuis trois jours.

Après sa capture, il a été emmené au cœur d'une montagne aride, dans un hameau de quelques pauvres maisons d'adobe, où il est resté détenu un mois. Une vieille femme le nourrissait, et pas plus elle que ses gardiens ne répondaient à ses questions. Avec les jours, ses tentatives se sont faites plus rares, plongeant au fur et à mesure, après l'exaltation folle des combats, dans une sorte d'apathie. Son destin ne lui appartenait pas davantage qu'avant et il se laissait glisser sans plus de colère vers un sort qui, sans doute, ne pouvait être que la mort. Il avait bien été traversé par la pensée qu'ils auraient dû le tuer tout de suite, mais il l'avait chassée, comme importune.

Il y a trois jours, à l'aube, ils sont venus le chercher et lui ont fait signe qu'il était temps de prendre la route. Il n'a rien dit et c'est à peine si, depuis, il a échangé trois mots avec ses gardiens, qui le considèrent avec cette indifférence apparente dont il sait maintenant qu'elle dissimule de la curiosité, et sans doute de la crainte. Au crépuscule, il entend leurs conciliabules mais son épuisement l'empêche de faire l'effort de les comprendre.

Il s'éveille comme d'un rêve.

Toutes ces semaines, il a vécu à la manière d'un possédé : survivre à la vengeance de Gonzalo, puis à l'incendie de sa prison, échapper aux flèches et aux pierres de fronde, prendre la tour... Il se revoit bien accomplir ces actes qui ont emporté l'admiration de ses compagnons, mais il a plutôt l'impression d'assister en imagination à une représentation sur une scène de théâtre où un acteur portant un masque a joué son rôle. Lui, Gabriel, semble s'être évanoui tout ce temps, s'être éclipsé. Se retrouver ligoté, impuissant, marcher le long de cette vallée fermée par le verrou des montagnes, cela le fait revenir à la vie avec des sensations désagréables.

Devant lui, s'il ne voyait pas leurs jambes nues aux mollets musclés, noueuses comme du bois, il ne distinguerait même pas la silhouette des porteurs qui disparaissent sous la masse des énormes gerbes de *quinuas.* On dirait que le large chemin inca s'est transformé en un champ agité d'un vent capricieux. Gabriel expire l'air de ses poumons ; les gerbes montent et descendent ; il souffle encore ; elles ondulent toujours. De façon aussi soudaine qu'absurde, il a envie de rire. « Je suis le maître de la *quinua* ! s'exclame-t-il en castillan. Le maître du maïs ! » Et il souffle devant lui, souffle comme si ses poumons contenaient l'outre des vents. Les soldats indiens le regardent, étreignant leurs lances, serrant leurs frondes : le prisonnier est-il devenu fou ? Gabriel rit fort à en tousser, avant de s'interrompre brutalement.

La vallée ouverte par le lit du fleuve s'est progressivement rétrécie. Et elle est dominée, à droite comme à gauche, par des falaises au pied desquelles des fortifications ont été édifiées. Par un méandre, le fleuve se dirige d'une falaise à l'autre, d'un fort à un autre fort. Des centaines, peut-être des milliers d'hommes revêtus de leur unique *huara* sont à l'œuvre pour les renforcer, les files des uns apportant des blocs impressionnants, tandis que d'autres équipes visiblement parfaitement organisées montent les murs et les charpentes.

Mais c'est au moment où les soldats le poussent dans la rivière pour la franchir à gué que Gabriel aperçoit le déploiement majestueux des terrasses et, les dominant de toute sa puissance, un bâtiment que son inachèvement ne rend pas moins fascinant. Temple, forteresse, il ne saurait le dire — et il sait désormais que chez les Incas cette distinction n'existe pas.

Il a le souffle coupé.

Et au même instant, surgie de nulle part, il a la certitude exaltante et douloureuse qu'il va la revoir.

*

À la tombée du jour, un vent se lève qui rafraîchit l'air. En parcourant les rues rectilignes, parfaitement pavées, où les portes hautes et étroites d'accès aux *canchas* s'ouvrent sous les toitures de chaume à pente raide, Gabriel est frappé par l'animation qui règne.

C'est une ville en construction, grouillant d'une incessante animation, où l'on parle le quechua qu'il maîtrise déjà, mais aussi le *jaki aru* et le *pukina,* langues du Kollasuyu dont il sait juste assez pour les reconnaître à l'oreille. Beaucoup d'entre eux n'ont jamais vu un étranger et ils peinent à masquer leur étonnement quand ils le découvrent, avec ses cheveux blonds en désordre et la barbe qui, après les semaines de détention et de combats, lui dévore le visage. Depuis que les soldats sont entrés dans la ville, ils le serrent de plus près que jamais, comme s'il avait la moindre chance de s'échapper au milieu de la foule.

La *cancha* devant laquelle ils s'immobilisent est gardée par deux *orejones* — c'est ainsi que chez les Espagnols on a pris l'habitude de désigner les nobles incas dont les oreilles sont ornées des disques, qui autrefois étaient en or et, depuis la conquête, sont le plus souvent en bois.

Il est poussé sans ménagement à l'intérieur du bâtiment à la forme familière. La cour est pleine de soldats et les femmes se tiennent en arrière, certaines affairées à préparer le repas, d'autres regroupées timidement vers le mur du fond de la cour et jusque dans l'escalier qui mène à l'étage du bâtiment mitoyen de la *cancha* voisine. Au centre de la cour, il reconnaît immédiatement Manco assis sur sa *tiana* royale et, à ses côtés, sur un banc légèrement plus bas, la longue silhouette décharnée, les lèvres minces de Villa Oma. Bien que le cadre en soit plus modeste, il se dégage du jeune souverain une majesté et une dignité sans rapport avec celles de son couronnement sur l'Aucaypata, à Cuzco. Gabriel ne peut s'empêcher d'être frappé par la volonté sombre mais inflexible qui émane maintenant de lui. Il est mort, le roi-marionnette installé par don Francisco. Il a face à lui le combattant qui a failli les vaincre à Sacsayhuaman, et dont les troupes continuent d'assiéger Cuzco. Il ne voit pas Anamaya.

Un silence pesant s'établit.

Le regard de Gabriel va du Sage à l'Inca et de l'Inca au Sage. Lui aussi a appris à ne pas parler trop vite et à lire la sculpture des visages avant de se précipiter. C'est Villa Oma qui rompt le silence le premier.

— L'Étranger doit mourir ! profère-t-il en se levant lentement de sa *tiana*.

Il a craché les mots avec une tranquillité furieuse. L'assistance est figée.

— C'est lui qui a donné l'assaut de la tour de Sacsayhuaman et c'est à cause de lui que beaucoup de nos combattants sont morts. C'est à cause de lui que le noble Cusi Huallpa s'est sacrifié. Les Étrangers prétendent qu'il possède une magie supérieure à toutes celles de nos devins et qu'il est protégé par leurs dieux... Légendes ridicules ! Découpons-le en morceaux et envoyons-leur son crâne et sa peau tendue en tambour, afin de montrer que nos combattants sont plus puissants que leurs soi-disant dieux ! Nous aurions dû le tuer il y a longtemps, et seule notre faiblesse d'alors nous en a empêchés...

Villa Oma se tourne vers Manco et poursuit avec une exaspération visiblement trop longtemps contenue :

— ... cette même faiblesse qui nous a privés d'une victoire complète sur les chiens d'Étrangers !

Jamais personne n'a osé ainsi, en public, s'attaquer aussi directement et violemment à Manco. Gabriel est conscient de l'insulte et, étrangement, alors que sa vie est l'objet de la dispute, il sent monter en lui une sorte de détachement qui le rend spectateur de son propre sort. C'est d'une voix calme, les yeux plongés dans ceux de Manco, ignorant le Sage, qu'il répond :

— Ma vie m'est plus indifférente qu'à vous. Les miens ont voulu me la prendre et Dieu ou la chance me l'a laissée... Vous voulez me tuer pour avoir fait ce que les soldats font ? Tuez-moi. Il ne m'appartient pas de dire si c'est une décision juste ou bien une cruauté inutile qui offensera vos dieux et celui des miens.

Manco n'a toujours pas ouvert la bouche. Il semble perdu dans ses réflexions, presque inerte. Villa Oma s'exaspère :

— Finissons-en avec lui, frère Manco ! Cela sera le signe que le peuple et les dieux attendent pour nous donner une victoire éclatante !

— Cet homme ne mourra pas.

Manco a détaché ses paroles sans regarder personne. Villa Oma semble figé de fureur. Son bras commence à se lever et il le pointe en direction de Manco. Mais, avant qu'il n'ait eu le temps d'apostropher l'Inca, une cohue se déclenche à l'entrée de la *cancha*. Deux *chaskis* luisants de sueur traversent la cour et s'aplatissent jusqu'au sol devant Manco.

— Parlez, dit l'Inca.

Sans relever la tête, le plus âgé des deux se lance :

— Unique Seigneur, nous venons t'annoncer une victoire éclatante. Nos troupes ont détruit une armée d'Étrangers que leur *kapitu* avait envoyée pour soutenir ceux que nous encerclons à Cuzco. Nous avons détruit beaucoup d'hommes et pris des armes et des chevaux. Ils arrivent ici, Unique Seigneur, en offrande et pour ta gloire !

Manco demeure tout aussi impassible que depuis l'entrée de Gabriel dans la *cancha*.

— Le Sage Villa Oma, dit-il enfin lentement, doit savoir maintenant qu'il n'est pas nécessaire d'exercer l'injustice pour remporter de grandes victoires.

Le visage de Villa Oma est aussi vert que le jus de coca qui lui coule à la commissure des lèvres, mais il ne dit pas un mot. Sans prendre congé, il fend la foule des soldats stupéfaits, bouscule les femmes et s'engouffre dans l'escalier. Au moment où il va disparaître à l'étage du bâtiment voisin, il s'enveloppe dans sa *manta* et se retourne.

— Manco, je n'oublie pas que nous sommes fils du même père, le grand Huayna Capac. Je n'oublie pas que tu es le Fils du Soleil. Mais Inti, lui, fait ce qu'il faut pour briller chaque jour. Cherches-tu à étendre la nuit sur nous tous ?

Sous la violence de l'insulte, des soldats ébauchent un mouvement vers lui. Mais Manco les arrête d'un geste.

— Laissez-le, dit-il. Le Sage n'est plus le Sage. La colère et la haine l'ont emporté en lui et ses mots ne sont que des bruits qu'il fait avec sa bouche ! Moi aussi, dit-il en fixant Gabriel, les Étrangers m'ont fait subir des humiliations, ils ont voulu voler ma femme, ils m'ont traité moins qu'un esclave, moins qu'un chien… Mais j'ai gardé le silence, et dans le secret de nos montagnes, avec l'aide de nos dieux, j'ai préparé cette guerre que nous gagnerons…

La voix de Manco s'est enflée au fil de son discours et une rumeur, une clameur bientôt, résonne par toute la *cancha*.

— Maintenant, dit Manco lorsque l'agitation s'est calmée, je vais rester seul avec l'Étranger.

Il se lève avec soudaineté, repoussant les femmes qui se précipitent pour balayer le sol devant lui. Il s'approche de Gabriel et lui prend le bras. L'assistance ne peut retenir un cri de surprise, l'Inca y reste indifférent. Il entraîne Gabriel dans une pièce, la plus vaste et la plus richement décorée de l'endroit.

À part celle de l'ouverture, aucune lumière du jour n'y parvient. Les murs sont creusés de niches où reposent des vases d'or ou d'argent et des statuettes animales.

— Tu sais bien sûr la raison de ma clémence ? dit sèchement Manco.

Gabriel laisse échapper sa surprise.

— Non, Seigneur Manco.

— Elle porte pourtant un nom qui t'est cher.

Dans la pénombre, Gabriel voit le regard de Manco s'enflammer... Il y a un instant, l'Inca semblait rempli d'une sérénité de sage ; et maintenant, c'est à son tour d'être envahi par une fureur, une colère qui étincelle dans ses yeux.

— Anamaya est ta vie, dit Manco. Si je ne savais ce que tu représentes pour elle, tu ne serais même pas parvenu jusqu'à moi et les poussières de ton corps nourriraient nos champs fertiles...

— Je le comprends, noble Manco, mais je sais cependant que ce que tu as dit à Villa Oma venait du cœur ! Tu peux me haïr, mais tu ne peux m'empêcher de t'admirer.

— Je suis l'Inca, Étranger ! Souviens-toi que tu portes les yeux sur moi parce que je le veux bien... Même tes sentiments ne t'appartiennent pas !

Gabriel maîtrise le tremblement qui s'est emparé de lui.

— Alors, tu me permettras de garder pour moi la seule chose que tu ne peux m'enlever : le silence.

Manco ne répond pas. Puis il tourne les talons pour sortir de la pièce. Au moment où il va franchir la tenture, il considère Gabriel une dernière fois :

— Le puma ! crache-t-il avec ce que Gabriel prend pour du mépris. Voici venu le puma !

9

Ollantaytambo, nuit du 18 juin 1536

Gabriel s'enfonce dans le froid de la nuit.

Il sommeillait sur sa couche dure, écoutant le bruit de l'eau qui ne cesse jamais dans cette ville, lorsque l'Indien s'est glissé dans la pièce de la *cancha* que Manco lui avait assignée. Nul n'a dit qu'il était prisonnier, nul n'a dit qu'il était libre : simplement, ses poignets ont été libérés, les entraves à ses chevilles levées. Deux femmes sont à son service et deux Indiens également, des Kollas silencieux qui doivent le protéger — ou le garder. Lorsque Katari est entré dans sa chambre, il l'a reconnu immédiatement et son cœur s'est réjoui : c'est lui l'ami de Bartolomé, c'est lui surtout qui l'a sauvé sur les rives du lac Titicaca.

— Bienvenue, Maître des Pierres ! Es-tu là pour me mettre au monde de nouveau ?

À son grand étonnement, Katari ne dit rien, n'esquisse pas même un sourire de compréhension ou d'amitié. Son visage aux pommettes saillantes reste inexpressif, tandis que ses longs cheveux flottent dans la pénombre.

— Suis-moi, dit-il seulement à Gabriel.

Gabriel a eu le temps de se laver et de jeter les vêtements

souillés qu'il portait depuis l'attaque de la tour. Il est maintenant vêtu d'une ample tunique indienne en laine d'alpaga. Ses muscles sont endoloris, tout son corps raide comme s'il avait été battu... Il ne pose aucune question à Katari, se lève et passe la lourde tenture de laine sur ses pas.

Katari dit quelques mots à voix basse aux deux gardes qui s'écartent. Ils parcourent les *canchas* silencieuses ; leurs sandales glissent sur les pavés de pierre. Katari traverse sans ralentir ni dire un mot une vaste place avant de franchir une porte monumentale. L'un derrière l'autre, ils gravissent successivement six plates-formes par quelques volées de marches. Puis, malgré la faible lumière de la lune descendante, Gabriel devine que s'ouvre devant eux un escalier qui trace une ligne droite, presque vertigineuse, à l'aplomb de la colline. C'est sur cette pente qu'il a vu, en arrivant cet après-midi, l'étagement des terrasses et les structures massives du temple.

Marche après marche, il s'allège du poids de ses fatigues, et même de l'étrange attitude de Katari ; il voit dans l'ombre, après les terrasses solidement empierrées, un bâtiment à plusieurs niches qu'il devine être un temple au vu de la qualité de ses murs ; mais le silence persistant de Katari et l'essoufflement qui le gagne le retiennent d'interroger le jeune homme. Même lorsqu'ils arrivent au pied des parois massives du Grand Temple que l'on voit depuis la vallée, Katari ne s'arrête pas, ne ralentit même pas. Seule la pente de la colline diminue un peu, lui laissant un maigre répit. Quand, enfin, ils parviennent à un mur massif qui barre la colline, Katari s'arrête.

Gabriel pose les mains sur ses cuisses pour souffler lourdement. Quand il a repris sa respiration, il lève les yeux vers le Maître des Pierres :

— Tu vas me parler, maintenant ?

Katari est toujours silencieux, mais au moins son visage a

perdu son expression neutre que Gabriel avait prise pour de l'hostilité.

— C'est elle qui te parlera.

Gabriel a le souffle coupé de nouveau, mais cette fois-ci l'effort n'en est pas la cause. *Elle !* Depuis qu'il a découvert Ollantaytambo, il a chassé dans un recoin de son esprit la pensée qui lui a déchiré le cœur comme un éclair : la revoir, l'étreindre... C'est si magnifique et si douloureux en même temps qu'il doit se prendre la tête entre les mains.

Au-delà du mur, Katari lui indique de la main le chemin qui serpente sur la pente douce qui mène au sommet de la colline.

— Va, dit-il seulement.

Il disparaît sans un au revoir, sans une explication de plus. Gabriel regarde le chemin, avance ; chacun de ses pas est pesant et il tremble comme il n'a pas tremblé au combat.

*

Depuis le crépuscule, Anamaya est restée seule dans le petit temple au sommet de la colline. Il n'est pas visible de la vallée et c'est pour cette raison qu'elle l'a choisi avec Katari ; quand ils ont fait part de leur idée à Manco, l'Inca les a écoutés sans rien manifester avant d'accepter en un soupir : « Vous savez des choses que je ne sais pas. »

C'est donc Katari qui a dirigé la construction avec quelques-uns de ses frères Kollas, pour que le secret soit mieux gardé. Elle a été achevée en une journée seulement : un simple mur d'appareillage, un petit bâtiment dans lequel s'ouvrent quatre niches de la taille d'un homme. Il y a trois nuits, ils y ont emmené le Frère-Double enveloppé dans des *mantas* afin que nul des soldats ou des prêtres — nul autre que Manco, à vrai dire —, et surtout pas Villa Oma, ne l'apprenne. Dans la première niche, face au sud, le Frère-Double est maintenant installé.

Depuis le Grand Voyage, Anamaya ne regarde plus le Frère-Double de la même façon ; c'est comme si la connaissance qui est déposée en elle avait étanché sa soif et son inquiétude. Ce n'est plus tant lui qui détient ce dont elle a besoin, c'est elle qui doit le garder et le protéger par-delà les circonstances de la guerre.

Pourtant, quand les derniers rayons du soleil ont disparu dans les montagnes derrière elle, puis quand la fraîcheur et les vents de la nuit sont venus lui tenir compagnie, elle n'a pu s'empêcher de se laisser gagner par l'attente... Revoir Gabriel, le revoir enfin... Elle se lève et scrute l'obscurité, tend l'oreille pour deviner son pas... Elle se remémore le simple regard qu'elle a lancé à Katari lorsque le *chaski* est arrivé avec la nouvelle que le prisonnier était en chemin... Elle empêche son imagination de courir vers lui pour se jeter dans ses bras et l'étreindre, lui dire les paroles qu'elle a retenues pendant toutes ces lunes. Des mots de quechua et d'espagnol lui viennent en désordre au bord des lèvres, et les larmes, et le rire.

Puis elle regarde le Frère-Double, immobile, éternel, et un semblant de calme redescend en elle.

Elle fait quelques pas hors du bâtiment. La rumeur de la brise est devenue lointaine comme celle des deux fleuves. « *C'est quand il partira qu'il te reviendra. Bien que séparés vous serez unis...* » Telles ont été les paroles du grand Huayna Capac : disent-elles ce qui a été ou bien ce qui sera ? Le sang d'Anamaya bouillonne de plus de questions que la prophétie ne lui donne de réponses. De l'autre côté de la porte de la connaissance se trouve une autre porte et ainsi de suite jusqu'à la fin de la vie dans ce Monde-ci, et aux escaliers qui nous emmènent dans le Monde d'En dessous.

Un nuage cache la lune et la nuit se fait presque noire. Le

vent se lève à nouveau, et c'est alors qu'elle entend le pas de Gabriel et, presque en même temps, voit apparaître sa silhouette. Elle court, mais ce n'est pas vers lui mais vers l'intérieur du temple. Et c'est à terre, les bras entourant le Frère-Double, qu'il la découvre.

Il se laisse glisser près d'elle.

Ils sont incapables de dire un mot, de faire un geste.

Ils ne se regardent pas.

La brise seule fait s'entremêler les mèches des cheveux blonds de Gabriel avec les cheveux noirs d'Anamaya ; ils ne se touchent que par l'épaule et dans l'ébranlement qui est le leur ne sauraient pas distinguer leur tremblement de celui de l'autre.

C'est Anamaya qui se reprend la première.

Elle avance doucement sa main couleur de miel vers l'épaule de Gabriel et la glisse entre le tissu de l'*unku* et sa peau. Elle découvre l'épaule lentement et c'est un autre frisson qui parcourt le corps de Gabriel. Elle devine avec les doigts la tache du puma, la griffe légèrement, lui arrachant un gémissement.

Puis elle se coule derrière lui et pose ses lèvres lentement, interminablement, à l'endroit de son corps où a été placée la trace qui lui était destinée.

*

Ainsi, toute la nuit, ils se réapprennent.

Longtemps avant les premiers mots, il y a les premiers mouvements. Un rire, une larme versée. La main de Gabriel dans sa chevelure et qui y trace un sillon délicieux, dix fois recommencé ; les ongles d'Anamaya qui accrochent sa barbe avant que sa paume n'enveloppe ses joues, son menton, son visage entier. Ils se respirent, se touchent, s'apprivoisent avec les doigts, avec la peau, avec la langue. Ils se donnent des petits coups qui ne font pas mal mais dont l'empreinte réveille des sensations oubliées.

Puis la longueur du manque et de l'absence, la fureur de la séparation s'emparent d'eux, et débute un temps de caresses violentes, de douceurs brutales... Ils roulent l'un sur l'autre comme de jeunes fauves, jouent à se mordre, à se surprendre. Gabriel a la force mais Anamaya retrouve ses réflexes d'animal de forêt, elle lui échappe avant de lui bondir sur le dos. Il parvient à se retourner et à la saisir; d'un seul mouvement, il fait tomber son *añaco*.

Ils s'immobilisent.

Elle est nue devant lui et leur rage de se prendre, de s'attraper s'est dissoute dans la nuit. Ils se regardent et tout recommence, main par main, bouche à bouche, mais cette fois-ci avec une lenteur, une tendresse de chaque geste et de chaque moment.

Quand la bouche de Gabriel approche son sein, Anamaya retient son souffle. Il l'embrasse comme s'il voulait avec ses lèvres faire le tour de chaque parcelle de sa peau. Son désir est si profond, si intense, qu'il en devient patient, cruellement patient. Anamaya se tend vers lui et du bout des lèvres l'encourage, l'appelle : ce ne sont pas encore des mots, plutôt des gémissements, de petits cris inarticulés où il entend l'exigence de son désir de lui. Mais il continue à l'embrasser aussi doucement qu'il le peut, malgré l'élan qui monte de ses reins et use la lenteur de sa découverte. Elle pose ses deux mains sur ses cheveux avec une force telle qu'il se redresse d'un bond et joint sa bouche à la sienne. Il l'embrasse, à n'en plus finir, l'embrasse comme on boit après un désert, l'embrasse comme on aime, comme on respire, comme on vit — l'embrasse comme s'il n'avait jamais embrassé.

Leurs vêtements à terre leur font une couche pour leurs corps qui s'enroulent. N'était la couleur de leurs peaux, on dirait un enlacement devenu un seul corps. Oui, ils désirent être *un*, le conquistador et l'étrange jeune fille de la forêt, l'Espagnol et l'Inca. En ce moment, ils possèdent plus que le corps de l'autre et Anamaya se sent glisser dans un bonheur qui, par éclairs, lui rappelle celui de son voyage avec Katari. Elle a joui presque à l'instant où il est entré en elle, mais maintenant qu'il n'en finit pas, son plaisir s'élargit aux dimensions de l'univers, elle y fait entrer des myriades d'étoiles, et toutes les sources fraîches qui se cachent dans les brisures rocheuses des montagnes. Et lui, Gabriel, est heureux, il bondit et bondit encore et son rugissement puissant emplit les vallées. Il n'a pas peur de son corps et de ce qui s'y cache, il se sent capable de repousser toutes ses limites. Bien à l'intérieur de lui se dissimule le rire devant tous ses exploits passés — c'est alors, sur son cheval blanc, qu'il était un enfant, et c'est maintenant qu'il est un homme.

Dans le mouvement incessant de leur passion, ils se couvrent d'une sueur dont la saveur salée leur donne toujours plus soif. La brise se lève et la brise passe, le froid pique mais peu leur importe, ils étirent les frontières de la nuit, ils se heurtent comme des pierres, se coulent comme des rivières, se griffent comme des animaux — ils s'aiment comme un homme et une femme.

Même lorsqu'ils glissent dans un sommeil épuisé, l'amour les accompagne.

Ils sont allongés aux pieds du Frère-Double, main sur la cuisse, épaule dans le cou. Un sourire flotte sur leurs lèvres entrouvertes.

Ils sont beaux, heureux.

Les premiers rayons du levant frisent à la crête des montagnes et aussitôt Gabriel s'éveille et referme ses bras autour d'elle. Ils se redressent et regardent ensemble le monde naître pour une journée encore : le tumulte des eaux de la Willkamayo à l'endroit où une gorge se resserre autour des eaux et les fait bouillonner furieusement, le sommet élancé de la Wakay Willca.

Puis Gabriel voit apparaître, émergeant de l'ombre, le profil monumental qui s'est découpé dans la paroi de la montagne d'en face. Il se tourne vers Anamaya, les yeux interrogateurs. Elle regarde avec lui sans répondre encore ; mais il perçoit la chaleur qui se dégage d'elle, la lumière, et sans comprendre en quoi il sent le lien entre elle et la puissante et mystérieuse figure.

Il la serre un peu plus fort contre lui et elle s'abandonne, sans quitter des yeux le visage de Huayna Capac, dont les paroles ne cessent de résonner en elle comme les fontaines de la rivière Patacancha.

Alors, elle dit les premiers mots.

*

— Gabriel...

Les deux syllabes se sont échappées de ses lèvres avec la douceur du souffle. Son esprit est un chaudron sous le brasier : elle voudrait tant lui dire et elle ne sait par où commencer, ne sait ce qu'il peut entendre... Et puis cela lui vient comme une urgence maintenant que la lumière est arrivée, qu'elle inonde la vallée et les montagnes : elle doit entendre sa voix et s'en rassasier comme elle s'est rassasiée de son corps.

— Raconte-moi, Puma...

Gabriel lui fait le récit de ces jours atroces où il a cru que la guerre les séparerait à jamais, où, cédant au désespoir, il a voulu mourir en débarrassant la terre de l'engeance de Gonzalo... Elle sourit quand il lui parle des trois Indiens venus pour le tuer dans sa cellule et de l'intervention miraculeuse de Sebastian... Elle écoute sans frémir le récit de sa bataille, de la mort de Juan, de cette étrange sensation d'invincibilité qui est montée en lui et qui, avec le fond de sa détresse, lui a fait accomplir les exploits les plus fous, les plus absurdes...

— Je ne comprenais pas, murmure Gabriel, et je ne comprends toujours pas... Il me semblait à la fois que la lumière venait de moi et qu'elle m'entourait. J'avais déjà entendu de ces sornettes, sais-tu, et je m'en étais moqué — des histoires de combattants sur lesquels les flèches rebondissent ou desquels les pierres de fronde se détournent au dernier moment pour aller rouler dans les rochers. Je n'y crois pas plus qu'à la Très Chère et Sainte Vierge de don Francisco... Et pourtant j'ai bien dû m'y faire : si je n'y croyais pas moi-même, les autres, mes compagnons, les quelques valeureux et la masse de la racaille, y croyaient plus que moi et me regardaient non comme on regarde un héros (cela je le connais, cela reste humain et finalement plein de sentiments ordinaires où se mêlent l'admiration et la jalousie), mais avec une sorte de crainte divine. Ne pense pas que j'en sois devenu fier. Plus indifférent encore, s'il était possible... Quand j'ai balancé ma cotte de mailles en montant à la tour, il m'a paru que je me libérais, et si j'avais pu balancer ma peau avec, je l'aurais fait.

Gabriel reste un instant silencieux et elle laisse ses paroles chanter en elle sans encore en chercher le sens.

— Et puis j'ai eu cette sensation étrange, dans mon rêve, comme si je *voyais*.

Anamaya sursaute.

— C'était comme si je savais ce que j'allais faire, comme si un messager surgi de nulle part me l'annonçait en peignant pour moi des images qui avaient la netteté de la vie. Cette corde qui se balançait au mur de la première tour, je l'ai *vue* bien avant de la saisir. Et quand mes mains se sont refermées sur elle, j'étais au-delà de la peur et du courage, au-delà du doute et du devoir : je faisais seulement ce qui devait être.

— Tu arrives, tu viens, tu t'approches...

— En donnant l'assaut qui repousse les tiens ?

— Tu es là pour nous sauver.

C'est au tour de Gabriel de sursauter :

— La veille ou le matin même de l'assaut, j'ai vu Inguill et elle a employé ces mêmes mots...

— Accepte-les...

Gabriel secoue la tête.

— Tout est encore trop jeune dans mon esprit et j'ai parfois l'impression d'être séparé de moi-même par un mur, un mur plus épais que ceux des tours que nous avons prises.

— Tu passeras à travers ce mur.

Gabriel soupire :

— Pour aujourd'hui, je renonce à comprendre plus.

— Que s'est-il passé après la prise de la tour ?

— Quand les tiens m'ont fait prisonnier, c'est un homme hébété qu'ils ont attrapé et ligoté sans le moindre effort. Pourquoi ne m'ont-ils pas tué ? Je l'ignore encore, pas plus que je ne sais pourquoi ils m'ont gardé un mois entier dans cette maison perdue dans la montagne, à me nourrir de vos satanées *papas* rabougries et fripées. Vous appelez cela *chuño*, n'est-ce pas ? Ce goût de terre moisie... Et me diras-tu encore pourquoi un beau matin, il y a quatre jours de cela, ils ont finalement décidé de m'arracher à ce délice pour m'amener ici ?

Gabriel soupire avant de lâcher, en riant :

— Eh bien, Princesse qui connais tous les secrets, tu ne peux pas me le dire ?

Elle hésite, se lève pour ramasser leurs vêtements épars.

— Il s'est passé deux lunes, n'est-ce pas ? dit-elle enfin. Pendant ces deux lunes, je rêvais souvent que si j'avais un moment avec toi, j'en ferais une nuit entière. Et maintenant que j'ai eu cette nuit...

Elle s'interrompt et lui aussi laisse la phrase en suspens. Il n'est plus, le temps de ses impatiences brutales. « Bartolomé, si tu me voyais, tu m'appellerais peut-être un sage... »

— Je voudrais t'apprendre tout ce que j'ai appris, dit-elle enfin, car tu fais partie de ce que j'ai appris — tu es peut-être ce qu'il y a de plus beau dans ce que j'ai appris. Mais tu dois, comme moi, franchir les étapes.

— Il me semble que j'ai déjà franchi quelques étapes, dit Gabriel avec un ton de gaieté un peu forcée.

— Je le sais, mon amour, mais il te reste tant à découvrir...

— Il y a des années, par une nuit terrible, nous étions auprès de la dépouille d'Atahuallpa, ton Unique Seigneur, et tu m'as entrouvert la porte de ce Monde, n'est-ce pas ?

— J'étais bien fière, alors, qu'on me nomme la *Coya Camaquen*, que les Puissants en appellent à moi pour des secrets que je ne connaissais même pas. Quelle confusion en moi ! Mais oui, tu as raison, c'est alors que j'ai voulu te dire qu'il y avait un Autre Monde derrière notre amour, un Autre Monde derrière la guerre...

— Crois-tu que je m'en sois approché ?

Il y a quelque chose de suppliant dans la voix de Gabriel et Anamaya ne retient pas son rire.

— Mon puma est parfois un tel enfant, dit-elle en lui prenant la main et en la serrant entre les siennes, comme pour atténuer la moquerie de ses paroles. Mais oui, bien sûr, tu t'en es approché, à grands bonds furieux, sans savoir où tu allais, mais avec ton cœur généreux !

— Maintenant je suis avec toi, n'est-ce pas ?

« *Bien que séparés, vous serez unis...* » Si longtemps elle a cherché ces paroles sans les trouver. Et maintenant qu'elles sont en elle, elle en viendrait presque à les regretter parce qu'elles lui lient la langue. Elle n'est plus la jeune fille ignorante éduquée par Villa Oma, elle n'est plus la fière *Coya Camaquen*, l'amoureuse... En évoquant ce dernier mot, son cœur se révolte :

oui, elle est bien cette amoureuse et, quels que soient les secrets que la prophétie dissimule encore, elle a le droit de vivre cet amour et de s'en repaître.

— Oui, dit-elle, tu es avec moi.

L'agitation de Gabriel se calme et il peut de nouveau se laisser aller à la splendeur du paysage naissant. Plus que tout — plus que les neiges éternelles, le vert émeraude des forêts chaudes —, c'est le visage dans la montagne qui l'attire. Il se détache à peine dans la lumière du levant, mais sa présence est si formidable qu'il est impossible de lui échapper. Les yeux d'Anamaya rejoignent les siens dans la contemplation.

— Qui est-ce ? chuchote-t-il enfin timidement.

— C'est celui qui nous a permis d'être ensemble.

10

Ollantaytambo, début juillet 1536

Depuis le haut du grand escalier dressé parmi les terrasses sacrées, le spectacle qui s'offre à Gabriel est stupéfiant. Les *canchas* du bas de la vallée sont anciennes et leur construction achevée depuis longtemps. Mais Manco a maintenant décidé de faire d'Ollantaytambo son bastion principal : un gigantesque chantier occupe toute l'étroite terrasse qui surplombe le site. Jamais encore Gabriel n'a pu assister aux travaux de titan nécessaires à un pareil ouvrage et, jour après jour, profitant de la liberté surveillée que lui accorde Manco, il y revient, fasciné.

Au loin, dans la carrière de Cachicata, des centaines de minuscules silhouettes s'affairent autour des blocs de toutes dimensions tombés de la Montagne Noire. La vallée résonne des frappements rythmés des marteaux et des ciseaux de pierre et de bronze avec lesquels, inlassablement, les ouvriers taillent la roche.

C'est une véritable foule qui s'agite depuis le flanc de la montagne jusqu'aux bords du fleuve. Des milliers d'hommes, dont chacun a une tâche bien définie, s'activent dès le lever du jour. Certains frappent les blocs au fur et à mesure qu'ils sont roulés vers le bas de la vallée. En leur donnant une première forme brute, on les allège ainsi de leur poids superflu, puis on les transporte sur des radeaux d'une berge de la rivière à l'autre.

D'autres fabriquent les cordes, taillent les rondins qui permettront de les haler, sur le versant opposé, jusqu'au sommet d'Ollantaytambo. D'autres encore, par centaines, tirent et poussent des heures durant. Pour monter chaque empan de terrain, des centaines de manœuvres actionnent de gigantesques madriers servant de leviers, qui permettent de faire avancer la pierre imperceptiblement mais avec sûreté et régularité.

L'arrivée de la rampe qui, depuis la rivière, permet d'amener les blocs jusqu'aux constructions fourmille de monde. Mais là, le travail est plus fin. Dans une poussière blanche, à l'aide seulement de spatules de bronze et de pierre, des hommes poncent et polissent des blocs énormes afin qu'ils puissent s'assembler parfaitement les uns aux autres. Gabriel observe avec fascination une nuée d'ouvriers se pressant autour d'un monolithe trois fois plus haut qu'un homme. Le bloc est placé sur une série de rondins de bois et arrimé par un réseau de cordes.

Katari est le chef de ce chantier colossal. Gabriel l'aperçoit, supervisant à sa manière économe l'édification d'un temple, celle d'un mur ou la forme d'un rocher.

Gabriel ne doute pas un instant que l'entreprise de Katari obéit à des règles précises. Mais elles ne ressemblent à aucune de celles dont il a pu entendre parler dans sa connaissance, certes limitée, de l'art des architectes. Katari n'a jamais un plan à la main et paraît priser, pour fonder ses bâtiments, les lieux les plus difficiles. Il y aurait, pour développer la ville, de la place entre les deux fleuves de la vallée, là où il n'y a que des fontaines ; mais il est vrai que « développer la ville » n'est pas sa préoccupation. Rien de ce qui s'édifie n'est destiné à l'habitation.

Aucune des constructions nouvelles n'est plus mystérieuse, pour Gabriel, que les murs du Temple situé à mi-pente sur une vaste esplanade dégagée pour faire place à la multitude des blocs déjà préparés. Un seul de ses murs est déjà monté, en quatre blocs énormes d'un seul tenant. La pierre en est rose. Elle prend, à toute heure, d'étonnantes irisations sous le soleil. Chaque bloc est séparé de son voisin par ce qui, à l'œil ignorant, semble un long roseau de pierre.

Comme toujours, dans les plus belles constructions incas, aucun mortier ne retient les pierres ensemble. Elles se dressent, parfaitement assemblées, provocantes et indestructibles. En s'approchant, on s'aperçoit que la surface de trois d'entre elles est ornée de protubérances à la forme stylisée. Gabriel tente d'en deviner l'usage mais n'y parvient pas.

— Est-ce beau pour toi ?

Katari est en sueur, mais son visage aux yeux en amande, aux pommettes saillantes, a retrouvé le sourire. Il est torse nu, comme les travailleurs autour de lui. Gabriel admire sa musculature puissante ; ses mains larges, couvertes de fine poussière de roche, paraissent capables de briser sans effort les reins d'un homme. Il porte au cou une clé de pierre tenue par une chaînette en or.

Gabriel ne cherche pas à dissimuler son admiration.

— C'est magnifique, Katari. Je n'ai jamais rien vu de tel… Je doute que les meilleurs de nos architectes soient capables de tels exploits !

— Nous ne cherchons pas à accomplir d'exploits.

— Que cherchez-vous ?

— Tu le sais déjà mieux que tu ne le crois.

Gabriel reste interloqué.

— Que veux-tu dire ?

Le sourire de Katari s'élargit.

— La forme de ces pierres ne te rappelle rien ?

Les paupières plissées, Gabriel demeure immobile face aux

monolithes. Peu à peu, une image se forme dans son esprit. Elle est floue, ancienne, associée à des souffrances oubliées...

— Taypikala! s'écrie-t-il enfin. Des pierres tout comme celles-ci étaient déjà là!

Katari hoche la tête.

— Ce n'est pas tout. Approche-toi.

Gabriel entre dans l'ombre maigre de midi, s'approche tout près des pierres. Là, d'étranges reliefs sont perceptibles à leur surface. Il croit reconnaître la géométrie d'un escalier double. La partie supérieure monte à la manière traditionnelle, tandis que la partie inférieure descend *à l'envers*, ainsi que les montagnes se reflètent dans un lac! Plus loin, sur un bloc préparé et posé sur son socle, les mains de Gabriel effleurent l'empreinte d'une clé en forme de T.

— J'ai déjà vu cela! s'écrie-t-il en se tournant vers Katari.

— Au même endroit, dit paisiblement le Maître des Pierres. Cela t'étonne?

— Je ne sais pas, répond franchement Gabriel, je ne sais pas ce que cela signifie.

— Je pourrais te raconter que ces creux formés par des clés de bronze semblables à celle que je porte autour du cou servent à retrouver l'emplacement des pierres, et que ces bosses ont permis de les arrimer pour les transporter jusqu'ici, mais...

Il s'interrompt, les yeux perdus dans le lointain, vers le nord.

— Mais?

— ... ce serait vrai. Mais ce ne serait pas suffisant. Il y a autre chose.

Gabriel sent monter en lui le désir de savoir. Ce n'est pas seulement une curiosité, mais l'espérance d'accéder à un monde côtoyé depuis si longtemps déjà dans l'ignorance.

— Tu vois la ville, en bas, dit Katari, les *canchas*, les cours autour desquelles les pièces d'habitation sont distribuées — leurs ruelles dessinent un plan où les lignes se croisent. Je n'ai jamais vu vos villes, Étranger, mais les nôtres n'ont pas dû te surprendre… Alors que ceci…

Le bras de Katari décrit un arc de cercle autour de lui et son regard revient se poser sur Gabriel.

— Ici, nous voulons, par chaque bâtiment, chaque pierre, chaque rocher, rendre hommage aux dieux qui nous entourent : notre Père le Soleil, bien sûr, mais aussi la Lune, Illapa l'Éclair, et encore tous ces sommets… Regarde ces terrasses…

Tout autour de l'emplacement, le temple semble enchâssé dans une série de petites terrasses où le maïs est haut.

— Elles ne sont pas disposées par hasard, tu le vois bien. Elles entourent ce temple comme un écrin… Et ce temple lui-même : nos astronomes ont longtemps observé le ciel, le mouvement des étoiles et des planètes pour en déterminer l'emplacement, ainsi que l'orientation de chaque mur. Chez nous, l'ombre et la lumière sont un hommage aux dieux…

Fugitivement, Gabriel pense aux abbayes anciennes et aux églises de chez lui. Un fil ténu se tend dans son esprit entre les bâtisseurs chrétiens et les Incas. Mais il est trop pris par le récit de Katari pour s'y arrêter.

— Ce que je te dis là n'est rien, lance Katari avec légèreté, tous les Incas le savent… Mais ce qu'ils ne savent pas, c'est qu'en approchant de la pierre, en la regardant, en la touchant, ils peuvent accéder aux secrets les plus profonds de notre histoire, remonter jusqu'aux temps les plus anciens, lorsque les Incas n'existaient pas.

— Les Incas n'ont pas toujours été les maîtres de ces terres ? s'étonne Gabriel.

Katari éclate de rire.

— Les Incas ne sont que quelques générations d'hommes, des combattants exceptionnels mais non invincibles, comme toi et moi le savons maintenant…

Katari jette un coup d'œil à Gabriel avant de poursuivre :

— Ils sont venus après des civilisations dont la force spiri-tuelle était immense. Même à nous elle est mystérieuse, et c'est le chemin de toute une vie d'en comprendre ne serait-ce qu'une étincelle.

— *Celui qui est sur le Titicaca est déjà sur le chemin du retour*, murmure Gabriel.

— Tu vois que tu sais plus que tu ne t'en doutes ! Oui, il faut prendre le chemin de Taypikala et celui du lac des origines. Le secret est dans l'eau et dans la pierre, dans les sommets qui se reflètent éternellement sur le lac Titicaca. C'est près de ce lac que je suis né et, si mon père a embrassé la carrière des armes, j'ai été initié à l'art des pierres par mon oncle, Apu Poma Chuca, l'homme qui a convaincu l'Inca Tupac Yupanqui de rendre sa splendeur aux sanctuaires du Soleil du lac Titicaca… Mais assez de cela, je veux encore te montrer quelque chose. Approche-toi.

Katari prend Gabriel par la main et le poste juste devant les deux monolithes de droite.

— Regarde bien ces sculptures.

Gabriel les a remarquées depuis longtemps. Il y en a trois sur chaque pierre, situées à égale distance les unes des autres. À l'œil nu, elles paraissent représenter des formes allongées, toutes plus ou moins semblables.

— Il te faut les regarder vraiment, non plus avec tes yeux mais avec ton corps entier. Il te faut pour ainsi dire entrer en elles…

Sur ces derniers mots, la voix de Katari a baissé et Gabriel a surpris un léger tremblement. Sans être sûr de les comprendre, il essaie d'obéir aux paroles du Maître des Pierres. Il lui semble que les formes s'animent et prennent vie.

— Des animaux, murmure-t-il, hésitant.

— Un animal que tu connais, mon ami.

— Le puma !

Katari le considère en silence, souriant.

— Tu parlais déjà notre langue et tu aimes l'une des nôtres, dit-il avec émotion. Mais je crois que pour la première fois tu as pris conscience que sur ces pierres était également inscrit *ton destin.*

Gabriel cligne des yeux. Il n'a face à lui que les grands blocs d'un temple en construction. Pourtant, il lui semble que le monde vient de changer. Un nuage isolé cache le soleil. Le rose des pierres devient presque gris.

— Veux-tu aller plus loin ?

Gabriel regarde Katari, stupéfait. Comment peut-on « aller plus loin » ? Katari observe son trouble avec amusement.

— Ne t'inquiète pas, mon frère de Là-bas, cette nuit tout ce que tu as vu te reviendra en rêve et cela effacera ta peur de savoir. Viens, il est temps de rejoindre le village maintenant.

Gabriel le suit dans les escaliers raides qui rejoignent le chemin tracé le long de la Willkamayo. Tandis qu'ils atteignent le milieu de la pente, un chant profond emplit toute la vallée. Il n'a pas entendu de signal et pourtant les milliers d'ouvriers cessent leur labeur. Ceux de la carrière et ceux des fortifications, ceux des fontaines et ceux des temples, les tailleurs, les charpentiers, ceux qui portent et ceux qui cisèlent, tous en même temps se tournent vers le Soleil et entonnent un chant de salutation à l'astre qui, à l'ouest, commence à ce coucher derrière les montagnes.

Comme malgré lui, Gabriel lève aussi ses paumes vers le ciel et, sans ouvrir la bouche, se joint silencieusement au chant de l'univers.

11

Ollantaytambo, août 1536

— Parfois, dit Gabriel, j'ai l'impression que Katari a de nouveau lancé sa pierre qui arrête le temps.

— Qui te dit qu'il ne l'a pas déjà fait ?

Ils sourient tous les deux et la main d'Anamaya effleure celle de Gabriel. Devant les autres — c'est-à-dire à toute heure qui n'est pas de la nuit —, ils veillent à ne pas se toucher, mais elle aime parfois jouer à le provoquer d'un coup de griffe, d'une douceur imprévue, et à sentir le frisson qui le traverse. Dans cet univers, ils vont chaque jour de pierre en pierre — dans la fraîcheur des fontaines, vers le temple du Frère-Double, sur le chemin où s'alignent les *collcas*...

À vrai dire, ils vont où les guident leurs pas, car partout leur amour trouve à se poser et à grandir.

Gabriel en est ébloui.

Certaines journées sont des cathédrales de silence, dédiées à la pure beauté, au bleu du ciel, à la passée des vents. D'autres, au contraire, il leur faut parler à n'en plus finir, tout se dire et tout se raconter... Ils vont d'une langue à l'autre avec facilité, sans s'en rendre compte, s'étourdissant des mots de l'autre.

Mais, que ce soit en se taisant ou dans la conversation, il a chaque jour l'impression que son cœur s'élargit.

Bien sûr, il y a toujours le mystère de ses yeux bleus, sur lesquels parfois, sans raison apparente, passe le nuage d'une inquiétude, d'un secret. Il ne lui pose pas de questions et se contente de sonder la profondeur de ses réponses ; il n'est plus cet amant jaloux, ombrageux, ce soldat naïf. Oui, il se sent homme — non pas vraiment sage, mais en tout cas plus calme, et pour le dire, il cherche un mot qui le surprend lorsqu'il le laisse filer entre ses lèvres : heureux.

Sa vie passée lui revient par vagues : sa souffrance d'enfant rejeté, ses enthousiasmes d'adolescent, doña Francesca, la prison... Le rêve de la liberté, de la gloire, l'envie de se faire un nom... Il se rend compte qu'à aucun moment il n'avait laissé l'idée du bonheur lui toucher le cœur. C'est encore si fragile qu'il ne s'y abandonne pas tout entier, mais quand il ferme les yeux sous la caresse du soleil, baigné du sentiment de la présence d'Anamaya, il lui semble que la vie est incroyablement plus belle que les pauvres rêves qu'il en avait fait.

— Tu rêves, Puma ?

— Peu importe lequel de nous deux rêve, du moment que l'autre est avec lui dans son rêve.

Ils sont à mi-pente, déjà bien au-dessus du long trapèze dessiné par les *canchas* de la ville, un peu plus bas que l'arrivée de la rampe de la carrière et du chantier du Grand Temple que, désormais, Gabriel ne regarde plus sans songer à l'initiation de Katari. En face d'eux se dessine le profil du visage-montagne qu'il a découvert avec elle à la première aube. Il ne se lasse pas d'y revenir et d'en considérer le mystère. Car si Anamaya s'ouvre à lui de tout le récit de sa vie, s'il sait qu'elle a été proche de l'Inca au moment de sa mort, sa bouche se scelle quand vient le temps d'évoquer les secrets qu'il lui a confiés. Avec cette bienveillance (peut-être illusoire) que donne l'amour, Gabriel ne la torture pas de questions.

— Ferme les yeux, dit-elle.

Il obéit avec une docilité d'enfant. Sa main caressant doucement sa main, Anamaya lui demande silencieusement, par l'esprit, de vider son esprit de tout ce qui fut la guerre et de se laisser aller avec elle, au-delà du désir, au-delà des sentiments, vers l'eau et la pierre. Son corps est détendu et elle le sent tout entier livré à elle.

Elle ne peut lui dire que si peu... Il faut qu'il fasse tout le chemin lui-même, il n'y a pas d'autre moyen. Quand il sera parvenu au but, alors il connaîtra comme elle et les mots viendront à sa bouche. Mais auparavant, elle ne peut que lui montrer le parcours du soleil et la place des étoiles, en espérant qu'il montera sur les vents, suivra le fil de l'eau.

— Ouvre les yeux, maintenant.

Gabriel se frotte le visage comme s'il venait à la vie pour la première fois.

— Alors, que vois-tu?

Les yeux de Gabriel brillent d'un rire d'enfant.

— Je vois que je t'aime, mon amour, si fort, si violemment!

— Pas un mouvement, Puma! Sois sérieux, dis-moi ce que tu voyais...

— Je voyais ce que l'on voit les yeux fermés : des taches de couleur qui dansent et, près de la lumière du soleil, une lumière plus forte, une chaleur... Bien que tu m'aies dit de ne penser à rien, je me revoyais sur mon cheval blanc et je sentais siffler autour de mon corps les pierres et les flèches...

Anamaya a le cœur battant.

— Quelqu'un a choisi pour moi, n'est-ce pas? C'est ce que je dois croire?

— Je n'ai pas de réponse à ces questions, Puma. C'est quand

elles seront à l'intérieur de toi que tu sauras tout ce que tu dois savoir.

— Tu me parles par énigmes.

— Ce que je sais, je le sais aussi par énigmes. Et c'est à moi de porter mon corps vers toutes choses pour déchiffrer ces énigmes...

— Porte-le, alors, dit Gabriel en retenant un nouveau rire, porte-le vers moi et tu découvriras...

Tout doucement, Anamaya se laisse peser contre lui de sa légèreté de plume. Il ferme les yeux de nouveau, mais cette fois il lui est impossible d'échapper au pur et simple bonheur de l'avoir contre lui, de sentir sa retenue et sa passion. Et il lui est impossible de songer à autre chose qu'à l'amour. D'un geste soudain, il tend son bras vers elle, mais elle lui échappe d'un bond, et quand sa main se referme il ne tient que son ombre et du vent.

Elle est debout, le regard tourné vers les *collcas* où des porteurs lourdement chargés déposent leurs *mantas* pleines d'épis de maïs vert et or.

— Villa Oma s'est encore affronté à Manco ce matin...

Le visage de Gabriel s'assombrit. La guerre... Ils en parlent peu mais ils ne peuvent l'ignorer, cette guerre qui a failli les séparer, cette guerre dont il n'ose demander des nouvelles, espérant contre toute logique qu'on apprendra un matin que tout s'est achevé dans une grande danse autour de l'Aucaypata...

— Veut-il toujours me transformer en tambour?

— Il reproche à Manco de ne pas avoir attaqué Cuzco plus tôt et d'avoir envoyé des armées se battre contre les renforts que ton Pizarro a réussi à envoyer, au lieu de concentrer toutes nos forces contre la ville... Il dit que, sauf un effort désespéré, cette bataille sera bientôt perdue.

— Et Manco, que pense-t-il?

— Manco est un guerrier dont les humiliations de Gonzalo ont rendu sans faille la détermination...

— Cela ne dit pas qu'il gagnera.

— Il ira jusqu'au bout, même si cette guerre ne peut être gagnée.

— Et toi, que crois-tu?

Le regard d'Anamaya fuit Gabriel au loin.

— Je crois qu'elle finira un jour.

Gabriel a un petit rire triste.

— Même moi qui ne détiens pas de secrets, je sais cela aussi.

— Même moi qui détiens des secrets, je suis en même temps la dernière des ignorantes. Pourtant, je sais que la fin de la guerre nous rendra libres, Puma. Mais tant qu'elle dure…

Anamaya vient s'accroupir à ses côtés et se laisse aller contre lui, pose sa tête sur son épaule.

— Ne le dis pas, chuchote-t-il.

Une file de carriers passe devant eux et, malgré leur timidité, Gabriel sent qu'ils les observent. Il a un mouvement pour se relever, et d'une pression de la main, Anamaya l'en empêche.

Oui, Katari a bien lancé la pierre qui arrête le temps; mais elle la voit qui retombe et s'approche du sol bien trop vite.

*

La rumeur traverse la vallée à la vitesse des eaux bouillonnantes de la Willkamayo. Elle a été portée de sommet en sommet avant que les *chaskis* n'arrivent face à l'Unique Seigneur Manco.

Une partie de l'armée du général Quizo Yupanqui, commandée par le fier Apu Quispe, revient avec des prises nombreuses et magnifiques : des armes espagnoles, des vêtements et même des chevaux… Les prisonniers sont à quelques jours en arrière.

La vallée retentit de chants, de tambours et de trompes. Les ouvriers s'arrêtent de travailler pour admirer l'arrivée des vainqueurs. Nul n'a touché aux armes qui s'amoncellent sur quelques brancards que les porteurs tiennent avec un respect digne de la litière de l'Inca.

Il y a une dizaine de chevaux entourés, enserrés chacun par une vingtaine de combattants effrayés et dont les membres se lient pour former une sorte de longe humaine destinée à les retenir.

Quand la nouvelle est parvenue à Manco, il a voulu venir au-devant des vainqueurs avec quelques Seigneurs de sa cour ; il a demandé à Gabriel de lui faire l'amitié de l'accompagner à côté de sa litière, et Gabriel l'a suivi sans avoir eu le temps de réfléchir à l'honneur qui lui était fait.

Au pied des fortifications de Choquana, ils les attendent. Même Villa Oma est venu, mais il se tient en arrière, muré dans un silence hostile et méprisant.

— Je voudrais examiner avec toi l'usage de toutes ces pièces, dit en souriant Manco à Gabriel, descendu de litière. Je veux connaître les façons de vivre de ton peuple.

Gabriel voit bien qu'il regarde les armes. Il se tait tandis que tous les regards se tournent vers lui.

— Je ne suis pas certain qu'elles te soient utiles, Seigneur Manco, dit-il finalement.

— Pour moi, j'ai l'impression qu'elles me seront très utiles. Je ne comprends pas ce que tu veux dire. J'ai besoin que tu me l'expliques...

Heureusement pour Gabriel dont l'embarras ne cesse de croître, le tumulte de la troupe est tout proche.

Tandis qu'Apu Quispe se prosterne aux pieds de Manco, les Seigneurs se rapprochent en silence des brancards de butin : épées, boucliers, lances, morions, cottes de mailles, plastrons de cuir, et même pièces d'artillerie... Chacune des pièces fait bondir le cœur de Gabriel, réveille en lui les images en désordre des batailles auxquelles il a participé. S'il avait un doute sur la durée de la guerre, le voici levé.

Derrière les armes viennent des porteurs à pied qui déploient leurs *mantas*, puis deux brancards débordant d'une variété de ces richesses inutiles qui, depuis deux ans, sont arrivées d'Espagne : brocarts et soies, étoffes de drap fin, mais aussi des jarres de vin, des conserves et d'autres denrées. Il vient même des cochons vivants dont les cris lamentables et l'aspect arrachent des grimaces de dégoût aux Indiens, qui s'efforcent à l'impassibilité devant ces trésors.

Ce qui fait l'admiration de tous, ce sont les chevaux. Il n'est pas si loin le temps où certains se demandaient si le cavalier et sa monture ne formaient pas un seul et même être, au pouvoir fabuleux. Gabriel se souvient de la peur des hommes d'Atahuallpa, à Cajamarca, et de la fureur de l'Inca... La plupart des Indiens ici n'ont jamais eu l'occasion de s'approcher des chevaux — qui leur sont strictement interdits par les Espagnols, tout comme les armes d'acier, sous peine de mort. En avoir quelques-uns en leur possession est une victoire qui les remplit de fierté.

— Qu'en dis-tu ? demande Manco.

— Cela ne vaut pas la rançon de ton frère Atahuallpa, dit Gabriel d'une voix neutre, mais tu peux être content.

La prudence du conquistador fait sourire Manco, qui se détourne de lui et fait signe au général vainqueur de se relever.

— Raconte-nous ta victoire, Apu Quispe, et parle fort, afin qu'aucun d'entre nous n'ignore les hauts faits des combattants incas.

— L'armée commandée par ton fidèle général Quizo Yupanqui a surpris un détachement étranger de soixante-dix cavaliers et d'autant de combattants à pied. Ils étaient tous bien armés. Ils allaient au secours de ceux de Cuzco. Pendant des jours, nous les avons suivis sans qu'ils nous devinent ; nous les avons attendus dans le défilé de la rivière Pampas, alors qu'ils venaient de traverser la puna de Huaitara. Nous les avons détruits à coups de pierres et c'est ainsi que nous avons pu en tuer une grande partie. Les survivants sont prisonniers et ils nous suivent sous bonne garde. Leurs chevaux, les voici.

Le soldat n'a pas l'habitude de s'exprimer. Ses phrases sont courtes et hachées, et sa voix rauque ne résonne pas tandis que ses yeux ne quittent pas ses sandales.

— Tu entends, Villa Oma ? demande Manco, visiblement ravi.

Le Sage ne répond pas.

— Il y a d'autres nouvelles, ajoute l'homme.

— Dis-les.

L'homme hésite, intimidé.

— Ton général Quizo Yupanqui sait qu'une autre force espagnole approche et il se prépare à la détruire aussi, avec l'aide d'Inti. Mais nous avons également reçu des messagers en provenance du sud...

Le regard de Manco s'éclaire. Le sud, c'est la direction où son frère Paullu se trouve avec son armée, sous le prétexte de soutenir la conquête de Diego de Almagro, le Borgne. Dès la nouvelle de l'attaque sur Cuzco, il devait détruire par surprise son « nouvel ami » pour revenir vers la capitale inca et se joindre au soulèvement général.

— Mon frère est-il en route ?

— Oui, Unique Seigneur. Mais...

— Mais ?

— ... mais il accompagne l'armée d'Almagro et lui offre assistance en tout, comme depuis son départ. De plus, ayant eu l'occasion au cours de plusieurs combats d'infliger des dommages aux Étrangers, non seulement il n'en a pas donné l'ordre, mais il s'est allié à eux.

— Allié ? Mon frère ? Si tu ne me portais pas la nouvelle de la victoire de Quizo, je te couperais les lèvres et la langue pour avoir dit cette impiété !

— Il faudra donc couper les lèvres et la langue de beaucoup de Seigneurs, Manco !

La voix de Villa Oma a surpris tout le monde. Elle est sèche et sifflante.

— Nous savons tous que ton alliance avec Paullu n'existe plus que dans ton esprit...

— Jamais mon frère ne me trahira !

— Tu as raison, Manco : il n'aura pas besoin de te trahir, car il t'a déjà trahi, et il n'y a que ta naïveté et ta faiblesse pour ne pas le voir.

La rage fait trembler Manco.

— Tu vas te taire, faux sage. C'est au nom de notre père Huayna Capac et de l'aide que tu m'as apportée autrefois que je ne te déchire pas de mes propres mains, comme tes paroles le méritent !

Villa Oma se tait mais son regard ne dévie pas. Le cœur de Gabriel bat à grands coups. C'est la première fois qu'il est témoin d'une telle explosion de tension chez les Incas et il n'y voit rien de bon pour le futur. La guerre l'a rejoint bien plus tôt qu'il ne le pensait, et il sent qu'elle ne le lâchera plus.

Manco, écumant, se dirige vers les premiers brancards, où les armes sont entassées. Il se saisit d'une épée et la brandit avec aisance.

— J'ai appris, Villa Oma, j'ai appris du récit du Grand Massacre. J'ai appris que nous étions comme des enfants face à eux quand nous nous laissions égorger ; et je me suis promis que plus jamais cela n'arriverait. J'ai appris de la terrible guerre entre nos frères Atahuallpa et Huascar et cela également, j'ai juré que cela n'arriverait plus. Avant son départ avec l'Homme à l'œil unique, mon frère Paullu et moi nous en sommes fait le serment du sang — celui qui est entre nous depuis toujours...

Et maintenant pour la première fois nous prenons leurs armes, nous les vainquons dans les batailles, nous les assiégeons et nous voyons la peur, la véritable peur, luire au fond de leurs yeux, et tu me parles de ma faiblesse, tu dis des légendes sur mon frère !

Manco fait tournoyer l'épée et en présente la lame au soleil.

— Je les battrai, hurle-t-il, avec nos armes et les leurs, je les battrai dans les montagnes et les plaines, sur les rochers et sur la mer salée, je les battrai, je les détruirai et je les offrirai en sacrifice aux dieux pour que notre terre retrouve la paix et la puissance passées !

Manco se tait. La foule reste silencieuse, à peine traversée par un murmure. Manco laisse retomber l'arme et se dirige vers les chevaux. Devant lui, les hommes s'écartent et s'aplatissent au sol.

— Je vais monter leurs chevaux, dit Manco sur un ton soudain plus calme.

— Qui te l'enseignera ? demande Gabriel.

— Toi.

12

Ollantaytambo, été 1536

Gabriel a sellé les deux chevaux en leur parlant doucement, accompagnant ses mouvements précis de quelques tapes affectueuses. Tous les yeux sont fixés sur lui et il prend garde de toute brusquerie. En achevant de sangler le grand cheval blanc, il jette un coup d'œil à Manco pour régler la longueur de ses étriers ; il se réserve un bel alezan dont la robe fauve et la tête intelligente l'ont séduit. « Ce sera toi le troisième », pense-t-il avec un sourire. Puis il leur passe le mors et la bride, et s'approche de l'Inca.

— Nous sommes prêts.

Manco est surpris. Il n'appartient pas à la dignité de l'Inca de s'exposer à la maladresse devant des Seigneurs, et à peu de distance de milliers d'yeux. Mais Gabriel lui épargne le risque.

— Nous allons marcher en les tenant par la bride jusqu'au pont, qu'il nous faut de toute façon traverser à pied. Et nous monterons ensuite à l'abri des regards, dans le coude du chemin, avant d'entrer dans la ville. Est-ce que cela vous convient ?

Manco a saisi la bride sans hésiter et il hoche la tête.

— Ne l'écoute pas, Manco ! s'exclame Villa Oma. N'oublie pas d'où il vient et qu'il peut te tendre un piège !

— Je t'aimais mieux silencieux, réplique Manco en s'éloignant. Qu'aucun d'entre vous ne bouge d'ici avant que vous ne m'ayez vu entrer devant l'Étranger dans la ville !

*

Depuis Choquana, le chemin est en ligne droite, bordé de chaque côté par un muret bien appareillé. Gabriel l'a parcouru prisonnier, entravé, admirant comme à travers une brume le paysage de la ville, des terrasses et du temple. Il songe à cette ironie : le voici un cheval à la main, guidant seul l'Inca, privilège qui n'est sans doute réservé qu'à Anamaya et à un tout petit nombre.

— Je dois vous remercier encore, Seigneur Manco !

Manco tâche de ne pas se retourner trop souvent pour surveiller les mouvements imprévus de l'animal, qui le suit avec une apparente docilité. Gabriel note qu'il tient la bride ni trop courte ni trop longue et que son corps ne manifeste aucune crispation, aucune appréhension.

— Je te l'ai déjà dit, ce n'est pas moi que tu dois remercier, mais Anamaya. Elle m'a parlé de toi depuis longtemps et je sais que ta mort l'aurait désespérée...

— Vous savez aussi que nous avons des ennemis communs...

Le visage de Manco s'assombrit.

— Ce Gonzalo Pizarro est un être surgi du Monde d'En dessous, un monstre qu'il faudrait détruire.

— Comme vous ne l'ignorez peut-être pas, j'ai essayé. Et c'est ma propre vie que j'ai risquée. J'ai peur qu'après la mort de Juan, il ne prenne une puissance sans limites...

— Je ne comprends pas tout cela, dit Manco, et je ne veux pas le comprendre. Pour moi, tous ces frères ont le visage des Étrangers qui veulent tout nous prendre. Je sais qu'Atahuallpa a fait confiance au *kapitu* Pizarro et je sais ce qui est advenu de lui.

— Et pourtant, à moi vous faites confiance.

Manco ne répond pas à la question. Les deux hommes cheminent en silence et Gabriel admire les terrasses en surplomb. À une centaine de pas devant eux, il voit le pont suspendu et, au milieu du fleuve, l'inhabituel pilier de pierre qui le soutient.

— Je n'aime pas ces hommes, Seigneur Manco, je ne suis pas leur ami. Quand il a fallu se battre, je me suis battu, mais la princesse Anamaya a dû vous dire que jamais je n'ai failli à ma parole, et que j'espère la paix pour votre pays…

— Es-tu leur Roi ? Commandes-tu à leurs armées ?

— Il y aura besoin d'hommes comme moi, Seigneur Manco, quand cette guerre sera finie…

— Il n'y a qu'une façon de finir cette guerre, et c'est que nous la gagnions.

C'est au tour de Gabriel de rester silencieux.

— J'ai appris à connaître votre histoire, dit-il enfin, et je crois qu'il y a chez vous une sagesse qui vaut bien la nôtre. Mais il faut du temps, il faut des paroles et des cadeaux…

— J'ai dû te respecter par force et je te crois un homme courageux, je t'accorde ce surnom de « puma » qui t'a été donné… Mais que me parles-tu de temps et de cadeaux, de sagesse et de bonnes paroles, quand ce que les tiens m'ont apporté n'a été que rage et destruction, pillage et humiliation ? Devrais-je t'écouter, toi seul, et ignorer les temples détruits, les femmes violées, les traîtrises, les vols, la réduction en esclavage de mon peuple ? Devrais-je oublier ce que j'ai subi, moi ?

— Êtes-vous certain de vouloir franchir ce pont seul avec moi ?

— Tu ne comprends pas. Je veux que tu me guides sur ce pont. Je veux que tu m'apprennes à monter sur ces animaux. Je

veux que tu nous montres le maniement des armes, leur fabri-
cation… Je veux que tu nous aides.

— Je vais m'engager devant vous, dit Gabriel en bandant les
yeux des chevaux.

— J'ai déjà franchi des ponts !

— Dans la litière de l'Inca !

— Avant de connaître les litières, j'ai été un fugitif et un
vagabond… Crois-moi, j'ai traversé bien des ponts sur lesquels
tu ne t'engagerais pas.

— Attendez que j'aie atteint le pilier central du pont pour
vous engager à votre tour. Je m'y arrêterai et vous porterai
secours s'il en est besoin.

— Ce ne sera pas nécessaire.

En passant les deux colonnes qui marquent l'entrée du pont,
Gabriel admire la détermination de Manco, mais cela ne diminue pas le désarroi profond qui est en lui. À l'aube encore, il se
sentait plein d'une tranquille certitude et la lumière des yeux
d'Anamaya donnait les réponses à toutes les questions. Mais les
paroles de Manco l'ont frappé et fait vaciller. Elles le troublent
plus que les premières ondulations du pont. Il est impossible
de les ignorer ; il est impossible de se limiter aux réponses
maladroites, prétentieuses qu'il a faites…

L'alezan le suit avec une docilité remarquable.

— Vous devrez avancer d'un pas régulier, de façon à ne pas
effrayer votre cheval.

— Je sais ce qu'il faut faire, dit Manco.

Son agacement est si visible que Gabriel ne l'embarrasse pas
plus de conseils. Gabriel sent la tranquillité de l'alezan qui le
suit et l'ondulation du tablier du pont suspendu ne le déconcerte
plus comme autrefois ; de même, les eaux soulevées par les
bouillonnements lui sont maintenant familières.

Pourtant, quand il sent sous ses pas la plate-forme solide du
pilier, il manque tomber et doit se raccrocher à la solide corde

en fil d'agave qui sert de rambarde pour ne pas basculer. À l'autre bout du pont, seule, Anamaya les attend.

*

Parfois, à force de le voir dans sa tenue indienne, Anamaya oublie que Gabriel n'est pas des leurs. Même s'il prononce certains mots quechua avec un étrange accent, même si en quelques jours les poils blonds envahissent son visage, elle ne sent plus rien d'étranger en lui.

Mais en voyant au loin sa silhouette guidant un cheval, elle s'est souvenue en un éclair de leur première rencontre, près de Cajamarca, et de l'impression que les chevaux avaient faite sur Atahuallpa et les leurs. Un frisson inattendu de panique l'a secouée avant qu'elle ne se reprenne.

Gabriel approche et elle perçoit son étonnement ; cinquante pas derrière lui, elle voit Manco tenant le grand cheval blanc.

— Pourquoi es-tu venue ?

— Moi aussi, dit Anamaya, je veux que tu m'apprennes à monter à cheval.

*

Le chemin fait un coude qui les dissimule aux regards indiscrets des Seigneurs qui ont accompagné Manco. Ils sont trop loin de la porte de la ville pour qu'on les distingue de là-bas.

Manco n'a manifesté aucune surprise à voir Anamaya et n'a rien demandé quand Gabriel a raccourci les étriers pour elle. Gabriel les exerce l'un après l'autre, leur enseignant d'une voix douce à monter en selle sans effrayer leur monture, à tenir la bride ni trop long ni trop court, à aller au pas.

Un champ dont la *quinua* a été coupée leur sert de manège

et il les mène tour à tour, les chevaux tenus au bout d'une longe. Il dit : « Allez ! », il dit : « Doucement ! »

Anamaya aime le son de sa voix qui donne des ordres et elle aime la confiance qui naît en elle, ses jambes nues qui entourent ce corps vivant, si étrange et plein d'une puissance qu'elle sait redoutable. Elle observe Manco, élève appliqué, impatient, dont les talons nus se serrent sur les flancs du cheval blanc comme pour lui dire qu'il en est déjà le maître.

Quand ils maîtrisent suffisamment le pas, Gabriel lance le premier trot. Anamaya regarde avec surprise la tenue de Manco, qui semble avoir épousé naturellement le rythme du cheval blanc ; quand vient son tour, elle s'habitue également sans difficulté à cette allure saccadée, se laissant glisser comme au long d'une rivière.

Gabriel est en sueur.

— Je veux aller plus vite, dit Manco, je veux aller à la vitesse où vous allez quand vous êtes lancés !

— Le galop ?

— Le galop.

— Tu tomberais, dit Gabriel, il te faut encore des leçons, t'habituer à ton cheval, et que lui s'habitue à toi...

— Je veux aller au galop aujourd'hui !

Le front est buté, front d'enfant qu'Anamaya connaît depuis le jour du *huarachiku*, il y a tellement d'années.

Gabriel, sans un mot de plus, défait la longe et jette un coup d'œil à Manco. D'une tape, l'encourageant d'un cri, il lance le cheval, qui hésite, secoue la tête, comme s'il cherchait à reconnaître celui qui le monte. Alors Gabriel, en serrant les dents, lui fouette la croupe du bout de la longe. Aussitôt il bondit dans un trot nerveux, agacé, droit devant à travers le champ. Manco est secoué comme un pantin, perd ses étriers. Ses mains, un instant, cherchent prise. Il s'agrippe à la crinière, mais ses hanches bringuebalent de gauche et de droite. L'alezan ne fait pas trente foulées avant que Manco glisse sur les côtés et chute lourdement en lâchant un grondement rauque.

— Pourquoi l'as-tu laissé faire ? demande Anamaya, qui est restée à côté de Gabriel.

— Ne l'a-t-il pas demandé ?

Là-bas, Manco se relève, esquisse un geste de colère vers le cheval, qui s'est arrêté à quelques pas de lui et le considère, l'œil indifférent. L'Inca revient vers eux en évitant de se masser les membres qui doivent être douloureux.

— Eh bien, dit Gabriel sans aménité, tu crois maintenant ce que je te dis ?

— Je veux recommencer !

Gabriel soupire.

*

Tout l'après-midi et jusqu'à la tombée du jour, Gabriel exerce Manco, qui ne se lasse pas de tomber, de se relever sans une protestation ou un cri, sans un geste de dépit.

Un serviteur est venu chercher l'alezan et se tient à l'écart, le dos tourné au Sapa Inca. Anamaya contemple simplement Gabriel, admirant la sobriété de ses paroles, sa patience, sentant peu à peu la violence de Manco s'apprivoiser, faire corps avec l'animal.

Quand le soleil commence à se cacher derrière les montagnes, Manco consent finalement à descendre de cheval.

— Tu nous enseigneras, dit-il à Gabriel, à moi et aux Seigneurs. Puis tu nous apprendras le maniement de l'épée, la poudre...

— Je ne ferai rien de tel, dit Gabriel.

— N'es-tu pas contre Gonzalo ?

— J'ai posé les armes quand la dernière tour de Sacsayhuaman a été prise, Seigneur Manco, et j'ai juré que je ne les reprendrais jamais. Ni contre les tiens ni contre les miens.

Anamaya regarde les deux hommes dressés l'un face à l'autre. Gabriel s'efforce à la tranquillité des gestes tandis qu'il desselle le cheval blanc dont les flancs sont en sueur. Manco est immobile, les yeux et la bouche allongés en une fente de fureur.

— Que signifie « être le puma » ? demande Manco en se tournant vers Anamaya. Manger notre maïs et notre *quinua* ? Te détourner de tes devoirs vis-à-vis du Frère-Double ? Quelle est cette sorte de puma, inconnue dans nos montagnes, qui refuse de se battre ?

— Il dit la vérité, affirme calmement Anamaya.

— La vérité ?

Manco les considère tour à tour, tenté par la violence, puis l'ironie. Il se tait. Le chant du soir résonne par toute la vallée, de terrasse en terrasse, et une lumière dorée descend sur les *canchas*.

— La guerre a lieu que tu le veuilles ou non, Étranger. La guerre a lieu parce qu'il ne peut qu'en être ainsi, depuis que vous avez violé notre terre...

— Je ne dis pas autrement, Seigneur Manco.

— Comment, alors, peux-tu n'être ni d'un côté ni de l'autre ?

Étrangement, l'agitation de Gabriel s'est calmée, comme si s'ouvrait pour lui une vérité qui jusqu'alors lui était demeurée dissimulée.

— C'est peut-être justement cela, « être le puma », dit Anamaya.

Une fois de plus, les lèvres de Manco restent closes. Sa main se lève vers Gabriel, mais c'est sans menace, avec une intention qu'il ne comprend pas. Il est toujours figé. Manco esquisse même un léger sourire.

— Remets la selle à ce cheval, dit Manco, je t'en prie, Étranger qui ne te bats pas, puma qui ne déchires pas, et regarde !

Gabriel s'exécute et aide Manco à se remettre en selle.

L'Inca s'éloigne vers la ville, d'abord au pas, puis au trot, et enfin dans un galop qui soulève la poussière du chemin.

Quand ils ne voient qu'un point noir à l'horizon des murs de la ville, ils entendent la clameur qui s'élève, plus forte que les chants, plus profonde que les trompes et les tambours.

À pas lents, Gabriel va vers le serviteur qui est, tout ce temps, demeuré le dos tourné, tenant le cheval par la bride. « Va », dit-il à l'homme dont les yeux ne quittent pas le sol, comme si lui, Gabriel, était l'Inca. Le serviteur disparaît en courant.

Gabriel monte d'un élan souple, retrouvant le cuir familier de la selle, la chaleur aimée de l'animal. Il se penche vers Ana-maya et lui tend les bras. Elle s'accroche à lui et le rejoint avec confiance.

Ils vont au pas, le plus lentement qu'ils peuvent. Tandis que le soir tombe et que l'obscurité les engloutit et les protège, ils n'ont besoin d'aucun mot pour ressentir une nostalgie puissante.

C'est celle du cavalier qui, en même temps qu'il chevauche, tient entre ses bras la femme qu'il aime.

C'est celle du jour de Cajamarca, quand il l'a arrachée au piétinement et au massacre, et que leur destin lui est, pour la première fois, apparu dans un tourbillon de poussière et de sueur.

13

Ollantaytambo, octobre 1536

Dans la cour de la *cancha* royale, les ombres s'agitent dans le soir, frottant sur le sol leurs sandales de paille. Qu'il s'agisse du grand Huayna Capac, d'Atahuallpa ou de Manco, les dieux veulent que le service de l'Inca — le Fils du Soleil — soit accompli selon les rites et coutumes. Ce qui a été est de nouveau, ce qui est sera... Les vêtements de l'Inca, de la plus fine laine de vigogne, ne sont portés qu'une fois, sa main ne touche pas sa nourriture, un cheveu de lui est conservé... C'est pour qu'il en soit ainsi qu'un ballet incessant, bien ordonné et silencieux, ne cesse pas de l'entourer.

Au milieu de la cour, une fontaine. Elle est composée d'une simple pierre carrée au centre de laquelle l'eau jaillit, repartant dans les Quatre Directions par quatre canaux de pierre taillés dans le bloc et qui traversent ensuite la cour. L'énergie de l'eau vient vers le centre avant de repartir irriguer l'Empire aux Quatre Points cardinaux...

À chaque jour qui passe, Anamaya remarque ces détails qui furent si naturels, comme l'air qu'elle respirait, et sur lesquels elle s'interroge. Depuis que la vision lui est apparue, elle sent la fêlure secrète au cœur de l'Empire : ce qui est éternel doit demeurer — mais tout n'y est pas destiné, et peut-être tel symbole que l'on croyait devoir durer toujours n'est-il pour les dieux que le battement d'une aile de colibri ?

De l'autre côté de la tenture, Anamaya entend les deux voix — celle, grondeuse et attendrie, de Manco, et celle du fils qu'il préfère, le petit Titu Cusi, qu'il a eu d'une femme morte en couches. Son épouse, la douce et belle Curi Ocllo, veille aujourd'hui sur lui avec amour.

Tant qu'il était à Calca, Manco ne s'est pas occupé de son fils. Mais, arrivé à Ollantaytambo, il l'a fait venir auprès de lui et il ne se passe pas de soir sans qu'il joue avec lui.

— Plus fort ! Allons, bats des talons ! dit la voix grave de Manco.

— Allez, plus vite, encore ! fait la voix aiguë, surexcitée, du petit garçon.

Anamaya passe la tenture sans opposition des deux gardes qui, impassibles, surveillent l'entrée de l'Unique Seigneur.

À la lumière des torches, elle voit Titu Cusi chevaucher son père et lui battre les hanches à grands moulinets pour l'encourager :

— Plus vite, cheval ! Plus vite !

Manco se déplace par bonds sur les tapis et les coussins qui garnissent presque entièrement la pièce, et c'est pour Anamaya une vue encore plus insolite que celle de ce cheval-Inca monté par un petit garçon qui fait des sauts au milieu des plumes et des plus fins *cumbis*.

— Regarde, Anamaya ! dit Titu Cusi. Je sais monter à cheval comme mon père !

D'un mouvement souple, Manco fait glisser son fils à terre et l'attrape dans ses bras puissants, l'enserrant pour l'embrasser jusqu'à l'étouffement.

— Va, maintenant, dit-il en le reposant à terre.

Le petit garçon, dont les cheveux longs et noirs encadrent un

visage éclairé par deux yeux brillants d'espièglerie et d'intelligence, file à travers la pièce en criant :

— À demain pour la leçon, cheval ! Tiens-toi prêt !

Anamaya sourit à Manco.

— Au milieu de beaucoup de frères, c'est celui-ci, n'est-ce
pas ?

Le visage de Manco s'est assombri.

— C'est le plus grand... Il est celui qui m'apporte son élan,
sa confiance... Il a été élevé par Curi Ocllo, il s'est nourri du
lait et de la force de celle que j'aime. Quand il est dans mes
bras, je pense à l'amour que j'ai pour la *Coya*... et j'oublie un
instant les soucis de la guerre et ton absence.

Les derniers mots ont claqué tristement.

— Mon absence ?

— Je sais que tu es ici, je sais que tu prends soin du Frère-
Double, mais...

— Mais ?

— J'ai l'impression que tu es déjà partie avec lui, et que le
sort de notre guerre t'est indifférent.

— Tu te trompes, Manco. J'écoute nos succès avec joie et le
bruit de nos défaites m'attriste le cœur. Mais les paroles de ton
père Huayna Capac n'en finissent pas de résonner en moi, et
elles vont au-delà de la guerre.

Manco éclate d'un petit rire sec.

— Il y a donc un au-delà de la guerre ? Tu as toujours été
à mes côtés, Anamaya, tu m'as poussé à mener la révolte et
c'est toi, à présent, qui me parles de l'au-delà de la guerre !
Au moment décisif ! Mon cher frère Quizo Yupanqui a échoué
dans l'attaque de Lima. Il est mort au combat. Heureusement,
Illac Topa et Tisoc et tant d'autres ont pris la relève. Mais toi ?
Il me semble qu'il n'y a pas si longtemps tu aurais toi-même
lancé les pierres de fronde pour la faire, cette guerre ! Que t'est-

il arrivé pour que tu ne veuilles plus maintenant que voir « au-delà » ?

— Je vais te le dire, frère Manco.

*

Longtemps, Anamaya parle à Manco. Elle évoque avec tendresse leur histoire, commencée lorsqu'elle n'était qu'une jeune princesse ayant de peu échappé à la mort. Il lui rappelle le serpent qu'elle a écarté de son chemin ; ils parlent de Guaypar, l'ennemi juré, dont la rumeur dit qu'il a réapparu dirigeant une armée aux côtés des Espagnols. Tout le temps, Anamaya hésite, les paroles de Huayna Capac sont en elle : « *Vous saurez ce qui doit être gardé silencieux et vous le tairez.* » Que doit-elle taire, que doit-elle dire à Manco ?

— J'ai promis de rester avec toi et je reste avec toi. Je l'ai promis quand tu m'as retrouvée avec les Étrangers et, depuis, tu sais comme j'ai tenu ma promesse.

— J'ai parlé à Katari et il se tait. Je te parle et tu te tais également. Je sais que tu as tenu ta promesse, et tu n'as jamais entendu un reproche sortir de ma bouche. Tu as vu comment le Sage Villa Oma te regarde ? M'as-tu déjà entendu dire un mot qui l'encourage dans ses menaces ? Mais ton silence, ton silence m'alourdit, il résonne en moi pendant la nuit et je me demande…

Pendant qu'il raconte ses doutes, Anamaya entend la voix terrible de Huayna Capac : « *Et nous, les Incas, il nous faudra être humiliés, esclaves de la honte… Mais nous ne mourrons pas… Le sang du frère, le sang de l'ami sont versés plus généreusement que celui de l'ennemi : c'est le signe.* »

— … je me demande pourquoi je me bats si Paullu et toi — qui avez été avec moi depuis le commencement — vous détournez de moi. Même Villa Oma songe à faire la guerre de son côté.

Illac Topa est au nord et Tisoc au sud, mais ils ne me rendent que rarement des comptes. Chacun de son côté! C'est une folie!

Anamaya voudrait lui répondre, mais elle se rend compte qu'il n'y a pas de réponse. Elle ne peut pas lui dire que les paroles de Huayna Capac le condamnent sans doute; son silence l'enferme dans une guerre inévitable où il est seul, comme un enfant qui se battrait avec des ombres, avec des arbres.

— C'est toi qui m'encourageais, reprend Manco, toi qui m'appelais le « premier nœud des temps futurs »... Cela ne signifiait rien, c'était du bruit, un souffle de vent, pas plus...

— Tu es courageux, Manco, la noblesse brûle en toi à la manière d'une flamme.

— Mais cela ne servira à rien! Si j'apprends à monter à cheval, le cheval s'abattra, si je manie l'épée elle se brisera, si mille flèches s'envolent, elles retomberont...

— Ce que ton père m'a dit, articule à regret Anamaya, m'est obscur à moi-même. J'en retourne les mots et ils m'apparaissent dans mon sommeil à la manière des rêves, comme des énigmes que je ne cesse jamais de déchiffrer. Mais plus ils sont en moi, plus je me sens ignorante. Ce que je sais seulement, c'est que cette destruction a une fin... Mais je ne sais pas ce qui vient après.

— Cette fin est-elle la nôtre?

— Adresse-toi à Katari : c'est lui qui connaît les temps.

Manco retourne entre ses doigts une pierre noire aux angles aigus. Il la laisse tomber devant ses pieds.

— L'homme qui peut tout faire ne peut rien faire, soupire-t-il. N'est-ce pas?

Une fois de plus, Anamaya doit se taire.

— Il y a tout de même quelque chose, dit-il.

— Quoi?

— Le puma.

Le souffle d'Anamaya s'accélère et l'attente qui s'était retirée d'elle la submerge.

— Il devait nous aider et ses paroles prouvent qu'il n'en est rien.

— Il peut nous aider sans porter les armes.

Manco balaie l'objection d'un geste méprisant.

— Qu'est-ce qu'un ami qui ne se bat pas quand ton ennemi attaque ? Un lâche, rien de plus !

— Tu sais bien qu'il est courageux.

— Je le sais. Mais je sais aussi que si Villa Oma entend les paroles de ton fou de puma, il sera mis à mort et je ne pourrai rien faire pour m'y opposer. Tu ne veux pas entendre la rumeur qui gronde contre lui, par les terrasses et jusque dans la carrière ; tous ceux qui sont ici aimeraient assister à son sacrifice...

— Tu ne laisseras pas faire cela !

Manco respire doucement et, après un moment, répond :

— C'est là le plus étrange. Non, je ne laisserai pas faire cela.

14

Ollantaytambo, octobre 1536

Le visage qui est face à lui a hurlé avant de mourir. La bouche est déformée dans un rictus qui s'est arrêté sur une souffrance et une peur atroces. On ne saura jamais ce qui est passé dans le regard, car les orbites ont été énucléées : leur cavité n'est qu'un amas de chairs putréfiées, de sang noir et de croûtes à moitié formées.

Le cœur soulevé, Gabriel se retourne pour éviter de vomir.

Il règne dans la large avenue qui descend depuis les *canchas* jusqu'à la rivière Willkamayo l'animation qui pourrait être celle d'un marché en Espagne. Mais là où se troqueraient des tissus, des épices, là où les changeurs prépareraient leurs balances, on ne voit que des cadavres.

L'avenue est bordée de deux murs dans lesquels ont été aménagées des dizaines de niches de la taille approximative d'un homme. Et ce sont bien des hommes qui y sont exposés à l'admiration de tous. Les Indiens, habituellement si indifférents, se les montrent avec des rires et des éclats de voix.

Dans les premières niches — les plus proches des *canchas* — ont été exposés les trophées de choix. Ce sont les corps d'une dizaine d'Espagnols. Ils ont été désossés et transformés non en tambours, mais en baudruches. La peau vidée de tout l'intérieur a été recousue, puis gonflée, reconstituant ainsi une forme humaine qui n'a qu'un rapport grotesque avec l'original.

Dans son dégoût, Gabriel ne peut s'empêcher de songer à une sorte d'ironie cruelle : ces hommes créés par Dieu, des dieux étrangers les ont refaits à l'image de leurs crimes, difformes, immondes, dénaturés... C'est pourtant l'homme, toujours, dans ces poupées inarticulées, qui est présent, comme si dans leur cruauté les combattants indiens avaient révélé la nature du monstre qui se cache en lui.

Chacun des corps est fixé à un pieu et occupe une niche.

Malgré sa révolte intérieure et sa frayeur, Gabriel est contraint de regarder un à un chacun de ces visages pour voir s'il reconnaît un camarade. Il les a détestés, pour la plupart, et s'est isolé d'eux par son opposition aux Pizarro, par sa relation, incompréhensible pour eux, avec Anamaya ; mais, à sa surprise, il se sent soudain tout proche d'eux, comme si c'était lui qui avait été torturé et mis à mort, au milieu des hurlements de joie des soldats incas ivres de leurs premières victoires, insatiables dans le triomphe comme ils avaient été humiliés dans la défaite.

Fort heureusement, il n'aperçoit que des visages inconnus : ce sont probablement des renforts arrivés récemment de Panamá. Ils ont la jeunesse affolée, étonnée, de ceux qui sont venus chercher l'or et qui ont trouvé la mort à la place.

Après les Espagnols viennent les esclaves noirs, ceux de l'isthme, les alliés indiens... Mais ceux-là n'ont pas été soumis au même traitement.

Ils ont simplement été décapités et leurs têtes sont fichées sur des piques enveloppées dans des peaux de cheval dont on distingue encore, çà et là, la crinière, les sabots ou la queue. Gabriel pense à des idoles païennes : celles-ci sont les copies grotesques des semi-dieux que certains Indiens voyaient en eux, dans les premiers temps de la conquête.

Pauvres dieux... Les dents blanches des esclaves ont été arrachées, les plumes multicolores de celui qui fut un chef sont noires de poussière et de boue et pendent, lamentablement cassées, sur son front qui ne se plissera plus. Certains caciques cañaris ont conservé leur bandeau de couleur, qui a glissé sur l'espace vide des yeux, sur la peau de poulet du cou où le sang a coulé.

Dans la foule qui gesticule et commente bruyamment, Gabriel se sent brutalement, irrémédiablement seul.

Soudain, une main se plaque sur son épaule et il sursaute :

— Katari !

Le Maître des Pierres a la mine grave.

— Ne restons pas ici.

Gabriel le suit. Les deux hommes s'éloignent à travers les ruelles étroites des *canchas*, vers l'escalier raide qui monte vers le Grand Temple. Aussitôt qu'il s'est un peu écarté du spectacle macabre, Gabriel se sent respirer plus librement.

Quand ils sont parvenus sur l'esplanade du Temple, Katari et lui s'asseyent sur une des pierres qui sont encore couchées, dans l'attente d'être taillées et montées. Depuis sa découverte du lieu, deux nouveaux monolithes géants ont été dressés, toujours séparés de leurs semblables par la ligne fine de la pierre en forme de roseau.

— Tu es en danger, dit Katari.

— Je suis en danger depuis que je suis arrivé ici, déclare paisiblement Gabriel. Et je ne cours pas plus de danger que les malheureux que j'ai vus. Quelle barbarie...

Katari se tait, d'abord. Puis, simplement :

— Un homme mort est un homme mort.

— Tu as raison. Il n'est pas plus ou moins mort parce qu'il

est découpé en tranches, parce qu'on lui coud les testicules dans la bouche ou qu'on le transforme en drapeau ou en ballon...

Gabriel se rend compte en parlant qu'une amère ironie perce à travers ses paroles. Lui qui se croyait devenu étranger à ses compagnons voit qu'il est encore, à l'intérieur de lui, leur frère.

— Ceux qui ont fait cela voudraient me demander de les aider à manier les armes pour en tuer plus encore et en faire Dieu sait quels nouveaux trophées... Ils ne me comprennent pas, qu'il en soit ainsi : je ne prendrai plus les armes.

— Au prix de ta vie ?

Il y a un tremblement inattendu dans la voix de Katari.

— Ma vie, ma vie... murmure Gabriel. Est-ce que je sais ce qu'est ma vie ? Elle m'a été retirée et rendue sans que j'y sois pour grand-chose.

— Tu es le puma, dit sérieusement Katari. Tu dois survivre à tout cela.

Quand il est devant Anamaya, Gabriel est tellement étouffé d'amour que son esprit en est comme embrumé. Mais face à Katari il acquiert, au contraire, une lucidité plus profonde.

— Pas si je dois prendre les armes pour...

— Je le sais, s'impatiente Katari, et je ne te dis pas que tu doive le faire. Mais Anamaya et moi ne pourrons plus te protéger longtemps, et Manco ne sera pas en mesure de résister à Villa Oma, pour qui le spectacle de cette victoire sanglante est une occasion inespérée.

— Alors ?

— Alors il va falloir que tu partes.

— Quand ?

Une explosion retentit sans que Katari ait le temps de répondre.

Tandis qu'ils dévalent l'escalier vers les *canchas*, le cœur de Gabriel bat à tout rompre. Mais il ignore si c'est l'appréhension d'une nouvelle horreur ou la certitude qui dormait en lui qu'une fois de plus il va devoir se séparer d'Anamaya.

*

Villa Oma a revêtu un *unku* de couleur rouge sang d'où émergent ses longs bras à la maigreur cadavérique.

— Voulez-vous finir comme eux ? hurle-t-il en désignant les corps exhibés dans les niches.

Les deux Espagnols tâchent de conserver un semblant de dignité mais ils tremblent de la tête aux pieds. Gabriel est bien placé pour savoir ce que le spectacle de leurs camarades peut avoir d'évocateur.

— Que se passe-t-il ? demande-t-il d'une voix ferme.

— Voici venir le puma des profondeurs ! glapit Villa Oma.

Gabriel se fige devant le Sage. Une foule les entoure, mais il ne voit ni Anamaya ni Manco. Katari est resté à ses côtés, seul à le soutenir au milieu d'une hostilité sourde, attisée par le goût du sang et la peur qui paralyse les deux prisonniers vivants, dont les chevilles et les mains sont ligotées.

— Nos combattants ont essayé vos armes qui crachent le feu, dit Villa Oma, mais ils n'ont réussi qu'à s'effrayer sans atteindre leur but.

Il désigne les niches au sinistre contenu. Non contents d'être morts dans la terreur, les malheureux servent à présent de cibles.

— Et ceux-ci, continue Villa Oma en balayant les prisonniers d'un geste méprisant, ont prétendu les aider, mais le feu a explosé au visage d'un de nos guerriers.

— Que s'est-il passé ? demande Gabriel en se tournant vers les Espagnols.

— Ils ont voulu mettre encore plus de poudre et le canon de l'arquebuse a explosé, répond le plus jeune d'une voix blanche.

— C'est un accident, dit Gabriel à Villa Oma.

— Un accident ? Ce sont des chiens d'Étrangers et ils vont mourir maintenant !

Un groupe d'Indiens se saisit des deux prisonniers qui résistent à peine, et les pousse vers deux niches voisines. On dépouille les deux épieux sur lesquels sont fichées les têtes qui tombent et roulent à terre, dans la poussière, au milieu des rires.

Gabriel se précipite devant les deux hommes.

— Je veux que les hommes autour de toi sachent qui tu es vraiment, Villa Oma.

L'assistance se fige et le Sage reste muet de surprise.

— Quand j'étais dans le Sud et que j'assistais aux souffrances que les plus indignes des miens faisaient subir à ceux de votre peuple, j'ai voulu prévenir cet homme, dit-il en le désignant. Il avait le pouvoir de les faire cesser, car sa voix et celle de Paullu Inca étaient précieuses pour les Espagnols. Mais il n'a rien fait...

— Ne l'écoutez pas ! hurle Villa Oma. Il vous ment !

Malgré son appel, la foule demeure silencieuse, elle écoute l'Étranger.

— Il vous dira qu'il préparait la guerre où votre peuple se vengerait enfin des Étrangers. Mais je vous dis que dans cet homme que vous appelez le Sage se dissimule une cruauté sans limites, qui l'amènera à la mort — lui et tous ceux qui le suivront. Les souffrances de la guerre sont ce qu'elles sont. Mais si vous tuez ces deux hommes, Inti se déchaînera contre vous !

C'en est trop pour Villa Oma, qui se déchaîne :

— Écoutez-le invoquer nos dieux ! vocifère-t-il. Attachez-le comme les autres et qu'il connaisse leur sort.

Déjà des soldats s'approchent et le saisissent. Des guerriers s'avancent avec un bassinet de poudre et ils en bourrent la bouche des deux prisonniers ; d'autres arrivent déjà avec des brandons pour mettre le feu et les brûler vivants.

Gabriel se débat furieusement mais c'est inutile. Il cherche en vain le regard de Katari.

— Assez! tonne la voix de Manco.

L'Inca a surgi au milieu de la foule sans que Gabriel le voie. Soldats et Seigneurs s'écartent et il n'y a que Villa Oma pour rester face à lui, le jus vert de la coca coulant sur ses lèvres et son menton.

— Baisse-toi devant ton Unique Seigneur! ordonne-t-il à Villa Oma.

Le Sage est le seul qui, depuis toujours, se dispense des signes nécessaires du respect dû à l'Inca. Ses yeux injectés de sang plongent un instant dans ceux de Manco, avant qu'il ne plie le buste en un mouvement imperceptible.

À demi dissimulée derrière Manco, Gabriel vient enfin d'apercevoir Anamaya.

— Regarde autour de toi, Manco! reprend Villa Oma. Regarde le *pachacuti* qui a déjà commencé et soumets-toi à la force plus grande… Les Étrangers, on les appelait des dieux et regarde ce que nous avons fait d'eux.

Villa Oma désigne les niches dans lesquelles gisent ceux qui furent des hommes, tenus droits par un épieu à la pointe de bronze.

— C'est le début du retournement, c'est la paix qui revient pour nous et les nôtres…

— Le *pachacuti* a commencé il y a déjà longtemps, Villa Oma. Mon père Huayna Capac en a été la première victime, mais il nous guide depuis l'au-delà.

Villa Oma n'écoute pas. Il faut prêter l'oreille pour l'entendre murmurer, le regard dans le vague :

— Quelque chose d'ancien et d'impur est en toi…

Quand elle a vu Gabriel en danger, Anamaya s'est glacée. Elle était loin des paroles incertaines de Huayna Capac, et elle avait peur des visions qui ne voient rien, des prophéties qui n'annoncent rien.

Les ruelles étroites et rectilignes des *canchas* sont pleines de tous les Indiens de la vallée. Ils ont laissé leurs outils, abandonné les champs, et leur masse presse la ville de part en part. Anamaya résiste seule en esprit au goût de mort et de sang qui bouillonne en eux aussi fort que les eaux de la Willkamayo. Au-dessus de la foule, elle se tourne vers le visage de l'Ancêtre et l'appelle à son secours.

— Tu ne vois plus clair, Villa Oma, tes yeux rougissent comme ceux d'Atahuallpa et un lac de sang est dans ton cœur. Tu fais des imprécations et tu fais des sacrifices en secret, tu n'en finis pas de tuer, mais tu as oublié que tu n'es rien sans le pouvoir des Ancêtres, rien sans les dieux qui nous entourent...

— Quelque chose d'impur! répète Villa Oma comme s'il n'avait rien entendu. Je me souviens de ce jour maudit où, malgré mes conseils, l'esprit obscurci par l'ombre de la maladie, le grand Huayna Capac a refusé de donner au puma le corps d'une jeune fille impure et, au contraire, l'a prise auprès de lui pour lui dire des secrets que nul n'a jamais sus... J'aurais dû la lui enlever et en finir, car voici qu'au lieu d'être dévorée par le puma elle l'a fait surgir des entrailles de la terre pour que nous soyons nous-mêmes dévorés...

— Une dernière fois, Villa Oma, tais-toi! Anamaya n'a jamais trahi les Incas et tu oublies qu'elle n'a jamais cessé d'être la *Coya Camaquen* choisie par Huayna Capac, et que c'est toi-même qui l'as guidée sur la voie... Anamaya est la tradition, elle est ce qui était avant et ce qui sera plus tard...

Villa Oma se tait. Son corps maigre est agité d'un mouvement intérieur et son *unku* paraît onduler comme un ruisseau de sang. Il n'arrive plus de mots au bord de ses lèvres, mais une bave qui se transforme en bulles d'écume et se mélange au jus vert de la coca qu'il ne cesse jamais de mâcher. Son teint cuivré est devenu gris.

Puis, après un violent effort, chacun de ses membres raidi de fureur, il ouvre la bouche pour articuler, comme à regret :

— Je dois me retirer. Adieu, mon Unique Seigneur.

Et, d'un pas saccadé, il se dirige seul vers la rivière.

Malgré sa rage et sa haine, malgré ce qui semble les séparer désormais, Anamaya entend résonner dans ses dernières paroles l'écho du respect qu'il refuse à Manco et lui accorde en s'éloignant, le souvenir de l'alliance ancienne des frères devenus des ennemis.

15

Ollantaytambo, novembre 1536

Dès la disparition de Villa Oma, les soldats ont entouré Gabriel et l'ont entraîné au milieu du grondement de la foule vers la *cancha* de Manco. Le visage d'Anamaya, celui de Katari, celui de Manco lui-même ont disparu, et Gabriel se sent comme un panier fragile emporté sur le cours rapide d'un torrent.

Quand il entre dans la cour de la *cancha*, les femmes refluent et il se retrouve seul à côté de la fontaine des Quatre Directions, le cœur battant d'avoir échappé à la mort, se remémorant les paroles violentes que Manco et le Sage ont échangées, s'interrogeant sur la puissance de la protection mystérieuse dont il semble bénéficier, une fois de plus.

— Est-ce que tous les Étrangers sont comme toi?

Un petit garçon aux yeux noirs brillants de curiosité le considère sans aucune peur, du haut de ses quatre ou cinq ans.

— Beaucoup sont plus méchants que moi! répond-il avec un sourire.

— Comment t'appelles-tu?

— Gabriel.

Le petit garçon prend un air sérieux et réfléchi.

— C'est un nom étrange. Il ne veut rien dire.

— Certains, chez toi, m'ont raconté qu'il veut dire « le puma ». Et toi, quel est ton nom ?

— Je m'appelle Titu Cusi, je suis le fils de Manco Inca et un jour c'est moi qui serai l'Inca.

— Je suis sûr que tu seras un Seigneur puissant et que tu exerceras la générosité…

Mais déjà le petit garçon ne l'écoute plus et se précipite vers son père, qui est entré dans la cour au milieu d'une haie de Seigneurs et de soldats. Manco se penche vers son fils en souriant et Gabriel voit le geste plein de tendresse par lequel il l'enveloppe. Puis il se redresse, et Gabriel retrouve la dureté de son regard noir, hostile, impénétrable.

— Viens, dit Manco, suis-moi.

Juste derrière Manco se tiennent Anamaya et Katari, qui passent à sa suite derrière la tenture de la chambre royale.

— Seigneur Manco, commence Gabriel, je sais que mes remerciements n'ont aucun sens pour toi, mais ceux que je t'adresse viennent du fond de mon cœur.

Manco le regarde sans répondre. Gabriel n'ose pas chercher les yeux de Katari ou d'Anamaya.

— Si Villa Oma avait su ce que je sais maintenant, tu serais déjà mort, dit finalement Manco.

— Que sais-tu ?

— Les tiens arrivent. Une armée puissante, faite de nombreux cavaliers commandés par l'un des frères du *kapitu* Pizarro, aidée par des milliers de traîtres.

— Gonzalo ?

Malgré lui, le cœur de Gabriel s'emballe en prononçant le nom maudit.

— Hernando.

Il hausse les épaules.

— Tu sais que je ne suis pas des leurs.

— Je ne sais pas ce que je sais sur toi. Mais j'ai devant moi les deux seules personnes pour qui ta vie est précieuse. Tu as de la chance qu'elles soient également celles dont j'ai le plus grand besoin.

— Que vas-tu faire ?

— Asseyons-nous.

Manco prend place sur sa *tiana* tandis que Gabriel, Anamaya et Katari se mettent à ses pieds, sur les douces couches de guanaco qui sont répandues, sur les couvertures en laine de vigogne. Les reflets des torches jouent sur leurs visages et passent comme une poussière d'or sur les traits d'Anamaya.

— Nos espions sont informés depuis des jours qu'ils se préparent à nous attaquer et nous allons les battre, les écraser si complètement que les survivants iront vers le Gouverneur et le convaincront de nous laisser en paix...

— Tu te trompes, noble Manco !

Un éclair de colère passe sur le visage de l'Empereur.

— Tu doutes de notre victoire ?

— La victoire est toujours incertaine, plus que tu ne le dis... Mais ce n'est pas cela que je veux te dire : ils ne partiront pas. Si tu vaincs ceux-là, d'autres viendront après eux, et si tu les vaincs à leur tour, il en viendra encore... Crois-moi, je connais Pizarro mieux que personne : c'est un homme qui ne renonce pas. Jamais.

— C'est lui qui ne me connaît pas !

— Je t'en prie, Seigneur Manco, personne ici ne doute de ton courage. Mais tu dois méditer ceci, si tu ne veux pas devenir un autre Villa Oma... Il te faut apprécier réellement les Espagnols, la nature de leur force...

— Tais-toi !

— Je vais finir tout de même par un conseil que tu ne suivras pas : trouve une paix honorable, subis les humiliations en silence, sauve ce qui peut être sauvé, et apprends dans le secret à un groupe de jeunes hommes à s'instruire chez eux pour maîtriser leurs armes… Je ne te parle pas du fer, de la poudre, des chevaux… Je te parle de la langue, de leur Dieu, de leurs usages.

— Je ne peux pas faire cela.

— Je crois l'avoir compris, Manco, j'accepte que tu doives faire ce qui te semble nécessaire.

— Je ne peux pas faire cela…

Manco a répété la phrase comme s'il était désormais seul, dans un rêve. Gabriel a parlé de façon passionnée et sincère. Le silence retombe dans la pièce où vacillent les lumières des torches.

Puis Manco se tourne vers Anamaya.

— Que dis-tu, *Coya Camaquen* ?

— Gagne cette bataille, Manco, il n'y a pas d'autre choix pour toi et pour nous. Mais, ensuite, écoute les paroles de sagesse.

Manco la considère en silence. Puis son regard se pose sur Katari :

— Et toi, mon ami, toi, le Maître des Pierres ?

Katari ne répond rien. Il se lève et s'approche de Manco, le saisit par les épaules. Les deux hommes s'étreignent brièvement. Manco reprend ensuite sa place sur sa *tiana*.

— Laissez-moi maintenant, dit-il, j'ai besoin d'être seul.

16

Ollantaytambo, novembre 1536

À l'aube, Katari a enveloppé Anamaya et Gabriel dans des *mantas* où ils se dissimulent jusqu'au cou. Le pas rapide, sans un mot inutile, ils ont monté les escaliers vers le Grand Temple, tentant d'échapper aux rumeurs, aux regards. En franchissant le mur d'enceinte, Anamaya a poussé un soupir de soulagement.

La colline les protège maintenant et nul n'osera venir jusqu'au petit temple aux quatre niches où le Frère-Double les attend.

Gabriel et Anamaya s'embrassent longuement, interminablement, leurs mains posées sur le visage de l'autre avec une avidité de première fois, une tristesse de dernière fois. Parcourir la peau de l'autre est un voyage aussi troublant que traverser les mers, explorer les montagnes. Ils ne s'en lassent pas. Quand leurs doigts se rencontrent, ils s'attachent à la manière de deux fils pour former une corde solide, indestructible.

Quand leurs bouches se séparent, leurs yeux sont pleins de larmes.

— Je vais partir, annonce Gabriel.

— Il n'y a pas d'autre moyen, réplique Anamaya.

Les premiers rayons du soleil se reflètent sur l'or du Frère-Double en même temps qu'ils éclairent les crêtes des montagnes.

— Je ne veux pas être triste, dit Gabriel.

— Moi non plus. Tout se passe comme Huayna Capac me l'a révélé. Les mystères se défont et tu es toujours là. Tu seras là à la fin...

— Je sais que tu me dis tout ce que tu peux et ce n'est pas beaucoup... Je sais que je dois faire mon chemin, apprendre par moi-même. C'est cela la grande leçon et parfois je la perds, parfois je la connais. En parlant à Manco, je n'avais plus peur, toutes les choses étaient à leur place en moi. Crois-tu que je devienne un bon puma ?

Un peu d'ironie tendre s'est glissée dans ses dernières paroles et Anamaya se laisse aller contre lui.

— C'est ton amour, poursuit-il, qui m'a tout dévoilé. C'est ton amour qui rend tout cela possible, même cette absurdité d'être de nouveau séparé de toi et de ne pas savoir quand je te retrouverai.

— Il m'a dit : « *C'est quand il partira qu'il te reviendra. Bien que séparés vous serez unis...* »

— Il était cruel, ton vieil Inca !

Ils se mettent à rire à mi-voix, comme des enfants. Ils regardent l'Ancêtre à la manière dont le Frère-Double doit le voir : par la perspective vertigineuse de la niche du sud.

Un frottement les fait sursauter : l'ombre de Katari se dresse devant eux.

— Il est temps, dit-il.

*

Ils s'élèvent à travers la montagne de l'Ancêtre par un chemin étroit, mal empierré. Katari et Gabriel portent chacun sur le dos une lourde pierre enveloppée dans une *manta*.

Ils ont traversé l'agitation des *canchas* où chacun se prépare à la bataille sans apercevoir nulle trace de Villa Oma ; puis ils se sont éloignés en passant par les *collcas* bien fournies. C'est au pied de la pente que Katari a choisi une pierre pour Gabriel — cette pierre qui maintenant lui arrache les épaules et le dos, faisant de chaque pas une agonie.

Pourtant, pas un son ne s'échappe de sa gorge et il n'éprouve pas le besoin de demander pourquoi il est ainsi transformé en porteur. Katari, devant lui, avance avec une souplesse d'alpaga, la charge ne pesant pas plus sur ses épaules que ses longs cheveux qui volent librement à la brise.

De temps en temps, il se retourne pour voir le déploiement des Incas auxquels se sont joints, sortis de la forêt, les centaines de redoutables archers de l'Antisuyu. En aval de la Willkamayo, un barrage a été construit et le niveau de l'eau s'est élevé, rendant difficile le passage à gué. Lui qui ne veut plus porter les armes ressent un battement douloureux au fond de son corps ; c'est comme s'il partageait physiquement l'approche des Espagnols et que l'étrangeté de ne pas être au milieu d'eux, sur son cheval blanc, l'épée à la main, transpirant sous le morion et la cotte de mailles, lui apparaisse en plein. Il est déchiré par une douleur inattendue : Sebastian est parmi eux et il ne sera pas là pour le défendre, peut-être le sauver.

Il serre les dents pour ne pas crier de rage et d'impuissance, accroche ses mains aux replis de la *manta*, se laisse casser le dos par la pierre dont le poids lui laboure les reins.

Peu à peu, la douleur et la fatigue font leur effet, et il entre dans un engourdissement des sens qui le soulage.

Ils ont atteint une sorte de replat rocheux de la dimension d'une esplanade naturelle. Gabriel pose sa pierre et manque tomber tellement la douleur est fulgurante. Anamaya le soutient du regard, et il redresse tout doucement son corps cassé par l'effort et ce doute soudain qui l'a envahi.

— Nous y sommes, dit Katari.

Gabriel est complètement perdu et observe Anamaya en essayant de comprendre.

— Nous sommes au-dessus du visage de l'Ancêtre, dit-elle.

Katari s'est accroupi et il a sorti de sa *chuspa* un ciseau de bronze avec lequel, en quelques coups précis, il travaille sa pierre. Puis il en fait de même avec celle de Gabriel.

— Regarde, dit-il.

Sur une pierre, le Kolla a dessiné la forme d'un puma, et sur l'autre celle d'un serpent.

— La force, dit Gabriel, et la sagesse d'Amaru.

— C'est bien, sourit Katari, tu connais déjà nos dieux... Ici, bientôt, pour couronner le visage de Huayna Capac se dressera un temple dans lequel viendront prier et faire des offrandes ceux qui cherchent la puissance de l'Inca.

Le ciel se dégage de quelques filaments de brume et la claire lumière du matin file sur les pentes des montagnes ; un soleil jeune court sur les terrasses et fait briller les eaux.

C'est une belle journée où mourir.

Quand en bas un ample mouvement de foule l'avertit de l'imminence du danger, son corps devient d'une raideur douloureuse. Anamaya se retourne avec tendresse vers lui.

— Tu es pâle, dit-elle.

Le sang s'est retiré de son visage et son cœur bat à tout rompre.

— Je ne peux pas, dit-il.

Anamaya pose une main sur sa main.

— Je ne peux pas les laisser mourir sans être avec eux...

— Tu veux te battre ?

— Non !

Le cri jaillit, incontrôlé.

— Mourir avec eux ?

— Je croyais que j'étais... protégé...

— De tout, sauf de toi-même.

Anamaya regarde les pentes, les terrasses couvertes de guerriers.

— Laisse-le aller, dit calmement Katari.

À cet instant, la première clameur retentit.

*

C'est comme si une eau glacée s'était déversée en elle et imperceptiblement paralysait son corps et chacun de ses membres. Elle est incapable de bouger.

Les premiers pas de Gabriel ont été si lents, interminables... Juste avant le détour du chemin, il s'est arrêté comme s'il allait se retourner. Il ne l'a pas fait : au contraire, c'est presque en courant qu'elle l'a vu partir dans la pente, homme devenu pierre de fronde.

Sur les terrasses en dessous d'elle, elle voit la masse des archers antis et, sur la rive gauche de la Willkamayo comme sur les versants de la montagne, les innombrables porteurs de frondes...

Elle se dirige en pensée vers la pierre où Huayna Capac lui a parlé, mais il n'y a pas une parole de plus. Rien ne dit que le puma bondit vers sa mort comme un animal sauvage, rien ne dit qu'il traverse l'Océan dans l'autre sens pour rejoindre les siens.

Katari est resté immobile à côté d'elle. Avec son ciseau, il achève de tailler les deux pierres qui seront les premières du Temple.

— Tu avais oublié que le puma était un homme, dit-il seulement.

Elle hoche la tête sans y croire.

*

Gabriel a dévalé la pente, le sang lui cognant aux tempes. Sa décision s'est prise pour ainsi dire sans lui et, dans son essoufflement, des lambeaux de doute passent par son esprit. Au fur et à mesure qu'il s'approche, il lui semble que la montagne et la plaine entière sont parcourues de grondements, comme si des milliers de tambours battaient du plus profond de la terre et la soulevaient.

Ce sont les voix des hommes qui ont peur ou qui crient pour se donner du courage, c'est le piétinement de milliers de pas, le cliquetis des armes.

À mi-pente, il s'est soudain trouvé au-dessus des terrasses où le gros des archers venus de la forêt s'est installé.

Il fait une pause, impressionné par la masse des combattants ; après des semaines de présence à Ollantaytambo, il ne se doutait pas que les montagnes dissimulaient tant de guerriers. Car derrière les archers se tient encore la masse des soldats, armés de lances, de masses, de piques. Il note en un éclair que certains ont revêtu les éléments épars de tenues espagnoles, qui un morion abandonné, qui une cotte de maille ou un plastron de cuir. Certains officiers manient même des épées.

En contrebas, de l'autre côté du fleuve, il voit approcher l'armée espagnole. Il est trop loin pour distinguer les visages mais il reconnaît à son plumet Hernando Pizarro, qui marche en tête. Ils sont une centaine de cavaliers, suivis par au moins trente mille guerriers indiens : les alliés habituels, cañaris et huancas, mais aussi les Incas hostiles à Manco.

En les voyant, Gabriel a un élan et il essaie de se glisser au milieu de la nasse des guerriers serrés les uns contre les autres. À force de coups de coude, accompagné par les jurons, il parvient à franchir quelques rangs.

Mais, quand il arrive dans le dos des archers, c'est une barrière insurmontable qui se dresse devant lui.

Avec désespoir, il comprend qu'il ne passera pas.

À cet instant, il aperçoit, à l'extrémité des terrasses, la fière silhouette de Manco. Il est sur son cheval blanc qu'il manie avec facilité, et il tient une lance dont il fait briller la lame au soleil.

*

Son regard ne va pas jusqu'à la plaine où s'avancent les Espagnols, mais Anamaya sent leur approche aux ondulations qui parcourent les rangs incas. Des pentes de la montagne où est situé le Temple dont l'entrée a été murée, elle entend monter un infernal battement de tambour, un concert de trompes, comme si, au lieu de la surprise qui leur a parfois réussi, Manco et les siens voulaient montrer à leurs adversaires qu'ils les attendent et faire descendre la peur jusque dans leurs bottes.

En fermant les yeux, elle fait apparaître l'image de Gabriel. Où est-il ? A-t-il réussi à traverser les lignes ? Contre toute logique, elle l'imagine se faufilant aux milieu des rangs des guerriers et plongeant dans le fleuve pour rejoindre les siens, sautant sur un cheval et attrapant une épée... Il lui a souvent raconté ses exploits pour prendre Sacsayhuaman et elle n'a pas de peine à se le représenter prenant la tête de l'assaut espagnol...

La lumière du soleil l'éblouit quand elle ouvre les yeux. « Ce n'est pas possible, murmure-t-elle entre ses lèvres : il a juré de ne plus reprendre les armes, il a fait tant de chemin... »

Mais cela ne la rassure pas : où qu'il soit, quelle que soit sa volonté, il est au milieu de la bataille et des pensées de sa mort l'assaillent sans qu'elle puisse les repousser.

— Santiago !

Le cri espagnol, si reconnaissable, retentit à travers la vallée et son écho résonne jusque dans sa poitrine.

— Santiago !

Elle a un mouvement de frayeur, et Katari s'approche d'elle.

— Reste, dit-il. Attends. Chasse ta peur.

Mais quand elle regarde Katari, elle perçoit l'inquiétude dans ses yeux. Son cœur se serre.

*

Dès que Manco a aperçu Gabriel, il s'est dirigé vers lui, les rangs des soldats s'écartant pour lui faire place.

— Pourquoi es-tu ici ? demande-t-il rudement. Tu es venu te battre avec nous ?

Gabriel ne répond pas, se contentant de fixer l'Inca avec intensité.

— Ou bien veux-tu les rejoindre ? Mourir avec eux ?

Manco dit cela tranquillement et Gabriel comprend sa confiance.

— Si tu veux traverser et le faire, je ne t'en empêcherai pas, reprend Manco en lui désignant la plaine.

Gabriel reste immobile.

— Tu es sûr ? Tu ne veux pas ? Alors, viens avec mes Seigneurs, dit Manco, tu n'as rien à craindre, viens voir ce qui attend les tiens...

Le cri de « Santiago ! » fait bouillir quelque chose d'ancien dans ses veines, un appel qui lui donnerait la force de se lever, d'obéir à la suggestion provocante de Manco pour s'arracher à la masse et jaillir au milieu des siens. Mais il serre les dents et se tait.

Dans un mouvement parfaitement ordonné, les Incas envoient en direction des Espagnols une pluie de flèches et de pierres qui fait hésiter, puis reculer la première vague. Ensuite, deux cavaliers se détachent et partent à l'assaut des premières fortifications. À leurs hautes silhouettes, sans voir leurs visages, Gabriel reconnaît les deux géants, Candia et Sebastian, le Noir monté sur un cheval blanc, Candia sur un noir... Un bourdonnement passe dans ses oreilles quand il reconnaît Itza — bien sûr, la jument que Sebastian lui a donnée.

C'est comme si son passé venait à sa rencontre au galop.

＊

Katari ôte la clé de pierre qu'il porte autour du cou et il la passe à Anamaya. Ses yeux bleus sont lointains et pâles.

Le vacarme qui monte des terrasses est assourdissant et l'air est empli de sifflements. À chaque volée de flèches, c'est comme si une nuée d'insectes envahissait le ciel pour ravager la terre, et les pierres tombent comme des oiseaux.

Anamaya se tourne vers le nord, vers la Ville Secrète où elle a retrouvé Huayna Capac, et Katari se tourne en même temps qu'elle.

— « *Jusqu'à ce qu'Inti ait consumé la haine entre nous...* » murmure-t-elle.

Et Katari :

— « *... et qu'il ne reste que des femmes pleurant le sang versé.* »

— Tu crois que c'est maintenant ?

Katari ouvre ses mains puissantes, dont les lignes sont traversées par une multitude de cicatrices.

— Non, tous les signes ne sont pas là.

— Et lui, peut-il mourir ?

— Je t'ai dit que le puma était un homme, et un homme doit mourir... Mais cet homme-là est le puma.

Anamaya sourit.

À cet instant, une explosion retentit.

＊

Gabriel a vu avec fascination le bombardement indien repousser Candia et Sebastian, malgré leur bravoure ; ils ont fait demi-tour avant qu'un groupe de cavaliers ne reparte à l'assaut du Temple — vu d'en bas, avec ses murailles formidables, les Espagnols doivent le prendre pour une forteresse. Les défenseurs ont semblé se replier avant que deux Indiens chachapoyas ne brisent, d'un jet de projectile, les jambes du premier cheval, provoquant la panique chez le reste des cavaliers, qui se sont repliés en hâte. Depuis, aucun autre cavalier ne s'est osé à l'offensive.

Gabriel perçoit une hésitation chez les Espagnols. Pour la première fois dans une bataille rangée, ils n'ont pas le dessus. L'effet de surprise de leurs chevaux est passé, leurs pièces d'artillerie sont inefficaces et la défense organisée par Manco paraît avoir prévu l'ensemble de leurs mouvements.

Même le groupe de fantassins qu'Hernando envoie contourner la montagne pour une nouvelle attaque des murailles du Temple se fait repousser par le jet nourri des pierres.

C'est à cet instant que la couleuvrine part : mais elle est placée au milieu des terrasses, du côté inca, et l'explosion probablement inefficace (le seul miracle, pense fugitivement Gabriel, est qu'elle n'ait pas explosé à la tête des artificiers amateurs que sont les Incas) provoque une rumeur de fierté dans les poitrines de tous les combattants.

Le grondement parcourt les terrasses et toutes les pentes où les guerriers attendent, et il coïncide avec le rugissement poussé par Manco.

Paraissant dévaler de partout à la fois, les Incas se lancent à l'assaut des Espagnols. Gabriel, impuissant et à moitié aveuglé, ne sent plus rien, pendant un moment, que l'ébranlement complet de la terre. Il ne se concentre que sur la tâche de ne pas se faire écraser par ce flot d'hommes hurlants qui déferle, prêt à tout emporter, chargé de la colère de mois d'humiliation et de peur.

Quand il reprend pied, dans le tumulte qui monte de la plaine, il ne voit s'élever qu'une brume : c'est la poussière, c'est la sueur, c'est la terre qui gicle, ce sont les épées qui volent et, au milieu de la mêlée, ce spectacle étrange de Manco sur son cheval blanc, une lance à la main, la *mascapaicha* au front, dont les charges furieuses sont celles d'un démon qui ne craint rien.

Fugitivement, Gabriel revoit l'image de leur première leçon de cheval.

— Je ne voulais pas faire la guerre, murmure-t-il, mais je la fais tout de même...

Pas à pas, malgré leur résistance furieuse et les dégâts qu'ils infligent aux Incas, les Espagnols et leurs alliés reculent. Les charges de cavalerie se font moins tranchantes, moins profondes, moins dévastatrices. Le plumet rouge du casque d'Hernando apparaît de plus en plus loin sur la plaine, comme un radeau qui dérive et s'éloigne.

Le crépuscule tombe déjà et Gabriel s'étonne ; il lui semble que le soleil venait à peine de se lever.

Son regard se détourne du combat et se porte vers les sommets, les Apus que Katari et Anamaya lui ont maintenant appris à connaître. Puis il retrouve les deux rivières avant de se figer de stupéfaction.

Ce qu'est en train d'achever un groupe d'une centaine d'Indiens, c'est purement et simplement de détourner le cours du fleuve Patacancha vers des canalisations préparées depuis longtemps.

Gabriel comprend en un éclair.

La plaine va être envahie.

Et les Espagnols noyés.

17

Ollantaytambo, novembre 1536

Au sommet de la montagne, l'obscurité tombe comme l'aile d'un condor aux dimensions du ciel. En contrebas, le vacarme semble s'étouffer, s'éloigner. Il y a moins de cris et plus de gémissements, et les explosions ont tout à fait cessé. Anamaya se sent gagnée par un froid soudain. Elle tire sur son corps glacé les bords de sa *manta*.

— Je me demande où est Villa Oma, dit-elle.

Katari réfléchit.

— Probablement réfugié dans une *huaca* souterraine, préparant de nouvelles imprécations, espérant une défaite qui confirmerait ses mauvaises prophéties...

— J'aurais pensé qu'il rejoindrait Manco dans cette bataille.

— La colère l'a enfermé seul sur une île perdue au milieu des terres.

— Pour moi, c'était le Sage...

— Lui aussi est un homme. Au fond, il n'a jamais compris que le puissant Huayna Capac ne lui confie pas les secrets du Tahuantinsuyu et choisisse plutôt cette étrange jeune fille aux yeux bleus...

Anamaya reste rêveuse.

— Pour moi, il restera le Sage.

Le rire de Katari résonne doucement dans la nuit.

— Qu'est-ce qui te fait rire ?

— Longtemps, j'essayais de voir derrière la *Coya Camaquen* la petite fille que tu étais quand tu es arrivée devant l'Inca Huayna Capac. Je viens de l'entendre pour la première fois.

Anamaya sourit à son tour.

— Pourquoi m'as-tu donné cette clé de pierre ?

— Un jour, quand tous les signes seront accomplis, nous serons séparés également. J'irai vers le lac des origines, tandis que tu retourneras vers...

Elle l'interrompt en posant un doigt sur ses lèvres.

— Ne dis pas le nom, je t'en prie.

— Tu auras besoin de cette clé, elle t'ouvrira la pierre.

— Comment saurai-je ?

— Tu sauras.

La brise de la nuit se lève et emporte les bruits des hommes. Curieusement, Anamaya n'a plus froid.

— Et lui ? demande-t-elle.

*

Gabriel a vu l'eau monter à une vitesse prodigieuse, inondant la plaine, s'élevant jusqu'à la sangle des chevaux ralentis, comme empêtrés dans un lac surgi de sous la terre et qui les engloutit. Il voit un cavalier basculer dans l'eau et, avec les bras, faire des moulinets pour surnager tout en essayant de se débarrasser de son lourd équipement.

Peu à peu, comme la nuit tombe complètement, la retraite espagnole n'est plus pour lui qu'un bruit qui s'éloigne, un appel qui retentit, le son d'une trompette, une soudaine clameur quand les Incas ont attrapé un retardataire ou renversé un cheval.

Une fatigue infinie lui plombe le corps et tous les membres.

Il ne s'est pas battu, mais il se sent brutalement vieux, perclus de coups et de blessures. En fermant les yeux, il se voit à la fois inca et espagnol, à cheval et à pied, maniant l'épée et la fronde... C'est une vision à laquelle il est difficile de s'arracher, une vision dans laquelle il a envie de s'engloutir pourtant, comme un combattant qui n'a pas été tué dans la bataille mais qui s'écroule à la fin, quand tout est terminé et qu'il ne peut plus être vaincu que par l'épuisement le plus profond.

Manco vient à pied, tenant son cheval couvert de boue par la bride. Il toise Gabriel sans lui parler, ses yeux noirs luisants de fierté, encore chargés de l'ivresse de la bataille. Victoire — drogue plus forte que des jarres de *chicha*, des milliers de feuilles de coca.

Puis Manco tend les rênes à Gabriel et prend le chemin des *canchas* sans un regard pour lui, comme un vainqueur fourbu.

Gabriel le suit.

*

Le chemin est si raide et, par endroits, empierré de façon tellement irrégulière que sa descente, la nuit, est périlleuse.

Anamaya et Katari avancent cependant d'un pied sûr et régulier, guidés par des éclats de lune et par l'instinct de ceux qui ont marché sous tous les ciels.

Dès qu'ils s'approchent de la Willkamayo et des fontaines, ils entendent la clameur des *atiyjailli*, ces chants de victoire qui déjà narrent les prouesses des héros. La terre boit encore du sang, la rivière charrie les cadavres des noyés et des morts... Sur la rive, Anamaya voit le visage tourné vers elle d'une femme qui porte encore serrée contre son ventre la *manta* où elle gardait les vêtements de son époux, qu'elle a suivi pour une guerre incompréhensible. Ses yeux sont blancs, perdus au-delà des Quatre Directions.

À l'entrée des *canchas*, ils tombent sur des hommes qui titubent. Certains sont étalés par terre, la boue se mêlant à leurs vomissures, chantant encore d'un gémissement indistinct la légende de leur victoire sur les dieux venus de l'autre côté de l'Océan. C'est à cet instant que les Étrangers redeviennent les êtres fabuleux que l'on décrivait, il y a des lunes, ces hommes-chevaux invincibles, dont les mains tranchent et qui portent des bâtons d'argent cracheurs de feu. Mais face à eux, dans les paroles des guerriers vainqueurs et ivres, se dressent des Incas que Viracocha lui-même a transformés de la pierre pour en faire des combattants auxquels les bras coupés repoussent, qui sont maîtres de l'eau et de la grêle...

Au fur et à mesure qu'ils avancent dans les ruelles étroites des *canchas*, Anamaya et Katari entendent cette rumeur — elle passe dans les voix des hommes, elle vient du plus profond des cours, et même les femmes qui s'affairent autour du feu pour y faire griller les cochons d'Inde n'y échappent pas. Tout le monde parle de celui qui a lancé la pierre et cassé les jambes du premier cheval, tout le monde parle du détournement du Patacancha, tout le monde siffle comme des flèches ou des pierres, tout le monde s'accroche à un cheval et le fait tomber avant de laisser dériver son cadavre dans le fleuve. Tout le monde parle, et il n'y aura jamais assez de mots pour se rassasier du bonheur de cette victoire-là.

Anamaya a peur.

Gabriel n'est pas là et elle ne peut s'empêcher de scruter chaque visage dans l'obscurité. Mais sa langue est liée et elle n'ose rien demander. L'Étranger ? Qu'il disparaisse dans le Monde d'En dessous, voilà ce que tout le monde souhaite.

Sa poitrine est en feu quand, enfin, les gardes s'effacent devant la haute porte trapézoïdale qui s'ouvre dans le mur de la *cancha* de Manco.

L'Inca est au milieu des Seigneurs, une cotte de mailles sur son *unku*, une lance à ses pieds. Il tend ses mains pour décrire un mouvement et Anamaya voit qu'elles sont encore pleines de terre et de sang ; des larmes de boue ont coulé sur ses joues et son regard étincelle de fierté et de haine. Les visages autour de lui sont pleins de rires, et dans le respect dû à l'Inca passe un peu de la camaraderie de combattants qui ont vaincu ensemble. Quand Anamaya et Katari entrent, le silence se fait.

— Eh bien, *Coya Camaquen,* mon père t'avait sans doute avertie de cette victoire pour que tu te tiennes à l'écart de nous si longtemps...

Sur un signe, deux femmes lui apportent une jarre de *chicha* et elles versent un peu de son contenu dans un gobelet d'or finement ciselé. Manco boit longuement.

— Et toi, Katari, tu lançais des pierres avec nous du haut de la montagne de Pinkylluna ?

Les deux jeunes gens se taisent. L'ivresse brûle les joues de l'Inca et ses yeux lance des flammes.

— Ils ne me répondent pas, déclare-t-il en se tournant vers les Seigneurs. C'est du mépris ou bien c'est qu'ils ont honte...

— Nous avons posé des pierres pour un nouveau temple, dit Katari, qui couronnera un jour le front de l'Ancêtre, ton père, Huayna Capac.

La voix est calme, sans peur. La lueur meurtrière s'éteint dans le regard de Manco. Il pointe son doigt vers Anamaya.

— J'ai trouvé un animal dans la bataille, annonce-t-il avec le fond d'une rage qui s'apaise. Et je veux te le donner.

— Quel est cet animal ? demande-t-elle avec douceur.

— Un puma. Il est dit que tu es liée avec lui.

La main de Manco décrit un arc de cercle et désigne un point dans l'ombre. Encadré par deux soldats, Gabriel en sort, le visage impassible.

— Je te le rends, Anamaya, il est à toi.

Anamaya se force à l'immobilité alors que de tout son corps, de tout son cœur, elle voudrait courir vers lui et le prendre dans ses bras.

— Mais ton puma ne conservera la vie qu'à une condition.

Le regard bleu d'Anamaya plonge dans celui de Manco, qui ne cille pas.

— Avant qu'Inti ait jeté ses premiers rayons pour l'aube du lendemain de notre victoire, il doit avoir disparu. M'as-tu compris ?

Anamaya demeure silencieuse. Elle laisse Gabriel s'approcher d'elle, incertain sur ses jambes, épuisé. Sans se toucher, ils restent côte à côte face à Manco avant de traverser la foule du patio. Tous s'écartent devant eux, mais elle perçoit la charge d'hostilité, le désir de vengeance. S'ils pouvaient le déchirer...

Au moment où ils passent sous le linteau de pierre où un condor est sculpté, ils entendent une dernière fois Manco.

— Avant l'aube, martèle-t-il.

Et il n'y a plus aucune trace d'ivresse dans sa voix.

*

La nuit se referme autour d'eux tandis qu'ils s'éloignent des *canchas*.

Elle l'emmène par les fontaines, puis le long de la Willka-mayo, vers la *huaca* du condor.

Longtemps ils se taisent et n'osent pas se toucher. Ils n'ont été séparés que quelques heures, mais ils doivent d'abord se retrouver par le souffle, calmer les battements de leurs cœurs avant de prononcer les premiers mots.

La nuit est fraîche et douce, et sur le chemin tous les bruits, les peurs et les horreurs de la bataille s'effacent. Il n'y a plus ni victoire ni défaite, il n'y a plus l'agitation, les cris de haine et de victoire.

Quand ils approchent du rocher, Anamaya s'arrête et Gabriel

avec elle. Elle le prend par la main et le fait s'allonger sur le muret qui borde la rivière. Tous deux ferment les yeux et se vident de la violence en laissant leur esprit et tout leur corps filer avec le bruit éternel de l'eau.

Puis elle le relève, ils descendent jusqu'au bord de l'eau et, avec des gestes tendres, elle le déshabille. Son *unku* encore mouillé de sueur glisse à terre. L'eau froide manque lui arracher un cri de surprise et de douleur, mais Anamaya le guide sans crainte vers un rocher noir et plat qui affleure au milieu du cours d'eau. Il s'y étend, à moitié recouvert par l'eau froide, et lente-ment les mains d'Anamaya le nettoient de toute sa fatigue. L'eau, les mains... Il ne fait aucune distinction et se laisse aller à envoyer sa lassitude par le fond. Peu à peu les images qui le hantaient le quittent, peu à peu il sort de ce corps à corps qu'il a vécu sans avoir combattu. Un bien-être délicieux l'envahit — et même le commencement du désir — lorsque Anamaya le relève et le ramène sur la rive.

Elle a gardé pour lui dans sa *manta* un *unku* dont la laine fine est comme une autre caresse sur sa peau.

Tous deux repassent le muret et rejoignent le chemin. Au-dessus d'eux se dessine la silhouette de la *huaca* du condor.

— Je ne voulais pas partir, dit Gabriel.

— Je sais.

Ils parlent à voix basse dans la nuit, non par crainte d'être entendus, mais pour créer dans l'obscurité comme une grotte où ils seraient tous les deux réfugiés. Ils parlent de tout sauf de la séparation qui se rapproche, qui vient si vite à travers la nuit apparemment immobile.

— J'ai cru qu'il me fallait être près d'eux. Je ne voulais pas me battre contre les tiens, je voulais être à la hauteur de l'herbe foulée par les chevaux, à main d'homme des blessés, à distance de leurs regards... J'avais même cette sensation étrange que je devais absolument voir le plumet rouge du casque de ce grand salaud d'Hernando. Oui, je ressentais pour lui une sorte de tendresse qui me faisait honte mais que je ne pouvais pas m'empêcher d'éprouver. Je savais qu'ils allaient perdre cette bataille, mais du sommet de la montagne je me serais fait l'effet d'un traître.

— Une voix disait que tu ne devais pas mourir, mais une autre te voyait piétiné, déchiré, déchiqueté. Une voix disait que nous nous retrouvions et l'autre que je te perdais.

— Tu étais là, avec moi. Quand j'ai vu s'approcher au galop Sebastian et Candia, j'ai voulu me retourner vers toi pour te le dire...

Elle rit, puis d'une voix plus sérieuse demande :

— Sont-ils toujours en vie ?

— Je ne sais pas. Je l'espère... Je me souviens, quand j'ai vu la grêle des pierres et des flèches tomber sur eux, que dans un élan je me suis précipité en esprit vers eux et que j'avais l'impression de demander de toute la force de mon corps cette protection dont j'avais bénéficié pendant la bataille de Sacsayhuaman. Je priais toutes les sortes de dieux, le mien, les tiens, et je leur disais : « Qui que vous soyez, quelle que soit mon incroyance, sauvez mes deux amis, faites qu'ils ne meurent pas maintenant. »

— Ils sont donc toujours vivants.

— J'ai ce pouvoir-là ?

— Ce pouvoir-là existe. Viens.

À travers les rochers, ils montent dans la *huaca*. Avec sa sensibilité nouvelle aux croyances des Incas, Gabriel perçoit ce qui vibre dans le lieu. Il se tait, se laissant de nouveau guider par Anamaya de pierre en pierre.

Elle s'immobilise devant un rocher de quelques pieds de haut dont la forme élancée, sans qu'une trace de ciseau soit visible, marque le passage de l'homme. Au loin, cachée dans la nuit, doit se dresser une montagne du même dessin.

— C'est le lieu, dit Anamaya.

Le cœur de Gabriel s'arrête.

Anamaya s'interrompt, surprise par ses propres paroles. Elle a parlé sans réfléchir et les mots ont jailli. En elle, un reste de peur s'évanouit : ces secrets qu'elle devait garder de lui sont désormais tout près de lui. Il doit savoir.

— Il est un lieu, dit-elle, loin et près d'ici à la fois, dont le nom doit demeurer caché. De tous ceux d'Ollantaytambo, seuls Katari et moi y avons voyagé... Il a sculpté cette pierre dans la forme d'une montagne que nul ici n'a vue et qui se dresse là-bas, au-dessus de notre sanctuaire secret. Sur le flanc de cette montagne...

Gabriel laisse aller les paroles d'Anamaya sans chercher à les comprendre. Elles pénètrent en lui par tous les pores de son corps et y portent leur empreinte.

— ... un visage se dessine. C'est le visage du puma.

Anamaya se tait et il faut un temps à Gabriel pour comprendre qu'elle parle de lui. Incertain, il tente de scruter dans l'obscurité sur le rocher taillé une forme quelconque. Il ne distingue rien.

— Tu ne le vois pas, dit-elle, et pourtant il est là. Katari t'a dit que ton destin était écrit dans la pierre et te voici devant lui, exactement.

Une chaleur intense envahit le corps de Gabriel, une émotion unique qui ne ressemble ni à celle, goût de cendres et de sang, des combats furieux ni même à celle, goût de miel, de l'amour. Un frisson le parcourt tout entier et il se sent un avec le monde, empli d'une reconnaissance inouïe.

— Je le sais, murmure-t-il, je le vois !

Le visage du puma a les crocs qui sortent de la pierre, prêts à mordre et à déchirer. Mais Gabriel n'a pas peur, il est ivre d'un bonheur inexplicable et magnifique, au-delà des larmes et du rire. « Enfin, pense-t-il, enfin je suis arrivé. »

18

Ollantaytambo, novembre 1536

Ils sont nus l'un contre l'autre, enlacés, enroulés comme s'ils appartenaient au même bloc de pierre et qu'un sculpteur les avait dessinés à même la roche. Ils sont enfoncés l'un en l'autre profondément et presque sans aucun mouvement. Ils laissent le déplacement imperceptible d'un doigt sur la peau leur procurer des sensations délicieuses ; ils partagent le souffle de la brise.

Ils sont heureux d'un bonheur complet, qui rend nécessaires, évidents, tous les tours et détours de leurs étranges destins. À cet instant, sans aucune explication, ils sont unis dans la certitude que tout est bien. Leurs émotions ondulent sous la lumière de la demi-lune.

À certains moments, ils se figent dans une immobilité si parfaite que leur respiration s'arrête presque et qu'ils pourraient se croire devenus pierres ; à d'autres, ils sont si bien coulés l'un dans l'autre qu'ils flottent comme au long de la rivière dont le bruit les accompagne — dont le bruit est en eux.

Ils se parlent sans bouger les lèvres : les mots sont comme les mains, comme les battements de cœur, comme la lumière et les ombres — des éléments parmi d'autres d'une danse de leurs deux corps au milieu de l'univers.

C'est Anamaya qui se détache la première.

Gabriel ne ressent aucune souffrance.

Il la regarde enfiler avec grâce son *añaco* et lui tendre son *unku*.

Elle s'assied à côté de lui ; son regard se perd dans l'ombre de la montagne, là où il a cru deviner quelques niches creusées dans le rocher.

— Je vais te raconter un voyage, commence-t-elle en murmurant.

*

Gabriel écoute Anamaya lui raconter la traversée de la pierre, son vol de condor au-dessus de la Ville Secrète.

Il l'écoute raconter l'histoire du rocher qui parle, le visage du vieil Inca Huayna Capac. Il se souvient qu'elle était auprès de lui il y a longtemps.

Anamaya répète à Gabriel les paroles de l'Inca et toutes ne font pas la lumière en lui, mais toutes s'inscrivent en lui pour une raison ; toutes ne dissipent pas les énigmes qui l'entourent, mais, avec le murmure de sa voix, il ressent une paix, un abandon qu'il n'a jamais ressentis. Il a même une joie : il comprend qu'il n'a pas seulement déposé les armes mais que l'esprit de guerre l'a quitté.

Il comprend que la guerre l'a fait bouger, bouger sans cesse depuis ce triste jour où celui qu'il appelait son père en secret l'a sorti d'une geôle avec mépris.

Il a l'impression de voler au-dessus de sa vie avec elle, de la même façon qu'elle a volé au-dessus de cette vallée mystérieuse avec Katari ; il regarde ses batailles, ses violences, ses élans, ses colères, il les visite, non comme un Étranger, mais avec une sorte d'indulgence nouvelle, un apaisement de tout l'être qui lui donne envie de chuchoter : « Ah bon, ce n'était que cela… » Cela ne retire rien de la tendresse qu'il a pour ses rares amis ni, bien sûr, de la boule de feu d'amour qui brûle en son ventre.

Il sonde cet amour, en mesure avec éblouissement la puissance, les pouvoirs presque infinis. Il fait le tour de sa peur.

Puis tout paysage disparaît et il entend résonner comme une cloche la voix inflexible de Manco : « Avant l'aube, répète le jeune Inca rebelle, avant l'aube. »

Il lui semble voir la crête de la montagne de l'Ancêtre s'éclaircir légèrement.

Anamaya se serre contre lui.

— Tu sais ce que je sais, dit-elle. Rien ne t'a été caché. Il te reste encore à vivre ce que tu dois vivre pour me rejoindre. Il nous reste à attendre que les signes s'accomplissent…

— Comment saurons-nous ?

Anamaya se souvient qu'elle a posé la même question lorsque Katari lui a donné sa clé de pierre.

— Nous saurons. Tu sauras aussi bien que moi.

— Attendrons-nous longtemps ?

Il y a dans sa façon de dire « longtemps » une inquiétude soudaine et imprévue, comme si l'enfant en lui jaillissait et réclamait son bonheur tout de suite, prêt à trépigner s'il ne l'obtient pas.

L'aube est là.

La lumière jaune pâle frise sur les crêtes et la nuit fuit. Chaque instant est un grain de sable qui crisse dans son cœur tandis qu'Anamaya, en guise de réponse, pose un long baiser sur ses lèvres.

Ils se lèvent en même temps et s'étreignent encore, alternant des élans d'une violence à se briser et des gestes empreints de douceur et de délicatesse. Dans un effort qui lui coupe presque le souffle, Gabriel parvient à se détacher d'elle.

— Je t'aime, dit-elle.

Il la regarde et les images de tous les visages qu'il a eus

d'elle, de tous ses sourires et de toutes ses larmes, se fondent en une seule où il se perd, dans le lac d'eau calme de ses yeux ; il croit y voir se refléter le sommet d'une montagne.

— Attendrons-nous longtemps ? répète-t-il, mais plus doucement.

Elle pose un doigt sur ses lèvres.

— Je t'aime, répète-t-elle encore plus fort.

Son dernier regard est pour l'Ancêtre-montagne. « *Demeure dans mon souffle et fais confiance au puma…* » Les paroles viennent jusqu'à son cœur et lui donnent le dernier courage qui lui manque.

Il la sent immobile derrière lui alors qu'il commence à descendre vers le chemin le long de la rivière.

Il ne se retourne pas de peur de s'arrêter et de ne pouvoir faire ce qui doit être fait — il le sait maintenant, le comprend et l'accepte jusqu'au fond de son cœur.

Puis son pas s'accélère, tandis qu'il se dépêche vers les *canchas*.

Quand il franchit le pont, la première lumière du soleil se pose sur son front et il cligne des yeux.

TROISIÈME PARTIE

19

Lac Titicaca, mars 1539

Il fait à peine jour. Une brume transparente glisse avec lenteur sur l'île de la Lune. Le lac demeure encore invisible. Tout
est silencieux. C'est à peine si l'on perçoit le ressac des vagues
sur la plage de galets.

Tournant le dos au Temple de Quilla, Gabriel est assis sur la
murette de la plus haute terrasse. Malgré le grand manteau de
laine bleue qui l'enveloppe, la fraîcheur de l'aube lui donne la
chair de poule. Comme chaque fois qu'il vient ici, il est saisi par
la puissante sérénité de ce lieu sacré qu'il connaît maintenant
si bien.

Il aime cet instant où le ciel et le lac semblent n'être faits
que d'une même matière laiteuse et mouvante au cœur de
laquelle la lumière ne cesse de grandir. Son sentiment de solitude est intense et pourtant il pourrait se croire emporté par la
toute-puissance de la vie et du jour naissant.

Et puis la brise du matin forcit. Elle soulève ses cheveux
blonds et agite sa barbe devenue longue. Venant du sud, elle
déchire la brume en volutes et lambeaux qu'elle pousse vers le
nord par paquets, à la manière d'une meute au galop. Les pentes
d'herbe rase et d'arbustes de la petite île apparaissent. Soi-

gneusement souligné par les murs de pierres ocre et brunes, le dessin précis des terrasses cérémonielles se dévoile jusqu'aux rives du lac aux eaux sombres, striées par l'écume des vagues courtes.

Bientôt, c'est toute l'immensité du Titicaca qui est dégagée. Loin en direction de l'est et du nord, Gabriel distingue peu à peu les flancs vertigineux des Apus, Ancêtres-montagnes et gardiens sourcilleux du grand lac de l'origine du Monde. De repli en ravin, les dernières ombres de la nuit s'y enfouissent une à une tandis que la brume se dissout dans le haut du ciel déjà bleu. Les premiers rayons du soleil embrasent d'or les nuages cotonneux accrochés aux sommets de l'Ancohuma et de l'Illampu. Ils scintillent sur leurs pentes glacées à jamais, frôlent les éboulis de roches, les falaises et les séracs.

Puis, très vite, les sommets des autres montagnes sont à leur tour nappés d'or. Le lac devient d'un bleu sombre et épais. Les berges semblent se soulever. Tel un paon offrant son admirable parure, les milliers de terrasses épousant les rives de l'ouest déploient une myriade de verts et de formes géométriques aux courbes douces et subtilement enchâssées. Un instant, Gabriel a l'extraordinaire sensation d'assister à la naissance du monde.

Mais soudain, droit devant lui, tout au nord, dévoilée par les ultimes bancs de brume, apparaît Mère la Lune ! Parfaitement ronde, énorme, elle se tient juste au-dessus du lac aux reflets de montagnes. Longtemps, elle demeure ainsi. Assez longtemps pour que Gabriel puisse suivre le modelé rêveur de ses ombres, la transparence de son éclat qu'estompe, peu à peu, la clarté du jour.

Et puis, d'un coup, le soleil franchit les grands Apus. Aveuglant, il jette son feu partout. La surface du lac, si sombre un instant plus tôt, se transforme en un miroitement insoutenable.

Alors la lune s'estompe.

Dans un sursaut, Gabriel entend le chant derrière lui :

Ô Quilla notre Mère, comme la nuit a été froide !
Ô Quilla notre Mère, serre-nous dans tes bras,
Ô Mère la Lune, étreins-nous !
Le Soleil a bu le lait du jour à tes seins,
Le Soleil a lancé le lait de la vie dans ton ventre,
Ô Mama Quilla !
Repose-toi au fond du Titicaca,
Franchis l'ombre de la nuit,
Reviens avec nous dans le demain qui n'est pas né,
Grossis nos ventres et nos seins.
Ô Mère la Lune,
Dans le Monde d'En haut,
Dans le Monde d'En bas,
Étreins-nous,
Car nous sommes tes filles,
Ô Mama Quilla !

Elles sont une dizaine de vieilles femmes à psalmodier la prière.

Les bras levés haut, elles fixent leurs yeux pâlis sur le disque de plus en plus diaphane de la lune. Une fois encore, le chant d'adieu sort de leurs lèvres fripées, gonfle leurs bouches édentées. Elles ponctuent chacun des appels d'un mouvement bref des hanches qui fait onduler leurs capes cousues de plaques d'argent. Étrangement, alors que leurs visages semblent n'avoir plus d'âge, sous les tissus splendides, leurs vieux corps paraissent avoir conservé une grâce juvénile.

Derrière elles, les bâtiments du Temple de la Lune délimitent sur trois côtés une cour aux contours parfaits. Treize portes aux chambranles et linteaux de pierres ocre aussi travaillés que des *mantas* ouvrent sur les cellules accolées aux terrasses supérieures. Devant chaque porte se tient une jeune fille en tunique blanche, la poitrine recouverte d'une plaque d'argent.

Gabriel ne peut s'empêcher de frissonner. Il se redresse et attend la fin de la prière, les muscles engourdis.

Lorsque les prêtresses se taisent, trois adolescentes surgissent de l'une des pièces du temple. Deux d'entre elles portent sur leurs bras des *cumbis* en laine de vigogne si finement tissée qu'ils semblent n'avoir aucun poids. La troisième se dirige vers Gabriel et lui tend une longue tunique aux simples motifs or et rouge.

Sans un mot, il ôte son manteau, apparaît seulement en chemise et culotte de velours. La jeune fille l'aide à passer la tête dans l'orifice étroit de la tunique qui le recouvre entièrement, ne laissant visible que la pointe de ses bottes.

L'odeur animale de la laine et des teintures emplit ses narines. Il jette un dernier regard vers les montagnes maintenant tout entières irisées par le soleil de l'aube, et s'incline devant la plus vieille des prêtresses.

— Je suis prêt, fille de Quilla, murmure-t-il avec respect.

*

Les vieilles femmes l'entourent et le précèdent dans une pièce borgne, éclairée seulement par quelques lumignons. Là, chacune dépose quelques feuilles de coca dans un brasero.

Avec un empressement bruyant, elles poussent Gabriel contre une longue tenture aux couleurs sourdes. L'une des prêtresses la soulève et s'engage dans un passage sombre, étroit et bizarrement coudé qui s'enfonce de biais dans le mur. Cinq des vieilles femmes disparaissent ainsi. Enfin, Gabriel sent les mains qui le pressent dans l'obscurité absolue du passage.

À peine a-t-il dépassé la tenture qu'il ne discerne plus rien. En aveugle, il tient ses mains devant lui, palpe le mur frais. La surface du crépi en est étonnamment douce, aussi polie qu'un cuir par les milliers de doigts qui l'ont déjà effleurée.

Le passage bifurque à angle droit sur la gauche et se réduit brutalement. Gabriel marque un arrêt mais, dans son dos, une vieille femme, si proche de lui qu'il sent son souffle régulier sur sa nuque, marmonne une protestation et lui ordonne de continuer. Gabriel se place de profil. Frôlant le mur de la poitrine, il progresse avec prudence de quelques toises avant de découvrir, par une sorte de fente tout juste assez large pour lui, une nouvelle pièce, plus vaste que la précédente et terriblement enfumée.

Là, sur l'un des murs, quatre niches en forme d'ogive sont percées de petits orifices carrés et laissent passer un peu de jour. À l'opposé, de deux fois la hauteur d'un homme, luit un disque d'argent doucement bombé. En une image dilatée, arrondie et distordue, comme sur un miroir mal formé, s'y reflètent les murs de la pièce et les ombres mouvantes des femmes. Dessous, deux grands braseros de terre cuite richement peints fument en abondance et empuantissent l'air épais. À l'odeur acide des crottes de lama séchées qui servent de combustible se mêlent des remugles de graisse et d'entrailles calcinées, la saveur entêtante des feuilles de coca brûlées et l'aigre relent de la bière sacrée. La fumée est si dense, cette puanteur si ancienne et si bien entretenue, qu'il semble que les murs eux-mêmes en soient imprégnés.

Gabriel, malgré lui, se couvre la bouche et le nez avec un mouvement de recul. Mais déjà, les vieilles femmes se pressent autour de lui. Certaines saisissent ses mains, ses bras et même son cou, d'autres s'agrippent aux plis de sa longue tunique. Ainsi, comme un seul et bizarre corps soudé, ils parviennent au centre de la pièce, déclenchant des tourbillons d'âcre fumée. Gabriel, les yeux irrités, voit leur masse bizarre se tordre en un reflet liquide dans le disque d'argent tandis que les vieilles femmes psalmodient sourdement :

Ô Quilla notre Mère, serre-nous dans tes bras,
Ô Mère la Lune, étreins-nous !

L'aînée des prêtresses agite violemment les braises dans les braseros. Alors seulement, Gabriel se rend compte que le col des braseros est décoré d'une tête de puma rugissant. La prêtresse y jette une pluie de feuilles de coca, puis de petites racines dont le parfum, proche de l'encens, recouvre un instant toutes les autres odeurs. Mais, presque aussitôt, Gabriel sent l'irritation de ses yeux devenir si insupportable que des larmes perlent sous ses paupières. Le tenant fermement, les femmes qui l'entourent se mettent à se balancer de droite et de gauche. Elles l'entraînent dans leur danse piétinante avec tant de force qu'il sent son corps perdre son poids comme s'il n'était qu'une poupée qu'elles agiteraient en gémissant :

Ô Mère la Lune,
Dans le Monde d'En haut,
Dans le Monde d'En bas,
Étreins-nous...

Maintenant, l'aînée des prêtresses leur fait face. Elle lève sa main droite et caresse le disque d'argent où se meut une image de plus en plus folle, puis elle soulève haut une jarre de *chicha*. Poursuivant son balancement énergique, elle incline la poterie et répand tout autour d'elle et jusque sur les braises le liquide aigre en criant :

Ô Quilla, bois pour nous !
Ô petite Mère, bois pour lui !

L'air de la pièce est tout à fait irrespirable, la bouche grande ouverte Gabriel cherche son souffle, des larmes coulent de ses yeux si douloureux qu'il lui semble que du sable roule sous ses paupières. Il voudrait se les masser, apaiser la brûlure, mais les vieilles femmes suspendues à lui ne libèrent pas une seconde ses bras et ses mains. C'est à peine s'il s'aperçoit que la prêtresse dépose sur les braseros les admirables tissages des vierges dont les couleurs chatoyantes resplendissent un bref instant dans le disque d'argent.

Pendant que la fumée s'estompe un très bref instant avant de redoubler en volutes noires et lourdes, le balancement des vieilles femmes devient plus nerveux et désordonné.

Sur les braseros, les *cumbis* se tordent, les brins si délicats de laine se muent en courtes flammes vertes et bleues dévorant les dessins admirables. Les couleurs sans pareilles crépitent. Un à un, les plis de tissu s'effondrent sur les braises. Gabriel sent la fumée pénétrer sa bouche comme une pâte abrasive, incendiant sa gorge et ses poumons. Chaque souffle est une mort. Ses doigts se serrent violemment sur les épaules des femmes mais, avec une force stupéfiante pour leurs vieux corps, elles le supportent sans peine et ne cessent de psalmodier.

Soulevant avec difficulté ses paupières, Gabriel ne voit qu'à peine le disque d'argent et l'ombre de la prêtresse. La nausée l'emporte et achève de l'étouffer, mais les vieilles le serrent plus encore.

Soudain, le silence se fait et les mouvements cessent.

Il peut alors entrevoir l'étrange danse de la fumée devant le disque d'argent de Quilla. Une fumée aux couleurs variées. Ici d'un blanc pur, là une vapeur jaune, brune, presque noire. Ou encore des tourbillons d'un gris qui devient vert, puis rouge. Les mouvements sont contradictoires et aberrants. De lourdes torsades de fumée retombent vers une puissante nappe lisse et ascendante avant de se disperser en volutes transparentes, entremêlant leurs teintes diaprées avant de s'effacer devant une vapeur confuse et brutale, tandis que d'opaques fumerolles tourbillonnent en spirale tout contre le disque d'argent comme si elles y creusaient un puits.

Cependant, l'ombre de la pièce se fait menaçante, les murs et l'étroitesse du passage semblent se clore comme un poing qui se referme. Gabriel sent sa gorge se serrer aussi bien que si on le garrottait. Ses jambes, ses reins, ses épaules, tous ses muscles deviennent d'un poids si extraordinaire qu'il ne pourrait lever un pied. Son cœur frappe contre ses côtes à les briser. Les yeux écarquillés malgré la douleur, il aperçoit l'esquisse d'un visage dans le disque d'argent. Mais, dans la seconde, il n'y a plus rien que l'obscurité et il sait qu'il est en train de mourir. Il voit le sang gicler de ses yeux et de sa bouche. Il se voit plongeant dans le néant.

Sans même pouvoir pousser un cri, il s'arrache des mains qui le retiennent. Il repousse les vieilles femmes, les jette à terre et se rue jusqu'à la fente du mur qui sert d'issue. Se blessant les paumes et le front aux parois trop étroites du passage, il s'enfuit enfin de cette pièce infernale et se précipite hors du Temple, la bouche grande ouverte sur l'air vif du matin.

*

Il lui faut un long moment, prostré sur l'esplanade herbeuse du Temple, les yeux clos, pour reprendre ses esprits.

Lorsque enfin il relève la tête, il découvre la plus âgée des prêtresses debout à quelques pas de lui. En retrait, devant l'une des portes du Temple, se tient un groupe de jeunes filles. Curieusement, toutes ont le visage souriant et gai, et c'est un rire aigu qui transforme le visage de la prêtresse en un masque édenté.

— Je t'avais prévenu, Étranger aux poils d'or! s'exclame-t-elle. Je t'avais dit que tu ne supporterais pas la Fumée de la rencontre ! Seuls les femmes et les hommes très vieux supportent l'épreuve et sont capables de se glisser dans le disque d'argent !

Passant ses mains sur sa tête bourdonnante, Gabriel se redresse, jetant un regard sans aménité à la vieille femme :

— Peut-être ne suis-je pas capable de subir l'épreuve, gronde-t-il. Ou peut-être n'es-tu pas capable de produire la Fumée de la rencontre ?

Une fois encore, la très vieille femme rit. Mais son rire est aussi violent que bref.

— Tes paroles ne sont rien d'autre qu'une ride sur le lac ! assène-t-elle avec sérieux. Tu m'as demandé de te conduire près de la *Coya Camaquen* à travers la fumée et je t'ai dit que tu n'y parviendrais pas. Cela fait trois fois que tu essaies et trois fois que tu échoues.

— Peut-être la *Coya Camaquen* ne peut-elle plus m'entendre ? Peut-être est-elle passée dans l'Autre Monde ?

La vieille prêtresse accueille ses questions avec une grimace de mépris :

— Tu es prétentieux, Étranger aux cheveux d'or. Parce que tu ne tolères pas la fumée, tu crois savoir mieux que moi ce que signifie le silence de Quilla ! Dis-toi bien que si elle l'avait voulu, elle aurait pu tout à l'heure te couper le souffle pour de bon ! Depuis toujours le domaine de Quilla est interdit aux hommes encore vigoureux. Pourtant, le Grand Pachacuti s'est amorcé et Mère la Lune a besoin de toi.

Avec un haussement d'épaules, Gabriel se détourne de la vieille et de ses reproches. Puis il s'éloigne et commence à ôter sa longue tunique avec une agilité stupéfiante. Mais la prêtresse le rejoint, agrippe sa main.

— Non ! ordonne-t-elle. Tu ne peux pas partir ainsi. Tu dois servir Quilla afin qu'elle pardonne ta grossièreté.

— Que veux-tu dire ?

Sans lui répondre, la prêtresse fait un signe en direction des jeunes femmes.

— Suis les Filles de la Lune et fais ce qu'elles te demandent.

— Non, proteste Gabriel. C'est fini, j'en ai assez de ces sottises pour aujourd'hui !

— Suis-les, répète la prêtresse sans lâcher la main de Gabriel. Quilla le veut et elle saura répondre à tes questions.

*

— Apinguela ! Apinguela !

Le cri de la jeune femme résonne à la proue.

— Apinguela ! Apinguela !

La vingtaine de femmes qui occupent l'embarcation reprennent en chœur le même cri, pointant du doigt un îlot aux pentes douces, à peine émergées des eaux du lac.

Gabriel se soulève péniblement pour mieux voir et s'agrippe au mât de la longue embarcation de roseau. Mais l'oscillation du bateau sur les vagues courtes et brutales l'oblige aussitôt à se rasseoir. Un rire moqueur salue son effort inutile, tandis que les femmes se remettent à chanter avec ferveur :

Le Soleil,
La Lune,
Le jour et la nuit,
Le printemps et l'hiver,
La pierre et les montagnes,
Le maïs et la cantuta.
Ô Quilla,
Tu es le lait et la semence,
Tu ouvres les cuisses
Pour la chaleur de la nuit,

Ô Quilla, c'est ta volonté,
Celui qui s'éloigne du Titicaca
Est déjà sur le chemin du retour.

Le vent du sud gonfle l'étrange voile de *totora*, un roseau fin et souple tressé serré et qui n'est pas loin d'avoir l'efficacité d'une toile ordinaire. La coque de la barque est faite d'un même assemblage végétal réuni en gros boudins confortables où les jeunes femmes se tiennent allongées. Cependant, dénué de quille, de rames et de safran, le bateau progresse par à-coups, dirigé seulement par la voile ou à l'aide de longues perches lorsque le fond du lac le permet. Ainsi, il leur a fallu presque une journée de navigation pour s'approcher de cet îlot que les Filles de la Lune appellent Apinguela. Et, durant toute cette journée, ses compagnes n'ont cessé de rire et de chanter.

Gabriel est le seul homme à bord et, depuis des heures, le centre de leur attention et de leurs plaisanteries. Pas une de ses compagnes n'a voulu répondre à ses questions : où le conduit-on, et pour quoi faire ? Que veut de lui Quilla ?

— Tu verras, tu verras, répondent-elles avec des glousse-ments amusés. Mama Quilla ne songe qu'à ton bonheur !

Elles n'ont pas accepté non plus qu'il aide à la navigation. Gavé de *chicha* et de fruits de la jungle, abruti par le dur soleil qui frappe le lac comme une flamme blanche, il s'est endormi une bonne partie du jour pour se réveiller le cœur au bord des lèvres.

Maintenant, le vent contient déjà la fraîcheur du soir et l'in-clinaison du soleil accroît les ombres des rives rocailleuses de l'îlot qu'il approche. D'un coup, les jeunes femmes se taisent. On n'entend plus que le grincement des cordages sur le mât et la baume, le crissement des vagues brisées par la coque de roseau. Les visages se tendent, sérieux, attentifs.

Surpris, Gabriel se redresse de nouveau. Ses yeux fouillent

la côte de l'îlot, cherchent un signe de vie, une embarcation qui viendrait à leur rencontre. Mais les pentes de l'île ne sont recouvertes que de plaques de roches chaotiques, pareilles à des éclats cristallisés, çà et là semés de touffes d'*ichu* ou d'arbustes rabattus par les coups de vent.

— Apinguela! murmure à nouveau la jeune femme de la proue.

Et celle qui est tout près de Gabriel tend le bras vers la pointe est de l'île.

— Là, dit-elle doucement en désignant une ombre plus large que les autres entre les roches plongeant dans le lac. Apinguela! Le ventre de Mère la Lune est ouvert.

Gabriel distingue au ras de l'eau l'ouverture béante d'une grotte, pareille à une fente dont la pointe haute remontée offre l'accès au cœur de l'île.

*

Avant même d'entrer dans la grotte, les Filles de la Lune s'activent. Les unes affalent la voile, alors que d'autres saisissent les longues perches pour diriger la barque. D'autres encore sortent des braises entretenues dans un gousset de cuir et allument avec beaucoup de soin une dizaine de torches, tandis que quatre femmes, au centre du bateau, retirent les *cumbis* qui enveloppent une urne de pierre et une quinzaine de figurines d'or représentant des lamas et des femmes aux seins menus, protégés par leurs bras.

Alors que l'embarcation se glisse dans l'ouverture de la grotte, Gabriel perçoit l'étrange souffle chaud qui en sort. Les flammes des torches vacillent. Puis tout devient d'une tiédeur calme. Les parois intérieures sont lisses, recouvertes jusqu'en haut de la voûte naturelle d'une mousse peu épaisse. L'eau est parfaitement étale, sans une ride et d'une telle transparence que la lumière des torches suffit pour discerner le fond proche.

Toutes les femmes sont debout, silencieuses, tournées vers l'avant. Gabriel veut lui aussi se lever, mais deux mains le contraignent avec fermeté à demeurer assis.

Poussée par les perches, la grosse barque s'avance dans l'obscurité de la grotte, qui se sépare soudain en deux boyaux ténébreux. Sans hésiter, les Filles de la Lune s'engagent dans la galerie de gauche, plus large et dont le fond paraît se creuser brutalement, disparaissant sous une eau d'émeraude, hors d'atteinte de la lumière des torches.

Ici, l'étrange chaleur est de plus en plus forte. Des gouttes de sueur perlent déjà sur le front de Gabriel et ruissellent dans son dos. Les parois de la grotte se resserrent et les bords arrondis de la barque de *totora* frottent doucement contre la mousse.

L'embarcation progresse encore d'une dizaine de toises, puis s'immobilise. Avec stupéfaction, Gabriel découvre qu'un disque d'argent, aussi large que celui de la pièce des sacrifices du Temple de la Lune, obture le passage.

Sans un mot, les femmes enfoncent les torches dans des anneaux sculptés à même les parois moussues. Ensemble, dans un murmure, elles reprennent leur refrain.

Puis tout va si vite que Gabriel n'a pas le temps de protester ni même de bien comprendre.

En un tournemain, les plus jeunes Filles de la Lune se dévêtent et plongent dans l'eau. Les autres à leur tour se mettent nues. Avec gêne, Gabriel se lève, s'appuyant à la paroi de la grotte. Il veut détourner le visage, mais déjà des femmes soulèvent sa tunique et la lui ôtent, sans hésiter à arracher sa chemise et à tirer sur ses chausses.

— Eh! grogne-t-il en repoussant les mains. Mais que faites-vous?

Sa voix explose dans la grotte avec la violence d'un grondement. Il semble même que le disque d'argent en vibre. Seuls des rires lui répondent. Ses compagnes redoublent de force et déchirent ce qui lui reste de vêtement. Et comme il lutte encore, on lui noue une fine cordelette aux poignets.

— Bon sang, vous êtes folles ! s'écrie Gabriel en faisant encore frémir l'air de la grotte.

Mais la honte de sa nudité, l'ivresse qui lui bat encore dans les tempes ainsi que la stupéfaction de ce qui lui arrive le rendent aussi faible qu'un nouveau-né.

Tandis qu'il tente maladroitement de dénouer la cordelette autour de ses poignets, avec dextérité les femmes en enroulent l'autre extrémité dans la gorge profonde taillée tout autour de l'urne de pierre.

Aussitôt, deux Filles de la Lune la soulèvent et, tirant Gabriel à leur suite, vont sans hésiter la jeter par-dessus bord.

Avec un cri de fureur, Gabriel se sent emporté par le poids de l'urne. Dans un ultime effort, il tente de retenir la lourde masse de pierre, mais la cordelette cisaille ses poignets. S'abandonnant avec un gémissement vaincu, il n'a que le temps de respirer une dernière fois avant que son visage frappe la surface de l'eau et qu'il y disparaisse tout entier.

*

À sa surprise, l'eau est aussi tiède que l'air de la grotte. Plus il approche le fond, plus c'est chaud. La descente dure peu. Deux toises, peut-être trois tout au plus. Puis l'urne se pose, un choc sourd se répand dans l'eau. Des doigts, il touche lui-même le fond rocheux. Au-dessus, à travers l'eau peu troublée, il devine la lumière des torches. Mais elle paraît très loin, inatteignable.

De nouveau, il cherche à se délier les mains. Mais c'est alors qu'il les sent autour de lui : toutes les Filles de la Lune maintenant l'entourent, nageant habilement ; certaines tiennent devant elles des figurines d'or, dont les reflets strient l'eau comme des poissons.

La respiration commence à lui manquer. La panique le prend en même temps que la douleur dans sa poitrine.

Les femmes ne cessent de nager autour de lui, le frôlant de plus en plus, le caressant, le palpant. Il voudrait crier pour qu'on le libère et qu'il apaise ses poumons en feu. Pourtant, le ballet des femmes paraît se faire plus lent et plus doux. C'est à peine s'il devine qu'elles soulèvent le couvercle de l'urne pour y déposer les statuettes d'or.

Ses tempes battent avec une violence inouïe, le feu de sa poitrine se répand dans tout son corps, déchire ses muscles comme si son sang soudain se mettait à bouillir. L'asphyxie lui brouille les sens. Il lui semble qu'on lui caresse encore le visage, les fesses, le ventre. Il se débat, jette des coups de poing, heurte des corps. Mais on l'enlace encore, de plus en plus près. Des cuisses, des bras l'enveloppent.

Alors, quelque chose cède.

Il cesse de songer à vivre ou à mourir. Il sent un corps de femme tout contre lui et il reconnaît la chaleur d'Anamaya. Il s'apaise d'un coup.

Il se sent soulevé, emporté, protégé.

Il cherche seulement le visage de la bien-aimée lointaine et jamais oubliée.

Hélas, avant qu'il y parvienne, la langue de feu revient dans ses poumons. Un hurlement rauque lui déchire la gorge.

Sans ouvrir les yeux, il comprend qu'il respire de nouveau.

De chair en chair, de bras en bras, ses joues glissant d'une poitrine à l'autre, on le porte jusque dans la barque.

La douleur de la respiration est aussi terrible que celle de l'asphyxie.

« Je n'ai pas vu son visage », songe-t-il avec détresse.

Il frissonne, agité de tremblements nerveux, ses dents claquent. On l'essuie, des mains le caressent et raniment le sang dans ses veines. Quand il ouvre les paupières, la vue brouillée par la cavalcade de son cœur, il devine les visages souriants au-dessus de lui.

— Je n'ai pas pu voir son visage, marmonne-t-il encore.

— Mama Quilla ne se montre que lorsqu'elle le veut, répond une femme avec douceur.

— Pas le visage de Quilla, proteste Gabriel. Celui d'Anamaya !

— Quilla a tous les visages, répond une autre femme.

La chaleur lui revient et la douceur des caresses l'atteint enfin.

Dans un dernier effort, il tente de ramasser toute sa conscience pour réunir les traits d'Anamaya et les rendre aussi perceptibles que s'il pouvait les frôler de ses doigts.

En vain.

C'est seulement les caresses insistantes des Filles de la Lune qu'il sent sur lui, les lèvres qui cherchent sa chair et son plaisir. Des doigts serrent son sexe déjà bandé. Sans relever les paupières, il devine les cuisses qui s'ouvrent et les hanches qui viennent à sa rencontre.

Il s'y abandonne, fuyant l'oubli d'Anamaya.

20

Vilcabamba, mars 1539

— Écoute ! Écoute !

Anamaya se dresse dans la rivière, l'eau tourbillonnant autour de sa taille.

L'instant n'est que splendeur. Loin, dans l'enfilade du cañon, le ciel s'est embrasé, glissant de l'or au rouge comme le tissage parfait d'un *cumbi,* tandis qu'il demeure d'un bleu très pâle, presque vert, au zénith.

Pour la première fois depuis des jours, il n'a pas plu et l'humidité de la jungle est moins étouffante. À cette heure de la fin du jour, les berges de la rivière enchâssée entre des falaises de verdure, si denses qu'elles paraissent infranchissables, se remettent à vivre.

— Écoute, souffle encore Anamaya, le visage tendu vers l'amont de la rivière.

À quelques pas d'elle, se plongeant dans l'eau mouvante avec gourmandise, Curi Ocllo, la très belle et jeune épouse de Manco, s'immobilise. Elle reprend pied sur les galets de la rivière, redresse son corps plus trapu que celui d'Anamaya mais aux proportions parfaites. En fronçant les sourcils, elle recouvre de ses mains ses seins aux aréoles brunes, se retourne en direction de la vallée, puis secoue la tête avec incompréhension.

— Que veux-tu que j'écoute ?

De la main, Anamaya lui intime le silence. Son regard remonte jusqu'aux plus hautes frondaisons qui dominent la petite crique où elles se baignent. Des branches ploient et de longues coulées de feuillages frissonnent comme sous l'effet d'un vent. Mais ce n'est que la bousculade de jeunes singes rendus aux plaisirs des jeux par la fraîcheur du crépuscule.

En vérité, seuls les bruits ordinaires et réconfortants résonnent dans la jungle qui s'anime pour la nuit. Les glouglous des loriots tisserands recouvrent par saccades le crépitement régulier de la cascade qui troue la végétation d'un jet d'écume. Un vol de perruches vertes traverse la rivière avec des piaillements énervés et leur passage déchaîne la colère d'une dizaine d'aras rouge et bleu. Un instant, avec des jacassements furieux, ils mènent une sarabande devant leurs nids dissimulés dans une anfractuosité de la falaise. Puis le silence revient, il ne reste plus que le murmure de l'eau.

— J'écoute, mais je n'entends rien, dit Curi Ocllo.

Elle se laisse glisser jusqu'au cou dans l'eau fraîche tandis qu'Anamaya, le regard toujours tendu, surveille les rives où de jeunes tortues se prélassent sur des troncs abattus.

— Des perroquets, voilà tout ce que tu as entendu, se moque Curi Ocllo en lissant sa lourde chevelure.

— Non, affirme Anamaya. Je suis certaine d'avoir entendu quelque chose.

Cependant, à son tour Anamaya se laisse aller dans l'eau. Le visage rond de Curi Ocllo, aux traits finement dessinés, s'approche. Anamaya sent les mains de la jeune femme se poser avec douceur sur ses épaules.

— Alors, c'est que tu as entendu comme doit entendre une

Coya Camaquen. Des choses qui n'arrivent pas jusqu'aux oreilles d'une femme comme moi.

— Peut-être.

— Sûrement, déclare Curi Ocllo avec une grimace de dépit. Toi et le Maître des Pierres, vous pouvez accomplir des choses si étranges, si puissantes !

D'un petit geste de la main, elle repousse un tourbillon de minuscules papillons blancs. Puis, gracieuse, se laisse aller sur le dos jusqu'à la rive limoneuse et peu profonde. Les paupières closes, elle offre toute la nudité de son corps splendide aux caresses du courant.

Le sourire aux lèvres, Anamaya est sur le point de lui répondre lorsque de nouveau elle redresse le visage, l'oreille aux aguets, le regard scrutateur.

Oui, elle devine un souffle qui vient du haut de la rivière et l'enveloppe d'un bruissement caressant. Ce n'est rien, seulement une sensation. Cela pourrait n'être qu'une brise un peu fraîche, le feulement à peine audible d'un vent léger entre les branches des arbres et les feuillages épais de la jungle. Mais elle ne peut s'empêcher d'y deviner autre chose. D'y sentir une autre présence. Le souffle du puma !

Gabriel !

Pendant quelques secondes, elle est tout emplie de sa présence. Dans un frémissement qui lui étreint le ventre, les bras resserrés contre sa poitrine aux pointes durcies, elle se tend pour mieux entendre, mieux percevoir encore. La caresse invisible l'enveloppe comme un chuchotement. Elle croit sentir les paumes et le souffle de Gabriel sur sa peau frissonnante. L'émotion est si violente qu'elle ferme les paupières dans un abandon involontaire.

Sans même s'en rendre compte, elle chuchote son nom.

Et puis le sortilège cesse aussi brutalement qu'il a commencé. Il s'efface dans l'air chaud et humide de la jungle d'un coup, ainsi qu'une hallucination.

Anamaya se détend et rouvre les yeux. Tout est comme avant. Le crépuscule rougit plus encore le ciel et l'ombre grandit entre les falaises de verdure. Les singes excités par la nuit proche jacassent dans les hautes frondaisons, les perroquets hurlent pour repousser les perruches tandis que de petits nuages de papillons remontent avec grâce l'écume bouillonnante de la cascade.

— Qu'as-tu senti ? demande d'une voix tremblante Curi Ocllo, qui s'est recroquevillée dans l'eau.

Anamaya s'ébroue avec un petit rire. Les yeux chauds et sombres de la jeune épouse de Manco la scrutent avec une curiosité mêlée d'effroi.

— Tu as vu quelque chose ! affirme-t-elle encore. Tu as été si étrange pendant un instant. Comme si tu n'étais pas là…

Avec un sourire de gêne, Anamaya se laisse glisser dans l'eau. Elle dissimule sa nudité comme si Curi Ocllo pouvait percevoir sur sa peau la trace de l'étrange caresse de Gabriel que les Puissants de l'Autre Monde viennent de lui transmettre.

De la paume de la main, elle retient l'eau tourbillonnante de la rivière, puis s'en asperge les épaules et la nuque.

— Cela me serait difficile à expliquer.

— Tu veux dire que c'est interdit.

— Non, ce n'est pas interdit. Seulement difficile à expliquer et difficile à comprendre.

Une moue boudeuse retrousse les belles lèvres encore enfantines de Curi Ocllo. Elle bascule la tête en arrière, sa lourde chevelure un instant agitée comme une algue noire par le courant, tandis que ses seins ronds émergent de l'eau, pareils à des galets aux reflets dorés.

— Nous devons rentrer maintenant, dit Anamaya.

Un petit rire, tout à la fois moqueur et jaloux, secoue le ventre de Curi Ocllo.

— Je sais ce que tu ne veux pas me dire, *Coya Camaquen*. Tu as pensé à l'Étranger que tu aimes, celui que vous appelez tous le puma !

Anamaya hésite avant de sourire et d'avouer :

— Je n'ai pas *pensé* à lui. Je l'ai senti.

— Senti ? Senti comme s'il te prenait dans ses bras ? s'exclame Curi Ocllo, maintenant debout, les yeux écarquillés.

Anamaya se contente de rire et d'approuver d'un hochement de tête avant de tendre la main pour prendre celle de la jeune femme et l'entraîner vers la rive où leurs vêtements sont suspendus aux branches basses d'un ficus.

— Cela arrive souvent, demande encore Curi Ocllo, qu'il puisse te rejoindre ainsi ?

Anamaya attend d'être sortie de l'eau pour répondre, la voix un peu étouffée comme si cette confidence était un aveu :

— Il ne me rejoint pas vraiment. Mais sa présence est autour de moi. Il me cherche, il songe à moi.

— Je ne suis pas sûre de comprendre.

— Je te l'ai dit, c'est difficile à expliquer. Où qu'il soit, il se souvient de moi, il veut lui aussi être près de moi. Alors, il cherche à se glisser dans l'Autre Monde pour me rejoindre.

— Comment est-ce possible ?

— C'est possible parce qu'il est le puma... et que des prêtres ou des prêtresses doivent l'y aider !

Anamaya conclut sa phrase d'un petit rire amusé. Curi Ocllo, achevant de s'habiller, lui jette un regard aussi désorienté que suspicieux.

— Je ne me moque pas de toi, Curi Ocllo, reprend doucement Anamaya. Le monde n'est pas seulement ce que l'on voit et les Puissants Ancêtres veillent sur nous. Il faut leur faire confiance.

— Oui, oui, je sais ! Vous dites tous cela, toi, les prêtres, le Maître des Pierres. Mais il semble bien que les Puissants Ancêtres ne veuillent pas veiller sur tout le monde avec la même force. Peut-être même se détournent-ils de Manco et de moi... comme de presque tous les Incas !

La voix de la jeune femme est brouillée par la colère et les larmes. D'un pas brutal, elle s'engage dans le chemin taillé à travers la jungle comme si elle voulait s'y enfuir.

— Curi Ocllo !

— Depuis combien de temps l'Étranger est-il loin de toi, Anamaya ? questionne durement Curi Ocllo sans se retourner.

— Vingt-huit lunes.

— Et depuis vingt-huit lunes, tu ne sais pas où se trouve celui que tu appelles le puma ?

— Oui.

— Pourtant, malgré tout ce temps, il ne t'oublie pas et tu ne l'oublies pas. Malgré tout ce temps, tu le sens près de toi et lui aussi il doit te sentir près de lui.

— Peut-être.

— Certainement ! Je suis sûre que tu le vois dans tes rêves, que parfois même tu t'accouples avec lui pendant ton sommeil ! Vingt-six lunes ! Oui, tu as raison : les Puissants Ancêtres vous protègent et ne veulent pas vous séparer. Toi et un Étranger !

Curi Ocllo fait volte-face, barrant le chemin à Anamaya.

— Pourquoi ? Peux-tu me dire pourquoi, *Coya Camaquen* ?

Elle a crié et, durant quelques secondes, la rumeur incessante de la jungle se suspend.

— Je ne comprends pas ta question, Curi Ocllo, répond Anamaya avec douceur.

La détresse et la douleur déforment le beau visage de la jeune reine.

— Moi, balbutie-t-elle, cela fait seulement quatre lunes que je suis séparée de Manco. Mon sommeil reste sans rêves, mes baignades sont solitaires. Où que j'aille, il n'y a aucune présence de mon bien-aimé autour de moi ! Les Puissants Ancêtres m'enveloppent de froid. Ils m'ignorent, *Coya Camaquen*, ils ne me soutiennent plus. Et je crois bien qu'ils ne soutiennent même plus Manco.

— Manco accomplit ce qu'il doit faire, dit tout bas Anamaya, le cœur serré de trop bien comprendre les vérités qui bouleversent Curi Ocllo. Et il t'aime. Il t'aime comme aucune autre de ses femmes.

— Il m'aime et je ne peux le rejoindre. Il laisse ma couche froide. Il m'aime et je ne sens ni ses mains ni sa bouche sur moi. Il m'aime, mais demain me semble aussi glacé qu'un jour d'hiver sur les plus hautes montagnes.

— Il fait la guerre, Curi Ocllo. Manco se bat contre les Étrangers et cette guerre est terrible.

Le visage maintenant recouvert de larmes, Curi Ocllo secoue la tête :

— Non, Anamaya, tu le sais mieux que moi. Manco ne fait pas la guerre : il la perd.

— Curi Ocllo !

— Qui ne voit pas cette vérité ? L'Unique Seigneur Manco mon époux est seul et ses forces s'affaiblissent. Son frère Paullu a pris le parti des Étrangers. Le Sage Villa Oma fait la guerre de son côté. Toi et le Maître des Pierres, vous êtes ici, cachés dans la nouvelle cité de la jungle, Vilcabamba, toujours à vous occuper des Puissants Ancêtres, mais loin de Manco mon bien-aimé. Et même moi, je suis là !

— Curi Ocllo, murmure Anamaya en la prenant dans ses bras, incapable de la contredire.

— Il est si seul ! Les Étrangers ont capturé son fils Titu Cusi, celui qu'il aime tant ! Quelle trahison ! Ils ont même emporté les Corps secs des Puissants Ancêtres à Cuzco...

Anamaya, avec tristesse, ne trouve rien à dire qui pourrait

apaiser ce terrible tableau. Elle se contente de caresser la joue humide de la jeune femme en chuchotant :

— Ne crois pas que j'abandonne l'Unique Seigneur Manco, Curi Ocllo. J'ai toujours été près de lui et il a toujours été comme un frère pour moi. Rien de ce que nous faisons ici, à Vilcabamba, n'est contre lui, bien au contraire. Le Maître des Pierres a construit la ville pour qu'un jour ton bien-aimé Manco puisse y vivre comme doit vivre un Fils du Soleil.

Curi Ocllo frissonne en se dégageant des bras d'Anamaya. Avec fierté, elle essuie ses larmes. Mais la souffrance la fait grimacer une fois encore. Avec un ton d'enfant perdu, elle s'exclame :

— Oh, Anamaya, j'ai si peur de demain !

*

Le soleil jette ses derniers feux lorsqu'elles parviennent aux premiers murs de Vilcabamba. La toute nouvelle cité inca construite sur les plans précis de Katari, le Maître des Pierres, resplendit d'une étrange sérénité.

Ses terrasses et les *canchas* sont parfaitement disposées autour de la grande place des cérémonies et devant le Temple du Soleil, un long bâtiment percé de dix portes. Les murs des pièces comme des enceintes des *canchas* sont enduits d'un crépi ocre qui s'embrase comme de l'or dans la nuit montante. Tel un joyau, elle capte l'adieu du soleil alors que le fleuve proche et les terrasses aux riches cultures s'effacent dans l'ombre.

Le ciel de la nuit pèse déjà sur les montagnes au nord et les sinueuses vallées de Pampakona à l'est, recouvertes de cèdres et de *caboas* gigantesques où se déchirent des lambeaux de brume.

Un silence à peine troublé de cris d'oiseaux saisit les deux jeunes femmes et ralentit leur pas dans l'herbe humide. Elles gardent les yeux rivés sur les cimes encore étincelantes, au sud, de la cordillère. Puis, aussi brutalement que si on en enveloppait les névés et les glaciers, l'obscurité les masque.

Des grenouilles, toutes proches, coassent avec violence et se taisent aussitôt. C'est alors que Curi Ocllo sursaute et agrippe le bras d'Anamaya en s'immobilisant. Sans un mot, elle pointe son doigt vers un long massif qui longe un mur. Les larges feuilles bougent, ploient et laissent apparaître un jeune puma au regard étonné. Son pelage encore très clair luit dans la pénombre du soir.

Il avance souplement dans leur direction, sautillant sur ses pattes aux empreintes puissantes.

Anamaya ne parvient plus à respirer. Elle perçoit le petit gémissement de peur de Curi Ocllo.

Le puma est si près qu'elles discernent avec précision les petites ombres blanches autour de ses yeux, le halo pâle qui borde ses fines oreilles.

Il stoppe à deux pas d'Anamaya et cherche son regard. Sa gueule s'entrouvre sur un long et doux jappement.

Et d'un bond il disparaît dans les fourrés.

Anamaya et Curi Ocllo demeurent un instant pétrifiées, suivant le bruit léger de la course du félin qui s'éloigne vers la jungle.

Lorsque Curi Ocllo, la poitrine soulevée encore par l'essoufflement de la peur, se retourne vers Anamaya, elle découvre le sourire de bonheur qui transfigure son amie.

— Oh, tu avais raison, souffle-t-elle, tu avais raison : il était là tout près de toi.

21

Lac Titicaca, Copacabana, avril 1539

— Seigneur Gabriel !

L'enfant dressé sur le seuil de la pièce n'a qu'une dizaine d'années. Pourtant, son visage est si sévère qu'on lui en donnerait quelques-unes de plus sans hésiter.

— Fiche-moi la paix, gamin ! gronde Gabriel. Laisse-moi dormir ou je te coupe en rondelles !

— Seigneur Gabriel, tu ne dois plus dormir ! reprend l'enfant sans se laisser impressionner.

Gabriel soupire en ouvrant à peine les paupières.

— Par tous les saints ! On dirait effectivement que cela te dérange, Chillioc. Et pourquoi veux-tu m'interdire de dormir alors qu'il fait à peine jour ?

— Quelqu'un arrive, Seigneur Gabriel. Quelqu'un qui vient te voir.

— Tiens donc ?

Cette fois, Gabriel accorde un peu plus d'attention à l'enfant, qui n'a toujours pas franchi le seuil. Dans le patio résonnent quelques bruits matinaux annonçant que les femmes déjà préparent le repas du matin.

Se redressant avec prudence pour ne pas faire tanguer son hamac, Gabriel demande :

— Qui est ce quelqu'un et comment sais-tu qu'il vient me voir ?

— Le *chaski* a dit : « Un Étranger arrive sur un cheval. Il est vieux et fatigué. Il a déjà dépassé Copacabana et va en direction de Cusijata ! »

L'enfant s'interrompt avec un petit haussement d'épaules et ajoute :

— Si un Étranger vient jusqu'ici, c'est forcément pour te rencontrer.

Gabriel ne peut s'empêcher de sourire. Il se lève, tandis que le hamac se balance doucement.

— Apporte-moi ma tunique, Chillioc, ordonne-t-il. Un Étranger vieux et fatigué, dis-tu ? A-t-il des poils blancs sur le visage ?

— Je ne crois pas. Le *chaski* a seulement dit qu'on ne voyait pas son visage parce qu'il était tout entier recouvert de tissu. Et qu'il n'est pas loin et sera devant ta *cancha* avant que son ombre se soit raccourcie d'une main.

Achevant de se vêtir, Gabriel jette un regard intrigué à l'enfant. Lorsqu'il sort de la pièce et apparaît dans le long patio, les servantes affairées autour du foyer, sous le petit appentis servant de cuisine, le saluent d'un sourire et l'invitent à les rejoindre. Gabriel refuse d'un signe de tête et pose sa main sur le cou de l'enfant pour l'entraîner à son côté.

— Eh bien, Chillioc, je crois que je vais devoir te remercier de m'avoir réveillé. Viens donc avec moi recevoir cet Étranger.

*

Ce qu'ils aperçoivent d'abord est si étrange que Gabriel lui-même met du temps avant de pouvoir distinguer la silhouette d'un homme à cheval. Cela ressemble à un bizarre monticule de couvertures, les unes espagnoles et d'autres indiennes, qui se meut entre les terrasses surplombant la rive du lac.

— Qui que soit cet Étranger, il n'a pas l'air d'aller pour le mieux, dit Gabriel en entraînant l'enfant.

Alors qu'ils ne sont encore qu'à une vingtaine de toises du bizarre équipage, le cheval s'immobilise et l'homme dissimulé sous les plis des *mantas* semble sur le point de vider les étriers.

— Holà! crie Gabriel en pressant le pas. Holà, *compañero*! Qui es-tu?

Aucune réponse ne traverse les tissus. Soudain défiant, Gabriel ralentit le pas et retient prudemment Chillioc en arrière.

— Reste ici, petit. N'avance pas plus! Le bougre pourrait vouloir nous jouer un vilain tour et cacher une arbalète sous ses chiffons.

Le garçon obéit à contrecœur, lui adressant un regard de reproche. Gabriel observe un instant l'homme et le cheval aussi immobiles que s'ils n'étaient plus vivants sans parvenir à deviner la forme d'une arme. En vérité, rien n'est visible du cavalier, pas un pouce de peau ou un poil. Pas un regard. Avec un frisson d'inquiétude, Gabriel se demande s'il n'a pas devant lui un cadavre que porterait obstinément un cheval fourbu.

— Holà! Holà, *compañero*! crie-t-il de nouveau mais avec plus de force.

Le seul effet de son cri est un frémissement de crainte du cheval, qui recule d'une ou deux toises, pivotant sur le côté. C'est seulement alors que Gabriel découvre la grosse robe de bure qui plisse sur les bottes éculées du cavalier. Et, dans le même temps, une main crispée sur les rênes du cheval. Une main reconnaissable entre toutes, l'annulaire et le médius collés l'un à l'autre ne formant qu'un seul doigt!

— Crénom! Frère Bartolomé! Chillioc! Chillioc, viens m'aider!

Avec quelques mots doux, Gabriel s'approche tout près du cheval. Alors que d'une main il lui flatte la joue, de l'autre il saisit fermement l'un des anneaux du mors.

— Chillioc, approche-toi, ne crains rien…

— Je n'ai pas peur, Seigneur Gabriel !

— Parfait ! Alors, attrape cette lanière et tiens-toi bien devant le cheval, sans tirer…

Tandis que l'enfant immobilise la bête, Gabriel repousse les plis des couvertures. Ce qu'il y découvre lui tire une grimace. Endormi ou évanoui, Bartolomé est recroquevillé sur sa selle. Sa robe de bure est déchirée du haut en bas. Mais surtout son visage est à peine visible, enveloppé de vieux linges brunis par du sang coagulé.

— Nom de Dieu ! grommelle Gabriel en saisissant la main de Bartolomé. Frère Bartolomé ! Frère Bartolomé, réveillez-vous !

L'œil visible ne cille pas. La main que Gabriel tient entre la sienne est si maigre qu'elle semble n'avoir même plus de chair. Un instant stupéfait, Gabriel hésite sur la conduite à tenir. Puis, relâchant Bartolomé, il se tourne vers l'enfant.

— Viens ici, Chillioc.

Il l'attrape par la taille et le soulève assez haut pour que le garçon puisse s'installer sur la croupe du cheval, juste derrière la selle.

— Place tes bras autour de mon ami pour qu'il ne tombe pas, explique-t-il en ramenant les mains de Chillioc vers le pommeau de la selle. Voilà, comme ça. Et accroche-toi bien fort pendant que je vous conduis jusqu'à la *cancha*.

Et comme l'enfant, la joue écrasée contre les couvertures puantes, grimace de dégoût, Gabriel esquisse un sourire.

— Il sent mauvais, mais ce n'est que l'odeur des Étrangers lorsqu'ils arrivent au Titicaca !

*

C'est bien après que les femmes, avec grand soin, ont lavé sa blessure que Bartolomé entrouvre les paupières. Ses yeux profondément enfoncés dans les orbites cherchent des repères autour de lui. Un son éraillé finit par franchir ses lèvres recouvertes de croûtes :

— Gabriel ?

— Je suis là, ami Bartolomé.

Suspendant les soins des femmes, Gabriel saisit la main décharnée de Bartolomé. Leurs regards se sourient, et Gabriel devine le soulagement qui apaise le souffle de son ami.

Jamais encore il n'avait vu Bartolomé nu, mais ce qu'il a aperçu en aidant les femmes à le débarrasser de ses oripeaux est tout simplement épouvantable. La maigreur du prêtre est telle que la peau de ses côtes et de ses hanches est lustrée comme une pellicule sur le point de craquer. Des bleus et des plaies mal cicatrisées parsèment ses bras et ses jambes.

En ôtant de son visage les chiffons servant de pansement, ils ont découvert, déchirant les chairs et la barbe clairsemée, une longue estafilade ouvrant de biais sa tempe et sa joue gauche. La plaie puante et suppurante, craquelée d'infections où se tortillaient quelques vermisseaux livides, a tiré des exclamations horrifiées aux servantes.

Déjà lavée, curée et purifiée par des cendres et un jus de racine acide, elle est recouverte d'un emplâtre vert qui donne au moine l'apparence d'un homme à deux visages.

— Je ne sais comment vous avez fait votre coup, mon bon ami, marmonne Gabriel avec affection, mais on vous a bien arrangé.

— Je suis là ! Dieu merci, je suis là avec toi, c'est tout ce qui compte !

Un sourire fugace plisse ses paupières épuisées et il ajoute :

— J'ai cru que je n'y parviendrais jamais. Mais tu vois, Dieu sait imposer sa volonté quand il le veut...

— Puisse-t-il l'imposer quelquefois avec plus de douceur, ironise Gabriel en saisissant un bol. C'est un peu de bouillie de *quinua*. Il faut que vous en mangiez. Vous avez le ventre aussi léger qu'une plume dans le vent !

Après avoir avalé quatre cuillers, Bartolomé repousse la main de Gabriel.

— Cela fait onze jours que je suis en route pour te rejoindre. Nous remontions du sud où les Pizarro ont maté l'insurrection de Tisoc, le général de l'Inca Manco. Il a été fait prisonnier et... Oh, c'est indicible ! L'horreur, mon ami, l'horreur tous les jours !

La voix est sèche, le débit saccadé. Gabriel sait que Bartolomé a besoin de parler. Et il sait trop bien les images qui hantent le moine. N'ont-elles pas été les siennes durant des mois et des mois ?

— Enfants, femmes, vieillards ! souffle encore Bartolomé. Tous les jours, tous les jours, des massacres, des humiliations. Et lorsque Tisoc a été pris, ses troupes vaincues, Gonzalo a ordonné une répression plus féroce encore ! Des fosses avec des pieux pour y jeter les hommes comme les filles violées. Des maisons pleines de pauvres gens que l'on y brûlait vifs comme des feuilles à l'automne ! Oh, Gabriel...

— Je sais, ami Bartolomé. Je sais. J'ai déjà accompli ce chemin-là en compagnie d'Almagro, il y a quelques années. Je n'ai rien oublié, car cela ne s'oublie pas.

Agrippant la tunique de Gabriel avec ses doigts qui ne sont plus que des os, Bartolomé s'arc-boute comme s'il voulait expurger sa mémoire souillée par trop d'horreur.

— Je me suis souvenu de tes paroles, Gabriel : « *Je n'ai pas répandu la souffrance, mais je ne l'ai pas empêchée non plus, ce qui revient au même.* » J'ai compris, et comme toi mon impuissance m'a fait honte ! Oh, Seigneur, je crois même vous avoir insulté de m'obliger à garder les yeux ouverts devant tant de souffrance...

— Bartolomé !

— Non, laisse-moi dire ! Laisse ! Ma gorge pue de l'air que j'ai respiré là-bas, mes narines sont pleines encore de l'odeur des enfants brûlés, Gabriel ! Et si je dors, je les vois… Christ ! Christ ! Leurs flammes brûlent en moi, elles me calcinent…

Avec des gestes doux, Gabriel et les servantes glissent des linges humides et frais sur le front et le torse de Bartolomé. Mais rien ne peut l'interrompre :

— Des femmes que l'on avait enchaînées. Pas une n'avait plus de vingt ans ! Hélas, je me suis fait surprendre. Les monstres ! Les monstres ! Être un serviteur de Dieu ne m'a protégé de rien. Sans doute le Seigneur veut-il inscrire dans ma chair la souffrance de tous ses fils… Jésus l'a fait, lui ! Oui, il a voulu me marquer, Gabriel ! Car ce sont ses enfants, il faut que chacun le sache : les Indiens aussi sont les enfants de Dieu…

— Tout doux, Bartolomé, tout doux !

— Mais elles ont pu fuir avant que les soudards m'assomment et cherchent à me trancher la tête. J'ai réussi, Gabriel ! Celles-ci au moins ont pu fuir… Mais quoi ? Vingt pauvres enfants. Il y en a tant, partout ! Partout !

La voix de Bartolomé, au bord du délire, est soudain devenue aiguë et crissante. Gabriel pose une main sur son front pour l'apaiser.

— Calmez-vous, ami, je suis là et on va vous soigner…

— J'ai fui en ne progressant que la nuit, pour qu'ils ne me suivent pas ! Comme des fauves. Ils sont comme des fauves, leurs crocs dans l'enfer…

— Bartolomé, on va vous faire boire une potion et vous dormirez.

— Non, non, il faut que je te raconte !

— Nous aurons tout le temps demain. Reposez-vous…

— Je suis venu te demander quelque chose, Gabriel. Quelque chose d'important ! Il n'y a que toi qui…

Mais Gabriel a fait un signe aux femmes, qui ont déjà compris à la voix et à la fébrilité de Bartolomé ce qu'elles devaient faire. Alors qu'il retient le prêtre par les épaules et le soulève doucement, elles passent un petit brasero d'herbe fumante sous les narines du moine. Presque aussitôt il se détend, plus docile, et boit un liquide qui l'endort en quelques instants.

*

Ce n'est que deux jours plus tard, en fin d'après-midi, que Bartolomé, l'esprit enfin un peu calme, est en état de prendre son premier vrai repas.

Gabriel a fait installer sa couche dans l'une des pièces ouvertes sur les rives du lac. Des femmes l'ont veillé, de jour comme de nuit, accompagnant son coma qu'elles entretenaient avec des potions jusqu'à ce que tombe la fièvre. Dès que les yeux de son ami se sont ouverts, Gabriel a fait apporter des fruits et de l'infusion de feuilles de coca afin qu'il puisse recommencer à se restaurer avec des nourritures douces. Et cette fois, c'est avec une faim qui fait trembler ses doigts que Bartolomé dévore ce qu'on lui offre.

— Ami Gabriel, je te dois la vie, remarque-t-il d'une voix éraillée, s'essuyant la bouche après un long silence où perce un peu de gêne.

— En ce cas, nous sommes à égalité. Sans vous, il y a longtemps que j'aurais rôti dans cette prison de Cuzco.

— J'ai déliré et dit beaucoup de bêtises, je suppose ?

— Hélas, non, vous n'avez dit que des vérités. Oubliez cela ! Je suis heureux de vous voir près de moi et enfin avec un peu d'appétit.

— Un délice que ces fruits, murmure Bartolomé avec un hochement de tête. On les croirait créés pour le paradis.

La tête enveloppée d'un bandage soigneux qu'il a tiré sur le côté pour mieux goûter le suc des mangues et des goyaves qui semble redonner un peu de vie à son visage émacié, il laisse son regard errer sur le bleu miroitant du lac.

À cette heure de la journée, les montagnes sont recouvertes de nuages denses qui relient leurs sommets les uns aux autres. Le reflet des pentes vertigineuses s'est estompé sur la surface du Titicaca, le teintant d'une couleur plus sombre, plus opaque.

— Je commence à comprendre pourquoi tu es venu te réfugier ici, approuve Bartolomé avec un mince sourire. Tu avais raison : il est difficile d'imaginer plus beau et plus paisible paysage.

Il se tait brusquement, les lèvres serrées par une gravité douloureuse.

— Après ce que j'ai vu ces derniers mois, reprend-il, c'est comme si Dieu m'accordait enfin un peu de repos et voulait me montrer que l'harmonie existe encore dans ce monde !

Gabriel lui jette un regard étonné. Le gros bandage qui déforme la joue gauche du moine et ceint son crâne souligne plus encore sa fatigue et sa lassitude. Puis, esquissant un sourire amer, il approuve d'un petit signe de tête.

— Lorsque j'ai découvert ce paradis, je n'étais pas dans un meilleur état que vous, Bartolomé ! Et, Dieu mis à part, je me suis fait la même réflexion. Oui, il semble bien que le Titicaca doive être notre refuge lorsque le monde des hommes devient trop inhumain...

— Inhumain !

C'est presque un rire qui sort de la gorge de Bartolomé, une raillerie pleine d'aigreur :

— Inhumain ! C'est bien le mot ! Hélas, Gabriel, je dois avouer que tu as été plus sage que moi. Comme tu as eu raison de nous fuir et de te tenir à l'écart des Pizarro après cette terrible bataille qui a ruiné Cuzco ! Puisse le Seigneur me le pardonner : tu m'as mis en garde, mais je n'ai pas voulu entendre tes mots. Aujourd'hui seulement, je comprends ce que tu m'as dit alors que nous étions dans ta prison et que les Incas s'apprêtaient à nous exterminer : « Désormais, dans le regard des gens de ce pays, tous les Espagnols se ressemblent... Pour eux, nous méritons tous d'être exterminés. Voilà le résultat de la politique d'Hernando, d'Almagro et des suppôts de l'enfer comme Gonzalo à qui ils permettent tout ! » Tu avais raison de bout en bout. Trois années ont passé et tout n'a fait qu'empirer.

La poitrine secouée par l'émotion, Bartolomé se tait un instant, les paupières closes.

— Gabriel, questionne-t-il dans un murmure à peine audible, comment Dieu peut-il vouloir une chose pareille ? Où et quand ordonnera-t-il enfin son châtiment ? Ah, mon ami, mon ami ! Il me vient parfois le désir d'être celui par qui il voudra frapper ces démons que nous sommes devenus !

Gabriel devine des larmes dans les yeux de son ami et détourne avec pudeur son regard. Un bref silence les unit dans la contemplation du lac, tandis que des cris d'enfants et des appels éclatent sur la rive et qu'une barque s'écarte du village en direction des îles.

Gabriel saisit une mangue ouverte et en considère sombrement la chair parfumée comme si elle recelait un énigmatique poison.

— Ce pays est comme ce fruit. Il n'aspire qu'à répandre ses richesses et ses parfums les plus doux. Ici, au bord du Titicaca, il me semble être parfois sur le seuil d'un monde grand ouvert et qui nous attend, qui s'offre à nous, et que nous maintenons obstinément invisible. Il en faudrait peu pour que la paix enrichisse chaque Espagnol plus que toutes les charretées d'or.

— Oh, la paix ! s'exclame Bartolomé avec sarcasme. Pour ma part, je n'en demande pas tant. Je serais satisfait si don Francisco et ses frères se conduisaient avec un peu de mesure au lieu d'entretenir la souffrance et les larmes. Comme si la plaie de la guerre avec les Incas ne suffisait pas, c'est maintenant la guerre civile qui fait rage entre les Espagnols !

— J'ai su que le « Borgne » a été condamné par Hernando.

— La vérité est que don Diego Almagro a été assassiné ! Il a commis une erreur fatale. Dès la fin du siège, alors que les frères du Gouverneur étaient affaiblis, il a pris la ville sous sa coupe en emprisonnant Hernando et Gonzalo. Je peux t'assurer que j'ai tenté de l'en dissuader. Non pour soutenir Hernando, mais parce que l'effet de ce coup était trop visible ! Hélas, que valait la parole d'un homme d'Église devant l'obstination d'un vieillard persuadé d'être depuis des années la dupe des Pizarro ? Il ne se passait pas de nuit sans qu'Almagro rêve encore à l'or de la rançon d'Atahuallpa et au partage de Cajamarca dont le Gouverneur l'avait évincé. Sa haine et son désir de vengeance étaient si rances qu'il en perdait toute raison. Passe encore qu'il s'adjuge Cuzco, mais enfermer les frères Pizarro, c'était tendre la main vers le dard du scorpion... Dès qu'ils l'ont pu, ils se sont débarrassés de lui avec autant d'émotion qu'on tord le cou d'un poulet !

Gabriel secoue la tête.

— J'ai de trop mauvais souvenirs d'Almagro pour plaindre ce vilain bonhomme. Cependant, je reconnais bien là les manières d'Hernando et de Gonzalo !

— Ils sont fous ! Tous fous ! Désormais, la vengeance change de camp comme une balle au jeu de paume. Les uns soutiennent les Pizarro et les autres ne songent qu'à s'approprier leur puissance et leurs richesses. Tous ne rêvent que d'étriper le clan opposé !

Gabriel ne peut retenir un petit rire narquois. Bartolomé lui lance un regard de reproche et palpe son bandage comme s'il pouvait estimer toutes les douleurs du Pérou.

— La vérité, Gabriel, soupire-t-il, c'est que bientôt nous allons, nous les Espagnols, nous détruire mutuellement et avec plus d'efficacité que n'ont jamais pu le faire les Incas! Puisse Dieu tout-puissant nous pardonner! À moins qu'il ne considère qu'il est temps de punir chacun de ces hommes pour l'horreur infinie qu'ils engendrent en ce Nouveau Monde!

Les derniers mots de Bartolomé ont sonné avec véhémence. Gabriel se tait un instant, le regard posé loin sur les reflets du lac, avant de demander :

— Est-ce à dire que la guerre contre Manco s'apaise?

— Manco est en train de perdre sa guerre. Durant sa brève suprématie, Almagro a jeté beaucoup de confusion chez les Incas en nommant roi le propre frère de Manco : Paullu. Bien des Indiens se sont ralliés à lui. Aujourd'hui, Manco s'en trouve isolé et affaibli. Il a perdu des batailles, s'enfonçant de plus en plus loin dans la forêt comme seule défense. Et puis il a subi deux coups très rudes…

Bartolomé marque une hésitation alors que Gabriel suit ses paroles avec la plus grande attention :

— Son fils a été capturé. Un tout jeune garçon du nom de Titu Cusi…

— Titu Cusi! murmure Gabriel en revoyant le visage de l'enfant qui jouait à Ollantaytambo et lui avait demandé : « Tous les Étrangers sont-ils comme toi? »

— Et l'Inca Paullu a repris près de lui, à Cuzco, les momies de son clan… Tu sais sans doute mieux que moi ce que cela signifie dans l'esprit de Manco.

— Pour les Incas, les Seigneurs comme les gens du peuple, si les momies se trouvent avec un Puissant Seigneur, c'est que les Ancêtres le soutiennent et approuvent ses décisions, grommelle Gabriel en fronçant les sourcils. C'est très important.

Bartolomé, les yeux clos, presse le jus d'une prune bistre entre ses lèvres parcheminées. Un sourire de bien-être, à peine perceptible, détend fugacement ses traits.

— L'Inca Paullu est un étrange personnage. Je ne sais s'il

faut admirer la sagesse de son réalisme ou être écœuré par sa couardise. Mais, de fait, il glisse toujours du côté du plus fort. Hier Almagro, aujourd'hui les Pizarro. Et, dans un cas comme dans l'autre, il n'hésite jamais à combattre son frère Manco. Ce qu'il pense, il n'en laisse jamais rien paraître. Il nous accompagnait lors de cette expédition terrible dans le Sud. Pas un instant il ne s'est opposé au massacre de son propre peuple ni à la capture de Tisoc, ce général de Manco qui entretenait la rébellion.

— Ainsi, murmure Gabriel, désormais Manco est seul.

Bartolomé l'observe avec intensité, la bouche entrouverte sur une question. Puis il se ravise et déclare seulement :

— J'ai entendu dire qu'il avait édifié une nouvelle ville inca, très loin au nord de Cuzco. Dans la jungle plutôt que dans la montagne, afin qu'elle nous soit tout à fait inaccessible. Mais pour ne pas te cacher la vérité, après ce que j'ai vu ces derniers mois, je pense que son règne et sa rébellion ne seront bientôt qu'un souvenir.

Un lourd silence s'installe brusquement entre eux. C'est Bartolomé qui le brise, d'une voix hésitante :

— Dois-je comprendre que tu n'as toujours pas de nouvelles d'Anamaya ?

Gabriel secoue la tête avec un demi-sourire.

— Cela va faire bientôt trente mois que je ne l'ai vue. Aujourd'hui, j'ignore même si elle vit encore sur la surface de ce monde.

De nouveau, le silence les embarrasse.

— Cela n'a rien d'étonnant, reprend Gabriel avec une feinte légèreté. Si j'ose dire, nous en étions convenus ainsi. Pendant longtemps, j'ai accepté cela avec résignation. Sans doute me disais-je que notre séparation ne durerait pas... Que la guerre s'achèverait ou qu'Anamaya elle-même désirerait me rejoindre... Et puis la vérité m'est apparue. Le temps passe, et je commence à oublier jusqu'au souvenir de son visage. C'est insupportable et pourtant je dois l'accepter. Ou je la mettrais en danger ! Certaines choses font qu'elle ne peut s'éloigner des siens et encore moins me rejoindre.

— Certaines choses ? questionne Bartolomé tout bas. Cette statue d'or qu'elle nomme son « époux » ?

— Oui, le Frère-Double, dit Gabriel en souriant. Malgré tout votre désir de respecter les Incas, je doute que vous puissiez comprendre ce que cela signifie pour elle et eux.

— Qu'importe que je le comprenne, proteste Bartolomé avec un peu d'humeur. Ce qui compte, c'est que Gonzalo et Hernando ont toujours le désir de s'approprier ce... cet objet ! Tant d'onces d'or les rendent fous.

— Au diable leur folie ! Jamais ils ne l'auront.

Le ton de Gabriel est si serein, si assuré que Bartolomé l'observe avec attention, comme s'il découvrait un inconnu sous l'apparence si familière du visage de son ami.

— Tu en parais bien sûr ! Ils sont capables de retourner le Pérou pierre par pierre pour l'acquérir !

— Ils retourneront les pierres et ne trouveront que du vide, dit Gabriel en souriant encore. Nous autres, Espagnols, nous pouvons faire souffrir les gens qui vivent en ce pays. Nous pouvons les assassiner, les voler. Mais contemplez ce lac, frère Bartolomé. Regardez ces montagnes...

D'un geste large, Gabriel désigne les pentes qui, par le jeu des reflets, semblent en cet instant se perdre aussi bien dans le bleu du ciel que dans celui, intense, du Titicaca.

— Oui, c'est très beau, admet Bartolomé, mais...

— Non, coupe Gabriel, il ne s'agit pas de beauté. Tout cela est vivant. Montagnes, pierres et eau... Tout ici est vivant d'une vie pareille à la nôtre et que pourtant vous et moi ne savons pas voir !

— Que veux-tu dire ?

— Que les Incas, eux, savent voir l'invisible. Mieux : ils savent en percevoir le souffle et en recevoir l'appui. Ils savent percevoir la vie où qu'elle soit et de quelque manière qu'elle s'exprime. Sous le tranchant de fer d'une épée, ils n'ont pas plus de force qu'un poulet. Et peut-être seront-ils un jour tous exterminés comme des poulets ! Cependant, l'essentiel sera préservé. Rien n'empêchera qu'ils emportent leur savoir du monde dans les montagnes, les pierres et ce lac que nous ne savons ni voir ni écouter. Il est des forces, ici, qui vont bien au-delà de ce que peut combattre un Pizarro !

Gabriel, cette fois, a parlé avec fougue. Le regard de Bartolomé s'est fait sombre et triste.

— Voilà une manière bien peu chrétienne de concevoir les choses ! On dit que parfois, ici, tu te livres à des cérémonies païennes avec les prêtres indiens.

Une brève seconde, il semble que Gabriel va perdre son calme. Mais un rire ironique fuse entre ses lèvres et il secoue la tête.

— Qu'importe ce que l'on peut dire de ma vie ici. Elle me convient parfaitement.

— En es-tu certain ?

— Seriez-vous en train de mener une enquête ?

— Je suis un homme de Dieu, Gabriel, et je suis ton ami. N'imagine pas que je puisse me réjouir de te voir abandonner et peut-être même bafouer l'œuvre du Christ en ce monde et l'espoir qu'il représente pour chacun de nous !

— Je n'abandonne ni le respect des hommes ni celui de la vie. Cela devrait suffire à vous réconforter.

Un instant, Bartolomé scrute Gabriel. La tension aiguise encore son visage décharné. Puis, d'un coup, comme si l'épuisement le gagnait, il hoche la tête.

— Sans doute as-tu raison. Mais c'est bien étrange à admettre.

La main de Gabriel cherche le bras de son ami.

— Je suis en paix avec mon âme, frère Bartolomé. Soyez sans crainte.

Un frisson de fièvre parcourt le moine. Ses lèvres tremblent avec violence tandis qu'il referme ses paupières et murmure si bas qu'il est à peine audible :

— Je ne doute pas que ton âme soit en paix, très cher Gabriel. Hélas, la mienne est loin de l'être... Je suis épuisé et je vais dormir un peu. Fais-moi une faveur. Pendant mon sommeil, je voudrais que tu ouvres les sacoches de cuir accrochées à ma selle. Tu y trouveras des feuillets écrits par moi. Pour l'amour de Dieu, lis-les.

— L'amour de Dieu n'y sera pour rien, frère Bartolomé. Mais l'amitié pour vous, certainement.

*

Ce n'est qu'à la nuit tombante que Bartolomé sort d'un sommeil de plomb. À quelques pas de sa couche, près d'un brasero déjà allumé, il découvre Gabriel, assis, immobile dans la contemplation du lac et des montagnes s'enfonçant déjà dans l'obscurité du soir. Sur ses genoux, il retient un large étui de cuir contenant une liasse de feuillets recouverts d'une écriture serrée.

— Gabriel...

Lorsqu'il se retourne, Gabriel sourit avec amitié. Mais il semble que toute l'ombre qu'il vient de contempler soit restée dans son regard. Bartolomé désigne l'étui de cuir :

— As-tu lu ?

— J'ai lu. Il y a dans ces pages tant d'horreurs et d'injustices que l'on se croirait devant le catalogue des tourments de l'enfer.

— Et pourtant, je peux le jurer devant Dieu, ce ne sont là

que des faits auxquels j'ai assisté moi-même depuis le jour où j'ai posé le pied sur cette terre du Pérou. J'ai tout noté, chaque jour. Toutes les douleurs et les humiliations infligées aux Indiens, chaque manquement aux règles de Dieu et de Rome, le détournement des lois du royaume... Tout est là !

Gabriel considère l'étui de cuir comme s'il s'agissait d'un étrange animal, puis le repose aux pieds de Bartolomé.

— Oui, tout est là. Cependant, vous êtes un inconscient, ami Bartolomé. Si les Pizarro ou quelque autre de ces Messeigneurs trouvaient ces papiers, vous seriez un homme mort !

— C'est bien pour cela que je n'ai voyagé que de nuit en venant te rejoindre, souffle Bartolomé.

Gabriel lui répond d'un sourire grave :

— Je crains que ce ne soit pas suffisant. Brûlez ces feuilles dans ce brasero, Bartolomé, ou dissimulez-les dans une cache bien secrète pour plus tard. Aujourd'hui, ils sont inutiles : qui voudrait lire une si triste prose !

Avec une sorte de jappement de fureur, Bartolomé se redresse. À quatre pattes, il saisit l'étui de cuir pour le brandir au-dessus de sa tête.

— Brûler ? Dissimuler ces vérités quand le roi Charles doit les connaître ? L'Espagne doit savoir ce qu'il se passe ici. Rome, le pape doivent être horrifiés par ces pages !

Gabriel secoue la tête, ironique.

— La fièvre vous exalte, mon bon ami. Oubliez-vous l'or ? Qui se soucie, de l'autre côté de l'océan, de la manière dont il est acquis ? Imaginez-vous que le roi ou le pape refusent de recouvrir d'or leurs palais et leurs églises au prétexte que des sauvages se font ici traiter comme de la vermine ? Allons ! Don Francisco et ses frères peuvent bien être des tyrans tant qu'ils font la fortune de l'Europe !

— Tu te trompes ! Tu te trompes, Gabriel !

Bartolomé achève de se redresser, chancelant. Ses cris d'indignation sont si violents que deux servantes et Chillioc accourent, une torche à la main. Gabriel les apaise d'un signe de tête tandis que Bartolomé, hors de lui, s'agrippe à ses mains :

— Non, non! proteste-t-il avec véhémence. Je ne veux pas que tu dises cela. Pas toi, Gabriel! Il existe des hommes de bonne volonté en Espagne et à Rome. Dans l'Église comme à la cour. Des hommes qui croient que les Indiens sont des enfants de Dieu tout comme nous!

— Hélas, ils sont là-bas et non ici.

— C'est pourquoi ils doivent savoir.

— Et quand bien même ils sauraient...

Le visage enturbanné de Bartolomé semble dément, ses paupières ne cessent de battre, ainsi qu'une grosse veine à son cou. Gabriel craint à chaque seconde qu'il ne s'évanouisse mais, tendu comme un arc, il s'agrippe à ses épaules :

— Gabriel, écoute-moi : il y a en Espagne quelqu'un, un religieux, qui œuvre pour que tout homme vivant ici dans ces montagnes soit traité avec respect et dignité. Un dominicain du nom de Las Casas. Un savant comme toi et moi les aimons et admirons. Un homme qui a lu Érasme...

— Un homme seul, frère Bartolomé! Comme vous. Comme moi. Et si loin de ces montagnes...

— Pas si seul! Il est influent et on l'écoute. Il a déjà obtenu que le pape Paul III promulgue une bulle ordonnant que les Indiens de toute la terre soient traités en hommes...

Devant le sourire ironique de Gabriel, Bartolomé se cambre et s'écarte avec colère. De sa main squelettique, il désigne les serviteurs de Gabriel demeurés figés au fond de la pièce, les yeux agrandis d'incompréhension.

— «Considérant que les Indiens, étant de véritables hommes, non seulement sont aptes à recevoir la foi, mais encore nous déclarons, nonobstant toute opinion contraire, que lesdits Indiens ne pourront en aucune manière être privés de leur liberté ni de la possession de leurs biens et qu'ils devront être appelés à la foi de Jésus-Christ par la prédication de la parole divine et par l'exemple d'une vertueuse et sainte vie ! »

Le souffle court, sa tête bandée dodelinant, Bartolomé achève sa déclamation en se saisissant du jeune Chillioc pour le pousser devant lui.

— Tels sont les mots et la volonté du Saint-Père : sur la tête de cet enfant, je le jure devant Dieu tout-puissant. Il veut ce que nous voulons.

Pour toute réponse, Gabriel tend la main vers Chillioc et caresse son visage effrayé.

— N'aie pas peur, Chillioc, murmure-t-il en quechua. Mon ami a un peu de fièvre. Aide-moi à le recoucher.

Bartolomé proteste, mais l'épuisement vainc son exaltation et ses jambes ne le soutiennent plus qu'à peine. Tandis que l'enfant et Gabriel le contraignent à s'allonger et tirent une couverture sur lui, il demande d'une voix brisée :

— Me crois-tu, Gabriel ?

— Je vous crois.

— Alors porte ces pages en Espagne. Fais-les parvenir à Las Casas. Il en a besoin.

Gabriel s'immobilise, stupéfait. La lumière des torches joue dans les ombres, déforme les visages. À cause des bandages, celui de Bartolomé ressemble à un masque.

— Moi ? souffle-t-il.

— Qui d'autre que toi en aurait la volonté et le courage ? Vois comme cet enfant te regarde, Gabriel, insiste Bartolomé en saisissant les mains de Chillioc. Si tu portes ces feuillets en Espagne, il aura une vie d'homme.

Et, comme Gabriel s'est détourné, les sourcils froncés, distant, il ajoute encore :

— Qu'attends-tu ici ? Qu'Anamaya revienne près de toi ? Tu sais qu'il n'en ira pas ainsi. Tu es seul désormais. Tu perds ton temps ici à contempler la beauté du Titicaca tandis que ceux que tu crois défendre vont disparaître. Emporte ces papiers à Tolède, fais connaître la vérité là où elle doit éclater. Qui mieux que toi pourra parler de ce pays au roi ? Aide-moi, Gabriel. Non pas pour la cause de Dieu, puisque tu l'as abandonné. Mais pour celle que tu ne veux pas oublier et qui gonfle ton cœur de tristesse.

Gabriel considère le moine longuement, sans ciller, sans répondre. Mais au frissonnement qui le traverse de part en part, il sait que ses paroles ont fait leur chemin.

*

Une aube laiteuse s'étend sur le lac Titicaca. Les brumes s'effilochent. Elles laissent voir la surface grise de l'eau et les murs gris des terrasses. Au creux de la grande baie qui fait face aux îles sacrées du Soleil et de la Lune, quelques fumées s'élèvent encore des maisons de Cusijata.

À mi-pente d'une sorte de piton rocheux avancé sur le lac, Gabriel admire une dernière fois ce lieu enchanteur. Le seul où il a su vivre en paix depuis ce jour de mars 1532 où, avec Sebastian et après avoir manqué de périr dans la mer du Sud, il a foulé la plage de Tumbez, l'un des premiers conquistadores à s'avancer sur le sol inca.

Sept années, presque jour pour jour ! Sept années d'espérance, de combat, de gloire parfois. Et presque sept années d'amour. Mais si peu de bonheur ! De fugaces instants volés à la guerre et aux drames...

Anamaya !

De seulement chuchoter son nom dans la brise molle du matin, il sent son corps frémir comme si chaque parcelle de sa chair était tatouée par les syllabes magiques de la bien-aimée : Anamaya !

Et voilà qu'aujourd'hui, alors qu'il est devenu un tout autre homme que celui d'il y a sept ans, il va repartir en Espagne. Partir sans se retourner, sans même baiser une dernière fois les lèvres d'Anamaya. Partir et oublier lentement le goût de sa peau, la chaleur de ses cuisses. Oublier ces voyages dans l'étrangeté du monde où elle a si bien su l'entraîner.

En vérité, il ne croit même pas cela possible.

Mais toute la nuit, les paroles du moine ont tournoyé dans son esprit. Des paroles pleines de raison et de force malgré l'exaltation de Bartolomé. Il les a repoussées autant qu'il a pu. Et puis, brusquement, ce sont d'autres mots qui sont venus à son esprit. Des mots prononcés par Anamaya. Les mots qu'elle adressait au « puma » et par lesquels elle répétait l'étrange et incroyable message d'un Empereur inca mort depuis longtemps :

Le puma est celui que tu verras bondir par-dessus l'Océan.
C'est quand il partira qu'il te reviendra.
Bien que séparés vous serez unis,
Et lorsque tous seront partis, tu demeureras et à tes côtés demeurera le puma.
Ensemble, comme vos ancêtres Manco Capac et Mama Occlo,
Vous engendrerez la vie nouvelle de cette terre.

Des mots entendus sans les comprendre et retenus comme un coffre recèle une énigme. Mais des mots, des phrases qui soudain devenaient limpides : oui, il devait partir ! Enfin, il comprenait comment rejoindre Anamaya. Non en plongeant dans le Titicaca, mais en partant au-delà de l'Océan. En retournant en Espagne. En se soumettant à l'apparent hasard et à la puissance de son destin qui faisaient de Bartolomé, à son insu, le messager des Puissants Ancêtres Incas tout autant que du Christ !

Un bruit de branche fait sursauter Gabriel et interrompt sa songerie. Lorsqu'il se retourne, il ne voit d'abord rien. Puis le feuillage d'un arbuste s'écarte et surgit Chillioc, hésitant, osant à peine lever les yeux sur lui.

Avec un sourire doux, Gabriel tend la main.

— Viens, Chillioc, approche-toi.

Lorsque l'enfant a posé sa petite main dans la sienne, il le fait asseoir tout contre lui.

— Tu devrais être en train de dormir, gronde-t-il affectueusement.

— Je ne pouvais pas. J'ai vu que tu ne dormais pas et je t'ai suivi.

Gabriel approuve et serre un peu plus la main d'enfant réfugiée dans la sienne. Ensemble et sans un mot, ils observent la danse de la brume sur le lac.

— Tu vas partir, Seigneur Gabriel ?

— Pourquoi penses-tu cela ? s'étonne Gabriel.

— Je l'ai vu sur ton visage quand tu parlais avec l'Étranger malade.

— Oui, je vais partir, Chillioc. Tu as raison, et tu vas me manquer.

— Mais pourquoi veux-tu partir ? Tu n'es pas bien avec nous ?

— Si, sourit Gabriel. Je suis très bien.

— Alors ?

— Alors il est temps que je parte pour rejoindre quelqu'un... et aussi pour accomplir quelque chose.

Le regard de l'enfant se pose sur lui, plein d'incompréhension et de tristesse.

— Si tu pars, chuchote Chillioc, les Étrangers qui ne nous aiment pas viendront ici. Tout le monde va avoir peur.

— C'est aussi pour cela que je pars, grogne Gabriel, la gorge nouée. Pour que vous n'ayez plus jamais peur des Étrangers.

— Tu crois que c'est possible ? demande l'enfant en ouvrant tout grands ses yeux.

— Peut-être. Je l'ignore. Mais je sais qu'il est impossible de vivre sans le tenter.

22

Vilcabamba, juin 1539

— J'aime ta présence, Frère-Double, chuchote Anamaya. Voilà maintenant dix années que je suis ton épouse. Dix fois que les quatre saisons ont alterné le froid et la chaleur dans notre monde. Dix fois que le jour de ma naissance s'est éloigné dans le passé. J'étais une enfant quand l'Unique Seigneur Atahuallpa a ordonné que je t'accompagne pour toujours et devienne la *Coya Camaquen*. Aujourd'hui, je suis une femme plus âgée que les princesses et les concubines de l'Unique Seigneur Manco. Pourtant, près de toi, il me semble que le temps passe sans nous effleurer, toi et moi.

Anamaya sourit avec tendresse. Elle est assise sur ses talons à côté de la statue d'or du Frère-Double déposée devant le Grand Temple du Soleil de Vilcabamba, sur la stèle édifiée par Katari. En quelques gestes déjà mille fois accomplis, elle répartit les offrandes devant le Frère-Double, miel et fruits, poissons du fleuve et jeune maïs. Puis elle dispose selon un ordre rigoureux des feuilles de coca sur les braises rougeoyantes amassées dans une écuelle peinte à l'effigie du Serpent Amaru.

« Oh, mon époux, songe-t-elle en inclinant silencieusement

le buste, accepte ce que t'offre de tout cœur la *Coya Cama-quen* ! »

La fumée âcre et sèche des feuilles de coca vacille. Elle s'enroule dans une lente caresse autour de la statue d'or avant de s'élever dans la tiédeur naissante du jour.

Comme chaque matin depuis que la saison des pluies est achevée, la petite cité au cœur de la jungle resplendit dès les premiers rayons dorés de l'aurore. Après la pointe du Rocher Sacré où s'attache le soleil à chaque aube, la grande place des cérémonies puis les murs entourant les terrasses des *canchas* royales surgissent de la jungle opulente. Bientôt, le labyrinthe de ruelles, d'escaliers et de ponts sort de l'ombre à son tour. Jour après jour, Anamaya admire la parfaite harmonie de cette ville, que Katari semble avoir tirée de la terre par l'une de ses magies. Par leur taille et leur disposition, les temples, les habitations nobles et ordinaires, et jusqu'aux entrepôts se fondent si bien dans la jungle qu'il suffit de s'éloigner de Vilcabamba d'un quart d'heure de marche pour qu'elle disparaisse comme un mirage.

— J'aime ta présence, Frère-Double, reprend Anamaya avec douceur. Elle m'apaise et me remplit d'espoir, car je sens, à travers toi, que l'Unique Seigneur Huayna Capac nous protège alors que la guerre tue et détruit tout autour de nous. Longtemps, Frère-Double, je n'ai pas su t'aimer ni t'écouter. J'étais une trop jeune fille. Je te craignais. Je redoutais ton silence et ton corps d'or. Je redoutais mon devoir d'épouse près de toi. Je redoutais le savoir que ta présence m'enseignait et qui attirait sur moi l'envie, la jalousie et la colère des Puissants Seigneurs.

Anamaya cesse son murmure, pensive. Un groupe de jeunes Vierges Choisies, portant les *cumbis* des offrandes au Père le Soleil, passe la haute porte en trapèze de l'enceinte du Temple. Découvrant la *Coya Camaquen* en prière, les jeunes filles se courbent. Avec respect, elles maintiennent leurs yeux rivés sur les dalles du sol.

— Car ta présence, ô mon époux, reprend Anamaya avec un sourire tendre et ironique en direction des jeunes *acllas*, a fait de moi, si simple et timide fille au sang mêlé, une femme que l'on redoute !

Le visage redevenant grave, elle tend la main, caresse de la paume l'épaule de la statue.

— La vérité, Frère-Double, c'est que j'ai craint par-dessus tout que tu ne m'empêches d'aimer celui que l'Unique Seigneur Huayna Capac m'a désigné. J'ai craint ta jalousie. J'ai craint que tu ne cherches sans cesse à éloigner celui pour qui, malgré la très longue absence, mon cœur et mon corps fondent comme la neige sous la caresse d'Inti. Oui, ô Frère-Double, j'ai craint ta jalousie !

Avec une attention inquiète, Anamaya scrute le visage d'or. Dans la lumière croissante du matin, l'ombre du regard s'allège. Sous l'arc puissant du nez, elle s'étire sur le fin modelé des lèvres qui soudain paraît sourire. Alors Anamaya ferme ses paupières et, dans un souffle, laisse fuir les mots de sa confession :

— Ô Frère-Double, combien de fois, lorsque ma bouche et mon esprit prononçaient son nom, Gabriel, que ses mains ou ses lèvres se posaient sur ma peau, j'ai craint ta colère ! Pardonne ma sottise, bien-aimé époux. Maintenant, je sais que cette peur était vaine. Voilà trois lunes que le souffle du puma s'est posé sur moi, un soir dans la rivière. Depuis et en ta présence, il n'est pas de nuit, pas de sommeil sans que le puma vienne à ma rencontre. De rêve en rêve, ô Frère-Double, nous sommes ensemble. Nous nous touchons et nous nous aimons comme un homme et une femme s'aiment sous la lumière d'Inti ! Je passe mes doigts dans ces poils qui à présent lui recouvrent les joues. Je sens son visage trembler sous ma paume. Je vois l'éclat de son regard lorsqu'il désire me prendre et il vient en moi avec autant de force que lors de nos nuits de Cajamarca, Cuzco ou Ollantaytambo ! Nuit après nuit, ô bien-aimé Frère-Double, mon cœur est caressé par son cœur. Rêve après rêve, je le vois devenir le puma et je sais qu'il ne m'a pas oubliée, lui non plus. À chaque réveil, je suis apaisée et confiante. Aujourd'hui, je comprends les paroles de l'Unique Seigneur Huayna Capac. Oui ! Ainsi s'accomplissent les mots et la volonté des Puissants Ancêtres. Et moi, la *Coya Camaquen*, bientôt je t'accompagnerai là où tu seras en paix parmi eux.

Profondément plongée dans sa dévotion, Anamaya demeure un instant immobile. Les yeux toujours clos, elle est repliée sur elle-même comme pour mieux recevoir la silencieuse réponse de la statue d'or.

Ce n'est qu'après un long moment qu'elle perçoit un souffle rapide. La plainte retenue d'un sanglot. Se redressant dans un sursaut, elle découvre la jeune épouse de Manco prosternée à quelques pas d'elle, le visage mouillé de larmes.

— Curi Ocllo !

— Aide-moi, *Coya Camaquen* ! Aide-moi, je t'en prie...

— Curi Ocllo ! s'exclame encore Anamaya en se mettant debout et en lui tendant les mains. Que se passe-t-il ?

— Un *chaski* est venu cette nuit pour annoncer que des soldats Étrangers quittaient Cuzco. Ils avancent dans la Vallée Sacrée et se dirigent vers nous...

Les grands yeux sombres de Curi Ocllo cherchent à se fondre dans ceux d'Anamaya, comme s'ils pouvaient lui transmettre toute son angoisse. Anamaya se contente pourtant de froncer les sourcils. Curi Ocllo redouble de sanglots et s'écrie :

— Il arrive ce que je redoute depuis toujours, Anamaya ! Oh, c'est terrible ! Qu'Inti nous protège !

Anamaya l'oblige à se lever et glisse ses doigts sur les joues ruisselantes de la jeune femme.

— Je ne comprends pas ton affolement, Curi Ocllo ! Manco est à Vitcos avec trois mille guerriers. Il repoussera les Étrangers, et ce ne sera pas la première fois. Ce sont de très mauvais combattants dans la jungle.

Un nouveau sanglot étouffe la protestation de Curi Ocllo. Derrière elles, Anamaya devine les regards dérobés des jeunes *acllas*. Elle entoure de son bras les épaules tremblantes de la petite reine et l'attire hors du Temple.

— Calme-toi, Curi Ocllo, chuchote-t-elle avec tendresse. Il n'est pas bon que les Filles du Soleil te voient dans cet état.

Alors que Curi Ocllo balbutie une excuse, elles atteignent la grande place des cérémonies. Anamaya se dirige vers le grand escalier qui conduit, en très larges degrés, vers l'extérieur de Vilcabamba et les champs cultivés en bordure du fleuve.

— Explique-moi ce qui te trouble tant, demande-t-elle en faisant asseoir Curi Ocllo sur un petit mur.

Curi Ocllo prend à peine le temps de retrouver son calme.

— Il y a cinq lunes, Manco a voulu une nouvelle fois reprendre Cuzco aux Étrangers. Mais il n'est même pas allé jusqu'à la Ville du Puma, car son frère Paullu y revenait lui-même avec des milliers de soldats du Sud après avoir vaincu le vieux et fidèle Tisoc...

— Je sais cela ! coupe Anamaya avec impatience. J'avais moi-même prévenu Manco que son expédition était inutile. Il ne devait pas chercher à affronter Paullu !

— Ce n'est pas Paullu qui veut le plus de mal à Manco, murmure Curi Ocllo en détournant les yeux. C'est mon frère Guaypar.

Anamaya se raidit tandis que Curi Ocllo, d'une voix sourde, poursuit :

— Guaypar a depuis longtemps réuni un grand nombre de guerriers du Nord et les met désormais au service de Paullu. Peu lui importe que Paullu se soumette aux Étrangers comme une femme subit un homme sans amour. Depuis bien des années, il hait Manco autant que je l'aime. Il ne songe qu'à cela : détruire Manco. Et je ne sais même pas pourquoi.

Anamaya frissonne et ferme les yeux. Sa main cherche l'épaule de Curi Ocllo et ses doigts s'y referment avec affection.

— Moi, je sais, souffle-t-elle.

Comme si les mots de Curi Ocllo l'avaient transportée tout entière dans le passé, elle revoit ces froides et lumineuses journées du *huarachiku* de Tumebamba. Ils étaient des enfants. Tous : Manco, Paullu, Guaypar. Et elle aussi, à peine dégrossie par le Sage Villa Oma mais déjà protégée par Atahuallpa. Elle se souvient de cette course terrible. De la peur de Manco devant le serpent, de la grande amitié de Paullu pour son frère. Et déjà de la violence et de la haine de Guaypar. Elle se souvient du combat entre Manco et Guaypar autour du feu, deux garçons dévorés par la rage et le goût du sang, ivres de *chicha* et déchirant la nuit avec la volonté de tuer, jusqu'à ce qu'un oncle de Manco interrompe le combat.

« La leçon est donnée et nul ne l'oubliera », avait-il dit. À quoi Guaypar, fou de honte et de haine, avait répondu : « Tu es maudit, Manco ! Tu brûleras avant d'atteindre l'Autre Monde. Jamais ton âme ne sera libre ! »

Anamaya à son tour sent les larmes venir et sa respiration s'oppresser. La vraie raison à toute cette haine, oui, elle la connaît. C'est elle !

De cela elle se souvient aussi : Guaypar à Huamachuco lui demandant de devenir son épouse, alors que les Étrangers approchaient de Cajamarca. Guaypar lui disant : « Mon âme d'ici ne respire que par toi, Anamaya ! Mes entrailles brûlent à la seule pensée de toi. »

— Oui, répète-t-elle, je sais ce qui les sépare.

— Et moi, je veux empêcher qu'ils ne se tuent, Anamaya. Manco est mon époux bien-aimé ! Jamais je n'ai souhaité d'autre homme dans mon cœur. Mais Guaypar est mon frère. Lui aussi, je l'aime.

Anamaya se tait, sans oser soutenir le regard horrifié de Curi Ocllo.

— *Coya Camaquen*, aide-moi, supplie la jeune femme.

— Comment puis-je t'aider ? Comment puis-je m'opposer à ce qui est ?

— Laisse-moi rejoindre Manco. Il a besoin de moi et je veux être près de lui quand Guaypar voudra l'affronter. Je me placerai entre eux s'il le faut.

— Non, Curi Ocllo, déclare doucement Anamaya, je ne te laisserai pas faire une pareille sottise. Ce qui oppose Manco et ton frère est bien trop ancien, bien trop fort, pour que tu puisses empêcher qu'ils s'affrontent si cela doit être.

— Non, jamais ! Jamais je ne pourrai les abandonner ! proteste Curi Ocllo en hurlant. J'irai sans escorte jusqu'à Vitcos s'il le faut. Honte à toi, *Coya Camaquen* ! Honte à toi qui abandonne ton Unique Seigneur…

— Curi Ocllo !

Mais Anamaya n'est pas assez vive pour retenir la jeune femme, qui court en criant de douleur vers le centre de Vilcabamba. C'est à peine si elle esquisse quelques pas pour la suivre.

« Ô Inti ! songe-t-elle, vaincue à son tour par les larmes. Ce jour a commencé dans l'espoir et le bonheur, et ce qui vient déjà sera plus lourd à porter que les nuages qui font trembler les montagnes. »

23

Cuzco, juin 1539

En s'approchant de Sacsayhuaman, Gabriel a un choc. Les combats furieux et les incendies ont en partie ruiné les murs de la forteresse pour laquelle tant d'hommes sont morts et dans laquelle il a conquis sa légende. Les tours sont tombées et les armées de guerriers qui envoyaient des flèches et des pierres ont disparu. Mais les blocs cyclopéens se dressent avec une égale fierté, ne protégeant plus qu'un mystère et du vent.

Bartolomé arrête son cheval et tend la main.

— Tu as vu ?

Dans la carrière qui surplombe la forteresse, on distingue des silhouettes d'enfants qui jouent, se courent après, tentant de s'attraper pour rouler à terre et se battre. Leurs cris stridents résonnent à travers les collines.

Gabriel sourit.

— C'est une guerre sans victimes que celle faite par les enfants.

— Ils grandissent vite. Hélas, il n'y a rien de plus simple que d'apprendre à tuer.

Gabriel approuve en silence.

Ils passent à travers des champs où sont maintenant cultivés, en sus de la *quinua* et du maïs, du blé, de l'orge et de l'avoine. À l'approche de la ville, il aperçoit même avec surprise de petits jardins enclos plantés de choux.

Au pied des murailles dans lesquelles l'herbe pousse s'étend la Ville du Puma. Gabriel se souvient de son éblouissement lorsqu'il l'a découverte pour la première fois, il revoit le visage soudain si lointain d'Anamaya aux côtés de Manco, le triomphe de Pizarro.

D'une sacoche, Bartolomé a sorti des vêtements et il les lui tend.

— Nous sommes à peu près de la même stature, dit-il timidement, et j'ai pensé que...

— Je n'en ai pas besoin.

Gabriel a parlé avec douceur mais fermeté. Il sent le regard de Bartolomé posé sur lui : il n'est plus déguisé en Indien comme lors de son retour à Cuzco pour tenter de tuer Gonzalo. Il a adopté cette tenue simple et qui marque son alliance avec cette nouvelle terre : un *unku* de couleur crème sur lequel les femmes du Titicaca, à sa demande, ont tissé un puma noir.

— J'ai mis du temps pour devenir qui je suis, frère Bartolomé. Je ne vais pas me déguiser en ce que je ne suis plus.

Bartolomé se tait, respectueux et intrigué. Puis il fait une dernière tentative :

— Tu sais ce qu'ils vont dire, n'est-ce pas ?

Gabriel ne prend pas la peine de répondre.

— Allons-y, dit-il en encourageant son cheval d'une légère pression des talons.

Il est gai comme un homme qui va faire ce qu'il doit.

*

En entrant dans la ville, Gabriel remarque tout de suite les changements intervenus depuis son dernier passage.

Le plus spectaculaire est la saleté. Les canalisations centrales des rues, où courait une eau claire, sont engorgées par des détritus de toute nature, où l'on reconnaît des épluchures de pommes de terre, des épis de maïs à moitié mangés. L'odeur qui se dégage de l'eau stagnante est nauséabonde, et nauséabond le parfum du crottin de cheval mêlé aux déjections porcines...

— L'apport de la civilisation, ironise Bartolomé devant la mine de Gabriel.

Il lève les yeux.

Après l'incendie de Cuzco, les toits de chaume ont brûlé et ils ont le plus souvent été refaits en tuiles : c'est une curieuse impression que ces nobles palais incas recouverts de toits espagnols. De même, Gabriel voit que certaines ouvertures trapézoïdales ont été bouchées à la base pour permettre l'enchâssement de portes en bois, munies d'un gros verrou.

— Ils ne connaissaient pas le vol, dit Bartolomé, et ils barraient leur entrée d'un simple bâton pour marquer leur absence. Encore un de nos cadeaux...

Un lapin poursuivi par deux cochons file entre les jambes du cheval de Gabriel, qui fait un écart. Il note les regards posés sur lui : cet Étranger à la mise indienne fait murmurer plus que les nombreux Indiens qui ont adopté, par-dessus leur costume traditionnel, des attributs espagnols : l'un porte des gants, l'autre un ceinturon de cuir, un troisième des chausses... Seuls les Incas gardent fièrement leur tenue de toujours.

Lorsqu'ils pénètrent sur la place de l'Aucaypata, les images se remettent à défiler sous les yeux de Gabriel : l'entrée des momies, le couronnement de Manco... Mais son voyage dans le passé est interrompu par le tintement d'une cloche. Le son familier et si ancien le cloue sur place. Il regarde Bartolomé avec stupéfaction. Le prêtre lui désigne l'emplacement du Sunturhuasi, ce mystérieux bâtiment qui dominait la place.

Là où se dressait la tour surmontée d'un toit conique, il n'y a plus qu'un chantier. Aucune pierre n'est posée, mais la charpente s'élève déjà. À une poutre, les ouvriers ont accroché une cloche unique dont le martèlement emplit la place, faisant se retourner tous les Indiens.

— *El Triunfo !* dit Bartolomé. Ils la construisent déjà en mémoire de la victoire et du siège. On dit qu'un peintre viendra d'Espagne pour y faire un tableau des miracles qui se sont produits ici...

— Quels miracles ?

— Celui de la Vierge Marie éteignant l'incendie, accompagnée d'un cavalier monté sur un cheval blanc et qui paraît invulnérable à tous les coups.

— J'ai un vague souvenir de ce miracle, dit Gabriel.

— Il est peu d'hommes qui n'ont pas besoin de croire aux miracles pour avoir la force de vivre.

— Je commence à m'en rendre compte.

Dans le prolongement de la place, Gabriel entraîne Bartolomé jusqu'à la rue du Hatun Cancha. Ils s'arrêtent devant un palais de moindres dimensions, dont la porte est recouverte d'une peau de guanaco. Gabriel descend de son cheval dont il confie les rênes à un vieillard, qui s'est fait une spécialité de cet office.

— Que fais-tu ? demande Bartolomé.

— Quelqu'un m'attend, dit Gabriel tranquillement.

— Quand ce rendez-vous a-t-il été fixé ?

— Dans une autre vie. Après tout, c'est bien vous qui m'incitez à croire aux miracles... Voulez-vous venir avec moi ?

D'un mouvement énigmatique de la main où deux doigts sont collés, Bartolomé fait signe que non et il s'éloigne après un dernier sourire.

*

C'est toute une mise en scène que de traverser ce palais. Antichambre, couloirs, valets indiens en livrée, jeunes ser-

vantes — Gabriel a l'impression comique de se trouver brutalement transporté dans une pièce de théâtre où il joue un rôle
dont on a oublié de lui donner le texte. Comme il s'impatiente
dans un salon chargé de tentures, il se retourne en entendant
un énorme éclat de rire.

— Sebastian !

— Tu ne reconnais pas les lieux ? Il est vrai qu'ils étaient
en nettement moins bon état...

Après un effort, Gabriel évoque le souvenir des murs noircis
par le feu, des toits brûlés, de ce palais où, au sortir de sa prison, Sebastian l'a emmené pour l'équiper de neuf.

— C'est moi qui étais en un drôle d'état, soupire-t-il.

Les deux amis s'étreignent sans aucune retenue. Quelle que
soit la compréhension qu'il a de frère Bartolomé, Gabriel n'aura
jamais avec lui cette intimité des aventures partagées. Quand ils
se séparent après des rires encore et des claques, Gabriel peut
enfin considérer son ami.

Sa tenue est tout à fait extraordinaire, des chausses multicolores jusqu'à la collerette de fine dentelle imitée de celle de
Pizarro. Il feint de ne pas s'apercevoir que Sebastian le regarde
avec un étonnement semblable.

— Voilà une drôle de tenue ! disent-ils presque en même
temps avant de se laisser aller à un nouveau rire.

— Je dois faire bien des efforts pour me distinguer des
esclaves noirs qui arrivent de Panamá, dit Sebastian. Et toi, tu
es devenu l'Inca ?

— Je serai l'Inca le jour où tu seras gouverneur.

— Pourquoi pas ? Nous ferions une belle alliance et, après
avoir fêté notre victoire d'un rôti de Gonzalo, nous préparerions
une belle paix... non sans nous en être mis plein les poches
préalablement, en prévoyance de jours plus rudes !

— Tu m'as l'air bien préparé de ce côté-là.

Sebastian fait une moue.

— Tu n'imagines pas ce que c'est, dit-il, une lutte quotidienne épuisante.

Il claque entre ses doigts et aussitôt deux jeunes servantes s'empressent. Sans qu'il ait un mot à dire, elles apportent sur un plateau d'argent une carafe dont le liquide brille d'un rouge profond sous la lueur des torches, et deux gobelets d'argent.

Le palais de Gabriel a perdu le goût du vin, et son visage s'empourpre à la première gorgée.

— Ça n'est pas mal, fait-il en claquant la langue. Mais ça ne vaut pas celui du… Comment s'appelait l'auberge, déjà ?

— *Au Pichet libre* ! rugit Sebastian. Ah, l'estimable escroc et son inoubliable piquette… Tu as raison, rien ne nous en rendra le goût.

Il y a une soudaine nostalgie dans la voix de Sebastian, et Gabriel laisse un silence passer entre eux.

— Parle-moi de ta vie, dit enfin Sebastian. Le bruit court que tu es un très grand Seigneur, là-bas, sur les rives du Titicaca…

— Je te parlerai plus tard, Sebastian. J'ai besoin que tu complètes les dernières nouvelles que m'a données Bartolomé… et que tu commences par me dire ce qu'il advient de ta fortune.

— Je suis riche, vois-tu, mais je me sens presque aussi menacé que si j'étais le malheureux esclave que tu as rencontré, protégé par la seule amitié du bon Candia…

— Pourquoi cela ?

— Depuis la mort d'Almagro, qui était mon protecteur malgré moi (il avait des défauts, cet homme, mais il n'arrivait pas à oublier que je l'avais sauvé !), je sens le cercle du mépris et de la jalousie se refermer autour de moi… Et puis, je te l'ai dit, il en arrive chaque jour, des moricauds avec rien sur le dos, et un bon Espagnol qui me voit avec mes tenues splendides, mon bon vin d'Espagne, mes trois concubines et autres, se dit que je suis une insulte à la nature des choses et à l'ordre divin. Il s'en trouvera un, bientôt, pour m'occire dans un fond de ruelle et me donner en pâture à ses innommables cochons, les toujours affamés...

— Ne peux-tu te faire plus... discret ? Tout garder sous cette dalle, au fond de cette caverne où tes trésors s'entassaient autrefois ?

Sebastian éclate de rire.

— Et c'est toi qui me dis ça !

— Ce n'est pas pareil.

Le Noir s'interrompt et sourit.

— Tu as raison. Ce n'est pas pareil. Je ne connais pas tes raisons, mais je n'oublie jamais ce que je t'ai dit une fois : il y a une mer entre nous, et aucun pilote, même le plus habile, ne saurait la traverser. C'est ainsi.

Il boit longuement et avec plaisir. Il tend son gobelet à une des jeunes filles, lui sourit avec gentillesse. Elle le ressert.

— Je ne veux pas changer, même si je dois mourir. Il m'a fallu trop d'efforts, trop de ruses, trop d'humiliations pour avoir ce que j'ai. Je ne l'échangerai pas contre une survie incertaine et misérable. Si je dois mourir demain, que ce soit mon épée en acier de Tolède à la main, et que le sang coule sur ma collerette.

— Je te comprends.

Sebastian balaie d'un geste ce que ses propos peuvent avoir de trop pessimiste.

— Tu n'es pas venu pour écouter les incertitudes de mon destin. Tu es venu pour elle, n'est-ce pas ?

Gabriel s'alarme aussitôt.

— Elle, la princesse aux yeux bleus, précise Sebastian comme si c'était nécessaire. Tu es au courant, bien sûr...

Le cœur de Gabriel bat comme la cloche du *Triunfo*.

— Je ne sais rien, non, frère Bartolomé n'a rien dit. Que se passe-t-il ?

— L'expédition, par le sang du Christ ! Tu n'as pas entendu parler de l'expédition ?

Gabriel se redresse sur son siège, renversant son gobelet dont le reste de liquide se répand sur un épais tapis de laine.

— Mais parle-moi ! crie-t-il presque, dis-moi ce qui se passe !

— Cela fait deux bons mois qu'ils sont partis, sur ordre du Gouverneur, dit Sebastian sombrement. Trois cents hommes commandés par Gonzalo, plus un bon nombre d'Indiens commandés par Paullu et d'autres capitaines incas hostiles à Manco. Ils se sont enfoncés dans la jungle à sa poursuite avec un but précis : capturer Anamaya et cette grande statue en or dont ils savent qu'elle la suit partout, étant en quelque sorte mariée avec elle.

Le silence retombe.

— Pourquoi elle ?

— Ils pensent que Manco est affaibli, séparé de ses principaux généraux, et que la prendre sera pour lui un coup fatal. Ils n'auront plus, ensuite, qu'à se lancer dans la traque finale. Et puis ils sont obsédés furieusement par cette statue en or. Tu as bien entendu parler de la mésaventure de Candia...

Gabriel s'impatiente.

— Tu me raconteras une autre fois, je suis sûr que c'est plaisant. Sait-on s'ils sont arrivés à leurs fins ?

— Sans doute pas, sinon les nouvelles du triomphe nous seraient parvenues. Et Paullu ne serait pas en ce moment même revenu pour quérir des renforts auprès de don Francisco.

Gabriel étreint brièvement Sebastian.

— Je dois les voir. Où sont-ils ?

— Sans doute chez le Gouverneur, à la Cassana. À moins que ce ne soit chez Paullu, dans le palais de Colcampata qu'il occupe depuis son couronnement.

Gabriel se dirige vers la sortie, précédé par les jeunes servantes qu'il écarte sans brutalité.

— Sebastian, je vais peut-être te demander quelque chose...

— Eh bien ?

— Je ne veux pas en parler maintenant. Mais si je te demande un service, me le rendras-tu ?

Il n'entend que le soupir de son ami, se reprend vite.

— Je n'ai rien dit, excuse-moi.

— Je ne peux pas faire comme si je ne t'avais pas entendu. Je ne sais pas quelle folie tu as en tête, mais hélas pour moi, oui, je t'aiderai.

Gabriel file après une brève accolade, échappant aux serviteurs en livrée et aux servantes qui ressemblent à des concubines.

Bartolomé l'attend à la sortie du palais. Sans un mot, Gabriel saute à cheval.

— Où allons-nous si vite ? demande Bartolomé.

— À Colcampata. Pourquoi ne m'avez-vous rien dit ?

— Je ne...

— Pas à moi, frère Bartolomé, et pas vous ! Ne me dites pas que vous n'étiez pas au courant de l'expédition de Gonzalo !

— Tu n'y peux rien tout seul, Gabriel, tu le sais bien.

— Laissez-moi juge de ce que je peux et de ce que je ne peux pas.

Tandis que les sabots résonnent sur les pavés, Gabriel fait taire sa colère et tente de maîtriser l'angoisse terrible et profonde qui s'est emparée de lui.

24

Cuzco, Colcampata, juin 1539

Il y a une foule sur l'esplanade de Colcampata.

En arrivant, bien que son attention soit fixée sur la silhouette de Francisco Pizarro, qu'il devine immédiatement, Gabriel jette un coup d'œil sur l'écrin dans lequel la Ville du Puma repose, au cœur des montagnes. Il en comprend mieux que jamais la force éternelle — loin des odeurs des porcs et des flétrissures apportées par les conquérants. Il en perçoit le souffle puissant, ensommeillé mais prêt à bondir et à rugir de nouveau.

Dans les niches ouvertes au milieu de la maçonnerie parfaite des murs du palais sont installées les momies. Gabriel reconnaît celle de l'Inca Huayna Capac, non sans une certaine émotion.

— C'est Paullu qui les a demandées, chuchote Bartolomé à son oreille. Il ne convenait pas que l'Inca « légitime » soit séparé de ses Ancêtres.

Gabriel hoche imperceptiblement la tête tout en portant le regard vers son vieux protecteur, don Francisco Pizarro.

Le Gouverneur est plus maigre et osseux que jamais ; avec le temps, il semble se ratatiner sans rien perdre de la force qui se dégage de lui. Tout est noir dans sa tenue, sauf le chapeau et les chaussettes blanches. Le seul signe de son immense richesse est la finesse de la dentelle des collerettes où il enfouit son cou. Son œil noir est fixé avec intensité et attention sur le personnage qui lui fait face, assis sur sa *tiana* comme il sied à l'Inca, et en qui Gabriel reconnaît Paullu.

Le nouvel Inca de Cuzco a le même âge et la même stature que son demi-frère Manco. Mais là où le rebelle a les traits taillés par le ciseau du sculpteur de pierre, Paullu est tout en rondeur. Sans être épais, son visage évoque une sorte de mollesse, un laisser-aller au plaisir de vivre ; seuls les yeux manifestent une volonté ferme, sans faille, et une intelligence éveillée.

Les deux hommes parlent sans l'aide des interprètes, car Paullu s'exprime parfaitement en espagnol.

Au moment où Gabriel et Bartolomé rejoignent le cercle des Seigneurs indiens et des hidalgos réunis, le visage de Pizarro se tourne vers eux.

En rencontrant les yeux noirs, profondément enfoncés dans leurs orbites, du vieux Capitan, Gabriel se sent parcouru d'une onde d'émotions anciennes. Il se raidit et s'efforce à un sourire doublé d'une légère inclinaison de tête.

— Ce que j'ai besoin de comprendre avant de vous aider, Seigneur Paullu, poursuit Pizarro, ce sont les chances de succès de l'expédition.

— Très grandes, Gouverneur, presque assurées...

La voix de Paullu est parcourue des intonations rauques typiques du quechua. Dans son dos, Gabriel entend un hidalgo cracher et marmonner : « Ce chien nous fera tous crever dans cette jungle maudite... »

— Je suis revenu en hâte, à l'insistance de votre frère Gonzalo, pour lever des renforts, car les troupes de Manco sont puissantes et organisées.

Au nom de Manco, les yeux de Pizarro ont jeté des éclairs.

— Êtes-vous certain que nous pouvons détruire ce chien ?

— Je ne peux appeler « ce chien » mon propre frère, dit poliment Paullu, même si j'estime qu'il a commis une erreur regrettable en poursuivant sa rébellion au-delà des limites du raisonnable. Pour répondre à votre question : oui, nous pouvons vaincre son armée. Mais il y a une condition...

Paullu, sûr de son effet, s'interrompt un instant.

— Laquelle ? s'impatiente don Francisco.

— Le Gouverneur sait à quel point les siens ont besoin de mes hommes pour les guider à travers la forêt. Il sait — et le regard de Paullu balaie en défi toute l'assemblée des Espagnols — qu'en de nombreuses occasions, dont vos frères Hernando et Gonzalo pourraient témoigner s'ils étaient présents, ma loyauté à votre égard a été décisive dans les combats...

— Je ne doute pas de cela, Seigneur Paullu. Nous savons ce que nous vous devons. Et vous savez ce que vous nous devez...

L'œil de Pizarro a glissé sur la frange royale qui orne le front de Paullu.

— Une belle amitié est faite d'un bel équilibre, commente, comme attendri, le redoutable Paullu. Ce que je voulais vous dire, Gouverneur, c'est qu'il est indispensable que je reprenne avec mes troupes et des renforts le chemin de la forêt, afin de rejoindre votre frère Gonzalo et d'assurer la réussite de tous les buts de l'expédition.

— Quand voulez-vous partir ?

— Demain ou la nuit qui suivra... Le temps presse ! Mais songez, Gouverneur, qu'aussitôt la victoire obtenue vous pourrez retrouver le soin de développer Lima, votre belle Cité des Rois...

— Et vous celui de régner sur votre très chère ville de Cuzco.

— Je ne puis être indifférent à la ville de mes Ancêtres,

répond Paullu en désignant d'un geste discret la file des momies qui les observent depuis les niches.

— Allez, Seigneur Paullu. Vous pouvez annoncer que par ordre du Gouverneur, vous êtes chargé de recruter les troupes que vous jugerez nécessaires.

— Il me faut des Yungas, Gouverneur, plus que des montagnards. Ceux-là viennent de la côte et le climat humide...

Pizarro a un nouveau geste d'impatience :

— Faites comme bon vous semble, mon cher Sapa Inca, vous connaissez vos Indiens. Faites et gagnez.

Pizarro est le premier à se lever de son siège et à esquisser l'ébauche d'une révérence devant un Paullu impavide. Dans ce mouvement, songe Gabriel, il y a toute l'ambiguïté qui régit la relation entre les deux hommes.

Puis les dignitaires incas s'éloignent.

Aussitôt, les rumeurs montent parmi les rangs espagnols. « Faire confiance à ce traître... l'ami d'Almagro... » Pizarro leur impose silence d'un signe de la main. Moins que jamais son autorité n'est contestée, surtout de face.

— Paix, dit-il. Nous avons besoin de lui, mais il a besoin de nous. Il y a trop de duplicité intelligente en lui pour qu'il nous trahisse maintenant. Il veut autant que nous se débarrasser de son cher frère...

Sur les derniers mots s'est posée une ironie amusée.

— Allez tous, à présent. Je veux rester seul avec...

Il s'est tourné vers Gabriel. De nouveaux murmures s'élèvent dans l'assistance. Tous ne connaissent pas l'Espagnol en tunique d'Indien, mais chacun connaît la légende de ce fier combattant protégé par Santiago et qui, à lui tout seul, a pris la forteresse.

Le vieux conquistador et celui qui fut son fils sont enfin seuls sur l'esplanade.

— Eh bien, commence Pizarro, qu'est-ce que c'est que cette drôle de tenue ?

*

Gabriel ne saurait dire combien d'heures ils passent ensemble.

Midi se lève et tombe dans le bleu chaud du ciel, l'or glisse sur les montagnes, l'ombre du soir s'étend — et ils parlent toujours.

Le Gouverneur prend visiblement plaisir à retrouver son compagnon. Il l'interroge sur la vie au bord du lac Titicaca et le taquine sur les femmes indigènes ; Gabriel le fait parler de sa chère ville de Lima, dont la fondation l'a tant occupé. Surtout, à l'insistance de Pizarro, ils évoquent le passé, Séville, Tolède, l'audience royale et les souffrances du voyage. Dans l'intimité qui s'établit ainsi, le Gouverneur se relâche et agite son chapeau blanc, selon les histoires qu'il raconte, à la manière d'un chiffon, d'un drapeau ou d'une voile.

— Je me suis souvent posé une question, don Francisco.

— Demande, mon garçon.

— On dit que, lors d'une de vos premières expéditions, vos compagnons étaient sur le point de vous abandonner lorsque vous avez tracé une ligne sur le sable pour leur montrer à tous où était la limite entre la misère et la fortune, le passé et la gloire...

— L'île du Gallo, murmure Pizarro, rêveur.

— On dit aussi qu'ils furent douze à franchir cette ligne pour se mettre de votre côté.

— Eh bien, que veux-tu savoir ?

— Je voudrais savoir si c'est vrai. Si les choses se sont bien passées ainsi.

Pizarro reste un instant silencieux. Son visage sévère s'est ouvert d'un sourire.

— N'es-tu pas l'ami de certains d'entre eux ? demande-t-il. As-tu posé la question à Candia ?

— Il ne fait qu'en rire ! Et je voudrais l'entendre de votre bouche.

Mais Pizarro ne se laisse pas faire — ou bien la conversation l'amuse trop pour qu'il cède maintenant.

— On me dit à moi, rétorque-t-il, qu'un cavalier ayant tes traits — mais pas ton étrange tenue —, monté sur un cheval blanc, galopait au milieu des flèches indiennes, traversait les incendies et, protégé par la Vierge Marie qui apparaissait à ses côtés, s'en est allé à lui tout seul prendre les trois tours de la forteresse. Est-ce vrai ?

Gabriel sourit à son tour.

— Vous avez de nombreux amis aussi, don Francisco. Ne les avez-vous pas interrogés ?

— Par le Christ, ils jurent tous que cela s'est produit — à l'exception notable de mon frère Gonzalo, il est vrai.

Gabriel part dans un rire où le vieux conquistador le rejoint.

— Ces légendes, murmure Pizarro, qui d'entre nous en sait le vrai… Je me souviens de tant d'épisodes de ma vie comme à travers une brume. Parfois, je me réveille le matin et il me semble que j'ai passé la nuit dans un village de ma bonne Estrémadure à construire une cloche et qu'ainsi toute ma vie s'est déroulée. Puis je me souviens d'où je suis, de ce que j'ai traversé, et je deviens vieux.

— Et pourtant vous êtes là.

D'un geste, Gabriel embrasse tout le paysage à leurs pieds, avec les lumières des torches qui commencent à s'allumer dans la nuit tombante. Pendant un moment, les deux hommes conservent le silence, chacun perdu dans ses réflexions, chacun prolongeant l'évocation du passé qui les a rapprochés.

Puis Gabriel entend la voix du Gouverneur qui chuchote presque :

— J'ai besoin de toi, fils.

Son corps se crispe comme s'il venait de recevoir une gifle. Malgré l'affection qui le lie à don Francisco, malgré le respect qu'il a encore pour lui, il perçoit une menace terrible, insupportable, dans ces paroles.

— Je suis seul une fois de plus, tu le sais bien. Hernando a assassiné le Borgne et le voilà parti pour l'Espagne se justifier auprès du Roi… Dieu sait ce qu'il adviendra de lui. Je n'ignore pas que tu le détestes, mais c'est le seul qui ait un peu de tête au-dessus de ses couilles — pardonne-moi l'expression… Les autres, tu sais bien ce que j'en pense.

— Alors pourquoi avoir confié Cuzco à Gonzalo ?

La voix de Gabriel est calme, mais il est impossible de ne pas sentir le blâme contenu dans la question.

— Malgré tous ses défauts, il est un des miens — le seul à qui je peux faire confiance… Et tous ces capitaines qui nous arrivent d'Espagne avec dix chevaux et cinquante fantassins équipés, ils se croient tout permis et s'attendent à ce que tous les trésors du Pérou s'offrent à eux…

— Il faut construire un pays et vous ne songez qu'à faire la guerre, encore la guerre…

— Comment faire autrement ? Crois-moi, Gabriel, j'aspire autant que toi à la paix. Laisse-moi te dire…

Pizarro pose son chapeau sur le petit muret qui surplombe la ville et prend Gabriel par le bras, se penchant à son oreille dans une attitude de confidence.

— Tu sais que je vis en concubinage avec cette princesse indigène que nous avons baptisée doña Angelina… Eh bien, j'ai toutes les peines du monde à dissimuler combien je l'aime ! Et cette fille que j'ai eue avec doña Inés Quispe Sisa, cette merveilleuse petite Francesca, tu ne t'imagines pas combien j'ai envie de courir à chaque instant de la journée pour la prendre dans mes bras. Cela fait des semaines que je ne l'ai vue et elle me manque, si tu savais comme elle me manque...

Les yeux de don Francisco sont brillants de larmes.

— Je ne veux qu'une chose : vivre avec elles, manger mon simple repas accompagné d'un gobelet de vin coupé d'eau, maintenir mon vieux corps en état par des jeux simples de la campagne, comme ceux qui étaient les miens lorsque j'étais enfant, les quilles, le jeu de paume... Crois-tu que je prenne plaisir à chevaucher dès l'aube par ces routes impossibles, à diriger ces armées, à séduire ces caciques, à me torturer la tête pour savoir si je dois croire ou non ce Paullu...

— Alors, faites la paix !

Le mot claque dans le silence. Pizarro reprend son chapeau blanc et le roule comme une motte de terre.

— La paix ! Tu utilises de bien grands mots maintenant, mon fils.

— Ne le voyez-vous pas, don Francisco ?

— Je vois une sorte de diable, mon fils, un Espagnol déguisé en Indien et qui me fait des phrases au-dessus de sa condition...

Une colère froide fait à présent vibrer les traits du vieil homme qui, l'instant d'avant, jouait avec sincérité le rôle d'un père ébloui. Mais Gabriel se sent gagné par une force qu'il n'a jamais eue face à lui, et une douce euphorie envahit tous ses membres. Sa voix est ferme lorsqu'il lui répond.

— Avez-vous écouté les paroles de ceux qui ne tremblent pas devant vous ? Savez-vous que vos soldats ne respectent aucune des lois et persistent à vivre en pillant, en assassinant, en réduisant en esclavage ? Croyez-vous qu'ainsi vous obtiendrez la paix avec les Indiens ?

— Il me faut d'abord gagner la guerre contre ce Manco de malheur. Nous rétablirons la paix et la concorde après...

— Mais non, don Francisco, vous ne voyez pas ! L'esprit de

guerre est installé partout, même dans nos rangs. Vous avez laissé tuer Almagro…

— Je ne savais pas…

— Allons donc, vous ne saviez pas — de même que vous ne saviez pas qu'Atahuallpa était exécuté. Vous le saviez et vous avez détourné la tête et fermé les yeux le temps que le forfait soit accompli. Et maintenant la vengeance est partout dans l'air : chacun hait son frère et ne rêve que de lui prendre ce qu'il a, chacun voit l'injustice et croit que sa force, si elle est proprement soutenue, est tout son droit, tout le droit ! Et, bien que vous soyez différent d'eux, vous faites comme eux ! Et maintenant vous ne voyez pas parmi les regards dociles de vos compagnons eux-mêmes ceux qui vous trahiront et qui complotent peut-être déjà pour prendre votre vie…

Pizarro s'est agité plusieurs fois pour répondre, mais l'éloquence passionnée de Gabriel l'a fait taire. Sur les derniers mots, il persifle :

— Allons, fils. Ils n'oseront pas !

Gabriel ne s'arrête pas à l'exclamation.

— Vous aviez — vous avez encore — la chance de rester dans l'histoire comme l'homme qui a conquis une terre et qui en a fait un pays ! Vous êtes en train de la gâcher.

— Gabriel, je ne peux pas !

La phrase sonne comme un cri de désespoir.

— Je connais ta générosité et ton courage, et je suis prêt à tout entendre de toi. Je ne nie pas la vérité de beaucoup de ce que tu dis, et parfois, la nuit, quand je prie la Très Sainte à l'Enfant, je verse des larmes sur les crimes qui sont commis. Ne crois pas que je me considère moins sévèrement que toi. Nul, à part mon Juge Suprême, ne sait ce que je sais ! Mais ce que tu dis est impossible, comprends-tu, impossible…

— Est-il vrai que l'expédition de Gonzalo et de Paullu a pour mission première de capturer Anamaya et la statue en or ?

— Oui, et Manco également. Mais Gonzalo m'a convaincu qu'il serait plus facile à prendre si sa prêtresse était entre nos mains et cette statue dont il détient je ne sais quels pouvoirs magiques...

— Et après cela, vous dites que ce sera la paix.

L'ironie et la douleur sifflent à travers les dents de Gabriel.

— Vous pensez qu'en détruisant purement et simplement ce qu'il y a de précieux pour eux, vous vous approchez de la paix ? C'est le contraire, don Francisco : vous ajoutez la guerre à la guerre ! Quand vous en aurez fini avec Manco — si vous y parvenez —, vous aurez encore affaire à Villa Oma, le Sage devenu guerrier, et ensuite à Illa Topa. Et quand ceux-là seront morts, il s'en dressera encore derrière... Et quand vous en auriez fini avec eux, il vous faudrait encore faire face à vos rangs, vous garder de tous côtés sans pouvoir vous fier à qui que ce soit. Vous ne voyez pas qu'en agissant de cette façon, vous laissez à tous, Espagnols et Indiens, l'esprit de guerre en un héritage dont ils ne se déferont jamais !

— Tu ne comprends pas, Gabriel, tu es encore trop jeune. Je sais tout cela. Mais je sais aussi des choses que tu ne sais pas. Là-bas, dit-il en montrant l'ouest, ils s'agitent et des nouvelles me parviennent qu'ils envisagent d'envoyer un vice-roi. Si je n'ai pas pris Manco avant et pacifié la rébellion, c'en est fini.

— C'en est fini de quoi ? De votre pouvoir, des exactions et des meurtres ?

— C'en est fini de mon rêve...

Les derniers mots franchissent comme un souffle les lèvres pâles et fines de don Francisco, et Gabriel s'interrompt dans son élan. Sur la consistance du rêve de ce vieil homme venu de si loin, il ne peut rien dire : c'est le secret de chaque être, pitoyable et magnifique.

Les deux hommes respirent doucement. Ce qu'il a pu passer de colère dans leurs paroles se retire, s'envole dans la nuit, s'enfonce dans les pierres, peut-être absorbé par la sagesse des momies qui n'ont cessé de les observer.

— Laissez-moi les rejoindre, dit Gabriel, avec l'ordre de négocier la paix immédiate avec Manco. Je le connais bien, vous le savez, je suis le seul Espagnol auquel il acceptera de parler, peut-être.

— Non.

Gabriel se redresse, fait quelques pas sur l'esplanade. Toutes ses émotions se sont muées en une énorme fatigue — la lassitude de toutes ces années, la tristesse de ne pouvoir convaincre l'homme qu'il a tant admiré, tant détesté.

Son regard plonge dans l'ombre vers la momie au nez cassé, celle de Huayna Capac. Une onde de sensations anciennes le traverse et il frissonne comme si, dans la nuit étoilée, il était soudain transporté vers les terrasses puissantes d'Ollantaytambo.

Il se retourne.

Francisco Pizarro n'a pas bougé.

— Adieu, don Francisco.

Le Gouverneur ne fait toujours pas un mouvement et Gabriel s'apprête à redescendre vers la ville.

Soudain, la vieille voix résonne derrière lui.

— Que vas-tu faire ?

Gabriel fait demi-tour pour lui faire face, mais dans l'ombre il ne devine plus que sa silhouette qui déjà s'éloigne et s'efface.

— Don Francisco, j'ai réfléchi à l'histoire de l'île du Gallo et je vais vous dire ce que je pense : vous avez réellement tracé cette ligne dans le sable à la pointe de votre épée. Et tous, ils ont dû se déterminer : de quel côté voulaient-ils se trouver ?

Il fait une pause et aspire à grandes goulées l'air frais de la nuit.

— Je crois que dans la vie de chaque homme vient un

moment où, comme vous, il peut sortir son épée et tracer une ligne dans le sable. Je crois que tout homme choisit.

— Que vas-tu faire ?

— Ce que je dois.

Gabriel disparaît dans la nuit.

25

Cuzco, juin 1539

— Tu es fou ! hurle Sebastian.

Gabriel s'arrête et lève les mains pour apaiser son camarade. Jamais il ne l'a vu en pareille rage.

— Calme-toi.

— Tu me dis *à moi* de me calmer ?

— Laisse-moi t'expliquer encore…

— Est-ce que tu me prends pour un *crétin de nègre* ?

Gabriel baisse les bras en signe d'impuissance.

— Je te prends pour mon ami.

Les yeux de Sebastian jettent encore des éclairs. Dans la nuit qui baigne toutes les pièces de son palais, il ne reste qu'une torche allumée et quelques bougies sur la petite table à la fine marqueterie où les deux hommes sont assis. Les serviteurs et les femmes sont couchés, mais les deux hommes parlent presque à voix basse.

— Est-ce qu'un ami, reprend Sebastian plus calmement, peut souhaiter la mort de son ami ? Et se suicider avec ?

— Je te demande simplement…

— Simplement de me ruiner pour t'aider à financer une expédition en pleine forêt et aller sauver une Indienne — alors que je t'en trouve cinquante plus jolies rien qu'en claquant des doigts — et sauver une paix dont, de toute façon, personne ne veut. Ah, et j'oubliais : protéger la fuite d'une idole en or qui terminera tôt ou tard fondue à la Cassana ou dans le palais d'un de ces nobles hidalgos. Je te le redis, mon ami : tu es fou. Et si je t'écoute encore, je suis fou avec toi !

— Et moi aussi, dit une troisième voix dans l'ombre. Fou de la même folie ou d'une autre approchante. Mais j'ai envie d'y croire.

— Vous, frère Bartolomé ?

Le moine est sorti de l'ombre où il se tenait, les yeux apparemment perdus dans un tableau à la facture sommaire qui représente la forteresse de Sacsayhuaman.

— Serait-ce, demande Sebastian, que depuis le retour de l'évêque Valverde vous ne faites plus partie des plus hautes autorités religieuses de cette bonne ville de Cuzco ?

— Que voulez-vous dire ?

— Votre charge ne fait-elle pas de vous… leur allié ?

— Mon ami, cette charge — et son poids — a fait de moi le témoin et depuis trop longtemps le complice de ce qui n'a que trop duré. Je ne suis pas venu ici pour laisser faire les massacres au nom de Dieu. Et cet homme — ton ami — est ma chance pour que cela cesse. Il y a deux ans, quand Sa Sainteté Paul III a publié sa bulle pontificale, j'avais pensé que nous avions remporté une victoire décisive. Mais ce n'est pas le cas. Je voulais que Gabriel parte en Espagne pour témoigner et exiger l'aide du Roi au service de la loi de Dieu. Mais je comprends ce que tu appelles sa folie et, si je pouvais, je l'accompagnerais…

Sebastian regarde tour à tour les deux hommes.

— Et peut-on savoir — simple curiosité — comment vous allez vous y prendre pour trouver des hommes ?

— J'ai quelques amis, dit Gabriel en souriant.

— Qui ? Notre vieux compère Candia s'est déjà à moitié

ruiné en tentant de pénétrer cette maudite forêt ! Si tu veux entendre parler de mon or, puis-je au moins savoir le nom de ces amis ?

— Ne vaut-il pas mieux, pour te laisser jouir de ton reste de prospérité, que tu l'ignores ?

— Trop bon, Votre Grâce ! Il m'autorise à jouir de mon reste de prospérité. C'est une générosité qui me touche...

— Sebastian...

— Pas de Sebastian qui tienne. Tu me dépouilles, tu me tues et tu veux que je te dise merci.

Gabriel et Bartolomé se taisent. Dans la nuit, il n'est plus temps de convaincre, de cajoler, de râler, de plaisanter. Ils ne peuvent plus que scruter le visage de l'ancien esclave, y voir passer les expressions de la colère et du doute, de la tentation et du refus...

— Et si je dis non ?

*

Gabriel et Bartolomé se pressent à travers l'obscurité qui, dans la nuit sans lune, a gagné les ruelles de Cuzco. Ils traversent l'Aucaypata et descendent vers le Temple du Soleil. En le longeant, Gabriel a le souffle coupé. Les parois sont abattues, les murs à moitié ruinés. Il ne reste que les pierres des puissants soubassements que les conquérants n'ont pas eu le courage d'attaquer — à moins qu'ils n'aient l'intention de s'en servir pour construire dessus.

« Le jardin d'or, siffle Gabriel entre ses lèvres, qu'en ont-ils fait ? Une auge pour leurs cochons ? »

Enveloppé par la nuit, il laisse remonter en lui les paroles de la prophétie de l'Inca, celles qu'Anamaya lui a révélées lors de leur dernière nuit et dont le sens lui est toujours si mystérieux.

C'est à cause de sa foi dans ces paroles autant que de l'amour battant dans son cœur qu'il est prêt à tout braver.

Quand ils atteignent les *canchas* de Pumachupan, il pose une main sur l'épaule de Bartolomé silencieux. Le moine se retourne vers lui et sourit ; la cicatrice baigne d'ombre son visage. Il se dirige sans hésitation vers une ouverture ménagée dans un mur à l'appareillage modeste.

— C'est ici, dit le moine.

La cour est déserte et plongée dans l'obscurité. À leur arrivée, quelques cochons d'Inde se réveillent et filent entre leurs jambes en poussant des cris.

Puis une torche s'avance vers eux, à hauteur de poitrine. Ébloui par la lumière, Gabriel met la main devant ses yeux. Une voix rauque et familière s'adresse à lui en bon castillan.

— Bienvenue, Seigneur.

Gabriel devine enfin dans le halo la silhouette caractéristique du Nain. Il le suit sans crainte, avec l'impression de retrouver un vieil ami. Ils ne se sont jamais rencontrés que la nuit, n'ont jamais échangé plus de quelques mots, mais le Nain a toujours été là pour le rapprocher d'Anamaya. Une fois de plus, il va l'y aider.

Derrière la tenture modeste de la pièce où le Nain les entraîne s'ouvre un petit palais dont le luxe étonne et ravit Gabriel. C'est comme si le Nain était devenu l'Inca d'un minuscule royaume créé par lui pour être dirigé par lui — et destiné à n'être jamais connu que de lui seul. Tout dans la pièce est d'une valeur rare : or, argent, bijoux ornent les gobelets, les jarres, les plateaux. Les couvertures au sol sont de laine de vigogne, et la table entourée par un banc et deux chaises est de bois précieux, incrusté d'émeraudes. Dans les niches sont disposées les figures familières des lamas et des condors, mais aussi des figurines plus effrayantes que Gabriel n'a jamais vues chez les Incas. Plus surprenant, il y a une sorte d'icône de la Vierge.

Et tout est *petit*, comme si cela avait été réalisé à la taille du Nain et pour son seul plaisir par des artistes travaillant à sa cour.

Ils prennent place comme ils le peuvent à l'invitation du petit homme. Il est loin, le temps de son unique robe rouge dont les franges ramassaient la poussière. Il porte des chausses de lin jaune et un pourpoint de même couleur ; sur sa tête, un bonnet aux quatre pointes dressées évoque pour Gabriel ceux des Kollas qu'il a connus au bord du lac Titicaca.

— Cette demeure est plus modeste que ma maison de Yucay, dit le Nain, mais je suis heureux de vous y accueillir.

— Ton destin t'a apporté la fortune, semble-t-il, dit Gabriel en souriant.

— Esclave j'ai été trouvé, esclave je resterai. Mais en attendant je jouis discrètement de ce que le destin m'a donné et je regarde pousser mes fils qui, à cinq et sept ans, sont déjà plus grands que moi. Cela prouve que le destin sait se laisser caresser. Mais vous n'êtes pas venus écouter le récit de ma vie.

— Nous sommes venus te demander ton aide.

Le Nain se met à rire et ses larges mains battent ses cuisses :

— Qui l'aurait dit ? Qui l'aurait dit ? répète-t-il.

Quand il a ri tout son soûl, que son dernier « Qui l'aurait dit ? » s'est noyé dans un hoquet, Gabriel s'explique : il a besoin d'un guide et d'une dizaine d'hommes pour se rendre à Ollantaytambo, et de là le guider dans les forêts impénétrables où Gonzalo est à la poursuite d'Anamaya et de Manco.

Le Nain ne pose aucune question. Il considère longuement et sérieusement Gabriel.

— Depuis toujours, je t'ai amené vers elle, dit-il.

Gabriel hoche la tête.

— Quand veux-tu partir ?

— Cette nuit même, si c'est possible.

Le Nain siffle entre ses dents.

— Nous irons chez moi, à Yucay, et je réunirai les hommes qu'il faut. Mais toi, as-tu l'or nécessaire ?

— Il l'a.

La tenture s'est soulevée pour laisser passer la silhouette du géant noir.

— Il l'a, reprend Sebastian en baissant la tête, comme si la petitesse de tout ce qui l'environne l'obligeait à rétrécir. Il ne veut pas perdre de temps, n'est-ce pas ?

L'étonnement a figé l'expression de Gabriel dans une moue qui fait rire Sebastian.

— Rien que pour voir cette tête-là, Votre Grâce, ça vaut la peine de se faire torturer. Allez, dépêchons-nous, j'ai mal au cou rien que de rester ici.

Les quatre hommes ressortent. Gabriel a pris le bras de Bartolomé et le serre d'une pression émue. Devant eux, les deux anciens esclaves marchent sans un mot, côte à côte : le Nain court, tandis que le géant retient son pas. Ils passent à travers les *canchas* silencieuses avant de déboucher sur la route pavée du Collasuyu.

Quand ils sont à la limite des dernières maisons et que ne se dessinent devant eux que les champs de céréales et la ligne sombre du col derrière lequel se dissimule Yucay, Bartolomé et Sebastian s'immobilisent. Sebastian émet un léger sifflement entre ses dents.

Deux Indiens apparaissent — et une ombre blanche dans la nuit.

— Itza ! s'écrie Gabriel.

— Je t'avais dit que je te la garderais !

— Itza !

— La variété de tes exclamations me confond. Vas-tu nous le dire une troisième fois ?

Sans s'arrêter aux sarcasmes, Gabriel donne de petites tapes affectueuses sur le nez de la jument. Puis, les yeux brillants, il fait face à ses amis.

Le moine lève sa main aux deux doigts joints sur Gabriel.

— Tu me permettras de te bénir, dit-il avec un sourire. Le Véritable Dieu soit avec toi !

— Et n'oublie pas tes grosses couilles, dit Sebastian sombrement. Garde-les bien entre les jambes.

Gabriel considère ses deux amis et les étreint brièvement. Il ouvre la bouche pour les remercier.

— Tais-toi, gronde Sebastian, tu m'ennuies déjà. Tu vas pleurer comme une femme, tu vas gémir « Itza ! Itza ! » et je déteste ça. Dépêche-toi.

Après une dernière hésitation, Gabriel leur tourne finalement le dos avant de monter en selle d'un mouvement souple. Il s'enfonce dans la nuit.

26

Vilcabamba, Vitcos, juillet 1539

Avant de s'en approcher, Anamaya observe un instant l'affairement bruyant d'hommes et de femmes sur les terrasses dégagées au pied de Vilcabamba, en bordure du fleuve. Sous le regard attentif de Katari, des femmes pétrissent de la glaise pour l'étaler avec soin à l'intérieur de cadres de bois. Des hommes se saisissent ensuite des épaisses plaques de terre luisante obtenues ainsi. Assis, ils les replient sur leurs cuisses avant de les placer avec soin au soleil sur un tapis de feuillage pour qu'elles sèchent. Un peu plus loin, d'autres hommes transportent des plaques déjà sèches, d'un gris plus clair, au cœur d'un four rond dont on prépare le brasier.

Alors qu'elle rejoint Katari, Anamaya le voit héler l'un des ouvriers et lui demander d'apporter la plaque de glaise qu'il vient de recourber. À l'aide d'un stylet de roseau, en quelques gestes rapides, le Maître des Pierres dessine dans la matière encore souple un petit serpent.

— Que fais-tu ? s'étonne Anamaya. À quoi doivent servir ces plaques de terre ?

— À recouvrir ton toit, *Coya Camaquen*, et à te maintenir bien au sec durant les prochaines pluies !

Anamaya fronce les sourcils et le regarde sans comprendre. Katari à nouveau dessine un serpent sur une autre plaque. Son geste est si simple et si aisé que l'image du serpent paraît surgir avec la soudaineté d'un véritable reptile.

— Ce sont ce que les Étrangers appellent des *tuiles*, explique Katari, l'œil brillant d'excitation. Une fois ces plaques de glaise cuites, il suffira d'en recouvrir la charpente de nos toits pour qu'ils deviennent tout à fait imperméables. J'ai décidé d'en recouvrir ton toit d'abord, *Coya Camaquen*, pour te rendre honneur. Après, nous en poserons sur toutes les *canchas* de Vilcabamba. Cela achèvera d'embellir la nouvelle cité royale de notre Unique Seigneur.

Mi-soucieux, mi-amusé, Katari montre la tuile qu'il vient de dessiner et ajoute :

— Mon seul souci, c'est que les cuisses d'un homme de chez nous sont plus petites que celles d'un Étranger. Aussi les tuiles que nous moulons sont-elles plus petites que celles que j'ai vu faire à Cuzco. Nous allons devoir travailler la charpente de nos toits pour résoudre ce problème.

— Tu m'étonnes, Maître des Pierres, sourit Anamaya. Toi, le gardien du savoir de nos Ancêtres, le dépositaire de nos traditions, tu veux supprimer les toits incas pour les remplacer par une invention des Étrangers ?

— Et pourquoi pas ? Ne devons-nous pas apprendre des autres peuples ce que la vie leur a enseigné ? N'avons-nous pas appris l'orfèvrerie par les leçons des artisans chimus, la poterie de leurs ancêtres mochicas et le tissage des anciens habitants de Paracas ? Ces tuiles sont une superbe invention. Avec elles, finies les fastidieuses coupes de l'*ichu* et ces toitures pourrissantes qu'il faut changer toutes les quatre saisons ! Devrions-nous ignorer ce savoir seulement parce que les dieux n'ont pas eu le temps de nous l'enseigner ? Cela n'ôtera en rien les beautés des bâtiments et des murs que nous savons, nous Incas, construire mieux qu'aucun autre peuple créé par Viracocha !

Le visage et la voix de Katari expriment un rare enthousiasme. Anamaya, émue, observe l'intense ballet des ouvrières et des ouvriers.

— Je suis heureuse de ce que tu dis là, Katari. Cela signifie que, pour toi, notre peuple doit encore se développer et espérer dans le futur malgré la guerre, la faiblesse de Manco et les sombres prédictions de l'Unique Seigneur Huayna Capac.

— Ce sont là deux questions en une seule que tu me poses, *Coya Camaquen*, réplique le Maître des Pierres en se faisant plus grave. Il me faut te répondre deux fois. D'abord, pour te dire qu'il me semble pernicieux de disposer inutilement de savoirs et de pouvoirs. Cela ne peut que déplaire aux Puissants Ancêtres, qui ont voulu que chaque chose existe dans ce Monde-ci pour signaler leur présence.

Katari lève le bras et montre, au-delà de la terrasse boueuse où ils se trouvent, un champ où paissent tranquillement une dizaine de chevaux qu'admirent des enfants accroupis.

— Manco a capturé ces animaux durant la bataille d'Ollantaytambo. Avec fierté, il les a conduits ici. Mais pour quoi faire ? Seul lui-même sait grimper sur leur dos. Malheureusement, dans la jungle qui est devenue notre unique territoire, ces bêtes sont incapables de se déplacer. De plus, il leur faut des sortes de semelles de métal aux pieds que nous ne sommes pas encore en mesure de fabriquer. Ainsi, à quoi servent ces chevaux, sinon à agrandir les yeux des enfants ?

— Ils servent à la fierté de Manco, dit Anamaya avec tendresse. Ces chevaux montrent à tous que l'Unique Seigneur ne subit pas toujours la puissance des Étrangers !

Non loin d'eux, une fumée épaisse et odorante s'échappe maintenant des fours ronds. Le visage grave, Anamaya contemple les hommes et les femmes qui les entourent et ne paraissent rien avoir vu de l'étrange jeu de Katari sur les tuiles.

— Je suis très flattée que tu veuilles décorer mon toit en premier, dit-elle. Mais je ne verrai pas ton travail avant quelque temps. J'ai accepté que Curi Ocllo rejoigne Manco et j'ai décidé de l'accompagner.

Comme Katari l'observe avec surprise et inquiétude, Anamaya répond à sa question avant même qu'il ne la pose :

— Cela fait presque une lune que je refuse de la laisser quitter Vilcabamba. Mais elle dépérit, pleure plus souvent qu'elle ne mange. Et peut-être a-t-elle raison : sa présence pourrait réconforter Manco.

— Mais pourquoi l'accompagner toi aussi ?

Anamaya hésite quelques secondes. Là-bas, des hommes crient, tandis qu'ils recouvrent précipitamment le four avec quantité de branchages frais afin de maintenir une température égale sur les tuiles.

— J'ai promis à Manco d'être auprès de lui et cela fait longtemps que moi aussi je le laisse seul. Et puis, Curi Ocllo craint que ce ne soit son frère Guaypar qui affronte cette fois Manco. Il y a entre eux une vieille haine dont je me sens un peu responsable. Peut-être pourrais-je être utile à l'Unique Seigneur ?

Katari secoue la tête, dubitatif.

— Ce n'est pas ta place, *Coya Camaquen*. Les haines de Manco sont comme les toits d'*ichu* de cette ville : ce sont de vieilles pratiques qui n'empêchent ni la pluie d'humidifier les lits ni les Étrangers de gagner les batailles ! De plus, traverser la jungle alors que les Étrangers approchent est dangereux pour toi !

— Nous aurons une bonne escorte, le coupe Anamaya en posant affectueusement sa main sur le poignet du Maître des Pierres. Katari, je te confie le Frère-Double. Prends bien soin de lui. Je serai de retour aussi vite que je le pourrai. Je sens que le moment approche où nous devrons le conduire là où tu sais.

*

C'est au troisième jour de marche prudente que leur petite troupe, longeant la rivière, arrive en vue de l'éperon rocheux qui supporte le palais fortifié de Vitcos. Contrairement aux inquiétudes de Katari, la progression dans la jungle s'est faite sans autre difficulté que de parvenir à pénétrer le fouillis végétal si vigoureux qu'il ne cesse de vouloir dévorer et effacer le sentier tracé à chaque passage.

Curi Ocllo aussi s'est montrée courageuse, n'hésitant jamais à quitter sa litière lorsque l'étroitesse des sentiers l'exigeait. Maintenant, alors que les murs de Vitcos surgissent en surplomb de la vallée, son impatience est si grande que ses mains tremblent. Tout au long du jour, son visage a perdu ses ombres qui l'enlaidissaient pour redevenir ce si beau visage aimé et désiré par Manco. Scintillants et épanouis par l'exaltation, ses yeux et sa bouche sont à la fois ceux d'une très jeune fille qu'aucune des épreuves du monde ne saurait troubler et ceux, vibrants de promesse, d'une femme qui sait que bientôt le bien-aimé posera son regard et la pointe de ses doigts sur elle.

Cependant, alors qu'ils atteignent les premières marches d'une pente assez rude qui rejoint la forteresse par son flanc nord, la colonne s'immobilise brusquement. Avant que l'officier commandant la quinzaine de guerriers de l'escorte s'approche de leur litière, Curi Ocllo proteste déjà :

— Officier, pourquoi ordonner cette halte ? Nous sommes presque arrivés...

Avec respect, l'officier s'incline devant elle et, avec l'habileté d'un homme rompu à ce genre de cérémonial, par une légère torsion du buste, fait en sorte que son salut soit tout autant adressé à Anamaya.

— Il est vrai, *Coya*, que nous sommes tout près de Vitcos. Mais, précisément, je veux demander à la *Coya Camaquen* la permission d'envoyer deux soldats jusqu'à la forteresse pour prévenir l'Unique Seigneur de votre arrivée.

— C'est inutile ! s'écrie Curi Ocllo. Ses sentinelles le préviendront. Et même, si je pouvais lui faire la surprise de mon arrivée, ce serait merveilleux !

Avec un rire léger, elle se retourne vers Anamaya et supplie :

— Il est inutile de perdre du temps, n'est-ce pas ?

— Officier, demande Anamaya, crois-tu tout à fait nécessaire d'envoyer des éclaireurs ? La *Coya* a raison : l'Unique Seigneur sera prévenu de notre arrivée par ses sentinelles.

L'embarras retient un bref instant la réponse du commandant de l'escorte. Finalement, il s'incline encore plus pour déclarer :

— En vérité, *Coya Camaquen*, je voudrais m'assurer que l'Unique Seigneur Manco est bien dans la forteresse.

— Pourquoi n'y serait-il pas ? s'exclame Curi Ocllo. S'il en était parti, nous le saurions déjà. Il nous aurait envoyé un messager. Oh, Anamaya, s'il te plaît : nous sommes si près !

— Il serait stupide d'être imprudente, lui répond doucement Anamaya.

Aussitôt, des larmes perlent dans le regard noir de Curi Ocllo. Anamaya ne peut retenir un sourire devant ce caprice.

— Officier, soupire-t-elle, envoie un éclaireur annoncer notre arrivée, mais reprenons notre avancée sans attendre son retour.

Sans aucune retenue, avec une spontanéité d'enfant gâtée, Curi Ocllo noue ses bras autour du cou d'Anamaya et se serre contre elle.

— Merci, Anamaya ! Merci… Tu ne peux pas savoir comme je suis heureuse de retrouver enfin Manco !

*

Leur colonne n'est plus qu'à deux portées de fronde de la forteresse lorsque l'éclaireur les rejoint en courant. De nouveau, le commandant de l'escorte interrompt leur marche.

— *Coya Camaquen*, annonce-t-il, il n'y a personne. Vitcos est vide...

— Vide ?

Le cri d'étonnement de Curi Ocllo est un cri de douleur.

— L'Unique Seigneur et ses soldats semblent avoir quitté le palais depuis plusieurs jours...

— Mais pourquoi ?

— Peut-être y a-t-il des Étrangers dans les parages, *Coya*.

— En ce cas, officier, ordonne rapidement Anamaya, il est inutile de traîner sur ce chemin. Hâtons-nous de rejoindre la forteresse. Puisqu'elle est vide, nous pourrons y loger et nous y protéger s'il est besoin.

De fait, dès qu'ils franchissent le mur d'enceinte, c'est pour découvrir des bâtiments et des patios abandonnés.

Inquiètes, Anamaya et Curi Ocllo mettent pied à terre, traversent le premier des patios, entouré de pièces basses disposées dans un large et parfait carré. Accompagnées par les soldats, elles se dirigent vers les bâtiments opposés à l'entrée du palais. Formant un dégagement étroit et défensif, une sorte de ruelle en angle droit permet le passage jusqu'à la partie la plus avancée de la forteresse.

Là, il n'y a rien de plus qu'une vue splendide qui s'offre à elles. Construit à la pointe même d'une étrave rocheuse, à l'aplomb d'une pente vertigineuse s'achevant dans la rivière, un long et puissant bâtiment, percé de quinze magnifiques portes aux linteaux de granit blanc, clôt un patio surélevé. Autour se dressent les pentes et les pointes neigeuses des plus hauts Apus, tout semble indestructible et étrangement paisible.

— Je ne comprends pas ! répète Curi Ocllo d'une voix brisée. Pourquoi Manco est-il parti sans même envoyer un *chaski* à notre rencontre ?

— Ce n'est qu'un contretemps, l'apaise Anamaya en scrutant la forêt sur les pentes alentour. Il a dû se retirer dans le petit fort de Machu Pucara.

— Pourquoi ? Sans nous prévenir…

— L'officier a peut-être raison : les Étrangers sont plus proches qu'on ne le croit. Nous devons être prudentes. Je vais envoyer un messager à Machu Pucara pour que Manco puisse…

Elle n'a pas le temps d'achever sa phrase, des hurlements d'épouvante strient l'air et leur glacent le sang.

D'abord, elles ne voient rien. Il semble que les cris ne viennent de nulle part.

Et puis ils surgissent.

Cent ou deux cents guerriers indiens du Nord. Tuniques aux couleurs de Quito, casques de cuir et boucliers en avant, ils bondissent du vide, jaillissant dans un flot continu de l'arrière du long bâtiment où ils se sont cachés.

Les masses de bronze et les frondes tournoient. Les lances sont pointées et les haches brandies !

Déjà l'officier de l'escorte hurle des ordres. Barrière dérisoire, sa poignée de soldats entoure Anamaya et Curi Ocllo, la lance tendue. Mais à peine ont-ils pris place que des pierres de fronde sifflent, tuant net deux d'entre eux. Le cri de Curi Ocllo emplit l'air par-dessus tous les autres et semble déclencher l'attaque.

Une attaque si brève et si violente qu'Anamaya n'a guère le temps de comprendre, et pas celui de s'enfuir. Le dernier à être tué, la tête ouverte par une masse étoilée, est son officier.

D'un coup, le silence se fait.

Les soldats du Nord forment un cercle compact tout autour d'elles. Curi Ocllo tombe à genoux. Sous les regards inexpressifs des guerriers, elle se serre contre Anamaya. Dans un froissement de boucliers entrechoqués, un chemin s'ouvre dans la masse d'hommes. Un officier inca de haut rang, portant de magnifiques bouchons d'oreilles et une cape aux fils d'argent, le casque surmonté d'un court éventail de plumes bleues et or, s'avance. Son visage est dur et anguleux, ses yeux paraissent étrangement petits dans leurs orbites. Anamaya le reconnaît à l'instant où Curi Ocllo bondit et se précipite vers lui :

— Guaypar ! Oh, Guaypar, mon frère !

Avec émotion, elle se laisse aller à terre. Guaypar l'évite, sans même abaisser un regard sur ses épaules tremblantes. Un sourire étire ses lèvres très dessinées. Il s'approche tout près d'Anamaya, qui affiche un masque de mépris absolu.

— Nous t'attendions, *Coya Camaquen*. À dire vrai, nous ne sommes venus jusqu'ici que pour toi.

— En ce cas, voilà une curieuse manière de nous accueillir, Guaypar.

Le sourire de Guaypar s'agrandit tandis que, dans son dos, des hommes retiennent Curi Ocllo ravagée de sanglots et à qui déjà on lie les mains.

— Je ne me soucie pas des liens du sang, Anamaya. Ma sœur m'a renié depuis trop longtemps en épousant Manco, le traître, l'usurpateur…

— Sache que son sort et le mien sont liés, Guaypar !

— C'est à moi qu'il appartiendra de le décider, *Coya Camaquen*. Mais il faut comprendre mon impatience. Il y a tellement longtemps que je rêve de cet instant !

Son regard est si vibrant de confiance et de haine que, pour la première fois depuis longtemps, le poison du doute et de la peur s'infiltre dans les veines d'Anamaya.

*

— Te souviens-tu de cette nuit à Huamachuco ? C'était avant l'arrivée des Étrangers, l'Unique Seigneur Atahuallpa conduisait la guerre contre Huascar le Fou...

Guaypar a souri en posant sa question. Mais son sourire est de glace, tout comme sa voix. Anamaya sourit à son tour avant de répondre :

— Oui, je me souviens.

Elle est assise, presque accroupie sur le sol même de l'une des petites pièces de la forteresse où les guerriers de Guaypar l'ont conduite. Sans brutalités inutiles mais sans aucun égard pour son rang non plus, on a lié ses bras et ses mollets à un gros rondin passé dans son dos, l'obligeant à se maintenir dans une posture contorsionnée qui lui scie les reins. Déjà une douleur lancinante se glisse le long de sa colonne vertébrale et irradie dans ses épaules. Pourtant, elle sourit encore et répète :

— Je me souviens. Tu venais d'être nommé capitaine pour avoir capturé des généraux de Huascar à la bataille d'Angoyacu.

Les yeux sombres de Guaypar marquent l'étonnement. Anamaya voit son souffle grossir dans sa poitrine. Puis il détourne le visage vers le patio où s'installent bruyamment ses troupes. Mille questions se précipitent dans l'esprit d'Anamaya mais elle les retient, s'obligeant à laisser Guaypar cracher ses si vieilles rancœurs :

— Ce soir-là, je t'avais dit que tu étais la plus belle des femmes du Tahuantinsuyu. Qu'aucune autre ne possédait la moitié de ta beauté, qu'aucun regard ni aucune bouche ne pouvait être comparé aux tiens...

Bien qu'il soit campé sur ses jambes et, de toute sa hauteur, domine Anamaya suppliciée par son entrave, Guaypar donne l'impression d'être sur ses gardes plus que dominateur. Sa hache d'apparat, d'argent et d'or, tremble un peu dans sa main. Comme si le poison des souvenirs qui l'assaillent polluait sa chair, la peau de son visage devient grise tandis qu'il ajoute :

— J'ai fait plus : cette nuit-là, je t'ai demandé de devenir mon épouse et tu me l'as refusé.

— Alors, tu te souviens aussi pourquoi, réplique doucement Anamaya.

Un ricanement de fureur fuse entre les lèvres de Guaypar :

— Le Frère-Double ! Tu as dit : « Je ne peux pas à cause du Frère-Double ! » Il n'est pas, depuis, un seul Puissant Seigneur de ce pays qui ignore combien la *Coya Camaquen* a exercé sa fidélité au Frère-Double de l'Unique Seigneur Huayna Capac en ouvrant bien grandes ses cuisses à un Étranger ! Un Étranger qui se déguise en Indien et qui est méprisé par les siens autant qu'il doit être détesté par les nôtres. S'il n'avait pas eu ta protection…

Guaypar ne termine pas sa phrase. Mais le mouvement tranchant de sa main montre bien le sort qu'il réserve à Gabriel.

La douleur de ses reins noue le ventre d'Anamaya et l'oblige un instant à fermer les yeux pour mieux respirer. Au-dehors, des bruits et des cris annoncent l'arrivée de nouvelles troupes. Lorsqu'elle rouvre ses paupières, Anamaya distingue sur le seuil de la pièce des officiers qui attendent les ordres de Guaypar sans qu'aucun d'eux ose le déranger.

— Que veux-tu de moi ? demande-t-elle en tentant de masquer sa souffrance.

Comme s'il n'avait pas entendu sa question, Guaypar traverse deux fois la pièce devant elle. Brusquement, il s'interrompt, observe l'agitation du dehors sans la voir et déclare d'une voix sourde :

— Je t'ai dit aussi autre chose en cette époque lointaine. Tu ne te souviens pas ?

— Tu en as toujours dit beaucoup, Guaypar. Si tu me demandes quels sont mes souvenirs de toi, je pourrais les résumer facilement : paroles de haine et de violence ! Et cela, dès la première fois.

— Non !

La rage déforme son visage et son cri fait sursauter les officiers dehors.

— Non ! gronde-t-il en s'accroupissant pour être à la hauteur d'Anamaya. Dès le premier jour, il n'y a eu en moi que de l'amour vers toi. Mais toi, Anamaya, toi qui n'étais rien, pas même une princesse de sang inca, toi la fille de la forêt, tu n'as eu de cesse de me repousser pour mieux séduire Atahuallpa d'abord, puis Manco !

— Tant d'années de jalousie ! souffle Anamaya en secouant la tête. Pauvre Guaypar ! Comment peut-on vivre si longtemps en étant ainsi rongé ?

— Je te l'ai dit il y a longtemps, Anamaya ! Aurais-je voulu t'oublier que cela m'était impossible. Il ne s'est pas passé une saison, pas un combat sans que je songe à toi ! Je n'ai pas pris une femme dans ma couche sans penser à toi. Je n'ai pas lutté contre les Étrangers sans penser à toi. Et toujours, toujours, j'ai su qu'il adviendrait un jour comme celui-ci où enfin je pourrais à mon tour te faire subir les souffrances que ton mépris m'a fait endurer !

Chaque parcelle du visage de Guaypar est durcie par sa violence, qui alourdit ses mots comme des pierres. Avec une lenteur proche de la folie, l'œil fixe et les lèvres tremblantes, il lève la main pour toucher la joue d'Anamaya. Mais il ne la touche pas. Fasciné, il retient la pointe de ses doigts avant le contact et se contente d'esquisser une caresse depuis ses cheveux jusqu'à la pointe de sa poitrine.

— Que me veux-tu ? chuchote Anamaya avec effort.

— D'abord, je vais me servir de toi pour détruire Manco. Ensuite, ce sera ton tour. Et un jour, je prendrai la place de Paullu et deviendrai à mon tour l'Unique Seigneur !

— Tu es fou et stupide, murmure Anamaya en refermant ses paupières. Tu ignores tout de demain. Ta haine te conduit dans le Monde d'En dessous, jamais tu ne retrouveras tes Puissants Ancêtres !

— Balivernes de *Coya Camaquen* ! Je n'ai jamais été de ceux que tes paroles impressionnent, Anamaya. Je ne crois pas à ta magie. Huayna Capac était bien trop malade et bien trop vieux pour te transmettre le moindre pouvoir ! Tout cela n'a jamais été qu'une manœuvre d'Atahuallpa pour s'imposer aux clans de Cuzco. Et toi, tu en as profité à ton tour.

— Qu'importe ce que tu penses de moi, Guaypar. Tu peux me tuer. Tu peux affaiblir Manco et même le vaincre. Mais ne crois pas que tu changeras ton devenir et encore moins celui de l'Empire. Jamais tu ne seras un Unique Seigneur. Inti a déjà décidé du chemin de ses fils.

Comme si elle ne sentait plus ses bras, son dos, ses épaules martyrisés, Anamaya plonge son regard bleu dans celui de Guaypar. Désarçonné par son calme, il se redresse et s'écarte, le visage encore plus gris, les yeux plus enfoncés dans les orbites.

— Qu'as-tu fait de ta sœur, Curi Ocllo ? Elle aussi, tu veux la tuer ? Elle t'aime presque autant qu'elle aime Manco, et toi tu l'ignores avec mépris.

D'un geste, Guaypar balaie le reproche d'Anamaya, mais il n'a pas le temps de répondre. De grands rires résonnent au-dehors, accompagnés d'un cliquetis de fer et de claquements de bottes.

— Eh bien, vous voilà déjà à l'ouvrage, Seigneur Guaypar !

Anamaya reconnaît tout ensemble la voix, la longue cheve-lure blonde et les traits fins. Tout au plus, avec le temps, des rides soulignent les yeux et un pli amer tire la bouche vers le bas. Une dent, aussi, lui manque sur le côté, lorsque Gonzalo

Pizarro ricane en la considérant avec la morgue d'un chasseur devant le gibier enfin vaincu.

Derrière lui, ils sont une dizaine d'Espagnols, casqués de métal et en hautes bottes, les chausses salies par la traversée de la jungle et le poing sur le pommeau des épées. En un instant la petite pièce est pleine. Tandis que les regards pèsent sur elle, Anamaya se contraint à conserver le visage droit, le regard à la hauteur des bottes qui la serrent de près.

— Je dois vous féliciter, Seigneur Guaypar, reprend la voix de Gonzalo sur le même ton enjoué. Vous avez rondement mené cette affaire! J'imaginais que nous aurions plus de difficultés à dénicher cette précieuse princesse dans cette fichue jungle.

Le visage de Guaypar s'est refermé, insensible aux obséquiosités de l'Espagnol qui s'incline soudain. De ses doigts gantés, il saisit le menton d'Anamaya et le relève brutalement.

— Je vois que tu n'arrives pas à dissimuler ton bonheur de me revoir, belle princesse!

Anamaya ne répond rien. Mais ses yeux bleus plongent sans une trace de crainte dans ceux du frère du Gouverneur, avec une telle intensité que Gonzalo doit finalement détourner le regard avec un ricanement de gêne.

— Cette femme a toujours été ainsi, explique-t-il à ses compagnons en se redressant fièrement. Provocante, sûre d'elle. Cela va être un véritable plaisir de la questionner! Seigneur Guaypar, lui avez-vous déjà demandé où elle a caché la statue d'or?

Les reins douloureux d'Anamaya se glacent. D'un coup, elle comprend. Ainsi donc, c'est le Frère-Double que Guaypar et les Étrangers cherchent. Sa capture ne doit rien au hasard! Le regard haineux de Guaypar pèse sur elle et ce qu'elle y lit confirme sa crainte.

— Lorsque Manco ne possédera plus ni le Frère-Double de son Père ni toi, marmonne-t-il en quechua, il deviendra aussi faible qu'un enfant.

— Je croyais que tu méprisais mon influence sur Manco, se moque Anamaya.

— Qu'importe ce que je pense ! Manco, lui, croit en tes pouvoirs. Bien que, jusqu'à ce jour, ils ne lui aient guère été utiles. Ta capture va l'effrayer. Il se dira qu'elle est le signe que ses Puissants Ancêtres l'abandonnent ! Alors je pourrai achever le combat que nous avons commencé la nuit du *huarachiku*.

— Guaypar ! s'écrie Anamaya. Guaypar, tu ne peux pas faire cela ! Atahuallpa t'appelait « mon frère », le sang qui coule dans ton cœur est celui d'Inti. Tu es un Inca : ne permets pas que les Étrangers s'emparent du Frère-Double ! Tu sais ce qu'ils en feront : des plaques d'or qu'ils emporteront de l'autre côté de l'Océan. Alors, c'en sera fini de notre peuple. Guaypar ! Plus aucun Fils du Soleil ne pourra se tenir debout dans le jour ! Toi pas plus que les autres. Tue-moi, abats Manco si c'est cela ton but. Mais ne conduis pas les Étrangers jusqu'au Frère-Double ou tu détruiras ce qui t'a fait naître ! Je t'en prie, Guaypar ! Ce n'est pas moi qui te le demande, mais tous les Puissants Ancêtres te supplient à travers ma bouche…

— Holà ! Holà ! gronde Gonzalo en levant la main comme s'il voulait capturer dans l'espace les mots d'Anamaya. Voilà bien des cris et des discours, Seigneur Guaypar. Mais je les préférerais en espagnol ! Que vous dit-elle ?

— Je lui dis qu'il me sera agréable de mourir, répond Anamaya avant que Guaypar ait pu ouvrir la bouche, plutôt que de vous permettre de découvrir ce que vous cherchez.

— Oh, belle amie, rétorque Gonzalo en adressant un clin d'œil à ses compagnons, ce sont là des choses que l'on affirme dans l'ignorance. Vous n'imaginez pas le plaisir que je vais éprouver à vous faire changer d'avis !

— Seigneur Gonzalo, intervient Guaypar dans un espagnol assez lent. Laissez-moi m'occuper de la *Coya Camaquen*. Je crois savoir où est la statue d'or. Je vous y conduirai bientôt comme je vous ai conduits ici...

— Ah oui ?

Le sourcil de Gonzalo s'est levé, suspicieux. Une crispation saisit tout son visage, qui n'exprime soudain plus que de la défiance :

— Ce n'est pas comme cela que je vois les choses, mon bon ami, dit-il d'un ton cassant. J'ai appris que vous aviez trouvé ici votre sœur, la jolie épouse de Manco. Faites-vous donc accompagner par elle jusqu'à lui. Je suis certain que vous parviendrez à la convaincre de ce petit effort ! Et une fois que vous serez devant Manco, vous pourrez lui annoncer que celle-ci est avec nous et que je lui fais la conversation. Je suis certain qu'il vous écoutera avec attention...

Le doigt de Gonzalo s'est pointé sur Anamaya tandis que Guaypar secoue la tête.

— À quoi bon aller voir Manco, si ce n'est pas pour lui faire la guerre ?

— Rien ne vous empêche de le tuer si vous le pouvez, Seigneur Guaypar, ironise Gonzalo. Mais n'est-ce pas vous qui m'avez expliqué que, sans cette fille, Manco était comme un ver de terre sur une pierre chauffée au soleil ?

Le regard que Guaypar pose sur Anamaya, alors que les Étrangers déjà le repoussent hors de la pièce, est cette fois moins lourd de haine que de lassitude.

27

Vitcos, Machu Pucara, juillet 1539

Depuis longtemps, il fait nuit.

Une lanterne sourde est déposée tout près d'Anamaya, qui n'a pas bu ni mangé depuis sa capture. Sans un instant de répit, la douleur lui cisaille le corps et interrompt son souffle si souvent qu'elle doit ne plus penser qu'à respirer. Elle en a oublié la soif et la faim.

Malgré tout, elle s'efforce de garder les yeux ouverts. Elle veut que Gonzalo y lise toute son indifférence.

Il est revenu, seul, dans la pièce où elle est prisonnière. Il est en chemise, une dague à la main, et la lumière chiche de la lanterne ne laisse qu'à peine deviner ses traits.

— J'aime que tu sois silencieuse, marmonne-t-il en faisant danser sa lame au bout de ses doigts. Mon plaisir sera plus grand et plus long.

Il se redresse avec un ricanement, s'éloigne dans l'ombre, se glisse derrière elle.

— Sais-tu que ton Gabriel a disparu ? Parti, envolé... Certains disent qu'il est déjà retourné en Espagne, d'autres prétendent qu'il s'est noyé dans un lac.

Anamaya ne bouge pas d'un cil. Toute sa volonté est dans cet

effort : ne pas offrir à Gonzalo le plaisir qu'il attend. Pas un murmure. Pas une plainte, pas le moindre signe d'une émotion.

— Il y a des années, j'aurais peut-être fait de toi ma femme.
Tu me plaisais assez. Nous en avions parlé avec mon frère
Juan... Sais-tu que c'est à cause de ton Gabriel que mon bien-
aimé Juan est mort ?

La lame de la dague glisse entre la peau et la tunique.

— J'aimais Juan. Là où il est aujourd'hui, au paradis ou en
enfer, je veux qu'il entende tes cris lorsque ma dague te fera des
baisers.

D'un coup sec de sa lame, Gonzalo déchire sa tunique, mettant à nue l'épaule et un sein. Elle ne bouge pas plus que si une
mouche s'était posée à côté d'elle.

— Tu es forte, susurre Gonzalo dans son cou. Mais tu vas
voir que je suis plus fort que toi.

De nouveau il apparaît devant elle et cherche ses yeux.

— Je vais te faire ce que tes guerriers font à mes compagnons. Mais à ma manière...

Il pose la pointe de fer sur l'épaule d'Anamaya et la laisse
descendre sur sa poitrine.

— Je vais commencer par t'ôter un peu de peau, là, dit-il
d'une voix égale. Un téton après l'autre... Une femme ne meurt
pas d'une blessure pareille, mais il paraît qu'elle souffre beaucoup. Surtout si l'on saupoudre un peu de sel sur sa plaie.

Il sourit. Il attend une réaction, qui ne vient pas.

— Il est aussi une autre technique que j'ai vu faire : on dispose un peu de poudre sur les plaies, puis on y met le feu.
L'avantage, c'est que ça empêche le sang de couler...

Anamaya n'écoute plus les mots. Elle les laisse bourdonner
autour d'elle comme un bruit inutile et vain. Alors que Gonzalo
ajoute les phrases aux phrases, s'excitant lui-même des horreurs
qu'il profère, elle sent une étrange paix gagner son cœur et son
esprit. La peur la quitte, et même la douleur de son dos semble

s'amenuiser. Gonzalo peut parler et parler, jeter les vomissures de ses pensées et de ses désirs, il demeure aussi impuissant qu'un enfant qui veut chasser et abattre les animaux qui peuplent son imagination.

— Mais avant tous ces plaisirs, grince Gonzalo en saisissant la lanterne et en se redressant, mes chers compagnons s'amuseront avec toi. Tu leur offriras ton joli corps avant que je l'entaille : il doit bien y en avoir une vingtaine qui te trouveront à leur goût avant que ton entrecuisse ne soit plus praticable !

Avec un rire satisfait, il soulève la tapisserie de la porte et ajoute :

— Bien sûr, Princesse, il t'est possible d'éviter ces désagréments : il te suffit de nous conduire à la statue d'or. Tu as ma parole qu'ensuite tu ne m'intéresseras pas plus que le crottin de mon cheval. Alors ?

Elle n'a pas ouvert la bouche depuis qu'il la provoque et la menace. Avec une délicatesse de courtisane, une goutte de sueur perlant au-dessus de sa lèvre, elle laisse échapper son premier mot :

— Non.

*

Peut-être s'est-elle assoupie.

Dans l'obscurité profonde de sa prison, elle perçoit un étrange bruissement de feuillage.

Ses bras et ses jambes sont si engourdis qu'elle ne les sent plus. Seul demeure l'aiguillon de douleur dans son dos et ses épaules.

Le crissement se fait plus insistant. Il s'interrompt brusquement, puis recommence, lent et mesuré.

C'est alors que des brins d'*ichu* tombent sur elle et qu'elle comprend.

Par bonheur, le toit de la pièce est encore fait d'*ichu* et non des tuiles si fièrement fabriquées par Katari !

— Je suis ici ! chuchote-t-elle. Je suis la *Coya Camaquen*...

Pour toute réponse, quelques gros blocs de paille s'écroulent dans l'obscurité. Un souffle de fraîcheur nocturne effleure son épaule dénudée. Ses liens l'empêchent de voir distinctement, mais elle devine une silhouette dans l'ouverture du toit.

Une crainte la prend. N'est-ce pas l'un des hommes de Guaypar ?

Elle se tait et retient son souffle tandis que l'homme saute souplement sur le sol.

Puis il ne se passe plus rien. Le silence est absolu.

Pourquoi l'homme reste-t-il silencieux aussi obstinément ?

Et puis, tout ensemble, elle devine des doigts, une main qui trouvent sa chair nue, glissent et palpent ses liens, caressent sa nuque et sa tempe. Elle frémit de terreur, retient un hurlement au bord des lèvres, quand une voix, entre toutes reconnaissable, murmure à son oreille :

— Anamaya !

Elle croit défaillir. Son cœur n'est plus qu'une coulée de lave dans sa poitrine.

« Ô Puissants Seigneurs, ainsi vous l'avez voulu ! »

La voix chuchote encore : « Anamaya ! » Les mains et les bras solides enlacent et caressent. Un bonheur fou monte en elle et explose dans sa poitrine.

— Gabriel ? Gabriel !

— Oui, c'est moi ! Chut, ne crie pas, il y a un garde dehors !

— Oh, Puma, mon Puma ! Je savais que je devais te faire confiance !

— Attends, je vais couper tes liens... Doucement... Ces salopards n'ont pas lésiné sur la corde.

— Comment as-tu su ?

— Doucement, pas d'impatience.

Aussitôt la pression des cordes disparue, Anamaya veut s'agenouiller et saisir le visage de Gabriel, mais ses membres cèdent sous elle. Tandis que le sang circule à nouveau dans ses veines comme s'il charriait mille pointes d'agave, elle s'écroule dans ses bras.

— Doucement, répète-t-il avec un sourire dans la voix, baisant ses tempes, ses paupières, cherchant déjà ses lèvres.

Mais sa main palpe la déchirure de la tunique et il se raidit :

— Es-tu blessée ? Que t'ont-ils fait ?

— Rien, sourit-elle à son tour, des mots seulement... Ils veulent le Frère-Double et espéraient me faire peur.

— Je sais. Je suis parti à la poursuite de Gonzalo dès que j'ai su pourquoi il lançait cette expédition, explique Gabriel en massant doucement les muscles endoloris d'Anamaya. J'ai rejoint leur troupe il y a quatre jours. Ne sachant pas où tu te trouvais, j'ai jugé plus sage d'attendre qu'ils me conduisent à toi...

— Il y a si longtemps, souffle Anamaya en saisissant son visage pour l'embrasser encore. Si longtemps ! Et pas une nuit, pas un jour je n'ai cru que nous étions séparés pour toujours. Depuis quelques jours, je te sentais tout près de moi...

Gabriel pose ses doigts sur ses lèvres. Un bruit de pas au-dehors rappelle la présence de la sentinelle. Gabriel serre encore Anamaya dans ses bras et murmure à son oreille :

— Plus jamais je n'accepterai d'être séparé de toi. Plus jamais. Ne me le demande plus, car je le refuserai !

Un petit rire roule dans la poitrine d'Anamaya, blottie contre lui.

— Je ne te le demanderai plus, répond-elle sur le même ton. Désormais, nous irons ensemble.

En silence, ils demeurent ainsi enlacés comme si enfin l'éternité venait accomplir leur désir.

Puis, sans élever plus la voix, Gabriel montre le trou qu'il a ouvert dans le toit de paille :

— Gonzalo est si sûr de lui qu'il n'a pas choisi ta prison avec beaucoup de soin ! Une grosse branche d'arbre atteint le toit et, de là, nous sommes tout de suite en dehors de l'enceinte de la forteresse. Le Nain nous attend et nous conduira : Manco est au petit fort de Machu Pucara.

— Je m'en suis doutée.

— En marchant toute la nuit, nous atteindrons le camp de Manco avant que Gonzalo et ses sbires découvrent ta fuite.

— Oui, approuve Anamaya en se mettant debout lentement. Il faut nous dépêcher. Curi Ocllo était avec moi : Guaypar en a fait sa prisonnière et veut la contraindre à l'amener jusqu'à Manco. Nous devrons arriver avant eux.

— Tu as raison, reprend Gabriel, il n'y a pas une minute à perdre.

Mais il la presse longuement contre lui avant de l'entraîner.

*

L'Unique Seigneur Manco a revêtu un *unku* à damiers noirs et blancs que recouvre à demi un pectoral d'or. Des bouchons d'oreilles en or se balancent sur les plis d'épaule de sa longue cape de vigogne. Il a placé sur son front le *llautu*, le ruban royal, et, sur son casque de roseau tressé recouvert d'or, la brise agite les trois plumes de *curiguingue* qui le désignent comme le Fils d'Inti.

Il se tient debout sur sa litière de combat que soutiennent dix hommes. Sa main gauche est serrée autour de la lance d'apparat, tandis que sa main droite est posée sur le pommeau d'une épée ceinte à sa taille, la plus ouvragée parmi les trophées que lui ont rapportés ses guerriers. Son regard est dur comme les pierres des hautes montagnes. Ses lèvres et ses paupières sont si immobiles qu'on ne sait s'il respire.

Cela fait des lunes que les officiers et les guerriers qui l'entourent n'ont pas vu leur Unique Seigneur dans une si belle apparence, et chacun sent qu'il va se passer aujourd'hui quelque chose d'essentiel.

À l'aube, alors que les brumes de la nuit stagnaient encore sur la rivière aux eaux glacées, Manco a donné soudainement l'ordre à ses capitaines de former les rangs et de se disposer devant les murs du vieux fortin comme s'ils étaient sur la grande place des cérémonies d'Aucaypata, à Cuzco. En réponse aux regards intrigués et aux questions silencieuses, il a dit en souriant :

— J'ai appris cette nuit que les Étrangers nous envoient un messager important. Je veux lui faire honneur.

De fait, alors que les premiers rayons d'Inti percent le feuillage, la trompe sonne et annonce les visiteurs.

Comme sur la grande place d'Aucaypata, les milliers de guerriers sont alignés sur cinq rangs et forment jusque dans la forêt un mur de lances, de piques, d'oriflammes et de longues masses. Derrière Manco, une douzaine d'officiers entourent les arquebuses prises aux Espagnols.

Nul ne bouge lorsque Guaypar s'approche en précédant Curi Ocllo.

À cent pas de Manco, le visage en larmes, la *Coya* se prosterne en criant si fort que chacun l'entend :

— Pardonne-moi, mon Unique Seigneur ! Il n'y a que toi que j'aime et à qui j'obéis, mon époux tant aimé. Je t'en supplie, pardonne à mon frère Guaypar : il ne te veut pas de mal.

Certains soldats devinent un bref sourire sur la bouche dure de Guaypar. Mais déjà des officiers sont autour de lui. Ils l'attrapent par les bras et, bien que Guaypar se défende avec force, ils l'obligent à se prosterner devant Manco. Un vieux capitaine apporte une lourde pierre qu'il laisse tomber sur ses épaules en grondant :

— Salue ton Unique Seigneur ou meurs, traître puant !

— Tu n'es qu'un couard, Manco ! s'écrie Guaypar en réponse. Il te faut des milliers d'hommes pour m'affronter, alors que moi je viens seul.

Manco l'observe sans répondre, la bouche plissée par le mépris. Deux officiers maintiennent la hampe de leur lance appuyée sur la nuque de Guaypar et le contraignent à fixer le sol, tandis qu'il gueule encore :

— Tu n'es pas le fils de ton père, Manco ! Sans les intrigues de la *Coya Camaquen* et la folie de Villa Oma, tu n'aurais jamais pu poser le *llautu* sur ton front. Jamais mon frère Atahuallpa ne t'aurait choisi pour lui succéder...

Tandis qu'il hurle ainsi, Curi Ocllo se précipite jusqu'à lui. Tout son corps tremble et ses mains serrent son *tupu* d'argent avec tant de force qu'elles se teintent de sang. Le regard affolé, elle gémit :

— Tais-toi, Guaypar ! Tais-toi ! Tu ne peux pas parler ainsi à mon époux l'Unique Seigneur !

— Ton époux n'est plus rien ! s'exclame Guaypar.

Curi Ocllo tente de bâillonner la bouche de Guaypar de ses mains ensanglantées. Mais, sur un regard de Manco, un soldat saisit ses bras et l'entraîne en arrière.

— Anamaya est ma prisonnière, gronde Guaypar, la nuque toujours ployée. Elle me conduira au Frère-Double... C'est fini, Manco ! Les Puissants Ancêtres sont avec moi désormais.

Tandis que les cris et les larmes de Curi Ocllo redoublent, Manco s'approche et d'un geste tire l'épée du fourreau qui bat ses jambes.

— Anamaya n'a plus l'appui de ton Père Huayna Capac, grince encore Guaypar. Mais les Étrangers me l'ont promis : si tu retournes à Vilcabamba et que tu cesses la guerre, ils ne te tueront pas.

D'un geste de l'épée, Manco écarte les guerriers.

— Redresse-toi ! ordonne-t-il avec un sourire.

Comme Guaypar fait tomber la pierre de ses épaules et se met debout, le sourire de Manco se fait plus terrible encore.

— Pauvre Guaypar, tu n'as toujours pas compris la leçon que je t'ai donnée il y a bien des années, le jour du *huarachiku* ! Regarde devant toi !

Alors Manco s'écarte. Le rang des guerriers s'ouvre devant Anamaya et Gabriel qui s'avancent.

— Pauvre Guaypar, se moque encore Manco avec un rire grinçant. Tes paroles résonnent dans la forêt, sonores et aussi effrayantes que celles du perroquet !

Mais au même instant, la trompe sonne longuement. Un officier s'écrie :

— Les Étrangers approchent, Unique Seigneur ! Ils ne sont qu'à cent portées de fronde !

Curi Ocllo bondit aux pieds de Manco, qui déjà lève haut son épée :

— Ne tue pas mon frère ! Épargne-le par amour pour moi, ô Manco !

— Il ne fallait pas le conduire jusqu'ici, *Coya*, gronde Manco. Il vaut mieux que je lui coupe moi-même la tête plutôt qu'il emporte la mienne. Ton frère aime le fer des Étrangers. Qu'il l'avale !

Dans un sifflement, la lame décrit un grand arc de cercle. La tête de Guaypar a une étrange secousse. Ses yeux agrandis par la surprise ne se referment pas tandis qu'elle tombe et qu'un jet de sang jaillit par saccades de ses épaules.

Avec une terrible plainte animale, Curi Ocllo tente de retenir le corps secoué de spasmes de son frère dont le sang lui inonde le visage et la poitrine.

Anamaya et Gabriel se précipitent vers elle, mais déjà Manco ordonne aux capitaines de s'éparpiller dans la forêt. Pendant quelques minutes, la plus grande confusion règne alors que les centaines de guerriers brisent en silence leur parfait alignement et courent vers le nord.

— Ne reste pas là, supplie Anamaya en agrippant les épaules de Curi Ocllo, prostrée sur le cadavre gluant de Guaypar. Ne reste pas là. Les Étrangers vont te capturer, suis-nous...

Mais Curi Ocllo a enfoncé son visage dans la poitrine de son frère et secoue la tête en poussant de petits cris plaintifs, comme un animal à l'agonie.

— Elle ne t'entend pas, explique Gabriel sans parvenir à desserrer les doigts de Curi Ocllo accrochés aux mains de Guaypar.

Déjà, des explosions d'arquebuse résonnent dans la forêt.

— Viens, Anamaya ! fait Gabriel en la détachant de Curi Ocllo et en l'attrapant par la taille. Ou c'est nous qui allons nous faire prendre.

Et tandis qu'ils courent à leur tour derrière les derniers soldats, Gabriel en se retournant voit encore Curi Ocllo, les cheveux trempés de sang et enlacée au corps sans tête de Guaypar, comme si elle voulait sombrer dans le néant avec lui.

QUATRIÈME PARTIE

28

Chuquichaca, mars 1540

La lumière de l'après-midi descend en cascade à travers les arbres. Les feuillages épais dissimulent le ciel bleu qui s'assombrit lentement. Dans l'immensité de la forêt retentissent les cris des animaux, les appels des oiseaux, toute cette préparation au crépuscule qui replonge aussitôt Anamaya dans le territoire de son enfance.

Assise sur la plage, au bord du cours d'eau, elle pense à sa mère.

Le fracas du rapide en amont la transporte dans son rêve et, bien qu'elle garde les yeux ouverts, elle n'est presque plus consciente de la présence de Gabriel à sa droite. Ils sont assis sur l'étroite bande de sable, au milieu d'un entrelacs de branches mortes polies par les eaux. Elle se voit courir pieds nus vers sa mère, qui ouvre ses bras en grand pour la recevoir. Longtemps ce rêve s'est terminé en cauchemar : le souvenir de la pierre de fronde qui frappe sa mère en plein front, le poids soudain mort au bout de son bras la réveillaient dans une sueur glacée, et sa solitude l'accablait.

— Où es-tu ?

La voix de Gabriel est venue comme un souffle au milieu des

eaux et sa douceur lui permet de sortir sans brutalité de son rêve d'enfance. Depuis qu'ils ont laissé Curi Ocllo désespérée aux pieds du cadavre de son frère, cela fait six lunes qu'ils passent ensemble dans la forêt, loin de Manco, loin de la pensée de la guerre, et c'est comme si leur entente s'approfondissait avec chaque aube et chaque crépuscule. Souvent, ils n'ont même plus besoin de mots et ils atteignent la plénitude en restant simplement l'un avec l'autre. Un regard, un mouvement de la main suffisent à les remplir de bonheur.

— Je faisais un long voyage…

— J'étais avec toi ?

Anamaya sourit.

— Non, j'étais avec ma mère.

Un nuage fait disparaître le soleil et pose une ombre sur leurs visages.

— Tu m'as souvent parlé de ta mère, dit Gabriel, et je sais que tu la retrouves dans l'Autre Monde. Mais ton père, ne t'arrive-t-il jamais de le voir ?

Gabriel n'a jamais posé la question de façon aussi directe et Anamaya sent sa gorge s'assécher.

— Je ne sais pas. Son visage se perd dans la nuit…

— Anamaya…

Gabriel lui saisit la main et elle la lui abandonne avant de reprendre :

— … c'est comme si la mort de ma mère avait effacé tout ce que j'avais vécu avant, et qu'il ne reste que des sensations imprécises.

— « *Un seul secret te restera caché et il te faudra vivre avec.* » N'est-ce pas ce que t'a dit le Roi Huayna Capac ?

— Tu connais bien ses paroles.

— Pour moi, ce sont les tiennes. Et c'est peut-être cela, le secret. Ou tout autre chose : lorsque je t'attendais au Titicaca et essayais de te rejoindre en esprit avec l'aide des servantes de

Quilla, l'une d'elles m'a parlé de toi en disant « *la fille aux yeux couleur du lac* ». Elle a ajouté : « *Il n'y a pas de prodige. Mère la Lune a déposé l'eau du lac dans ses yeux car celle que tu cherches unit le commencement et la fin du temps. Elle est celle qui porte l'Origine dans son regard. Et toi, si tu veux la rejoindre, tu vas devoir apprendre à voir !* »

Gabriel rit doucement au souvenir de la colère de la prêtresse. Un sourire fragile éclaire le visage d'Anamaya tandis que le cri d'une perdrix résonne dans le ciel.

*

Ils se sont dévêtus de leur *unku* et de leur *añaco* et se baignent longtemps. L'eau limoneuse les rafraîchit délicieusement sous le soleil revenu. Sur une branche qui émerge de l'eau, deux tortues ont sorti leur cou et se font chauffer en dressant très haut leur tête vers le soleil. À leurs côtés, six tortues plus petites restent parfaitement immobiles.

À la surface de l'eau brille parfois l'éclair bleu d'un martin-pêcheur tandis que le coup de queue d'un poisson-chat vient claquer. Des papillons virevoltent au-dessus d'une flaque sur la rive, traversant l'air comme une lanière de couleurs.

Anamaya et Gabriel plongent et émergent tour à tour, et leurs rires jaillissent avec les gerbes d'eau. Leurs corps s'entrelacent et s'enroulent à la manière de deux serpents d'eau, dessinant des sillons d'écume que le courant emporte en tourbillons.

De l'aval, ils voient arriver une pirogue en bois creusée dans un tronc d'arbre qui remonte le fleuve, profitant d'un contre-courant de la rive. Les deux hommes qui la guident, debout à chaque extrémité, avec de longues perches, se baissent souvent pour éviter les branches qui entravent leur progression. Quand ils passent à leur hauteur, leurs visages se tournent vers eux avec un bref salut avant de les dépasser et d'obliquer vers la berge par laquelle ils s'enfonceront dans la forêt pour échapper aux rapides.

Lorsqu'ils se laissent glisser sur le sable et s'y étendent, Anamaya se penche vers Gabriel. Elle lui frotte longuement le dos et les épaules avec des feuilles dont l'odeur, à la fois poivrée et sucrée, provoque une légère ivresse. Gabriel s'abandonne à ce massage doux comme une caresse. C'est Anamaya qui lui a appris, nuit après nuit, que son corps n'était pas seulement ce bloc d'os et de nerfs, plein de puissance, avide de conquêtes, mais aussi ce fleuve de douceur, prêt à se réveiller sous la tendresse avant de vibrer de désir.

Le vent du soir qui approche les fait frissonner, et Anamaya les recouvre de sa *manta*. Elle relève ses genoux contre sa poitrine en se blottissant contre lui, qui l'entoure de son bras amaigri, où les muscles sont effilés comme des lames.

— Je sens le temps venir, chuchote-t-elle.

— Comment le sais-tu ?

— Tout part, tout s'en va. C'est un temps de signes. J'ai peur et je suis heureuse, j'ai tellement hâte de t'emmener.

— Où ?

— Là-bas...

— Tu ne peux toujours pas quitter Manco. Tu dois rester avec lui.

— C'est lui qui nous quitte, Gabriel. C'est lui qui s'en va et s'enfonce dans la forêt de sa colère. Bien sûr, Guaypar a été tué et Gonzalo est reparti pour Cuzco. Mais il en viendra d'autres et d'autres encore. Nous ne savons pas ce qu'il advient de Villa Oma, mais sa guerre ne l'entraîne nulle part. Illac Topa résiste toujours mais seul, comme un fuyard. Depuis des lunes, Manco règne sur des ombres. L'Empire des Quatre Directions n'est plus. Vilcabamba est une capitale sans terre, les Incas n'ont plus de peuples à soumettre, plus d'espaces à conquérir. Ils sont loin de leurs montagnes, de la terre fendue par la faucille de Manco Capac et Mama Occlo.

— Et pourtant, proteste Gabriel, cela ne peut pas disparaître sans trace !

Anamaya hoche la tête.

— Il restera une trace. Nous devons attendre Katari, dit-elle. C'est lui qui nous a conseillé de nous éloigner un temps de Vitcos, c'est lui qui nous appellera quand le temps viendra. Faisons-lui confiance.

Tout à coup, ils entendent des cris qui roulent en cascade le long de leur rive. Ils se redressent pour apercevoir, à cent pieds en amont, des enfants qui courent, un bâton à la main. Ils semblent suivre un morceau de bois qui flotte doucement et suit les caprices du large fleuve. De temps en temps, un des enfants saute à l'eau et tire le bois vers la rive, tandis qu'un autre le frappe d'un coup de bâton qui l'éloigne de nouveau ; il disparaît presque parfois dans un trou d'eau avant de réapparaître sur un tourbillon et de poursuivre sa lente descente.

— C'est un panier ! s'exclame Anamaya.

— Laissons-les jouer…

— Il semble contenir quelque chose.

Lorsque le panier parvient à leur hauteur, des enfants plongent. Soutenus par les rires et les cris de ceux restés sur la rive, ils agrippent le rebord de l'étrange embarcation et la repoussent vers la berge, l'échouant sur une bande de sable. Un sourire de curiosité aux lèvres, Anamaya s'approche.

Le panier, d'une dimension inhabituellement grande, est fermé par un couvercle attaché solidement par une cordelette d'agave. Alors que Gabriel s'approche à son tour, les enfants excités tirent de toutes leurs forces sur le couvercle pour l'ouvrir.

Dans un craquement, le couvercle se rabat brutalement. Le cri d'horreur d'Anamaya jaillit avant même que les enfants comprennent ce qu'ils voient.

29

Vitcos, mars 1540

En apercevant la masse élégante du palais de Vitcos posé sur son éperon rocheux, Anamaya est prise d'un frisson. Elle se rappelle trop bien la forteresse vide et la terrible surprise de l'attaque de Guaypar, sa capture et les menaces de Gonzalo, le froid de l'acier de sa dague sur sa peau. Comme s'il avait deviné sa crainte, le bras de Gabriel se referme sur son épaule et lui transmet sa chaleur, sa force.

« Plus jamais je n'accepterai d'être séparé de toi », avait-t-il murmuré en la délivrant. Depuis des lunes, la puissance de ces paroles n'en finit plus de résonner en elle alors même qu'une terrible image ne cesse de la hanter. Entre les parois du panier, le cadavre recroquevillé en position fœtale de Curi Ocllo, comme chiffonné et piétiné, conservait un visage intact malgré sa macabre navigation. Et l'écho de cette beauté exposée sur la dépouille profanée était pire que tout.

Après avoir déposé ce terrible fardeau sur une litière de branchages et de roseaux, ils se sont mis en route pour Vitcos, accompagnés par quelques guerriers.

Que s'est-il passé pour que la femme adorée de Manco soit ainsi suppliciée ? Qui a eu l'idée sinistre de la renvoyer par le fleuve, dans l'espoir absurde et finalement récompensé qu'elle y serait découverte pour être ramenée à Manco ?

Manco ! En songeant à sa douleur, Anamaya a d'avance le ventre déchiré de chagrin. En dépit de ses efforts, il lui est impossible de protéger le jeune Inca contre cela, et impossible aussi d'en prévoir les suites.

Malgré les difficultés de la progression dans la forêt, ils ont veillé à faire chaque nuit des offrandes à l'âme double de Curi Ocllo errant dans l'Autre Monde. Ils ont brûlé les feuilles de coca et supplié Mama Quilla de la soutenir durant son parcours difficile vers le Monde d'En dessous. Une fois, Anamaya a surpris Gabriel les mains jointes, les yeux fermés, la tête tendue vers le toit impénétrable des arbres qui les recouvrait.

— Que fais-tu ?

— Je prie ce Dieu auquel je ne crois pas.

— Si tu le pries, n'est-ce pas que tu y croies ?

— Je prie pour elle, pour que son âme trouve la paix.

Anamaya n'en a pas demandé plus, mais dans sa peine une lumière est passée : plus que jamais, le puma et elle sont réunis. Les dieux pas plus que la guerre ne les sépareront.

Maintenant, alors que se découpent dans les murs du palais les quinze portes surmontées de leurs linteaux de granit blanc, elle aperçoit les silhouettes des premiers soldats qui, lance à la main, s'approchent de leur petit groupe avec respect, ayant reconnu la *Coya Camaquen*.

Ils franchissent la porte étroite qui donne accès au sommet de la colline où sont installés, dans une unique *cancha*, le palais et les quatorze bâtiments qui l'entourent. Les soldats les guident en silence, le visage fermé, jusqu'au vaste patio où se tient Manco.

En pénétrant dans le palais, Anamaya serre instinctivement la main de Gabriel.

— Où étiez-vous ?

La voix de Manco tonne à travers la cour jonchée d'orchidées au parfum enivrant. Dans une vaste niche, un tout jeune puma capturé dans la forêt s'agite avec fureur dans sa cage de bambous.

Manco ignore les porteurs qui déposent le panier à ses pieds. Ses yeux, enfoncés dans leurs orbites, demeurent fixés sur Anamaya et Gabriel. Serviteurs et soldats, seigneurs et concubines, tous baissent la tête et se taisent. La peur passe à travers les pierres.

— Nous étions au confluent de la Willkamayo et du Vilcabamba, répond Anamaya.

Il y a quelque chose d'infiniment calme dans sa voix, et cela trouble Manco. Son regard se détourne et se pose sur le panier à ses pieds.

— Que m'apportez-vous ? demande-t-il.

Courbée dans le signe de soumission que chacun doit à l'Unique Seigneur, Anamaya s'approche. Pas un mot ne passe ses lèvres lorsqu'elle soulève le couvercle d'osier.

Le regard de Manco se fige. Sa bouche s'entrouvre comme si tout l'air de ses poumons s'enfuyait. Il glisse à terre et, à genoux, s'agrippe au rebord du panier.

Le hurlement déchire l'air.

Ce n'est pas le cri d'un homme. Il n'y a aucun mot dedans. C'est un animal blessé crachant la douleur qui mord ses entrailles. Dans la cour, tous se recroquevillent et tentent de disparaître en eux-mêmes. Bien souvent, dans ces journées d'errance, ils ont craint les colères et les détresses de l'Unique Seigneur. Mais ce qu'ils entendent dépasse tout ce dont ils ont pu être les témoins jusqu'ici.

Lorsque Manco reprend son souffle, une sorte de hoquet secoue tout son corps. Il saisit le visage de Curi Ocllo, le lève haut devant lui, entraînant dans le même temps la dépouille flasque qui fut le corps splendide de son épouse et le bonheur de ses nuits. Alors il hurle encore.

Anamaya tend la main vers lui. Elle effleure sa nuque tordue par la violence du cri. Mais, au moment où ses doigts se posent sur sa peau, il s'écarte d'un soubresaut comme si elle le brûlait.

— Manco... chuchote-t-elle pour elle-même, sans plus d'espoir d'être entendue.

Il ne pleure pas. Il est comme un orage qui gronde et zèbre la nuit de ses éclairs, faisant trembler le monde jusque dans ses profondeurs.

— Non ! Non !

Ce sont les premiers mots humains qui jaillissent de sa bouche et ils ne soulagent rien, n'apaisent rien, ils sont tout aussi animaux que les hurlements qui sortaient de sa gorge.

— Non ! Non !

C'est tout son refus qui s'exprime à présent, son refus de se soumettre, son refus de perdre, son refus d'être pris, son refus de céder, son refus que le temps soit passé si cruellement ; mais, de refus en refus, il n'est plus qu'une bête traquée entourée d'une harde famélique, plus qu'une masse rattachée à la vie par une rage unique et atroce.

Un à un, les siens quittent le patio, se retirant dans l'espoir lâche de n'être pas vus de lui, se coulant contre les murs et transis de peur et de sueur sous les visages impassibles.

Seule Anamaya ne bouge pas, accroupie face à lui qui gît et continue de râler, maintenant plus doucement.

Gabriel se retire également après avoir effleuré Anamaya, dont le regard tendre le caresse avant de se poser de nouveau sur Manco.

— Manco, murmure-t-elle une fois encore.

Elle le regarde. Le jeune Inca ressemble à un vieil homme — son corps et son visage sont plus anciens et épuisés que ceux de Huayna Capac quand elle se tenait à ses côtés. Et, là où

Huayna Capac connaissait des secrets, Manco ne sait plus rien, ne veut plus rien. Ses yeux ont été enfoncés dans son visage à coups de poing et il est creusé de rides et de sillons qui s'agitent et tremblent. Sa peau mate a des reflets gris.

— Manco...

Il se redresse un peu, s'aidant d'un coude. La fixe.

— Je ne... je ne peux pas...

Et, seul devant Anamaya, il se laisse aller aux larmes amères et inutiles du désespoir et de l'échec.

*

À la nuit, le patio s'est rempli de nouveau. Malgré la pluie qui commence à tomber, Manco ne bouge pas. Il a laissé Anamaya l'habiller de sa plus belle tenue, et les plumes du *curiguingue* s'agitent faiblement sous la bruine. Un plat d'argent reste plein devant lui, une belle concubine se tenant prête à obéir à un ordre qui ne viendra pas.

— Parle, dit-il.

Le Nain surmonte la peur qui lui travaille le ventre, se souvenant qu'il ne peut plus mourir depuis que le grand Huayna Capac l'a découvert sous une pile de couvertures.

— Deux femmes sont venues de chez moi, à Yucay, et elles m'ont raconté ce que tu dois entendre, Unique Seigneur.

— Pourquoi avoir attendu ?

— J'avais peur, Unique Seigneur, de ce secret trop lourd pour moi.

La voix grave du Nain dit la vérité par impuissance et faiblesse. Alors que chacun craint une explosion de colère, c'est un seul soupir qui s'échappe des lèvres minces de Manco.

— Parle, maintenant, dit-il en désignant le panier. Ton secret n'est plus à toi.

— Le Gouverneur Pizarro avait reçu tes messages de paix et

t'avait envoyé en retour une jument, un esclave noir et d'autres présents précieux. Le hasard a voulu qu'un de tes capitaines intercepte ce convoi et, croyant t'être agréable, sacrifie la jument, l'esclave et quelques autres serviteurs. Ceux qui se sont échappés sont revenus se plaindre auprès du *kapitu*, qui est entré dans une violente colère.

Anamaya sent les gouttes de pluie qui se glissent dans son cou et sous son *añaco*. Mais elle ne peut pas bouger plus que les autres.

— Il a livré Curi Ocllo pour qu'elle soit violée à son frère Gonzalo, puis à son secrétaire, et ensuite à d'autres soldats espagnols, peut-être à des Indiens alliés. Quand ses cuisses ont été couvertes de sang et de semence, ils ont été satisfaits. Alors il a donné l'ordre qu'elle soit exécutée.

En entendant les paroles du Nain, Gabriel est glacé d'horreur. L'écho dans sa mémoire de la voix du Gouverneur, le souvenir de sa main se posant sur son épaule dans une affectueuse pression — tout ce qui le rapproche de son ancien maître le dégoûte.

Manco ne regarde pas le Nain, ni personne. Il a les yeux perdus dans la nuit tombante, là où sont les sommets neigeux, les Apus qui ne le protègent plus.

— Curi Ocllo a distribué ses bijoux et tous ses biens aux femmes incas qui l'entouraient. Elle n'a pas eu une parole de colère ou de ressentiment. Elle a simplement demandé qu'après sa mort son corps soit recueilli, placé dans un panier qui suivrait le cours du fleuve pour trouver le chemin jusqu'à toi.

Il règne dans le patio un silence absolu dans lequel seule résonne la voix caverneuse du Nain.

— Elle s'est elle-même placé sur les yeux un bandeau de tissu qu'une de mes femmes lui avait donné, après l'avoir remerciée et serrée contre elle. Tandis qu'ils l'attachaient à un poteau, elle disait ces mots — que mon cœur soit servi vivant au puma si un seul de mes mots est faux ! « Vous assouvissez votre colère sur une femme ! Que pourrait vous faire une femme comme moi ? Hâtez-vous afin que vos appétits soient assouvis ! » Même parmi les Espagnols, on dit que certains pleuraient. Puis les Indiens cañaris l'ont transpercée de leurs lances et de leurs flèches, sans qu'elle laisse échapper un cri ou même un gémissement pendant son agonie. Après, ils ont allumé un grand bûcher pour qu'elle soit brûlée, mais Inti n'a pas voulu cela et son corps restait intact malgré les flammes. À la nuit, mes femmes l'ont recueillie et placée dans un panier pour qu'elle te parvienne comme elle l'avait dit.

Dans la foule, Katari s'est glissé et il parvient jusqu'à Gabriel, dont il serre discrètement le bras en lui disant tout bas : « Il faut que nous partions ! » Anamaya se retourne vers eux, les interroge du regard.

— Ensuite ? demande Manco.

— Le Sage Villa Oma était là, depuis sa capture dans le Condesuyu, et ils l'ont également amené à Yucay. Bien qu'il soit enchaîné et impuissant, il les maudissait, les appelait des chiens pour ce qu'ils avaient fait à ta femme. Alors ils l'ont brûlé vif...

Contrairement au silence qui a entouré le récit de la mort de Curi Ocllo, celui du supplice du Sage libère les gémissements et les injures. Manco, d'une main, impose le silence.

— À l'heure où les flammes lui léchaient déjà les pieds, le Sage appelait à l'aide Huayna Capac et tous les Sapa Incas, Chalkuchimac et Atahuallpa...

— M'a-t-il appelé, moi ?

Pour la première fois, le Nain hésite et sa voix descend d'un cran.

— Nul n'a entendu ton nom, Unique Seigneur, mais il est mort trop vite, sans doute, pour appeler tous ceux dont il avait besoin. Après lui, ils ont brûlé ton général Tisoc...

Katari entraîne Gabriel, et Anamaya les voit disparaître au

milieu de la foule du patio. Dans le désarroi des noms des commandants que le Nain égrène lentement, ils passent inaperçus.

— Ils ont brûlé Taipi et Tanqui Huallpa, Orco Huaranca et Atoc Suqui...

Le visage de Manco ne bouge pas, il ne quitte pas le ciel que la nuit envahit. Là où chacun reçoit le nom de ces grands guerriers comme un coup au ventre, Manco paraît plonger en lui-même et disparaître. Mais Anamaya voit ses mains qui se tordent et serrent le vide. Sans savoir où Katari l'a emmené, elle se réjouit que Gabriel ait disparu.

— ... et Ozcoc, et Curi Atao, continue le Nain, déclenchant plus d'angoisse encore, comme si des étoiles s'éteignaient dans la nuit claire, une à une, laissant le monde entier dans une obscurité profonde et définitive.

— Villa Oma avait raison, dit enfin Manco. Il fallait détruire cette engeance avant qu'elle ne nous détruise. Chalkuchimac aussi avait raison. Souvent ils ont été faibles, et nous n'avons pas profité des occasions... Nous avons cru à des illusions, à de faux signes, nous avons cru aux comètes et aux pumas...

Manco ne regarde pas Anamaya, mais la haine et la déception sont palpables dans ses paroles.

— Laissez-moi, dit Manco en baissant les yeux sur eux. Je suis seul maintenant.

Tous sortent dans le chaos des piques et des lances, le choc des boucliers, le grincement des sandales et des voix qui s'élèvent et retombent aussitôt.

Seule Anamaya reste.

— Toi aussi, dit Manco.

— Je ne t'ai jamais quitté, tu le sais bien.

— Il fut un temps où je croyais que tu étais avec moi pour m'aider à construire l'Empire des Quatre Directions, et à l'étendre plus qu'aucun Inca ne l'avait fait. Je croyais, comme mon Père l'avait dit, comme le Sage s'en était convaincu, que tu étais un signe venant du lac des Origines pour nous faire espérer la grandeur. Tu n'étais rien de tout cela, et ces prophéties que tu portes en silence ne m'apportent que l'humiliation et la destruction. Va-t'en !

— Tu n'as pas voulu écouter la sagesse et suivre la voie, Manco, tu as écouté ta colère, tout comme au premier jour, lorsque ta violence se déchaînait inutilement contre Guaypar...

— Et maintenant Guaypar est mort, Villa Oma est mort, Tisoc est mort, ma chère Curi Ocllo est morte, ils sont tous morts et je vais mourir également. C'est cela, ta prophétie, femme venue du Monde d'En dessous pour me faire souffrir ?

— Ton fils Titu Cusi est vivant et tant d'autres qui espèrent en toi...

— Tant d'autres ?

Le bras de Manco décrit un cercle dans la nuit et se pose sur son front. Il arrache d'un geste sec le bandeau qui le ceint.

— Mon pouvoir est celui de cette plume, dit-il en l'agitant avec mépris. Un coup de vent l'amène, un coup de vent la chasse.

Il éclate d'un rire sec de mépris.

— Regarde ce qui reste de mon pouvoir...

Manco se lève d'un bond et s'approche de la cage où dort le jeune puma. Il le considère en silence. Puis il murmure :

— Tu dois grandir pour nous aider, n'est-ce pas ? Tu n'as pas été trouvé par hasard et — qui sait ? — tu es un signe...

Il ôte la barre de bois qui ferme la cage et saisit l'animal endormi. D'un seul coup sec, il lui plonge son *tumi* dans le cœur avant de lui briser les vertèbres et de lui tordre le cou avec une rage venue du fond de ses entrailles. Il brise chaque patte, arrache ses yeux, déchire sa gueule inerte et en ressort les mains pleines de chairs et de sang.

— Tu veux toujours rester avec moi, amie des pumas ?

Anamaya est muette d'horreur, mais néanmoins elle insiste :

— Je ne dois pas t'abandonner. Oui, je veux rester avec toi.

— Non !

Manco lève dans sa direction une main ensanglantée. Il n'y a pas de menace dans son geste, mais il marque leur séparation définitive. Pourtant, surmontant son dégoût, Anamaya s'approche et prend cette main entre les siennes.

— Je m'en vais puisque tu le veux, mais tu te souviendras que je ne t'ai jamais quitté. Tu te souviendras que depuis le premier jour, celui où ton Père Huayna Capac s'est confié à moi, je n'ai fait qu'obéir...

Manco se tait et retire sa main d'entre celles d'Anamaya ; elle ne sait pas s'il a même entendu ses paroles, perdu dans sa transe de solitude et de violence. Sa voix semble venir du Monde d'En dessous quand il répète :

— Non.

Et tandis qu'Anamaya sort enfin du patio trempé de pluie où le sang du puma coule, mêlé à la poussière comme une boue rougeâtre, elle songe que la vie entière de Manco le rebelle ne s'est déroulée que pour aboutir à ce mot unique, prononcé calmement, et qui vient du fond de son âme : non.

*

Katari et Gabriel ont rapidement traversé la *cancha* vide, évité les groupes de soldats qui patrouillent autour de la forteresse, et gagné le chemin de la forêt sans échanger un mot. Quand enfin ils sont à l'abri des arbres et de la nuit, Gabriel interpelle Katari :

— Qu'as-tu à me dire ?

Le Maître des Pierres agite sa chevelure noire.

— Ton ami Bartolomé est arrivé il y a trois jours. Il a eu la sagesse de ne pas chercher à gagner la forteresse et de m'envoyer deux messagers pour me prévenir. Nous l'avons caché dans une *huaca* à une heure de marche d'ici.

— Bartolomé...

— C'est un homme de sagesse et de savoir, continue Katari, et nous avons parlé des origines du monde, de sa création, et aussi de ses créatures étranges, les hommes...

— Ne me dis pas qu'il a traversé la forêt pour avoir cette conversation avec toi !

— Nous avons parlé de ce qui était avant, de ce qui sera après.

L'ironie quitte la voix de Gabriel.

— Je connais mon moine. Quelle que soit son amitié pour toi, il ne s'est pas enfoncé jusqu'ici sans une bonne raison...

— Il te la donnera.

La pluie noie à présent les bruits du crépuscule.

— Et Anamaya ?

— Il fallait t'éloigner avant que la colère de Manco ne se retourne contre toi. Elle nous rejoindra bientôt avec le Nain.

Les deux hommes progressent lentement ; bien que la pluie ait cessé, l'eau imprègne toute la forêt, et dégouline sur leur cou comme une sueur du ciel et des arbres.

Une clairière s'ouvre devant eux, au centre de laquelle quelques blocs de pierre rapidement dégrossis forment un mur autour d'une simple cabane de joncs.

À leur approche, la silhouette reconnaissable de Bartolomé s'encadre dans l'ouverture. Le moine aux yeux gris étreint longuement Gabriel. Il semble tremblant de fièvre.

— Vous n'êtes pas bien, frère Bartolomé...

— Ne t'inquiète pas pour moi. Maintenant que je te vois, je vais tout à fait mieux. Où est-elle ?

Il s'est tourné vers Katari, qui indique la direction de la forteresse invisible.

— Elle arrivera avec le Nain dès qu'elle le pourra...

— C'est bien, dit Bartolomé, j'ai besoin d'elle.

Les trois hommes regardent un instant le ciel au-dessus de la clairière s'emplir de papillons colorés dans l'éclaircie revenue ; dans les frondaisons retentit le chahut des singes avec le cri des oiseaux, celui de deux aras dont les plumes éclatantes chatoient dans les feuillages.

Le moine considère Gabriel avec amitié :

— Tu as fait du chemin depuis que je ne t'ai vu… La colère a tout à fait quitté ton visage et tu n'as plus l'air d'un homme hanté par le diable…

— C'était donc si grave ?

De sa main droite aux deux doigts joints, Bartolomé touche le front de Gabriel.

— L'amour s'est emparé de toi, mon frère — je parle de l'amour qui nourrit et qui embrase, de l'amour qui donne et qui partage…

— Vous parlez de l'amour que je connais…

Assis sur de simples troncs d'arbres disposés devant la cabane, les trois hommes bavardent doucement dans la splendeur du soir qui tombe. Gabriel ne s'impatiente pas. De temps en temps, il jette un regard vers la lisière pour voir si un mouvement dans les feuilles ne dissimule pas l'arrivée d'Anamaya.

Il règne la paix entre eux, la paix entre trois hommes venus de si loin et qui ont échappé à la guerre qui ravage les cœurs des autres.

Anamaya et le Nain apparaissent enfin avec les dernières lueurs du couchant, pendant que Katari allume un feu.

Bartolomé la contemple avec admiration et respect.

— Vous voici ensemble, dit-il, ses yeux gris brillants de fièvre, et en vous voyant je comprends ce que vos deux peuples ont de grand et pourquoi votre union, par une voie mystérieuse, est devenue aujourd'hui plus importante que les destructions qu'elle a subies…

Anamaya s'est rapprochée de Gabriel et s'est assise à côté de lui. Les deux jeunes gens se tiennent la main, silencieux, sentant la solennité des paroles de Bartolomé, se demandant où il veut en venir.

— Tu te souviens, Gabriel, que je voulais t'envoyer en Espagne porter les dépêches qui diraient la vérité sur cette conquête... Il y a peu de temps, j'ai appris une nouvelle que je n'ai pu comprendre que comme un signe divin...

Un sourire traverse le visage fatigué du moine, comme si la profondeur de sa propre foi était, pour lui également, un signe de moquerie.

— L'Empereur Charles Quint envoie dans ce pays un juge de résidence. Il se nomme Vaca de Castro et, autant que j'aie entendu, c'est un homme de bien et de justice. Il est peut-être en mer en ce moment pour gagner Lima. C'est pour nous une occasion qui, peut-être, ne se reproduira jamais... Nous voulions aller en Espagne et c'est l'Espagne qui vient à nous !

— Comment en êtes-vous certain ?

— Je le sais, Gabriel. Oh, j'entends bien dans ta voix les doutes et la méfiance et, crois-moi, je les partage autant que toi. Mais il y a des signes qui ne trompent pas : en Espagne, l'infâme Hernando a été emprisonné pour ses crimes...

— Pas ceux contre les Indiens, sûrement ! Celui d'avoir assassiné Almagro !

— Il n'empêche. Le temps de l'impunité est passé. De toutes parts, dans l'Église mais aussi à la Cour, des voix s'élèvent pour dénoncer les excès de la conquête et réclamer justice pour ces peuples !

Gabriel soupire.

— Il faut votre foi pour y croire, frère Bartolomé. Pour moi...

— Oublie ma foi en Dieu et oublie même ma foi en la grandeur de l'âme de l'Espagne. Ne partages-tu pas ma foi en l'homme ? Ne penses-tu pas que cet homme doit entendre, quand

il arrivera, autre chose que les divagations des deux partis achar-
nés à se détruire et à piller le plus possible tant qu'il reste une
once d'or ou d'argent sur cette terre ?

Gabriel lève les bras vers le ciel.

— Je ne sais pas...

— Écoute-le !

La voix de Katari a résonné et elle le fait sursauter.

— Que veux-tu dire, Maître des Pierres ?

— Je veux dire que sa voix est juste. Je veux dire que nous
ne pouvons vivre une vie entière dans la forêt, traqués comme
des bêtes, inquiets au moindre bruit dans les feuilles, menacés
par l'humidité et la maladie, à la merci d'une troupe hostile.
C'est la vie qu'a choisie Manco mais ce ne peut pas être la nôtre.

— Et Anamaya ? demande Gabriel en se tournant vers la
princesse.

— Elle doit venir avec toi, affirme Bartolomé en quêtant
l'approbation de Katari. Elle doit témoigner avec toi que les
Indiens ne sont pas des animaux incultes, mais des êtres
humains dont l'histoire, la religion, les traditions, les façons de
vivre méritent notre respect et notre protection.

— Et si elle tombe entre leurs mains ? ajoute Gabriel la voix
tremblante. Si le juge de résidence n'est pas ce sage et ce saint,
mais un autre Gonzalo ? S'il leur prend de lui faire ce qu'ils ont
fait à Curi Ocllo ?

— Il y a ce risque, dit Anamaya tranquillement. Comme il
existe aussi celui que tu sois arrêté, emprisonné... Et pourtant
Bartolomé et Katari ont raison : nous devons essayer.

— Et le Frère-Double ?

C'est au tour de Katari de parler :

— Si la *Coya Camaquen* le veut bien, je m'occuperai du
Frère-Double et je le préparerai pour son voyage...

Gabriel les considère l'un après l'autre.

— En dehors de Sebastian, vous êtes les trois personnes sur

cette terre en qui j'ai plus confiance qu'en moi-même. D'où vient que je doute ?

— Nous doutons aussi, dit Bartolomé. Je ne parle pas de la certitude d'aboutir, mais de la chance, peut-être minuscule, de fonder un pays.

— Plus de cent lunes sont passées depuis votre arrivée, rappelle paisiblement Katari, et il faut être aveugle pour ne pas voir que les Étrangers resteront. Tu peux saisir cette chance afin que les générations futures aient votre visage et non celui, haineux, des enfants de la destruction et du pillage...

— Et si nous échouons ?

Aucun ne répond, mais ils entendent enfin l'acquiescement dans la douceur du ton de Gabriel.

— Je partirai, dit-il dans un souffle.

Il saisit la main d'Anamaya et l'emprisonne entre les siennes.

— Nous partirons, puisque vous jugez que c'est le chemin que nous devons suivre. Je n'écouterai pas le sentiment du danger qui est en moi. Il va falloir prier pour nous, mon frère...

Bartolomé sourit.

— Tu es toujours présent dans mes prières, que tu le veuilles ou non.

Gabriel se tourne vers Katari :

— Et toi, Maître des Pierres, ne nous abandonne pas...

— Nous nous retrouverons bientôt.

— Comment saurons-nous ? demande Anamaya.

Katari sort de sa *chuspa* une fine cordelette dont il roule les nœuds entre ses doigts puissants. Puis il la tend à Anamaya :

— Prends ce *quipu*, dit-il d'un ton ferme. Le moment venu, il t'indiquera où je suis. Et la clé de pierre t'ouvrira l'espace et le temps. Moi aussi, je serai uni avec vous en étant séparé de vous, je m'enfouirai tandis que vous vous élèverez, je descendrai tandis que vous monterez. Mais ensemble nous serons dans l'éternité de la route de Viracocha. Allez, maintenant.

Tandis que Katari reprend seul, sans même l'aide d'une torche, le chemin de Vitcos, Bartolomé, le Nain, Anamaya et Gabriel s'enfoncent dans la forêt pour le voyage de l'espoir et du doute.

30

Lima, 24 juin 1541

Venus de l'océan brumeux, des oiseaux de mer aux longues ailes blanches glissent au-dessus de la ville naissante. Après avoir tournoyé à l'aplomb de la grande place et de la cathédrale inachevée, ils s'éloignent vers les ondulations verdoyantes de la côte en jetant des cris éraillés.

Anamaya tend le visage pour les observer. La douceur du soleil matinal caresse son front. Soulevée par la brise, l'étrange voilette qui recouvre ses cheveux se plisse avec délicatesse sur sa joue et ses lèvres avant qu'elle ne la repousse d'un geste surpris.

Des oiseaux aux maisons de Lima et jusqu'à l'océan immense qu'elle découvre pour la première fois, ce qu'elle voit depuis son arrivée à Lima ne cesse de l'étonner.

Du haut de l'échafaudage de la cathédrale où Gabriel l'a entraînée, le dessin de la ville apparaît en son entier. Les maisons construites par les Étrangers sont aussi régulièrement disposées que les *canchas* incas. Rigoureusement de la même taille, elles dessinent des carrés parfaits. Leurs toits ici sont sans tuiles. Plats, recouverts d'une épaisse couche de terre, ils entourent des patios identiques et bordent des rues rectilignes où, tout au long du jour, les Étrangers vont et viennent comme si c'était là leur seule activité.

Tout comme la cathédrale demeure encore sans clocher, la nef hâtivement recouverte de planches et de paille en guise de voûte, la plupart des maisons ne sont qu'à peine achevées. Quelques-unes ne sont même que de simples esquisses de madriers et de bardeaux. Ici ou là, des terrains vagues servent d'enclos pour les cochons ou les volailles et, parfois même, pour ces étranges choses que les Étrangers appellent des « chars », sortes de coffres posés sur quatre cercles de bois où ils s'asseyent pour se faire tirer par leurs chevaux !

Une seule bâtisse, séparée de la cathédrale par la grande place, est plus vaste que les autres. Ses murs, enduits d'un crépi parfaitement blanc, gonflés de balcons de bois et de persiennes peints en bleu, enserrent deux patios et un jardin touffu de la taille d'une maison entière. C'est la maison du Gouverneur don Francisco Pizarro.

— Te souviens-tu de cette lettre envoyée à Bartolomé pour qu'il te la lise, alors que je devais rejoindre Almagro en route pour le sud ? demande tout bas Gabriel à Anamaya en serrant ses mains dans les siennes. Il y a… sept ou huit ans de cela ! Je crois même que nous étions aussi en juin ! Je l'ai écrite ici même, juste avant la nuit. Le soleil s'éloignait loin sur l'océan. Il n'y avait pas de maisons. Seulement des arbres chargés de fruits. Quelques huttes et une clairière où des enfants nous observaient avec de grands yeux étonnés. Cela ressemblait à toutes les images du paradis que nous pouvions avoir en tête.

De sa main tendue, il désigne le fleuve aux eaux jaunes qui rejoint la mer et, plus loin déjà, les opulents vergers, puis désigne la place au-dessous d'eux et encore vide.

— Don Francisco a déclaré très solennellement : « Ce sera là ! » Le lendemain, il a suffi de planter des piquets dans la terre et de décider qu'ici serait la place, là l'église, là-bas les maisons et les rues ! Rien de plus simple ! Quatre cent cinquante pieds de long pour chaque carré contenant lui-même quatre maisons et quarante pieds de large pour chaque rue. Et voilà : la capitale du Pérou était née !

Il y a dans la voix de Gabriel un mélange de fierté et d'amertume. Anamaya remarque avec douceur :

— C'est ainsi que se montre la puissance de celui qui a conquis un pays. L'Unique Seigneur Huayna Capac en a fait de même à Quito après avoir vaincu les peuples du Nord. Ses Puissants Ancêtres l'ont fait avant lui partout dans l'Empire des Quatre Directions. Aujourd'hui, c'est fini. Ce n'est plus à nous de construire les villes.

Elle dit cela sans tristesse apparente, et même avec un calme qui laisse Gabriel mal à l'aise. Il la sent qui frissonne soudain, bien que le vent venu de la mer soit tiède.

— As-tu froid ? s'inquiète-t-il.

— Non ! sourit-elle. Non, ce n'est rien...

En vérité, ce n'est pas le froid qui la fait frissonner, mais l'étrange silence qui règne ce matin dans la ville. Hormis les cris des oiseaux, il n'y a pas un bruit, comme si ce jour retenait son souffle avant de hurler. C'est à peine si quelques silhouettes se pressent dans les rues. Ici et là, le vent soulève de petits tourbillons de poussière sur la place vide.

Des silences comme celui-ci. elle en a déjà ressenti. Chaque fois, ils annonçaient la brûlure du temps à venir.

Malgré elle, Anamaya songe aux paroles de l'Unique Seigneur Huayna Capac : « *Les Étrangers connaîtront la misère dans leur triomphe...* » Pourtant, comme Gabriel l'observe d'un air soucieux, elle ajoute avec un sourire amusé :

— C'est simplement parce que je n'ai pas l'habitude de ces vêtements !

Il y a moins d'une semaine, avant même qu'ils pénètrent dans Lima et malgré les protestations de Gabriel, Bartolomé les a contraints à endosser des vêtements espagnols. « Imagines-tu ce qui se passera si Anamaya entre dans la ville vêtue comme une princesse inca ? En moins d'une heure, tous les Messires seront sous son nez à la questionner sur ce qu'elle vient faire ici ! Il ne faudra pas plus de temps aux sbires de don Francisco pour lui demander où est la statue d'or... Habillée à l'espagnole, avec ses cheveux bouclés et ses yeux bleus, nul ne se doutera qu'elle est indienne. Il y a déjà beaucoup de jeunes femmes métisses dans Lima et qui portent beau. D'ailleurs, il en va de même pour toi. On t'a oublié. Fais en sorte que cela dure un moment... »

— Ces fichus vêtements, grogne Gabriel en déboutonnant le col de sa chemise dont il s'est déjà déshabitué. Il semble bien que nous allons devoir revêtir quelque temps encore ce déguisement. Hier, les nouvelles n'étaient pas bonnes. Bartolomé a entendu raconter que le bateau du juge Vaca de Castro aurait fait naufrage avant même d'atteindre Tumbez.

— Cela veut dire qu'il ne viendra pas ?

— Pour l'heure, ça ne veut rien dire du tout. Sinon que cette ville me paraît encore plus malade que Bartolomé et que je commence à regretter beaucoup d'avoir cédé à sa requête.

Un instant, Gabriel scrute les maisons autour de la place. Puis il ajoute, en secouant la tête :

— Non, je me trompe : la ville n'est pas malade ! Elle est pétrifiée par la haine qui remue les partisans des Pizarro et ceux du défunt Almagro ! Je n'aime pas ce silence, je n'aime pas cette place vide. Je n'aime pas être ici et j'aime encore moins t'y avoir entraînée. Et je n'aime pas non plus cette maladie qui ronge Bartolomé. Cela pourrait s'avérer contagieux pour toi. On dit que nombre d'Indiens meurent à cause des fièvres que nous apportons ici.

— Je ne risque rien, assure Anamaya. Et s'il acceptait mon aide, je saurais guérir ton ami.

— Bah ! Bartolomé a la tête plus dure qu'une boule de

quille ! Chaque jour qui passe, il a l'air plus mal en point, mais il n'acceptera rien d'autre pour se soigner que ses prières. En vérité, je ne l'ai jamais vu à la fois si faible et si passionné de son Dieu. Même lorsqu'il m'est arrivé en loques au Titicaca. S'il n'était pas à ce point fiévreux, je ne resterais pas ici.

— Il faut faire ce que nous devons faire, réplique calmement Anamaya.

— J'ai toujours douté que nous puissions faire quoi que ce soit !

Mais avant qu'Anamaya puisse lui répondre, un brusque souffle de brise soulève sa large robe espagnole. Avec un cri de surprise, elle la rabat. Dans la maladresse de son geste, c'est son châle qui glisse, entraînant sa coiffe.

Un rire tendre et moqueur fuse entre les lèvres de Gabriel. Délicatement, il l'aide à remettre de l'ordre dans sa tenue. En vérité, à chacun des regards qu'il lui porte, il ne peut s'empêcher d'être troublé par sa beauté. Sa distinction innée est aiguisée par la robe de soie à larges plis qui dessine la finesse de sa taille, tout autant que la chemise de batiste surmontée du caraco de velours révèle la rondeur de sa poitrine.

— Que tu es belle ! chuchote-t-il, ému. Par instants, j'ai l'impression que rien ne pourra t'atteindre, que ta beauté te protège et qu'elle me protège moi aussi !

Mais, alors qu'il veut attirer Anamaya contre lui, Gabriel retient son geste. Un homme traverse la place d'un pas rapide. Un homme grand, à la démarche reconnaissable. Avant d'entrer dans l'ombre de la cathédrale, il se retourne comme s'il craignait les regards indiscrets. Bien que son chapeau masque son visage et qu'une vieille cape à la couleur délavée recouvre ses épaules et dissimule ses mains, Gabriel ne doute pas de son identité.

Gabriel saisit la main d'Anamaya et déjà l'emmène vers l'escalier de bois.

— Viens ! s'exclame-t-il. Il semble que nous ayons une visite inattendue.

*

— Sebastian de la Cruz !

Le large chapeau se soulève. Sous les yeux de Sebastian, les cernes sont plus profonds et les rides plus nombreuses qu'à leur dernière rencontre. Cependant, les yeux brillent toujours autant dans le long visage noir. Avec chaleur, les puissantes mains de l'ancien esclave ouvrent la cape et se tendent vers Gabriel :

— Bon sang, c'est donc vrai ! Tu es bien ici...

Cependant, l'embrassade est aussi forte que brève. Le sourire de bienvenue laisse aussitôt place à une mine furieuse.

— Par le cul du diable ! fulmine Sebastian. Peux-tu me dire ce que tu viens fiche dans la gueule du loup ? Et en plus accompagné d'une...

Il s'interrompt, le regard ébahi, reconnaissant seulement Anamaya.

— Crénom, c'est vous ! Pardonnez-moi, Princesse, je suis un idiot ! s'esclaffe-t-il en s'inclinant dans un galant salut. Ce déguisement vous dissimule pour de bon ! Je vous avais prise pour une de ces chasseuses d'or, comme il en arrive désormais ici par bateaux entiers. Je me demandais ce que notre Gabriel pouvait bien faire d'une femme comme ça !

— Bartolomé a souhaité qu'Anamaya rencontre le juge Vaca de Castro lorsqu'il sera là... explique Gabriel avec un sourire.

— Eh bien, vous risquez de l'attendre longtemps !

— Que veux-tu dire ?

— Que le juge sera là quand il gèlera en enfer...

— Voilà des mots peu appropriés dans cette enceinte, don Sebastian !

La voix les fait se retourner en même temps que le « don »

tire un ricanement à Sebastian. La main appuyée au chambranle de la petite porte de la sacristie, Bartolomé est livide, le front luisant, les yeux curieusement dilatés. La cicatrice qui lui traverse la joue gauche paraît rougie au fer et bizarrement gonflée. Cependant, lorsque Anamaya s'approche de lui, il lève la main pour la retenir.

— Je vais bien, ma fille, proteste-t-il. Mon apparence est trompeuse. C'est ainsi tous les matins, mais après quelques heures, la fièvre s'apaise. Il me faut simplement être patient : viendra bien un jour où Dieu voudra qu'elle s'éloigne pour de bon.

— Vous répétez cela depuis que nous avons quitté les montagnes, insiste Anamaya avec douceur. Pourtant, il semble que votre Dieu ne vous entende pas. J'ai ici des herbes qui pourraient vous soigner en quelques jours et...

— Chut, l'interrompt Bartolomé en saisissant délicatement la main d'Anamaya pour la porter à ses lèvres, à la surprise de Gabriel et de Sebastian. Chut, n'en dites pas plus, *Coya Camaquen*... Je sais de quoi vous êtes capable, je vous ai vue à l'œuvre. Mais vous êtes ici dans une maison où il vaut mieux oublier ces choses-là.

Il se signe avec un petit rire qui déclenche une quinte de toux. Lorsqu'il reprend son souffle, il agite sa main vers Sebastian :

— Oublions cela ! Don Sebastian paraît avoir plus urgent à nous apprendre... Que savez-vous de la venue du juge de Castro ?

— Qu'il ne vient plus parce qu'il est mort noyé !

— Par le sang du Christ ! Est-ce certain ?

— Vérité ou mensonge, difficile à dire ! Durant trois heures la nuit dernière, don Juan Herrada nous a assuré que le naufrage du juge Vaca de Castro n'était pas une fortune de mer.

Selon lui, les vagues et les courants n'y sont pour rien. Ce serait un bateau du Gouverneur qui l'aurait coulé.

— En a-t-il la preuve ? demande Gabriel.

La question fait sourire Sebastian en même temps qu'il hausse les épaules :

— Nous n'en sommes plus à avoir besoin de preuves, Gabriel. D'ailleurs, une autre rumeur circule dans la ville, qui veut que le bateau du juge ait été endommagé à Panamá afin qu'il n'atteigne jamais le Pérou. Ce matin, chacun est persuadé que le juge est mort, et qu'en conséquence la tyrannie des Pizarro n'aura pas de fin tant que le Gouverneur sera en vie.

— Ainsi, approuve Bartolomé en glissant un doigt décharné sur sa cicatrice, don Herrada attise la braise sous la cendre, sachant bien où porteront les flammes de son feu !

— Voulez-vous dire que Herrada et sa clique songent à assassiner don Francisco ? s'exclame Gabriel.

— À l'heure qu'il est, ce n'est plus une songerie, c'est une décision.

— Soyez prudent, don Sebastian, marmonne Bartolomé en rouvrant la porte derrière lui. Votre voix s'entend de loin et, dans cette église inachevée, les murs n'arrêtent guère les mots. Allons dans ma cellule.

— Peux-tu me dire ce que toi, tu fais ici ? questionne Gabriel alors qu'ils traversent la sacristie et se dirigent vers le petit appartement de Bartolomé.

— Oh, grince Sebastian, j'y fais l'imbécile tout autant que toi. Voilà trois mois, j'ai pensé que j'en avais assez de ce pays et surtout de ses habitants…

Sebastian effleure l'épaule d'Anamaya qui marche entre eux pour préciser avec un sourire ironique :

— Je veux dire : les habitants espagnols. Ceux dont la peau est bien blanche malgré le soleil des montagnes ! Qu'ils soient du clan du Gouverneur ou avec le fils d'Almagro, je n'aime guère ce qu'ils font de ce Pérou. J'ai beau être désormais un « nègre » libre et riche, mes yeux continuent de voir. Et ce qu'ils me montrent, ce sont des navires entiers d'esclaves qu'on débarque ici pour les vendre moitié prix d'un porc ou d'une mule. Avec l'idée de retourner m'installer à Panamá, j'ai donc cédé ma maison de Cuzco. Un bon prix, je dois dire : beaucoup d'or bien brillant. Qui m'a déjà servi à acheter un joli bateau pour y entasser mes trésors...

— Panamá ? s'étonne Anamaya. Où est-ce ?

— Vers le nord, Princesse. Le pays qui m'a vu naître et où nous avons appris que le vôtre existait. Mais ce sera selon le vent et l'humeur. Qui sait ? Peut-être Panamá s'avérera-t-il aussi invivable que Lima et me faudra-t-il, moi aussi, découvrir un pays !

Le rire de Sebastian grince un peu, et l'émotion fait briller son regard plus qu'il ne le voudrait.

— Pourquoi n'es-tu pas encore parti ? demande Gabriel.

— Ah ça ! C'est toute l'histoire. Ma caravelle est à l'ancre à trois encablures du port. Seulement, voilà huit semaines que don Francisco refuse que les bateaux des gens d'Almagro prennent la mer. Il redoute qu'ils ne fassent voile à la rencontre du juge de Castro. Et moi, j'ai eu beau prendre mes distances avec don Herrada et le fils d'Almagro, pour les Pizarro, je serai à jamais « le nègre du Borgne »... Quant aux almagristes, ils ne ratent pas une occasion de me montrer que je leur appartiens.

— Que veux-tu dire ?

La seule réponse de Sebastian est un soupir à fendre l'âme. Il suit des yeux Anamaya qui disparaît par une petite porte de côté dans un froissement de tissus.

— Pour un peu, marmonne-t-il avec un sourire à l'adresse de Gabriel, on regretterait qu'elle ne soit pas toujours vêtue ainsi ! La mode d'Espagne lui va comme un gant.

— Don Sebastian, intervient avec rudesse Bartolomé en le poussant dans sa petite pièce d'étude, nous voici à l'abri des oreilles indiscrètes. Nous parlerons de la mode plus tard ! Êtes-vous certain que l'on veuille abattre don Francisco ?

— Don Herrada n'est pas le seul à chauffer les esprits. Les armes sont prêtes depuis deux jours. L'instant a même été choisi.

— Ce sera où et quand ?

— Tout à l'heure, lorsque le Gouverneur traversera la place pour venir ici.

— Avant la messe ?

— Herrada souhaite que le Gouverneur, malgré ses dévotions, rejoigne au plus tôt sa place en enfer ! Il est d'avis qu'il ne faut pas lui laisser l'occasion de se repentir pendant la messe.

Bartolomé secoue la tête dans un soupir qui semble le vider de ses dernières forces. Avec une plainte sourde, il se laisse aller dans une chaise haute. Les paupières closes, il murmure :

— Que puis-je faire ? Don Francisco sait que je ne suis pas pour rien dans la venue du juge. Il me reproche même l'emprisonnement de son frère Hernando ! J'aurai beau le prévenir de ce complot, jamais il ne m'écoutera. Au contraire, il soupçonnera je ne sais quel piège.

— Si vous me pardonnez, frère Bartolomé, il en est un qui peut prévenir le Gouverneur, et qui aurait même grand intérêt à le faire !

Presque en un même mouvement, les yeux de Sebastian et de Bartolomé se tournent vers Gabriel.

— Non, proteste Gabriel avec fureur en levant ses mains devant sa poitrine.

— Gabriel…

— Non, Bartolomé ! Ces querelles entre assassins ne me concernent plus. Le temps où je trouvais des excuses à don Francisco est révolu depuis longtemps. Ce n'est pas ce qui s'est passé ces derniers mois et l'horrible mort de Curi Ocllo qui peuvent me faire revenir sur ma décision !

De sa main droite, Sebastian agrippe la chemise ouverte de Gabriel.

— Pourquoi crois-tu que je suis ici, Gabriel ? Ton nom a été prononcé cette nuit dans la maison d'Almagro. Herrada et les autres ont appris que tu es ici, dans cette église. Quelqu'un a dû te reconnaître. Et sais-tu ce qu'ils en ont conclu ?

Comme Gabriel, le visage clos, ne répond pas, Sebastian le lâche et martèle ses phrases en frappant de l'index la poitrine de son ami :

— Que don Francisco se sentant en danger t'avait appelé au secours. Toi, le fidèle des premiers temps de la conquête ! Celui qu'il a si longtemps nommé son « fils » ! Gabriel de Montelucar y Flores, « le Santiago » du siège de Cuzco ! Ignores-tu à quel point tu leur fiches la trouille ?

— Ils sont fous !

— Non. Ils sont en colère et ils ont peur. Ils voient des menaces et des traquenards jusque dans le vol d'une mouche ! Et pas toujours sans raison.

— Il dit juste, Gabriel...

— Bien sûr que je dis juste, frère Bartolomé. Et ce qu'il va se passer, ami Gabriel, c'est que, si tu ne bouges pas ton cul pour mettre en garde le Gouverneur, ils t'abattront avec lui. À moins qu'ils ne s'en prennent à toi d'abord, pour plus de sûreté !

Le grincement d'un gond et un froissement de robe les font sursauter. Portant un bol de liquide chaud et d'une étrange couleur brune, Anamaya revient dans la pièce et se dirige vers le moine.

— Il faut boire cela, dit-elle en lui tendant le breuvage avec un grand sourire. Votre Dieu ne pourra pas vous en vouloir. Il n'y a rien là-dedans qu'il ne considère avoir lui-même créé...

— Je vois avec plaisir que les premières leçons chrétiennes ne vous sont pas étrangères...

Un malin rictus tire les lèvres sèches de Bartolomé. Sa main est prête à repousser le bol de bois mais, avec un petit hausse-ment d'épaules, il le saisit.

— Puisque vous y tenez tant, murmure-t-il.

Alors qu'il se met à boire, Anamaya se tourne vers Gabriel.

— Sebastian a raison. Tu dois aller prévenir le Gouverneur.

— Anamaya, proteste Gabriel, je te l'ai dit tout à l'heure : la seule chose intelligente que nous puissions faire est de quitter Lima sur-le-champ !

— Non. Chaque chose commencée doit d'abord s'accomplir. Ensuite, nous pourrons repartir dans les montagnes.

Gabriel garde encore la mine renfrognée et Sebastian se penche vers lui, la voix grave et basse :

— Je te supplie de le faire, mon ami.

Gabriel sursaute devant la solennité du ton.

— Je t'ai dit, reprend Sebastian, qu'ils me pressaient, me harcelaient... Herrada m'a fait comprendre que c'en était fini de mon bateau si je n'étais pas avec eux, tout à l'heure, l'épée au poing...

— C'est bien, dit seulement Gabriel, j'irai.

*

Il faut beaucoup d'insistance pour que la porte du palais du Gouverneur s'ouvre devant Gabriel. Ce n'est qu'après avoir prononcé son nom en entier : « Je suis Gabriel Montelucar y Flores ! », suivi d'une nouvelle attente, que le lourd battant clouté pivote. Surmontant des livrées rouge sang, deux visages de petits paysans l'examinent avec circonspection avant de lui céder le passage.

— Monseigneur le Marquis vous attend dans le jardin, annonce le plus jeune page.

Lorsqu'il pénètre dans le patio, Gabriel découvre sur la gale-rie une douzaine d'autres visages qui le scrutent. Il en reconnaît quelques-uns, vieux compagnons de Cajamarca ou plus récents courtisans entrevus à Cuzco. Pas plus qu'eux, il ne porte la main à son chapeau pour saluer. Le talon de ses bottes claquant sur les galets ronds qui dallent le patio, il s'engouffre dans un couloir derrière le page. Dès que s'ouvre la porte basse du jardin, il le voit.

Peut-être les épaules sont-elles un peu plus voûtées, mais la haute silhouette demeure droite sous le long vêtement de drap noir qui tombe jusqu'à ses chevilles. Une ceinture cloutée d'or, d'où pend l'étui d'argent d'un poignard, lui serre la taille. Son chapeau de feutre est d'un blanc aussi immaculé que celui des bottines en cuir de chevreuil. Tournant le dos à Gabriel, il tient à la main un arrosoir de cuivre et, avec délicatesse, fait couler un filet d'eau au pied d'un jeune figuier. Le grand âge a dessiné de larges taches brunes sur des mains à peine déformées par les rhumatismes. La voix, elle, est toujours identique, un peu rêche mais avec une pointe de tendresse lorsqu'il déclare, sans se retourner ni même le saluer :

— Voici le premier figuier planté dans ce pays. Chaque jour, je viens lui donner à boire et je lui dis quelques mots... Sais-tu que les plantes aiment qu'on leur parle quand elles grandissent ?

— Don Francisco, répond sèchement Gabriel, les gens d'Almagro ont décidé de vous tuer tout à l'heure, quand vous entrerez dans la cathédrale.

Francisco Pizarro n'a pas un frémissement ; ni ses épaules ni ses mains ne témoignent qu'il a entendu les mots de Gabriel. Le même filet d'eau claire s'écoule, régulier, au pied du figuier, creusant un sillon dans la terre meuble.

— Gouverneur, avez-vous écouté ce que je viens de dire ? demande Gabriel, la voix durcie. Toute la nuit, don Herrada a chauffé à blanc ses troupes. Ils ont l'épée à la main.

Le filet d'eau cesse de couler. Un bruit de persiennes claque sur le côté du jardin. Gabriel y devine les visages qui s'y pressent et étudient chacun de leurs mouvements.

Mais don Francisco se retourne enfin et pose sur lui des yeux délavés, aux prunelles aussi fines que la pointe d'un stylet et où tant de fois Gabriel a cherché en vain l'éclat de la vérité. Quoique taillée avec soin, la barbe désormais blanche ne masque plus les rides. Lorsque la bouche s'ouvre sur un sourire, elle ne montre que trois dents gâtées dans des gencives aussi roses que celles d'un bébé.

— Maintenant, dit-il avec douceur, on ne m'appelle plus guère « Gouverneur », mais plutôt « Monseigneur le Marquis ».

— Bon Dieu, don Francisco, cessez donc ces minauderies. Deux cents hommes ont décidé de vous tuer !

— Foutaise !

— Vous savez bien que non ! La moitié des Espagnols de ce pays vous hait et rugit de colère contre vous.

— Ils n'ont aucune raison d'être en colère ! Ce n'est que méchanceté et trahison.

— Ils ont de bonnes raisons, don Francisco ! s'agace Gabriel en haussant le ton. Et vous ne l'ignorez pas !

— Pourquoi ? Ne suis-je pas bon comme un père avec tout le monde ? Sais-tu ce que je fais lorsque je vois l'un ou l'autre dans l'indigence ? Je l'invite à jouer aux quilles !

— Don Francisco...

— Écoute-moi, Gabriel ! Je l'invite à jouer aux quilles. Une partie à dix pesos. Parfois plus. Le double s'il se peut. Quelquefois, si l'homme a un nom, une pièce d'or. Et je perds... J'y mets le temps car j'aime jouer, mais je perds. Tu vois : ainsi le pauvre n'est plus pauvre et moi j'ai respecté son honneur en ne lui faisant pas l'aumône. On médit de moi et on ne veut jamais me laisser en paix. Je n'ai d'autres soucis que le bien de tous et pourtant on colporte des mensonges, on détourne mes paroles, on me trahit !

— Acceptez que les bateaux des gens d'Almagro partent et vous serez en paix.

— Pour quelles raisons es-tu venu me dire toutes ces choses, fils ? Et vêtu comme un bon Espagnol que tu es...

— Je ne suis pas à Lima pour vous, Gouverneur. J'y suis pour rencontrer le juge de la Couronne.

— Ah ?

— Mais il paraît que vous l'avez noyé.

— Faux ! Faux encore... Je lui ai proposé de venir ici sur un de mes galions et il a préféré un mauvais bateau. Mais il viendra. Il n'est pas du tout noyé. Que veux-tu lui dire ?

— Qu'il est temps d'offrir aux Indiens de ce pays le respect que l'on doit aux êtres humains. Je lui dirai qu'ils sont des hommes tout autant que nous et que le pape est de cet avis.

— Tu connais l'avis du pape ?

— Et le vôtre ? Je lui dirai combien vous et vos frères avez fait souffrir des centaines, des milliers d'innocents.

— Et toi, non ?

— Oui, moi aussi, en suivant stupidement votre volonté. En m'aveuglant jusqu'à ce que les cris et les horreurs que nous répandions partout m'ouvrent les paupières pour de bon !

— En ce cas, mon ami, tu devras lui dire comment, toi et moi, nous avons dû nous battre contre ces sauvages pour faire de ce pays une terre chrétienne ! Tu lui diras comment la Très Sainte Vierge à l'Enfant et à la Rose a mille fois écarté de nous les dangers, et que sans sa volonté, à Elle, rien n'aurait pu être accompli. Tu lui diras comment nous n'avons été, à Cajamarca, que l'instrument du Dieu tout-puissant !

— Non, don Francisco.

— Alors tu vas mentir comme les autres ! Toi que Dieu a désigné plus que tout autre : oublies-tu comme Il t'a protégé durant le siège de Cuzco ?

— J'ignore ce qui m'a protégé.

— Tu nous renies! vocifère soudain Pizarro en agitant son arrosoir. Dieu et moi, tu oses nous renier! Moi qui t'ai conduit jusqu'ici? Moi qui t'ai donné un nom quand tu n'étais rien qu'un pou à la surface du monde?

— Vous parlez d'une histoire qu'il ne me revient pas de conter, don Francisco. Ces Messeigneurs qui nous écoutent, penchés là-bas à vos fenêtres, et qui vous abreuvent de compliments chaque jour s'en chargeront fort bien. Je serais bien incapable d'écrire cette chanson-là : il me reste dans les yeux et le cœur bien trop de mauvais souvenirs que vous n'avez jamais voulu effacer. Trop de douleurs que vous n'avez jamais apaisées. Quand vous ne les avez pas causées vous-même!

— Toi aussi, tu es en colère contre moi, mon fils?

— Ce mot ne veut plus rien dire entre nous, Monseigneur le Marquis. De surcroît, il est désormais inutile. Il y a longtemps que je me suis habitué à n'avoir plus de père.

— Et pourtant tu t'inquiètes de moi. Tu ne veux pas que je meure, tu es prêt à tirer l'épée pour me défendre!

— Je n'ai pas dit cela. Je ne me battrai pas pour vous. Je ne suis venu vous avertir que parce que votre mort risque fort d'entraîner la mienne et que j'ai encore trop de choses à accomplir avant de quitter ce monde.

— Fichtre! Qu'as-tu de si important à faire?

L'aigreur du ton, l'ironie de don Francisco surprennent Gabriel et soudain lui redonnent son calme. Il sourit et s'écarte d'un pas.

— En vérité, Monseigneur le Marquis, je crains qu'il ne me soit impossible de vous l'expliquer. Cela nous prendrait, à vous et à moi, autant de temps que de vivre une vie nouvelle.

Le visage de don Francisco se clôt comme la porte d'une très vieille et solitaire masure. Ses rides se creusent et ses yeux n'expriment plus rien qu'un dédain lointain.

— Je vais faire dire la messe ici, dans ma chambre, annonce-t-il d'une voix égale. On verra bien si Herrada et ses traîne-savates oseront venir m'y chercher ! Et toi, pendant que je prierai, tu pourras boire un peu du jus de mes oranges. Ce sont les premières que j'ai récoltées dans ce pays.

— Je n'ai pas soif, don Francisco.

Le marquis approche sa main de l'épaule de Gabriel, dans ce geste qu'il a si souvent répété et par lequel il lui marque une forme d'amitié doublée d'une exigence de soumission. Mais quelque chose de nouveau, calme et décidé, dans les yeux de Gabriel l'interrompt dans son mouvement.

Il reste ainsi, la main suspendue, son regard noir scrutant désespérément celui de son cher « fils ». Un à un, les doigts se replient.

— Ce sera comme tu voudras, maugrée-t-il enfin d'une voix sourde.

Son impuissance émeut Gabriel mieux que toutes les paroles qui ont précédé.

— Faites attention à ne pas mourir...

La trace de la faiblesse et du doute qui ont semblé accabler le marquis s'évanouit. C'est le corps droit, la voix ferme qu'il s'exclame avec superbe :

— Un homme comme moi ne meurt pas.

*

« Vive le Roi ! Vive le Roi ! Mort au tyran ! »

D'abord, ils ne sont qu'une trentaine à surgir d'une ruelle et à s'avancer sur la place devant la cathédrale. Du haut de l'écha-faudage où elle a entraîné Bartolomé, Anamaya voit mal leurs traits, mais leur excitation, elle, fait vibrer l'air de plus en plus moite de Lima.

Encore une fois ils hurlent : « Vive le Roi ! Vive le Roi ! Mort au tyran ! » Avec frénésie, ils agitent toutes sortes d'armes, arba-lètes et pertuisanes, épées et javelots et même deux arquebuses !

— Ils sont fous, murmure Bartolomé en serrant presque involontairement le bras d'Anamaya. Veulent-ils se livrer à une bataille rangée ?

Cherchant à repérer la silhouette de géant de Sebastian, Anamaya ne répond pas tout de suite. Mais avant qu'elle y parvienne, une immense clameur fait vibrer jusqu'aux planches de l'échafaudage. Des ruelles vides un instant plus tôt, des maisons sans vie entourant la place déboulent deux ou trois centaines d'hommes, la plupart à cheval, cuirasse et cotte de mailles sur la poitrine, la bouche ouverte sur des braillements.

— Doux Jésus, s'exclame Bartolomé, livide et le front emperlé de sueur.

— Ont-ils peur à ce point du Gouverneur, demande Anamaya, qu'il leur faut être si nombreux pour le tuer ?

— Assurément, ils ont peur de don Francisco. Mais ils craignent bien plus encore Gabriel et ses sortilèges de « Santiago de Cuzco » !

Anamaya ne peut retenir un geste de moquerie que surprend Bartolomé.

— Cela vous fait sourire, *Coya Camaquen* ? marmonne-t-il avec humeur. Je vous trouve bien calme !

Une nouvelle clameur suit le tir à blanc d'une arquebuse et lui coupe la parole. Bartolomé doit presque crier pour se faire entendre :

— Regardez-les ! Dans une heure, au train où vont les choses, Pizarro sera mort et peut-être bien Gabriel. C'est là toute l'inquiétude que cela vous procure ?

— Apaisez-vous, ami Bartolomé. Gabriel ne va pas mourir.

— Comment pouvez-vous en être si certaine ?

La colère a relevé le visage de Bartolomé. Mais, lorsque son regard rencontre les yeux d'Anamaya, il sait tout à la fois qu'elle a raison et qu'il ne pourra jamais comprendre d'où lui viennent ce savoir et cette certitude.

Comme si c'était là un geste de désespoir, il ferme les paupières et se signe avec ferveur tandis que, sur la place, le flot de la révolte soudain se jette contre la maison de don Francisco Pizarro.

*

— Aux armes! Aux armes! Ils vont forcer la porte pour tuer Monseigneur le Marquis!

Le cri du page résonne dans toute l'énorme bâtisse et jette la panique dans le patio. Du haut de la galerie, Gabriel voit les courtisans se bousculer les uns les autres, cherchant plus à fuir qu'à tirer leur épée. Au même instant, une poigne de fer agrippe son bras et le tire en arrière. Lorsqu'il se retourne, le visage de don Francisco est si près du sien qu'il pourrait compter les fines rides qui partent des yeux et s'enfoncent dans la barbe.

— Suis-moi dans ma chambre. Tu peux au moins m'aider à passer ma cuirasse! Tu vas voir que d'ici peu nous ne serons pas foule!

De fait, ils sont trois ou quatre à se retrouver avec don Francisco dans l'arrière-chambre qui fait l'angle du bâtiment et possède l'avantage de n'avoir qu'une issue.

— Tenez-vous devant la porte, ordonne Pizarro à deux Seigneurs qui ont déjà la dague dans une main et l'épée dans l'autre.

Ôtant son long manteau de drap, il ajoute à l'attention du page qui ne l'a pas quitté d'une semelle:

— Toi, mon bon Diego, regarde bien ce qu'il se passe et raconte-moi!

Lorsqu'il ouvre le coffre contenant sa vieille cuirasse enveloppée dans un drap de coton, son regard accroche celui de Gabriel et il semble bien, le temps d'un éclair, qu'il sourit.

— Monseigneur, Monseigneur, crie le page, c'est fait ! Ils ont brisé la porte et maintenant ils sont dans le premier patio !

— Combien ?

— Dix… Non, quatorze. Peut-être quinze. Ils s'agitent et je ne peux les compter.

— Les couards ! Entends-tu ça, Gabriel ? Ils sont deux cents dehors sur la place mais quinze à oser entrer. Les couilles ne leur pendent pas sur les chevilles !

— Monseigneur ! Le lieutenant Velasquez et le secrétaire Salcedo ont pris peur et sauté dans le jardin par la fenêtre…

— Ah ! en voilà d'autres qui ont des ailes à l'entrejambe !

Le rugissement de don Francisco est presque un rire.

— Au nom du ciel, Gabriel, dénoue ces sangles pendant que je passe ma cotte. Ils vont voir ce que c'est que de m'assassiner !

— Monseigneur, don Herrada et les siens sont sur l'escalier du second patio. Ils se battent et… Oh, Monseigneur, don Hurtado et don Lozano sont blessés !

— Tout cela va bien vite. Fermez les portes de la galerie et trois hommes devant chacune !

— Monseigneur, ça ne se peut. Beaucoup de nos Messires se sont dissimulés sous les lits et les buffets !

— Les braies puantes que voilà ! Qu'ils y mangent la poussière et leur bile… Gabriel, mon petit, serre ! Serre bien !

Gabriel tire sur les courroies de cuir qui relient le plastron et le dos de la cuirasse. Avec un dégoût grandissant et en même temps un calme qui l'étonne lui-même, il lui semble enfermer le vieillard vociférant dans son propre tombeau d'acier tandis que les clameurs des combats résonnent de plus en plus près.

— Oh Monseigneur, Messire Chavez se fait tuer ! Ils lui plantent des couteaux dans le cou ! Monseigneur ! Ils tuent, ils tuent !

— Les chiens ! Dans le cou, à dix contre un ! Les fourbes !
Quelle honte !

Les braillements et les insultes croissent soudainement et
d'un coup le battant de la porte s'ouvre en rebondissant contre
le mur. Sans un mot, la gorge ouverte, le page fidèle bascule en
arrière pour ne pas se relever. Une brève seconde, chacun se
fige, le souffle court et les yeux agrandis. Alors le cri de « Mort
au tyran ! » rebondit contre la poitrine de fer du Gouverneur.

Par réflexe, Gabriel a sauté sur le côté, l'épée nue bien qu'il
se soit promis de la laisser au fourreau. Mais la chambre est prise
d'un tourbillon de chaos. Le cliquetis des armes, les cris, les
grincements de dents et la puanteur des haleines furieuses tournent à la folie. C'est à peine si on prend garde à lui alors que
don Francisco se défend comme le démon devenu homme.
Balançant une pertuisane de la main gauche tandis que de la
droite son épée vole, pare et tranche, il n'a plus d'âge ni de faiblesse. Sa barbe elle-même semble faite d'un métal tranchant.
Ses grognements et sa fureur repoussent les conjurés, dont les
coups faiblissent.

— Que meurt le tyran ! s'écrie alors don Herrada tout pâle
en poussant ses hommes devant lui.

— Traîtres ! Bouffons ! Fiente du diable ! réplique don Francisco.

Et puis soudain d'autres conjurés s'engouffrent dans la pièce
et Gabriel découvre la haute silhouette de Sebastian, maladroite
et empesée dans la confusion de la bataille.

— Sebastian ! Ne reste pas là, crie-t-il. Laisse-les se battre !

D'un lourd moulinet, Sebastian repousse la pertuisane de
Pizarro, mais son bras reçoit le coup assené par l'un des derniers défenseurs du Gouverneur. Avec une grimace de douleur,
le sang déjà jaillissant de sa manche, il se tourne vers Gabriel
qui s'approche. Cependant, avant qu'il puisse le rejoindre,
comme s'il avait deviné son intention, les deux mains de don

Herrada pressent le dos de Sebastian et le poussent sur l'épée meurtrière de don Francisco.

— Sebastian !

La lame de Gabriel siffle pour détourner celle de don Francisco. Mais le poignet du Gouverneur s'est lancé de toutes ses forces. Le fer qui a tant de fois tranché et combattu trouve un chemin au bas des mailles de la cotte de Sebastian. Il y rentre avec tant d'aisance que don Francisco manque d'en basculer contre sa poitrine alors que le géant noir gémit sourdement.

Et tout advient dans le même temps. Tandis que Sebastian s'effondre en entraînant l'épée de don Francisco, la surprise, une seconde, immobilise le Gouverneur. Dans un hurlement commun, dix poings armés de dague s'abattent sur lui :

— Tue ! Tue ! Tue ! Mort au tyran !

L'agrippant par l'épaule, Gabriel parvient avec peine à tirer Sebastian en arrière. Alors qu'il ôte la lame de ses entrailles, à deux pas de lui, don Francisco Pizarro s'effondre contre le plancher, sa bouche édentée ouverte sur un long cri silencieux. Et ce n'est qu'un souffle, mêlé de sang, qui passe ses lèvres :

— Confession ! Par pitié, la confession ! Par pitié, que je puisse encore une fois baiser l'image de la Très Sainte Vierge à la Rose !

Gabriel perçoit sous ses mains les soubresauts d'agonie de Sebastian.

— Tiens bon ! supplie-t-il en comprimant la blessure ouverte de la main, remarquant avec indifférence que la lame de l'épée a glissé sur sa propre paume, l'entaillant largement. Ne te laisse pas mourir, Sebastian. Anamaya te soignera.

— Laisse, Gabriel. C'est bien ainsi.

Les mains de Sebastian se posent sur celle de son ami, il sourit alors que son regard vacille jusqu'au visage brisé du Gouverneur. Avec une ultime férocité, en réponse à la supplique de don Francisco, l'un des meurtriers vient d'y écraser une cruche, lui déchirant tout à la fois la bouche et les prières.

— Il est déjà mort, souffle Sebastian. Et moi, je vais cesser enfin d'être un esclave.

— Attends, attends...

Les mots se précipitent dans la bouche de Gabriel en même temps qu'il sent le mélange de la sueur et des larmes lui couler sur le visage.

— Je veux encore te demander quelque chose, Sebastian.

— Je te connais, Votre Grâce... Tu veux gagner du temps...

— Je te promets que j'ai besoin de toi !

— Tu as toujours eu tendance à pleurnicher au moment de se dire au revoir, Gabriel. Tais-toi et serre-moi la main.

Et tandis que les yeux de son ami se ferment, tandis que le navire l'emmène vers son ultime liberté, Gabriel ne lui lâche pas la main.

*

La brume tenace et moite qui vient de l'océan recouvre la côte et les roches ocre qui en dessinent les méandres. Elle lutte aussi contre le dur soleil qui calcine l'immensité du désert au nord de Lima.

Il a suffi de trois heures, à dos de mule et de cheval, pour voir disparaître l'opulence verte de la ville, et la folie qui s'en est emparée après la mort de don Francisco Pizarro. Les hurlements de haine sont devenus farandoles démentes de vengeances à assouvir. Le corps tout déchiré du vieux Gouverneur a été promené sur la grande place comme un chiffon où essuyer ses vieilles rancunes et les peurs de trop d'années sauvages.

Tandis que le pillage des maisons des Pizarro déchaînait les rires, Bartolomé a aussitôt pressé Gabriel de fuir la ville avant que don Herrada s'en prenne à lui.

— Je veux d'abord enterrer Sebastian ! a protesté Gabriel, les yeux rougis.

— Impossible, ils ne t'en laisseront pas le loisir. Tu es le dernier à leur faire encore peur. Ne crois pas qu'ils vont t'oublier comme ça.

C'est Anamaya qui a proposé de quitter la ville en emportant le cadavre de l'ancien esclave noir.

— Et pourquoi non ? a marmonné Bartolomé avec un haussement d'épaules. Je consacrerai un carré de terre, et il n'y sera pas moins en paix qu'ici.

Et maintenant ils sont là, devant le repli d'une tombe creusée entre deux levées de roche, pareilles aux bras accueillants d'une géante. Une croix faite de deux morceaux de bois flotté, aussi haute qu'un homme, étire son ombre sur le linceul de terre poussiéreuse. Agenouillé, Bartolomé murmure la prière qui ne franchit pas les lèvres de Gabriel.

Sa main valide serrant durement celle d'Anamaya pressée contre lui, il laisse les souvenirs l'envahir comme un vol d'oiseaux sombres. Il y a le premier sourire, à Séville, à l'auberge du *Pichet libre*, et les premiers mots d'amitié : « *Nous avons découvert un nouveau pays.* » Il y a Sebastian qui répète : « *N'oublie jamais, ami, que je suis noir et esclave. Même si l'on fait semblant du contraire, je ne serai jamais rien d'autre !* » Il y a Sebastian serrant le garrot qui tue Atahuallpa. Sebastian qui sauve, protège, se moque, qui jamais ne cesse d'être fidèle. Jusqu'à la dernière heure !

— Ici, il sera bien, dit tout bas Bartolomé en se redressant, et en regardant Anamaya comme s'il n'osait croiser le regard de Gabriel. C'est encore une de vos bonnes idées, Princesse.

— C'est vrai, approuve Gabriel avec un rictus d'amertume. Pour un homme qui a toujours vécu comme l'ombre des autres, le voilà définitivement à l'écart ! À l'heure qu'il est, Herrada et les siens doivent déjà s'être accaparé son bateau. Dans quelques jours, il sera si bien effacé de leur esprit que, pour eux, ce sera comme s'il n'avait jamais vécu...

La colère fait trembler ses lèvres. Bartolomé pose sur lui ses yeux gris.

— Je n'oublierai jamais que je l'ai baptisé, murmure-t-il.

— Baptisé ? s'étonne Gabriel. Sebastian ?

— Eh oui. Peu de temps avant que je quitte Cuzco, c'est lui qui me l'a demandé... Je te rassure, je n'ai pas sondé trop profond dans sa foi. Mettons qu'il voulait être... rassuré.

Bartolomé referme sa main aux doigts collés autour de celles, enlacées, de Gabriel et d'Anamaya.

— Mais je ne l'ai pas baptisé avec plus d'amour que je ne vous ai mariés.

Gabriel sursaute.

— Je ne me souviens pas d'une cérémonie, frère Bartolomé.

— Ne t'agite pas, mon ami. N'est-ce pas moi qui, le premier, t'ai poussé à aller vers elle ? Et n'est-ce pas moi qui suis venu vous chercher au cœur de la forêt, Anamaya et toi... Ce jour-là, je vous ai mariés dans mon cœur et je crois bien avoir partagé les rites avec mon ami Katari. Les mots nous ont parfois séparés, Gabriel, mais je ne veux pas vous quitter sans vous avoir donné mon amitié et un amour divin aussi bien qu'humain, comme tu voudras. L'acceptes-tu ? L'acceptez-vous ?

— Merci, dit simplement Anamaya, tandis que Gabriel hoche la tête avec gravité.

— Non, *Coya Camaquen*. Le merci, c'est à vous que je le dois. Bien plus que vous ne l'imaginez ! Sans vous, je sais que la honte et la douleur de tous seraient aujourd'hui plus grandes encore. Jamais je ne vous oublierai. Et lorsque je parlerai au juge de Castro, lorsque j'irai à Tolède pour plaider votre cause et celle du Pérou, c'est votre visage que j'aurai toujours devant les yeux.

Un instant, liés par une même émotion autant que par leurs doigts serrés, ils se taisent. La chaleur du désert et le ressac proche de la mer les enveloppent d'une immense solitude tout autant que d'une paix. Étrangement, Gabriel sent sa tristesse se fondre, comme si l'immensité qui l'entoure l'absorbait et lui dévoilait soudain le vrai commencement de sa vie.

C'est Bartolomé qui le premier desserre son étreinte. D'un geste qui est devenu machinal lorsque l'émotion l'embarrasse, il caresse sa cicatrice de ses doigts joints et rit :

— Et comme vous le voyez, la fièvre m'a quitté. On ne saura pas si Dieu a fini par entendre mes suppliques ou si c'est là l'effet de votre breuvage, Princesse ? Mais qu'importe ! Soyez bien sûr que je vais vivre longtemps !

Un instant plus tard, alors que déjà sa silhouette, inclinée sur sa mule, s'éloigne vers le nord, Anamaya se serre encore tout contre Gabriel.

— N'est-ce pas étrange que lui aussi ait parlé d'un signe de son Puissant Seigneur ?

Gabriel sait à quoi elle pense. Lui-même songe aux phrases de l'Unique Seigneur Huayna Capac :

« *Guerre chez les Fils du Soleil et guerre chez les Étrangers : c'est le signe.*

« *Le sang du frère, le sang de l'ami sont versés plus généreusement que celui de l'ennemi : c'est le signe.*

« *L'Étranger qui prie une femme et non son Puissant Ancêtre est tué : c'est le signe.* »

Oui, chaque chose est accomplie désormais.

— Allons, murmure Anamaya. Maintenant, il est temps de rejoindre les montagnes et de libérer le Frère-Double de notre présence.

— « *Et tout ce temps, ne doute pas de moi. Demeure dans mon souffle et fais confiance au puma* », répond Gabriel avec un dernier regard à la tombe de Sebastian.

31

Machu Picchu - Caral, 1542

Depuis qu'ils ont quitté Lima, ils sont restés silencieux.

Chacun d'entre eux est perdu en lui-même, chacun revit le désordre, les fureurs et les étonnements de sa vie. Il arrive à Gabriel de fixer le mouvant ruban de pierre de la route royale inca et de s'imaginer flotter sur une mer qui le porte toujours plus haut ; Anamaya égare ses yeux à la cime des montagnes et doit parfois étendre les bras pour se souvenir qu'elle n'est qu'humaine, rien qu'humaine. Toute fierté qu'ils ont pu avoir les a quittés : la *Coya Camaquen* et le chevalier blanc de Santiago ne sont plus qu'un homme et une femme qui cheminent avec quelques porteurs. L'amour ne leur inspire aucun mot : juste des gestes esquissés, des regards effacés.

Ils ont conservé leurs vêtements espagnols. Dans la lumière du matin, Gabriel surveille sa main blessée, qui cicatrise lentement, cette peau d'enfant qui se reforme autour de la corne de l'adulte. Il pense à Sebastian. Quelque chose s'est déchiré en lui qui ne guérira pas comme cette main : et cependant, c'est étrange de se trouver en vie alors qu'il est mort. Tant de morts pour comprendre une chose si simple...

Maintenant qu'ils ont rejoint la vallée de l'Apurimac, Gabriel de temps à autre se retourne pour apercevoir le triangle parfait d'une montagne qui s'enfonce dans la vallée encaissée au centre de laquelle ils s'élèvent.

Demain, ils seront à Rimac Tambo.

Partout sur leur chemin, il est hanté par les souvenirs des batailles, du passage d'un torrent, d'un éboulis de pierres. Après, c'est l'inconnu.

Pourtant, il n'a pas besoin de lui demander où ils vont.

Il le sait.

Il sait qu'au *tambo* les porteurs les quitteront et qu'ils resteront seuls.

Il sait qu'ils se déferont de leurs vêtements espagnols pour ne jamais les remettre et qu'ils revêtiront un *unku* et un *añaco* de fine laine blanche.

Il sait qu'elle regardera en direction du nord et lui montrera l'endroit où la comète lui est apparue ; puis ils emprunteront le chemin dans l'épaisse forêt par lequel le Sage Villa Oma l'a emmenée.

Elle dira ses premiers mots : « C'est là. »

Comme le soir approche, une brume épaisse monte et les enveloppe, les rendant presque invisibles. Gabriel ne peut retenir ses doigts de se crisper dans l'humidité en l'imaginant disparaître soudainement à travers ce voile. Comme un homme ivre, il tournoie et ne s'arrête que lorsqu'elle le saisit par le bras. Il s'immobilise, le cœur battant. Elle prend sa main et porte à ses lèvres douces les lèvres de sa blessure.

*

Katari sent son front baigné de milliers de gouttelettes portées par le vent de mer.

Tout s'évanouit.

Le ciel, la mer et la terre sont d'un blanc laiteux où tout se fond, tout s'efface. Il doit toucher sa peau pour s'assurer de sa texture, de sa propre épaisseur. Tous ses autres sens sont presque annihilés, comme si les trois Mondes s'étaient rejoints, et tous les éléments.

Pourtant, il avance toujours vers le nord, guidé par la lumière en lui.

Il n'a pas cessé de marcher un jour depuis qu'il a quitté Vilcabamba et les yeux perdus vers l'infini de Manco. L'Inca ne l'a même pas vu s'éloigner, n'a même pas prêté attention aux préparatifs de voyage du Frère-Double. Sa solitude n'était plus interrompue que par des ordres brefs et il ne reprenait un peu de vie, au milieu de la nuit, qu'entre les jambes des concubines. Les signes de respect n'étaient plus que des signes de peur. Il se réveillait le matin en hurlant et faisait venir des devins pour interpréter des songes qui l'effrayaient et déformaient son visage. Quand Katari s'en est allé, il l'a laissé les lèvres tremblantes : l'Inca voulait encore lui dire quelque chose, mais l'effort était trop grand, impossible. Déjà l'oubli le dévorait de l'intérieur.

Ceux auxquels Katari a confié le Frère-Double sont des Kollas comme lui, qui lui obéissent sans demander d'explications et ont, depuis l'enfance, une profonde habitude du silence. Ils escorteront la litière de la statue à travers la forêt en faisant moins de bruit qu'un anaconda. Ils l'amèneront là où elle doit être, selon les paroles de Huayna Capac, pour retrouver Anamaya et le Puma, et gagner sa demeure d'éternité.

Katari a préféré partir seul.

La seule présence d'un humain l'aurait troublé dans ses pensées, peut-être détourné de son chemin. Depuis bientôt un mois, il n'a vécu qu'avec les bruits de la nature et ceux des animaux, se gorgeant du parfum des orchidées aux pétales humides, n'ayant à répondre qu'aux oiseaux.

Ne dormant que très peu, il s'abandonne toujours au même rêve : il sait où il est, bien que ce lieu n'ait jamais été visité. Il se réveille, heureux d'une certitude qui le fait bondir et avancer toujours plus vite. Ses jambes musclées l'ont mené à travers les paysages, de la chaleur au froid et à la chaleur de nouveau.

Après la forêt, il a gagné les plateaux vallonnés de la puna, où des collines dessinent leurs arrondis à perte de vue. Son regard se reposait aux touffes jaunes d'*ichu* sous le ciel bleu pur. Quand un nuage de poussière se soulevait, ce n'étaient pas des hommes mais un troupeau de vigognes dont les bonds faisaient trembler la terre.

En descendant vers la côte, il a traversé des déserts de cailloux, parfois coupés par de petits fleuves au bord desquels se pressaient, dans une végétation luxuriante, des Indiens immobiles, presque nus, qui le regardaient passer sans le remarquer.

Au fur et à mesure qu'il s'approchait de la mer, des lambeaux de brume déchiraient le ciel et chargeaient l'air d'une humidité qui pénétrait sa peau jusqu'au plus profond. Maintenant, elle est là, tout autour de lui. Elle l'aveugle, mais il voit tout. Elle transforme l'atmosphère en une sorte de ouate où les sons sont étouffés, mais il entend tout. Elle porte de fortes odeurs de mer, mais il sent des parfums qui viennent de bien plus loin.

« Vous êtes là, chuchote-t-il à Gabriel et à Anamaya, vous êtes loin, mais vous êtes tout près de moi. Nous sommes ensemble. »

*

À mesure qu'ils s'enfonçaient dans la montagne et s'éloignaient de l'Apurimac, la brume s'est levée. Ils ont marché la nuit et, dans la fraîcheur de l'aube, elle s'est serrée contre lui. Il s'est plongé avec abandon dans le bleu de ses yeux — bleu de ciel, bleu de nuit, bleu de mer, bleu du lac dans lequel il avait brassé pour la retrouver.

Quand ils ont franchi les colonnes de pierre qui se dressent vers le ciel, Anamaya a passé ses mains sur les yeux de Gabriel pour qu'il les ferme. Tandis qu'ils continuaient à monter les marches, suspendus entre ciel et terre, il a été pris d'une inquiétude profonde. Puis, d'une pression de la main, Anamaya lui a indiqué qu'il pouvait ouvrir les yeux de nouveau.

Le spectacle qu'il découvre dépasse tout ce qu'il a pu imaginer en beauté et en force. C'est comme si, en ce lieu secret, une alliance avait été nouée entre les hommes, le ciel, les montagnes et le fleuve pour créer un temple aux dimensions de la nature tout entière afin d'exalter la présence des dieux.

— Picchu, murmure Anamaya, une seule fois.

Il a les yeux brillants et la poitrine pleine d'un souffle violent et paisible. Il est là où il doit être, là où sa route l'a mené. Il glisse sur l'étagement des terrasses, sur les maisons et les temples, il suit le bruissement du vent et de l'eau, de la fumée qui part en volutes grises depuis les toits d'*ichu,* devine au loin une vaste esplanade... Sans cesse, son regard est attiré vers la montagne qui domine le site, légère et élancée. Avec un battement de cœur, il reconnaît la même forme que celle du rocher aux quatre niches d'Ollantaytambo en même temps que le dessin reconnaissable du puma lové au-dessus de la ville, comme assoupi et en même temps terrifiant de vigilance.

Il y a tant à demander et rien à comprendre : tout est là.

Anamaya à ses côtés vibre et rayonne.

— J'ai promis, dit-elle à voix basse, que je ne révélerais jamais le secret et que je ne passerais jamais cette porte avec un Étranger...

— N'est-ce pas ce que tu fais ?

— Tu n'es pas un Étranger. Tu es le puma. Le secret t'appartient. Tu es chez toi.

Gabriel se sent heureux et libre, et le tout jeune enfant qui dort en lui se laisserait aller à dévaler les terrasses, à bondir par les ruelles étroites, à déboucher sur les pentes vertigineuses en dessous desquelles le ruban d'argent du fleuve miroite... Mais il émane de ce lieu une telle noblesse qu'il contient son agitation et se sent gagné par sa paix.

Anamaya descend l'escalier qui mène à la porte monumentale par laquelle, bien des années plus tôt, elle a vu disparaître Villa Oma. La lourde palissade de bois y est toujours en place, clôturant hermétiquement l'accès au centre de Picchu. Elle y pose les mains et la porte bascule aussitôt, révélant la rue et ses maisons basses. Ce sont trois gardes impassibles, au visage fermé, leur lance à la main, qui les accueillent et les guident sans un mot jusqu'à une vaste maison aux murs soigneusement crépis, au toit d'*ichu* à la double pente raide. Dans le mur sont ouvertes deux fenêtres en trapèze par lesquelles s'offre toute la profondeur de la vallée.

Un vieil homme les accueille, assis sur une *tiana*. Sa longue chevelure a la blancheur du Salcantay.

— Les années ont passé, Huilloc Topac, dit lentement Anamaya, mais tu es toujours le gardien de ce lieu.

L'Indien aux cheveux de neige a les yeux presque blancs d'un aveugle. Pourtant, quand il les tourne vers eux, ils se sentent scrutés jusqu'au fond de l'âme. Finalement, il dit simplement :

— Je vous attendais.

*

Au milieu de l'immense berceau des collines baignées d'une lumière grise, les six monticules dessinent un cercle presque parfait. La mer est déjà loin, à plusieurs jours de marche, et pourtant ses senteurs discrètes la rendent encore présente. En aval, une rivière serpente, dont les rives sont envahies de deux bandes de végétation sauvage.

Katari a le cœur battant.

Pour l'œil non exercé, ce ne sont que des amas de poussière

et de terre dont la teinte plus foncée se détache sur le fond de cailloux et de roches ; pour le Maître des Pierres, qui a voyagé depuis bien plus loin que son âge, c'est ici le terme du chemin.

Ici, les temps finissent et commencent.

Son pas se fait soudain plus lent et il laisse le vent sonner dans ses oreilles devenues coquillages ; une trompe résonne à travers son corps, qui vient d'avant les temps et lui murmure la légende de ce qui fut et de ce qui sera.

C'est ici que tout a commencé, bien avant que Viracocha lui-même ne sorte du lac Titicaca, bien avant qu'il ne prenne le chemin du Nord et s'enfonce au sein de la Grande Mer par la porte de Tumbez, aujourd'hui à jamais souillée par l'arrivée des Étrangers.

C'est ici que gît, profondément planté en terre, le monolithe *huanca*, la *Borne des Origines,* qui marque l'ancrage des hommes sur cette terre des Andes.

Les pierres le lui ont dit, les anciens *quipus* sauvés du saccage de Cuzco le lui ont confirmé.

Il sort les *quipus* de son baluchon, et ses doigts courent le long des nœuds des cordelettes pendant qu'il chante, les yeux fermés, une invocation sans mots. Un très vieil *amauta* lui en a donné la clef. Ils sont la mémoire des Andes et il sait dorénavant la réveiller. À ses narines parvient l'odeur marine à laquelle se mélange celle du fleuve. Ses longs cheveux noirs balaient son visage. Il se dirige sans plus hésiter vers le plus haut des monticules.

À mesure qu'il approche, sa forme devient plus certaine et il imagine sous l'abandon apparent l'étagement régulier des terrasses : il est devant une pyramide.

Les doigts toujours refermés sur ses *quipus*, Katari ne s'attarde pas à chercher l'accès sous l'amas de pierres ; il fait lentement le tour de la pyramide, se laissant pénétrer par sa présence et celle des générations qui y ont pratiqué leurs cultes.

Quand il se trouve au pied de la rampe dont il devine le départ sous les éboulis, le terrain s'encaisse brusquement en forme d'un vaste cercle.

Son visage s'éclaire. « *Urku Pacha*, chuchote-t-il, le passage vers le Monde d'En bas. C'est ici. Venez. »

Il s'assied au centre du cercle et dispose ses *quipus* devant lui. Puis il s'allonge, bras et jambes écartés, et la rumeur de la terre monte en lui.

*

Toute la journée et toute la nuit, ils ont été avec Huilloc Topac. Le vieil homme ne veut rien savoir des guerres et de ce qui se passe dans le Monde de Là-bas ; il ne lui reste rien de l'hostilité méprisante dont Anamaya se souvenait. Il a le dépouillement d'une pierre sur laquelle la pluie a longtemps ruisselé.

À l'aube, il les entraîne en silence par les ruelles escarpées, alors que la lumière frise au-dessus des terrasses, jusqu'à une plate-forme de pierre au fond de laquelle une grotte est ouverte. La dominant, se découpe l'ombre de pierre d'un condor dont le bec plonge dans la terre.

Huilloc Topac dispose les feuilles de coca et Gabriel se sent étrangement en harmonie avec lui tandis qu'il l'aide à allumer le feu, puis à verser la *chicha*.

« Bientôt », dit Huilloc Topac, les yeux renversés, la tête tournant comme une étoile perdue.

Ils le laissent et partent errer librement. Ils croisent les jeunes filles et les prêtres, les orfèvres et les tisseuses ; au loin, déjà, les paysans s'affairent sur les terrasses de maïs. Il règne un calme noir et lourd — un calme d'avant l'orage.

Entre eux, il n'y a plus que des mots isolés, des gestes détachés.

Au crépuscule, ils ont gagné la maison qui domine le site et ils regardent le soir tomber.

Soudain, l'écho d'une voix leur parvient et par toute la vallée un chant s'élève, un chant d'une beauté tragique et mystérieuse, tenu sur une seule note, un chant pénétrant où les voix humaines, les trompes et les tambours sont unis.

Anamaya se lève et Gabriel la suit.

Sur la vaste esplanade en contrebas du temple aux cinq niches, la foule entière de Picchu est rassemblée. Les *unkus* et les *añacos* sont blancs, et un chemin de torches est allumé au centre de l'esplanade, cependant que le chant gonflant toutes les poitrines continue à résonner sans fin. Gabriel et Anamaya s'approchent et voient.

Il est arrivé.

Dans le couchant, le Frère-Double les attend.

Ceux de Picchu ont la tête baissée, le dos courbé, certains sont même à terre dans le signe de la révérence la plus profonde.

Anamaya vient seule auprès du Frère-Double. Quand elle touche sa tête, le chant s'interrompt et il ne reste plus dans toute la vallée que l'écho du vent et le grondement de la Willkamayo.

Rien n'existe en vain, ô Viracocha !
Chacun va depuis les rives du Titicaca,
Chacun va jusqu'aux pyramides enfouies,
Chacun rejoint la place que tu lui as désignée !

Longtemps, les mots de la prière s'écoulent. Quand elle cesse, Anamaya étale les *quipus* devant elle et laisse ses doigts découvrir les nœuds, l'esprit de Katari passant en elle. Gabriel la voit plus belle et plus lumineuse que jamais quand elle se redresse et parle.

— Il y a longtemps, dit-elle, le Sapa Inca Huayna Capac a confié des secrets à une jeune fille ignorante sortie de la forêt.

Pour les posséder, beaucoup se sont battus, beaucoup ont cru les déceler dans la guerre et la destruction sans fin. Ce temps est achevé. Il n'y a qu'un secret — et c'est que le Frère-Double doit à présent trouver sa demeure, afin que soient conservées, pour tout le temps qui est l'âme de notre peuple, l'âme éternelle de nos montagnes, l'unité de tous les mondes, celui d'Ici, celui de Là-bas, celui d'En dessous...

Le chant reprend quand Anamaya se tait, comme une danse maintenant qui fait onduler les corps de ceux de Picchu, lente et solennelle, confiante. Les porteurs hissent le Frère-Double sur la litière et Anamaya les guide à travers les trois niveaux des terrasses en dessous de l'esplanade, que le reste de la foule ne quitte pas. Sur une place encaissée dont le bord s'ouvre sur le ravin de la Willkamayo, trois rochers sont percés d'une galerie qui semble plonger au plus profond de la terre.

— *Urku Pacha,* dit Anamaya en prenant la clé de pierre que Katari lui a donnée. C'est ici.

Les derniers rayons du soleil s'accrochent à l'*Intihuatana* et s'y fixent un instant, tandis que le Frère-Double disparaît dans la galerie centrale.

Le chant cesse de nouveau et toute la terre est agitée d'un tremblement, d'un piétinement universel, comme si des milliers de tambours retentissaient sous leurs pieds.

*

Comme le soleil allait plonger derrière les montagnes, Katari s'est assis pour lancer une dernière fois la pierre qui arrête le temps.

Un rayon s'est arrimé au sommet de la pyramide et a filé sur son flanc comme l'éclair, s'immobilisant à ses pieds, à l'endroit où s'ouvre le cercle du temple souterrain.

« Ici », répète-t-il en prenant dans ses mains sa clé de bronze.

Avec un bruit sourd, un martèlement étouffé, le sol soudain tremble. Une vibration qui pénètre ses pieds et ses jambes, comme si de partout une armée venait jusqu'à lui. Au sommet de la pyramide, la gangue séculaire de la *Borne des Origines* se craquelle avant de s'effriter, dispersant sa poussière dans le vent venu de l'océan. Tandis que sa pointe émerge du sol, nue, les premières gouttes de pluie éclatent contre sa peau de granit.

Katari, les yeux levés, offre son visage à la pluie.

*

Le soleil a disparu derrière les montagnes, et Gabriel a rejoint Anamaya sur la terrasse au bord du ravin.

Lentement, happés par la nuit, ceux de Picchu s'en vont. En longues files silencieuses, ils quittent la ville pour toujours. Dessinant dans l'ombre de la montagne des serpents de feu à l'heure où les étoiles apparaissent dans le ciel, ils s'éloignent dans les Quatre Directions, leurs torches à la main.

Des années durant, ils ont construit la cité secrète de Picchu pour en faire une demeure digne du Frère-Double. Ses entrailles d'or contiennent toute l'Histoire et la puissance des Incas, le temps passé et futur des Andes, la mémoire de la gloire et de l'épreuve. Ceux qui partent aujourd'hui le savent-ils ? Sans doute pas, songe Anamaya, mais ils sont fiers de l'œuvre accomplie. Ils partent sans un mot, sans un regard : ce qui devait être dit a été dit, fait ce qui devait être fait.

Au milieu d'eux, Anamaya et Gabriel voient longuement s'agiter la chevelure de neige de Huilloc Topac avant qu'elle ne disparaisse à son tour.

Maintenant, il n'y a plus que le silence.

Dans l'air lourd, une humidité soudaine se plaque sur leurs visages en même temps que des nuages, plus noirs que le soir, referment le ciel. Les premières gouttes de pluie tombent. Des éclairs silencieux zèbrent l'ombre des montagnes et jettent une lumière blafarde. Très vite, ils encerclent le Machu Picchu comme une meute de fauves aux crocs scintillants. Ici et là, la foudre plante ses arcs de lumière avec des jappements rauques.

D'instinct, Anamaya se serre contre Gabriel, dont la respiration s'accélère. Elle cherche sa main et la serre contre son ventre. Comme si ce simple geste l'avait attirée, la foudre s'abat tout près, sur la plus haute terrasse. Ils tremblent tous les deux, serrant les paupières dans l'attente du vacarme du tonnerre. Mais le feu du ciel, avec à peine un craquement de branche morte, se mue en une boule éblouissante. Projetant des étincelles d'or fondu, elle dévale la pente, explose en une multitude de ruisseaux de feu qui épousent la moindre faille de la roche. L'âcre odeur de soufre enfle dans l'air gorgé d'eau. Alors seulement, faisant vibrer leur poitrine, le tonnerre roule de pente en pente et jusqu'au plus profond des ravins. La fureur vient du ciel et elle monte de la terre, elle secoue tout le Monde à la fois.

Ils n'ont pas peur.

Quand l'orage se calme, un vent frais chasse les nuages et dégage le ciel.

Le vent de nouveau froisse les feuillages dans le silence.

La nuit est si absolue qu'il semble que le monde ne soit fait que du ciel.

*

Quand la pluie cesse, Katari voyage avec les étoiles. Depuis l'horizon, il suit le parcours le *Mayo* du ciel, le Fleuve Sacré céleste, et sourit quand il s'arrête sur le nuage obscur du Lama. Les Puissants de l'Autre Monde le remercient pour le travail accompli. La brume s'est déchirée et il distingue nettement les *llamacñawin*, les yeux du lama. Les deux étoiles brillent doucement. Leur pulsation s'est fait régulière, lente et harmonieuse, couple éternel au rythme d'un même cœur.

« Vous êtes là, murmure-t-il en lui-même, je suis avec vous. Le temps est un. Nous sommes venus d'avant et nous viendrons après. Tout est bien. »

*

Toute la nuit, Gabriel et Anamaya se promènent parmi les constellations.

Anamaya appelle les Pléiades *collca* et dit qu'elles sont la Mère de toutes les autres étoiles. Elle pointe du doigt les trois étoiles du Baudrier d'Orion :

— Le condor, le vautour, et le faucon, chuchote-t-elle à l'oreille de Gabriel.

Il vole avec elle et découvre, cernées par les étoiles, les silhouettes de l'Oiseau, de l'Ours, du Serpent et enfin du Puma.

Dans la demi-lueur de l'aube, Anamaya lui désigne Vénus sous le nom de *Chasca Cuyllor*.

Le monde s'est englouti, le monde renaît.

Le temps s'est enroulé comme un serpent, le temps s'est déplié.

Ils s'embrassent longuement.

Puis ils remontent à travers les terrasses, suivent les ruelles de la ville déserte jusqu'aux escaliers qui en sortent. Anamaya l'entraîne sur le chemin raide et glissant qui traverse la forêt pour atteindre le sommet du Machu Picchu, là où, des années plus tôt, elle a tenu la main d'une petite fille qui devait être sacrifiée et ne l'a pas été.

Ils s'élèvent à travers la végétation luxuriante, les yeux éblouis par le soleil du jour nouveau. Ils franchissent les portes de pierre et, comme si le plus haut du ciel était à portée de leurs doigts, ils lèvent le visage.

Le vent joue avec les nuages et la brume, et ils vont sans aucune peur à la pointe du rocher. Ils ouvrent leurs bras et c'est comme s'ils déployaient leurs ailes pour se lancer dans le vide.

Le vent forcit encore et le bleu s'approfondit à l'horizon. Ils tiennent toujours, oiseaux-hommes gorgés d'amour face au soleil levant.

En bas, tout en bas, il n'y a que des pierres et, déjà, des fantômes.

— Nous sommes seuls ! crie Gabriel par-dessus le vent.

Et c'est tout bas qu'elle répond :

— Nous sommes ensemble.

Vers 1520, une décennie avant la découverte du Pérou par Francisco Pizarro, les frontières orientales de l'Empire inca durent faire face à l'invasion de hordes de Tupinambas. À la tête de ces Indiens venus du Brésil se trouvait un Européen, nommé Alejo Garcia. Les Fils du Soleil parvinrent à contenir la vague des envahisseurs, qui s'établirent néanmoins au pied de la Cordillère sous le nom de Chiriguanos.

Une légende racontait qu'Alejo Garcia, ce Portugais d'ascendance flamande, aurait capturé une princesse inca dont il aurait fait sa compagne, avant de disparaître vers l'est. Et cet homme possédait des yeux d'un bleu de porcelaine...

Après avoir réussi à récupérer son fils Titu Cusi, capturé par les Espagnols, Manco parvint à survivre quelques années dans son refuge de Vilcabamba. C'est à Vitcos qu'il fut tué, en 1544, par sept almagristes qu'il avait pourtant recueillis. Ces hommes espéraient obtenir le pardon de Gonzalo Pizarro grâce à ce lâche assassinat.

Sous le nom de Cristobal et en compagnie des plus importants membres de sa famille, Paullu fut baptisé en 1543. En 1545, il fut anobli et devint un hidalgo. Dans cette sombre épopée, il sera l'un des rares protagonistes à mourir de « mort naturelle », en 1549.

Le Nain, Chimbo Sancto, coula sans doute ses vieux jours dans ses terres de la vallée de Yucay. Parmi ses nombreux enfants, deux filles héritèrent de sa petite taille. Mais leurs traces se perdent dans les zones d'ombre du passé.

Hernando Pizarro resta vingt ans en captivité en Espagne. Depuis sa prison du château de la Mota, à Medina del Campo, il géra avec attention et ténacité l'immense et inutile fortune du « clan » Pizarro, grâce à son mariage avec la fille de son frère Francisco. Libéré en 1561, il construisit un palais dans son Trujillo natal, où il s'éteindra, presque aveugle, en 1578, à l'âge fort respectable pour l'époque de soixante et onze ans !

Fidèle à ses manières, Gonzalo Pizarro ne recula jamais devant ses ambitions et la vie sembla vouloir l'en récompenser. En 1544, il se fit proclamer Gouverneur du Pérou, en rébellion ouverte contre la Couronne d'Espagne. Pendant quatre ans, il sema la terreur parmi ses opposants, notamment par le bras armé de son lieutenant Francisco de Carbajal, surnommé « le Démon des Andes ». En 1548, il fut finalement vaincu par les forces royales, et décapité sur le champ de bataille.

Les successeurs de Manco résistèrent encore à Vilcabamba jusqu'en 1572, les épisodes de guérillas et les tractations de paix se succédant. Cette dernière année, le jeune Tupac Amaru, dernier Sapa Inca légitime, fut capturé dans son refuge en forêt, transféré à Cuzco et décapité sur la place d'Armes de l'ancienne capitale de l'Empire inca, sur ordre du vice-roi Francisco de Toledo.

Sa tête, clouée au pilori, loin de se putréfier embellit chaque jour et devint l'objet d'une vénération grandissante. Aujourd'hui encore, le mythe prédit le retour de l'Inca, le jour où la tête retrouvera son corps mutilé.

GLOSSAIRE

Acllahuasi, résidence des Femmes Choisies (*acllas*).

Amauta, sage, savant, dépositaire de la connaissance.

Añaco, longue tunique droite des femmes descendant jusqu'aux chevilles.

Apu, mot quechua signifiant « Seigneur » ; il désigne en général des sommets montagneux qui sont autant de divinités protectrices.

Ayllos, arme de jet : trois lanières de cuir lestées chacune d'une pierre. Lancées, elles s'enroulent autour des pattes des animaux.

Balsa, radeau de bois du même nom.

Borla (espagnol) ou *mascapaicha* (quechua). Avec le *llautu* et les plumes de *curiguingue*, cette sorte de frange de laine qui tombe sur le front forme la coiffe emblématique du Sapa Inca.

Cancha, patio. Par extension, l'ensemble des trois ou quatre bâtiments qui l'encadrent et forment l'unité d'habitation.

Chaquiras, petites perles de coquillage rose (*mullu*) assemblées en collier ou tissées pour des vêtements cérémoniels.

Chaski, coureurs chargés de transmettre les messages par un système de relais.

Chicha, boisson cérémonielle, bière fermentée, le plus souvent à base de maïs.

Chuño, pommes de terre qui ont subi un processus naturel de déshydratation pour pouvoir être conservées plusieurs mois.

Chuspa, petit sac tissé avec des motifs symboliques religieux qui contient les feuilles de coca.

Collcas, bâtiments d'une seule pièce de forme circulaire ou rectangulaire destinés à la conservation des aliments, tissages, armes ou autres objets de prestige.

Coya, titre donné à l'épouse légitime de l'Inca.

Cumbi, tissage de très haute qualité, la plupart du temps en laine de vigogne.

Curaca, souverain local ou chef de communauté.

Curiguingue, petit falconidé dont les plumes noir et blanc ornaient la coiffe du Sapa Inca.

Guanaco, du quechua *huanaco,* camélidé andin non domestiqué, cousin du lama.

Hatunruna, signifie paysan en quechua.

Huaca, mot qui signifie « sacré ». Par extension, tout sanctuaire ou résidence d'une divinité.

Huara, caleçon. Le jeune garçon le recevait lors du rite d'initiation appelé *huarachiku.*

Ichu, herbe sauvage d'altitude, dont la paille sert notamment à recouvrir les toits.

Inti Raymi, l'une des cérémonies majeures du calendrier rituel inca, à l'occasion du solstice d'hiver.

Kallanka, bâtiment allongé, doté d'ouvertures qui donnent en général sur la place d'un centre administratif.

Llautu, longue tresse de laines de couleur qui entoure plusieurs fois le crâne pour former une coiffe.

Manta, mot espagnol qui désigne une couverture, mais également la cape que portaient hommes (*llacolla*) et femmes (*lliclla*).

Mascapaicha, voir *borla.*

Mullus, coquillages de la côte Pacifique de couleur rouge ou rosée ; à l'état naturel ou travaillé, son usage est intimement lié aux rituels religieux.

Pachacuti, grand bouleversement annonçant le début d'une nouvelle ère.

Panaca, lignage. Descendance d'un souverain inca.

Papas, pommes de terre.

Plateros, mot espagnol qui désigne les métallurgistes spécialisés dans les métaux précieux.

Pututu, grand coquillage marin servant de trompe.

Quinua, céréale andine très riche en protéine.

Quipu, ensemble de cordelettes comportant des nœuds de couleur qui servait de support mnémotechnique à des inventaires.

Sapa Inca, littéralement : Unique Seigneur. Titre du souverain inca.

Tambo, sorte de relais placé à intervalles réguliers sur les routes de l'Empire, où le voyageur pouvait obtenir le gîte, le couvert, voire des vêtements, aux frais de l'État.

Tiana, petit banc, symbole du pouvoir, dont l'usage est exclusivement réservé à l'Inca.

Tocapu, motif géométrique à signification symbolique qui orne les tissages incas.

Tumi, couteau cérémoniel dont la lame de bronze est perpendiculaire au manche.

Tupu, longue aiguille en or, argent, bronze ou cuivre, dont la tête est travaillée et qui permet de fermer la cape ou la *manta*.

Unku, tunique sans manches portée par les hommes, qui s'arrête aux genoux.

Ushnu, petite pyramide située sur la place d'une agglomération inca, réservée au pouvoir.

Viscacha, rongeur de la famille des marmottes, doté d'une queue semblable à celle de l'écureuil, qui vit dans les éboulis de rochers.

Impression réalisée sur CAMERON par

BUSSIÈRE CAMEDAN IMPRIMERIES

GROUPE CPI

à Saint-Amand-Montrond (Cher)
en août 2001

N° d'édition : 164. — N° d'impression : 14466-013475/4.
Dépôt légal : août 2001.

ISBN 2-84563-011-5

Imprimé en France